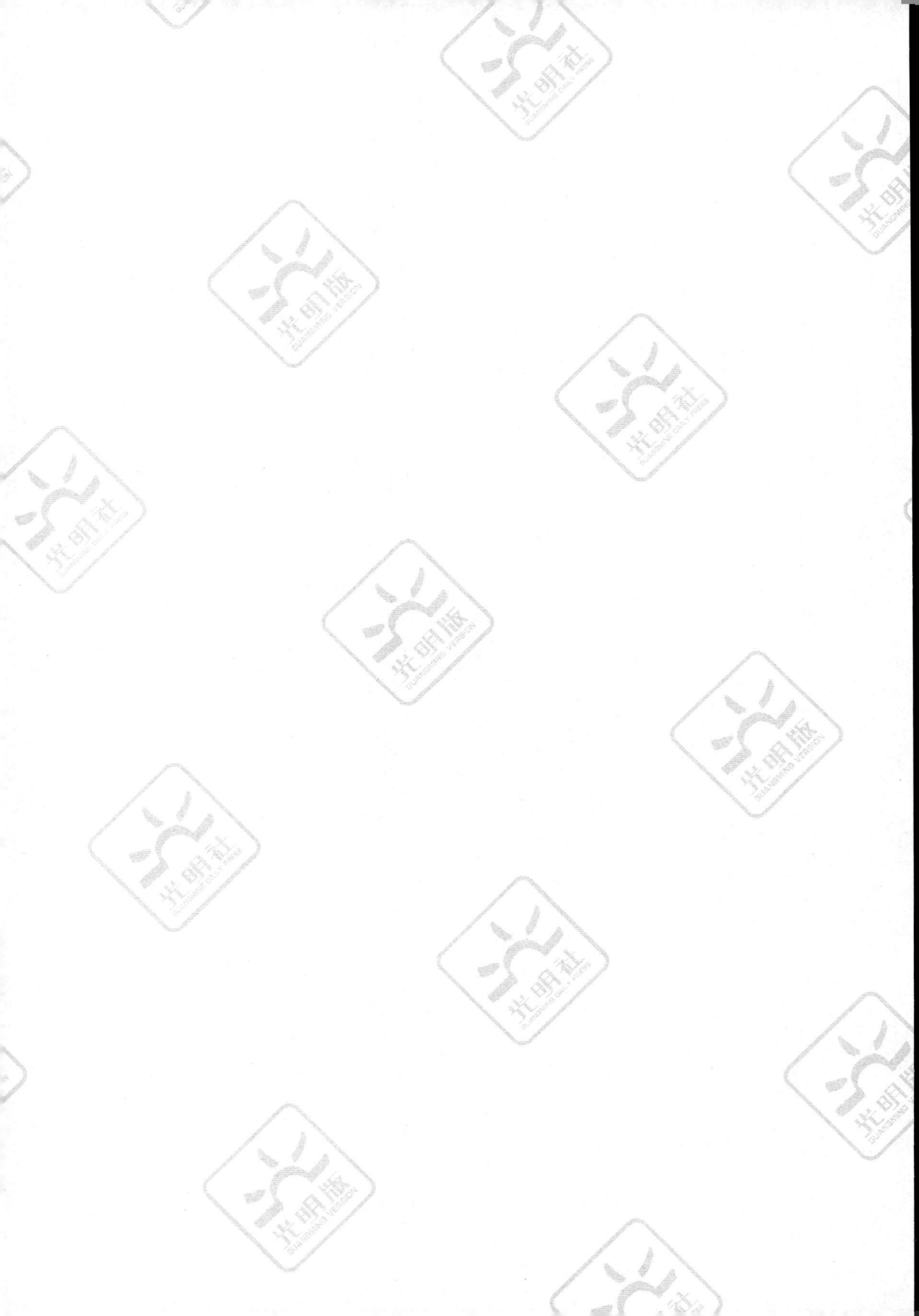

中国记者自选集

畅行梵净山

张著昶◎著

光明日报出版社

图书在版编目（CIP）数据

畅行梵净山：中国记者自选集 / 张著昶著．
－－北京：光明日报出版社，2017.5
ISBN 978－7－5194－2791－7

Ⅰ．①畅… Ⅱ．①张… Ⅲ．①中国文学—当代文学—作品综合集 Ⅳ．①I217.2

中国版本图书馆 CIP 数据核字（2017）第 083988 号

畅行梵净山：中国记者自选集

著　　者：张著昶		
责任编辑：曹美娜　郭思齐		责任校对：赵鸣鸣
封面设计：中联学林		责任印制：曹　净

出版发行：光明日报出版社

地　　址：北京市东城区珠市口东大街 5 号，100062

电　　话：010－67078251（咨询），67078870（发行），67019571（邮购）

传　　真：010－67078227，67078255

网　　址：http：//book. gmw. cn

E - mail：gmcbs@ gmw. cn　caomeina@ gmw. cn

法律顾问：北京德恒律师事务所龚柳方律师

印　　刷：北京天正元印务有限公司

装　　订：北京天正元印务有限公司

本书如有破损、缺页、装订错误，请与本社联系调换

开　　本：710×1000　1/16		
字　　数：376 千字		印　张：21
版　　次：2017 年 6 月第 1 版		印　次：2017 年 6 月第 1 次印刷
书　　号：ISBN 978－7－5194－2791－7		
定　　价：58.00 元		

序

选择决定结果

铜仁日报社高级编辑　罗福强

著昶小我十来岁吧，我踏进新闻这道职业门槛时，他大约还是一名中学生。我不知道他在读书时期是不是就开始向报社投稿了，只依稀记得在成为我的同事之前，他似乎就已经是写稿的"积极分子"，家常便饭、探囊取物地拿奖。我后来还想，估计我其间并没有有眼无珠，错看或者怠慢过他的一题本来不错的文章，甚或还心怀不良地不发或乱发过他的一题最终竟获了奖的稿子，要不，成为我的同事后，我该是怎么的"心虚"啊。

事实上，我仍然"心虚"：应该就是在成为我的同事之后，他才开始"专职"地从事新闻工作，仅是头十年时间就有了如今这个共计20余万字的集子；而且，更还在两三年前就"破格"获评、获聘了副高职称——主任记者。而资质愚钝的我，为了挣得这一纸证书，可是"搓磨"了好几年，好几年间都让我感觉着前途渺茫无倚、欲哭无泪，直骂"老天只恁忒心偏"，以至于不得不自知之明地放弃了比如争一个官什么的，看起来值得更多人羡慕和高看的"前程"，似乎舍此别无他途了。

著昶却不一样。他完全可以选择我忍痛放弃的那一道"前程"——据说，在进入报社的差不多同一时间段，他还收到了参考某县财政局副局长，在同样的骄骄众人中获胜的信息。至少在彼时我们都习以为常同时也是颇具"特色"的一个"行政语境"中，"财政局"副局长可不是个一般的职位，从此开始，他几乎已经算得上挤进了一定的"权力中心"，身价顿时就高出同学朋侪辈一大截不说，整日就与当地的"要员"抬头不见低头见，上午不见下午见来着，"上进"的条件和机会或也会让他选不胜选的。

这并不是酸话醋话——从积极的层面来说，谁又不在试图寻找一个最适宜的平台来展示自己呢？

我猜他可能有过犹疑。但就如同他用后来的行为和收获所要证明的那样，在"新闻"这个平台，他也可堪得心应手已极。

众所周知，作为一份地市级纸质媒体，先天性地受着来自国家级、省级媒体的多重挤压，不说相较之下的其他缺失和不足，单是后者依据其"地利"所拥有的重大的综合性的新闻素材，尤其是"时政"类新闻的获取之便、时间之便，就非前者所能望其项背。我们拿每年的年度新闻奖评选来说，地市报就鲜有耀眼夺目的"消息奖"，要获评一次国家级新闻奖就更若痴人说梦、天方夜谭。但就在我看到的著昶先后获评的数十件贵州省新闻奖、中国地市报新闻奖、中国少数民族地区报纸新闻奖一等奖、二等奖、三等奖的作品中，"消息奖"竟就占着不小比例，《梵净山景区获评"中国低碳旅游示范区"称号》《沿河十万养殖户"变粪为宝"》《大宅头村巧算土地收益账》《"特殊党费"造就"羌乡第一村"》等等。当然，"消息"新闻的时效固然重要，但如果不善素材取舍，取题也不够博人"眼球"，它多半也会与新闻奖擦身而过。这句话换一种表述方式就是，如是量的"消息"新闻奖，也足以证明了著昶对"消息"新闻的捕捉、把握和写作能力。

除了还有参与策划、撰写的比如《德江：借势借力大干快上》《贵州沿河：现代农业崛起新"地标"》以及《德江……》"之问""之计""之略""之路""之美""之梦"等等文章，先后获得新华网、人民网等国家级网站同年转载（题外话：作为德江人，他其实也在不遗余力地"宣传"着自己的家乡）之外，在2008年的抗灾救灾系列报道中，他还因"宣传表现突出"，获得中共贵州省委、贵州省人民政府记"一等功"及铜仁市"先进个人"表彰和奖励。

而2010年、2012年分别以《记者回乡见闻》《走基层：黔渝边区行》为题采写的两题通讯，斩获的两个贵州新闻"一等奖"，让他成功获评、获聘"主任记者"副高职称，成为铜仁日报社"破格"的"首例"，大约是他选择"新闻"这条道路最让他无悔的证明了。

而且无疑，作为一种职业荣誉，他尤其还有理由获得精神和心理的极大满足。

回到前面的话题——如果著昶进行的是后一种选择，也就是从职了同样历经千难万险、经过了千挑百选方才胜出的那个财政局的"副局长"，我们也不说他现在可能已经站到的某个可以对我视若无见的"阶位"，就算他或者也还继续写一点文章，更或者也要出一个集子，大抵是轮不上一个不求上进值得视若无见的小编来给他作序的。

幸好——幸好生活和生命从来不允许、不存在假设，他只能成为我的同事。

20世纪90年代，我曾在当时的《读者文摘》上看到过这么一句话，大意是：编辑就是自己写不出东西，而又不给别人以写出东西机会的人。尽管这话主要还是针对杂志社的编辑来说的，我在很多时候也乐意被看成一名"编辑"，那么这一点也就值得我深为庆幸：就在成为我的同事不久，他就因为一题我们曾一起探讨过怎么提炼新闻要素、怎么突出"要点"等等的新闻，相继获评了中国地市报新闻奖、中国少数民族地区报纸新闻奖两个奖项，让我"坐收渔利"，同时获评两个"编辑"奖之余，也对我颇有了些认同。

曾子说："予人之惠则骄于人，受人之惠则畏于人。"我并无明显看出著昶何曾逞"骄"于我，但我则难免偶或会现"畏"于他，比如要我作这个序，即便难为到家，我确也无由推托；既然如此，就只好如此这般退一步来想了：谁又能说得准，我不会在之后的某一天，再编辑到一题他获评新闻"一等奖"的稿子呢？

2016年12月28日贵州铜仁

目 录
CONTENTS

第一篇 **01**

| **人物访谈** |

戴秉国：保护利用好梵净山助推铜仁"中国梦"

由生态文明贵阳国际论坛2013年年会组委会主办，铜仁市人民政府、贵州省宗教局、中国宗教杂志社、贵州省宗教学会、贵州省佛教协会承办，大公报香港有限公司协办的中国梵净山生态文明与佛教文化论坛，于7月20日至22日在梵净山隆重举行。期间，记者采访了原国务委员、铜仁印江籍的戴秉国同志，现摘编如下。

记者： 虽然您离开家乡，在外学习工作多年，特别是近年来，一直忙于国务几乎没时间回老家，但您一直关心关注家乡的发展。这次回来，您感触最深的是什么？想和铜仁家乡的父老乡亲们说点什么？

戴秉国： 这次回来，看到家乡发展变化很大，特别是看到城乡老百姓生活很好，很温馨，我感到很高兴。过去这个地方是很偏僻的，既没有通火车，也没有什么高速公路，更没有通飞机，而现在不但通了公路、铁路，就连飞机也通到铜仁来了，而且很快就要县县通高速公路，这让我特别高兴！对铜仁而言，交通改善，人们的生产生活方式和观念也随着改变，发展就更快了。现在国内外越来越多的人到铜仁，特别是到梵净山来旅游。我走过世界上许多地方，但像梵净山这样优美的生态风景，这样无边无际的原始森林没有见过！与许多名山大川不同，令人震撼！当地球上同纬度很多地方都荒漠化的时候，我们梵净山还保持着原始的生态，这里的山、水、树、石一尘不染，是地球上同纬度唯一的一块绿宝石，是一块神奇的土地！贵州是一个宝贵之洲，而梵净山就是这个宝贵之洲里面最大的绿宝石。梵净山是铜仁市的宝贵财富，是贵州省的财富，也是中国的财富、世界的财富。现在人们都说，既要金山银山，又要绿水青山，这个地方本身就是一个巨大的、超大型的金山银山！我希望父老乡亲们，一定要守住、保护好、开发利用好这座山，让它造福于民、造福于人类。

这次举办中国梵净山生态文明与佛教文化论坛，不但港澳台有人来了，还有许多外国使节、外国朋友也参加了。我相信，随着交通环境的进一步改善和知名度的逐步提高，将来还会有更多的外国朋友来这里旅游观光。我作为家乡人，感到很骄傲，为我们拥有这块宝地而骄傲！

记者：您认为铜仁应如何正确处理保护、传承和开发的关系，以进一步加快发展，实现全面小康？

戴秉国：我相信，铜仁市委、市政府一定有一套谋划，有一幅路径图，有一个加快全面小康进程的铜仁"中国梦"。铜仁怎么加快发展、实现小康、实现更大的繁荣进步？我认为，一定要从铜仁实际出发，围绕生态资源优势，认真谋划，加快地方经济社会更好更快发展，让老百姓过上更好的生活。要发展特色农业，培育自己的品牌，发挥交通区位优势，把特色农产品销售出去，增加农民收入。

贵州现在学瑞士，瑞士地理环境、人口数量等都跟贵州差不多，工业早期比起英法德这些国家要落后上百年，当初是很贫穷的。但后来他们坚持走自己的路，一个是保护好环境，一个是发展自己的手表、医疗器械仪器等特色产业，走出了一条很好的发展道路，现在人均 GDP 超过了美国，是一个很富的国家，环境也非常优美，简直就是一个大公园。

贵州现在整体也是个大公园，到处干干净净、整整洁洁，这非常好。所以要研究一些外国的成功经验，结合自己实际，找准方向，坚定不移地走下去，走出一条自己的富裕之路。

记者：梵净山既是佛教名山，也是旅游胜地，请您指教铜仁如何将梵净山打造成国际旅游目的地？

戴秉国：这方面，铜仁市委、市政府已经谋划了，正在大力建设中。我认为，建设国际旅游目的地不是一朝一夕就能做成的。我们这个地方怎么来开发旅游？要好好研究一下自己的条件，好好研究世界上其他类似地方成功的经验和应该吸取的教训，做出具有前瞻性的、符合实际的规划。

铜仁的优势是文化旅游的优势，就要靠这座山，靠气候，靠环境，要利用好资源。我相信家乡的各族人民，一定会在市委、市政府的领导下，走出一条旅游富民的路子来。我最希望的就是把这座山保护好、利用好，相信铜仁一定能够做得到。不久的将来，全世界的人都会涌到这里来旅游度假，来这里呼吸清新空气，来这里享受独一无二的生态财富，我相信，这一天一定会到来！

第二篇

02

| 黔东大视野 |

"四化同步·一业振兴"
激情书写跨越发展大文章

2012 年以来，市委、市政府始终把发展牢牢抓在手上，抢抓西部大开发、国发 2 号文件和《武陵山片区区域发展与扶贫攻坚规划》机遇，更加解放思想，着力先行先试，紧扣主基调，狠抓主战略，加速推进工业化、城镇化、农业现代化和信息化"四化同步"，促进文化旅游业"一业振兴"，奋力走出一条符合铜仁实际和时代要求的追赶型、调整型、跨越式、可持续发展路子，为与全国全省同步进入小康社会打下了坚实的基础。

工业化：建立黔东工业聚集区，做大做强工业

工业化是实现现代化不可逾越的历史阶段。

2012 年 10 月，市委、市政府经过大量调研和论证，决定充分利用东部万山区、玉屏自治县、大龙开发区、碧江区、松桃自治县、铜仁高新区等铜仁最适宜发展工业的区域，建立黔东工业聚集区，实现资源大整合、大开发，推进园区集群、产业集群、企业集群，努力打造全市产业和城市融合发展的经济功能区，确保 2015 年实现工业总产值 600 亿元以上，占全市工业总量的 80% 以上，将黔东工业聚集区打造成为贵州东部重要的工业经济增长极。

设立黔东工业聚集区，是市委、市政府对原"玉碧松工业循环经济产业带"区域的工业发展资源进行更高层次的统筹、整合、开发、利用。基于这样的认识，全市各区县、各部门集中精力，群策群力打好"组合拳"。截至目前，玉屏、松桃、碧江、万山等 8 个工业园区相继成功申报为省级经济开发区，加上大龙开发区和铜仁高新区，全市省级开发区（高新区）已达 10 个，实现聚集区省级开发区 100% 覆盖。目前，大龙经济开发区申报国家级经济技术开发区正在紧锣密鼓推进中。

据资料表明，黔东工业聚集区今年将新增规模以上企业 100 户，达到 280 户，完成工业总产值 300 亿元，占全市工业总量的 70% 以上，将真正成为全市

工业经济发展的动力源、主战场、核心圈，成为全市工业发展乃至贵州省东部工业发展的龙头和高地，有力助推全市经济社会科学发展、后发赶超。

城镇化："城市综合体""社区综合体"为依托，开启铜仁城市时代

在实践中，市委、市政府严格按照"产业园区化、园区城镇化、产城一体化"的思路，统筹谋划产业园区和城市新区建设，注重园区规划与城镇建设规划的衔接，做到空间上产城共进、布局上功能区分、手段上协调统筹、时序上工业化和城镇化同步跟进。

为加快推进城镇化建设，铜仁市按照"城市综合体"和"智慧城市"的理念规划建设主城区，努力把铜仁建设成120万人的省际区域性中心城市。以"梵天净土·桃源铜仁"为城市对外形象，以"武陵之都·仁义之城"为城市总体定位，立足区域特色，体现"宜居宜业宜游"功能，积极规划建设一批工矿型、商贸型、旅游观光型、休闲娱乐型、交通枢纽型特色县城。坚持以城镇化带动新农村，把小城镇建设作为大机遇、大战略，按照"社区综合体"理念推进小城镇建设，着力打造"黔东名镇"，提升人民群众生活品质。

今年以来，铜仁市通过建立健全工作机构、科学编制规划、积极编报项目、开展招商引资、加快基础设施建设、拓宽投融资渠道及加快创新人才培养方式等积极推进示范小城镇建设，成效明显。截至目前，全市16个示范镇已编制并储备各类项目360个，总投资183亿元。在建项目190个，总投资125亿元，已完成投资22亿元。其中，3个省级示范镇在建项目44个，总投资45.8亿元，已完成投资14.5亿元。同时，各示范镇采取BT、BOT等模式，通过财政补助的引导作用，积极向上争取项目资金、向银行贷款、向社会吸引资金。目前，省、市、县三级财政引导资金1.88亿元。16个示范镇共招商引资项目60个，签约资金72.8亿元，已到位资金21.4亿元，推进了城镇化建设。

农业现代化：以"三个万元"工程为抓手，发展铜仁山区特色现代农业

在推进农业现代化进程中，市委、市政府始终坚持以现代农业园区为载体，以科学化、机械化、水利化为手段，以龙头企业、农民专业合作组织、产业大户为引领，确保到2016年，全市累计创建亩产达万元的田50万亩、山50万亩，实现农民人均纯收入过万元的目标。

实施"三个万元"工程，是市委、市政府推进农业现代化的重大战略决策，是铜仁市推进农业现代化战略中打出的一套"组合拳"。在实践中，铜仁市通过整合农业、扶贫、水利、国土和财政等项目，着力改善农业示范园区设施条件。

充分利用企业、农民专业合作社的管理、生产、销售及带动等优势，把企业作为"三个万元"的重要引擎，合作社作为示范带头重要力量，形成了企业带基地、大户带小户的发展格局。还大力开展轮种、套种、种养结合，发展旅游观光农业，有效助推农业产业快速发展，闯出一条铜仁山区特色的农业现代化之路。

通过"三个万元"工程的实施，有力推动了茶叶、果蔬、核桃、中药材、油茶五大主导产业的形成。今年全市已创建万元工程22.59万亩，项目覆盖区24.43万农民人均产值9697元，人均增收5427元，是全市农民人均家庭经营收入的2倍。其中，茶叶种植面积已发展到125.9万亩，位居全省第二位。

同时，铜仁市还积极依托黔中经济区和黔渝经济区，建立乌江流域经济发展带。加大交通建设力度，科学规划航运和陆运，将石阡、思南、德江、沿河等乌江流域作为通道引领、产城互动、"三化"建设、先行先试的排头兵，让乌江流域各县背靠黔中经济开发区，面向成渝开发区，形成良性互补，实现跨越发展。

信息化：坚持把信息化作为跨越发展的助推器，推进信息化与产业发展深度融合

工业化、城镇化、农业现代化是经济结构和社会结构的调整升级，信息化是技术水平和管理手段的调整升级。

近年来，铜仁市着力将信息化融入工业化、城镇化、农业现代化和旅游服务业中，使其产生乘数效应，促进了优化升级。主要体现在四个方面：一是融入工业化，提升工业产业的智能化水平，推动产品数字化、智能化、网络化，提高产品信息技术含量和附加值，推动工业产品向价值链高端跨越。二是融入城镇化，建设智慧楼宇、智慧小区、智慧家庭，发展电子商务，提高网络采购和销售水平，扩大网络营销覆盖率，推动现代物流业发展。三是融入农业产业现代化，以信息化促农业生产技术、生产方式变革，提高农产品生产的标准化、精细化、自动化水平。四是融入旅游服务智能化，以智慧景区建设作为主导方向，规划建设旅游信息化管理平台。探索利用互联网对景区全面、透彻、及时地感知，对游客、景区工作人员实现可视化管理；利用现代网络工作实现景区与景区之间互联互通，促进旅行社、酒店、航空公司等建立战略联盟，改变景区运作方式，实现景区环境、社会和经济全面、协调、可持续发展。

今年以来，市委、市政府扎实推进智慧城市创建工作，完成了与国家住建部建筑节能与科技司及贵州省住建厅三方签署《国家智慧城市创立任务书》作业；编制了《智慧铜仁计划纲要》《智慧铜仁试点实施方案》《国家智慧城市创立任务书重点项目简介》；在寻觅智慧城市建造战略合作伙伴过程中，已征集了14 家公司送来的详细实施方案，待遴选后正式发动项目建造。

同时，铜仁市高度重视旅游信息化工作，在智慧旅游方面做了大量工作和积极有益的尝试，以现代交通、信息为重点的旅游基础设施建设初具规模，旅游信息网络扩展到全部区县，为铜仁智慧旅游信息化建设打下了良好的基础。在国家旅游局公布的"第二批国家智慧旅游试点城市"名单中，铜仁市成功入选。

旅游业振兴：设立环梵净山"金三角"文化旅游创新区，激活文化旅游经济魅力

2012 年 10 月 30 日，市委、市政府立足铜仁市文化旅游"金三角"加"一线"的资源分布形态，将江口、思南、石阡、印江等地的景点连成一片，建成环梵净山"金三角"文化旅游创新区，在每个节点布置不同角色定位的景区，开发特色鲜明、差异互补的旅游产品，让游客到一处感受一种文化、走一步见识一种新奇，防止低水平重复建设，努力形成了一个具有综合竞争力的高品质文化旅游区，加强与凤凰、张家界建立战略合作，形成大金三角，打造无障碍旅游黄金线路，抢占武陵山区文化旅游制高点。

按照《贵州省文化旅游发展创新区总体规划》，梵净山国际旅游区、苗王城民俗旅游度假区、石阡温泉养生城等 7 个区域拳头旅游产品已进入规划重点项目库，总投资达 1438.3 亿元。有百里锦江综合旅游度假区、隋唐扶阳古城遗址历史文化旅游区等 12 个独立项目进入重点规划备选项目，总投资达 525.38 亿元。

随着杭瑞高速公路、梵净山环线公路等的开通，俊美的奇峰秀水被连缀起来，在刚过去的"十一"黄金周，铜仁梵净山、苗王城等景区呈现"井喷"，全市文化旅游业迸发出无限活力。经省旅游局评估认定，今年上半年全市接待国内外游客 1100 万人次，旅游总收入 70.48 亿元，人数和收入都保持了高速增长的势头，旅游收入增速排名全省第三位。

目前，全市上下正围绕规划建设环梵净山"金三角"文化旅游创新区，努力把最优质的旅游资源转化为最优质的品牌和产业，全力促进文化旅游产业"一业振兴"。

"两区一走廊"崛起突破口

2012 年底，为确保"四化同步、一业振兴"战略落地，市委、市政府提出了打造"两区一走廊"的发展路径，相继成立黔东工业聚集区，环梵净山"金三角"文化旅游创新区，启动了乌江经济走廊建设。

黔东工业聚集区——依托"玉碧松循环工业经济产业带"上的 6 个产业园区，着力发展一批新兴产业集群和龙头企业集群，到 2015 年建成贵州东部的工业重镇。

环梵净山"金三角"文化旅游创新区——利用铜仁旅游资源呈"金三角"加"一线"的分布优势，努力把最优质的旅游资源转化成最优质的品牌和产业，到 2017 年建成"国内一流、世界知名"旅游目的地。

乌江经济走廊——依托乌江黄金水道，对乌江流域资源进行综合立体开发，全力打造乌江沿线产业经济带，促进乌江流域产业集群发展、城镇集群发展、人水和谐可持续发展、经济与社会协调发展。

"打造'两区一走廊'，是黔东崛起的突破口，是铜仁发展区域经济的主战略。"市委书记刘奇凡说，构建黔东工业聚集区、环梵净山"金三角"文化旅游创新区、乌江经济走廊，铜仁的区域经济布局进一步优化，有利于分类指导，提高科学决策水平；有利于各种资源要素及资本的聚集，避免低水平的资源消耗和重复建设；有利于市级统筹，实现资源、技术、人才、资金等各种要素的优化整合。

战略决定高度，思想决定出路！一年多来，全市上下心往一处想，劲往一处使，整合大资源，编制大项目，培育大产业，筑起新高地，打造新引擎，形成增长极，"两区一走廊"美丽画卷徐徐舒展开。

迅速崛起的黔东工业聚集区，彰显科学发展新成效。产业层次由低到高，产业布局由散变聚，支撑能力由弱变强。2013 年，完成产值 329 亿元，占全市工业总产值的 77.2%。以电力、冶金、烟草、化工、机电、建材和农副产品加工为基础的工业体系初步形成，高新技术企业达到 15 户，规模以上工业企业总数达到 250 户，规模以上主导产业集中度达到 63%。今年有望完成工业总产值 420 亿元，比重占全市工业总量的 75% 以上，实现聚集区两年内初具规模的目标。

强力起飞的环梵净山"金三角"文化旅游创新区，挥动后发赶超大手笔——完成投资 20 多亿元，实施了梵净山转塘五星级酒店、苗王城游客服务中心等基础设施项目建设。启动了梵净山、大明边城国家 5A 级景区和 5 个国家 4A 级景区创建工作，梵净山景区成功列入中国申报世界自然遗产预备名录。日前，九龙洞旅游景区、思南"温泉——石林"旅游景区、松桃苗王城旅游景区、万山矿山公园旅游景区 4 家景区被全国旅游景区质量等级评定委员会评为国家 4A 级旅游景区。自此，全市共有 7 个国家 4A 级旅游景区。

成功举办了 2013 中国梵净山生态文明与佛教文化论坛、全市旅发大会等 40 多项活动，高端宣传"梵天净土·桃源铜仁"文化品牌。2013 年，全市接待国内外游客 2000 万人次，增长 25%，旅游收入达到 157 亿元，增长 31%，正式迎来铜仁大旅游时代。

横空出世的乌江经济走廊，开启乌江经济新篇章——乌江经济走廊进入省级区域发展战略规划，正全力推动进入国家长江经济带总体战略。在"三个万元"工程的引领下，全市 25 个现代农业园区奏响了山区现代农业的华丽乐章，乌江经济走廊建设取得明显成效。2013 年，实现一产增加值 135 亿元，同比增长 7%，居全省第一，千里乌江真正变成了"黄金水道"。

推进跨越发展 建设和谐铜仁

——铜仁"三思四改五增强"力求学习实践活动取得实效

在第二批学习实践活动过程中，铜仁地区以"推进跨越发展、建设和谐铜仁"为主题，深入开展"三思四改五增强，推进六个新跨越"的主题实践活动，各级各部门超前谋划，抢抓发展机遇，力推全区经济社会科学发展、跨越发展。

铜仁地委书记廖国勋，行署专员李再勇在学习实践活动启动阶段就强调，结合区情，全区广大党员干部要进一步增强加快发展的紧迫感，着力打破制约发展的瓶颈，紧扣推进跨越发展战略，立足"三思"——思考群众盼什么，思考发展干什么，思考自己怎么干；着力"四改"——改不适宜科学发展的思想观念，改不符合科学发展的发展方式，改不利于科学发展的体制机制，改不适应科学发展的工作作风；做到"五增强"——增强科学发展的自觉性，增强跨越发展的坚定性，增强抢抓机遇的紧迫性，增强破解发展难题的创造性，增强服务群众的实效性，以此推进全区基础设施建设、新型工业发展、现代农业发展、新型城市建设、文化旅游产业发展以及生态文明建设"六个新跨越"，努力建设和谐铜仁。

开门纳谏 找准破解发展难题切入点

为进一步理清思路，找准破解发展难题切入点，铜仁地区在全区范围开展了一场声势浩大的以"抢抓机遇、加快发展"为主题的解放思想大讨论活动。

广开言路找问题。在报纸、电视台、网站等媒体发布《致全区广大干部群众和各界人士的公开信》，组织开展"金玉良言大征集、科学发展大恳谈、真知灼见大展示"三大活动，采取开设一个专题网站、一个留言栏目、一条热线电话、一个电子邮箱、每周一场科学发展大家谈专访的"五个一"方式，通过问计访谈、献计论坛、商计座谈等形式，广泛听取全区经济社会发展中存在的突出问题以及加快铜仁跨越发展的意见建议。目前，全区已开展解放思想集中大讨论活动106场次，参加大讨论3417人次，收到群众意见建议1200余条，接待群众来信来访56人次。

"跳出铜仁看铜仁"。铜仁地委、行署组织党建考察团赴周边与铜仁区情相似的湖南省怀化市、湘西州和重庆市黔江区等地区学习取经，走出去对比找差距、查不足，感受其他地方在加快发展上敢想、敢干、会干的良好精神风貌和宁愿苦干、不愿苦熬的拼搏精神，促使各级党政领导用新的眼光重新审视自己，并把外地加快科学发展的理念、思路、精神、经验带回家，结合铜仁实际认真学习借鉴，进一步解放思想、创新思路，加快铜仁发展。

深入调研找原因。经过认真查找和反复讨论，在深化"欠发达、欠开发"程度最深区情认识的基础上，针对发展速度慢、体制机制不活，干部观念落后、作风不实等影响和制约铜仁跨越发展的突出问题，地委讨论确定了四个方面的总课题，分别由地委委员领题开展调研。

破解难题　搭建多方合作平台

在进一步深化区情认识的基础上，铜仁地委、行署一致认为，寻求银地、银政、校地等合作，是破解铜仁发展难题，是推动铜仁加快发展的重要举措。要站在更高的起点，谋划铜仁的发展，找准制约加快发展的症结，从创新体制机制入手，多方合作搭建发展新平台。

一是创新投融资体制机制，破解发展资金流转不畅的难题。通过财政注资、项目融资以及龙头企业入股，吸收民间资本注入等多种形式，相继成立了梵净山投资有限责任公司、桃源公路建设有限公司、武陵投资担保公司等一批投融资公司，先后与省信用联社、国开行贵州分行、工行铜仁分行等签署一系列合作协议，搭建了风险共担、利益共享、灵活高效的投融资平台。仅与省信用联社一家达成的协议，投放贷款总额就达200亿元。

二是创新招商引资机制。确立了农业产业化、新型工业化、文化旅游三大重点招商项目，切实加大"走出去、请进来"招商力度，广泛实施新型招商方式，吸引大量外来资本投向文化旅游产业、现代农业等领域和行业，促进了地方经济社会全面协调可持续发展。据统计，仅今年一季度，全区就新引进外来投资项目15个，签约资金达8.27亿元，目前已到位资金近5亿元。

三是创新对外交流合作机制，不断拓宽合作领域，提高合作层次。日前，铜仁地区行署与贵州大学签署了校地全面合作协议，内容涉及人才培养、科研基地建设等；同时，与贵阳市、黔东南州和湖南怀化、湘西自治州等地达成了合作意向。依托富集的资源优势，加强对外交流战略合作，为推进"六个新跨越"提供了开放发展新平台。铜仁地区通过开展多种形式的对外合作，实现了资金、人才、技术、资源的优势互补，形成了互补双赢、共同发展的格局。

机关作风效能建设　为推进跨越提供组织保障

自学习实践活动开展以来，铜仁地委、行署出台了《机关作风和效能建设考核评价工作实施方案》《关于进一步加强领导干部管理的意见》等一系列规范化文件，组建了专门的作风效能监督机构，建立健全追踪问效、问责的考核评估机制和激励机制，推进政府管理体制的创新，促进领导班子和干部队伍进一步转变思想、工作作风，着力提高行政效能。自3月下旬以来，地区效能监督机构已先后对督查中发现的5个单位6名职工上班期间上网玩游戏，9个部门有关干部上班时间在休闲场所打牌娱乐的当事人进行通报批评和纪律处分，有力地整肃了干部作风，营造了风清气正、干事创业的良好氛围。

此外，铜仁地委、行署与清华大学成功联办干部培训"清华班"，一年分两期选派干部进行短期培训。同时，还与贵阳市政府达成人才交流合作协议，实现干部交流联动。并通过选派干部到省内外经济较为发达地区挂职学习锻炼，提升干部队伍的整体素质。在全区范围内积极推行地、县、乡干部交流挂职，着力培养一批适应社会经济发展的高素质干部队伍，为推进跨越发展提供了组织保障。

改善民生　着力解决热点难点问题

在学习实践活动中，铜仁地区针对群众关注的热点难点问题，力求做到边学边改，能改必改。针对返乡民工较多的问题，各级部门千方百计克服困难，新增城乡公益性岗位3万多个；针对百姓反映强烈的交通、人畜饮水和住房等困难，年内将解决通乡油路6条200公里，建成通村公路2000公里；解决30万农村人口饮水安全；建成城镇低收入家庭廉租住房2100套；完成农村危房改造5000户；实施260个村扶贫开发整村推进工程，减少农村贫困人口6.16万人。通过学习实践活动的深入开展，真正达到"党员干部受教育、科学发展上水平、人民群众得实惠"的目的。

"十项突破工程"
加快铜仁全面建成小康社会步伐

日前，铜仁市明确提出，从明年开始，重点抓好"十项突破工程"，加快全面建成小康社会步伐。

实施黔东工业聚集区发展工程。促进所属6个经济开发区（高新技术产业开发区）资源整合、聚力发展，重点支持10户工业企业做大做强，力争到2016年区内工业总产值实现600亿元以上，打造全市经济发展的工业引擎和全省工业发展的新增长极。

实施城乡面貌改变工程。着力打造主城区"半小时城市圈"和德江区域性中心城市，突出抓好30个城市综合体、16个特色小城镇、50个"武陵名村"，规划建设10个湿地公园、10个城市农业公园。

实施农业发展"三个万元"工程。重点发展20个农业产业园区、5个国家级龙头企业、100个农民专业合作示范社、1万个种植养殖专业大户。

实施环梵净山"金三角"文化旅游创新区建设工程。争取创建2个国家5A级景区、5个国家4A级景区、10个国家3A级景区，打造30个旅游村寨、500户"农家乐"。建成50家三星级酒店，引进有国际业务资质的旅行社5家。

实施智慧城市建设工程。抓好铜仁市区智慧旅游城市申创工作，推动和带动全市建设智慧小区、智慧景区和智慧工业园区。加快政府信息化建设，政府上网审批事项网上办理率达到100%。

实施"乌江经济走廊"建设工程。建设10个乌江邻江（滨江）城镇、30个生态水产养殖场，抓好市内乌江流域港口码头、思南船舶制造业基地建设。

实施市场体系建设工程。用4年时间在铜仁主城区发展10个大型综合市场、专业市场、购物中心，在每个县城发展3个以上较大规模的集中交易市场，在每个乡镇发展1个以上集中交易市场，基本形成对周边区域具有影响力、辐射力的市场交易体系。

实施紧缺人才培养工程。实施2000名免费师范生和定向水利、医学、农业、金融等专业人才和紧缺人才培养计划。用 5 年时间，围绕全市五大产业引进和培养 10 名（个）科技型创业型领军人才或人才团队，500 名从事科技创新、成果转化的高层次人才，力争 2020 年全市重点领域人才比 2010 年翻一番。

实施"十大民生工程"，确保如期实现城乡居民收入翻番计划，明显改善城乡居民住房、上学、就医、养老、社会保障条件，全面提高人民群众生活品质。

实施全面小康创建工程。争取 2016 年有 1 个区县、10 个示范乡镇、100 个示范村率先全面建成小康，100 万以上人口家庭过上全面小康生活。

为了实现目标，铜仁市将充分利用承接东部产业转移桥头堡、连接南北黄金旅游带重要节点的区位优势，加快水、陆、空立体交通网络建设，快速构建战略性通道。在保护生态资源优势、加快生态保护成果转化为经济竞争优势的基础上，加快开发水、汞、锰等战略性资源，大力发展物流、金融等现代服务业，抓好"两烟"、茶叶、特色种植，实施煤电锰、煤电铝、煤电纺、气（页岩气）电化"四个一体化"工程，培育一批战略性产业。

铜仁：决战贫困鼓声急

　　铜仁，位于武陵山区腹地。全市总人口 427 万人，其中农村户籍人口 378 万，是武陵山集中连片特困地区新一轮扶贫攻坚的主战场、决战区。

　　近年来，铜仁市抢抓国发〔2012〕2 号文件、《武陵山片区区域发展与扶贫攻坚规划》等重大政策机遇，以"两区一走廊、四化同步、一业振兴"为抓手，依托产业扶贫、金融扶贫、社会扶贫等方式，加大交通、水利、生态等基础设施投入，大力发展茶叶、核桃、油茶等高效农业。同时，结合政策优势先行先试，创新举措，推行"三权"抵押，解决产业发展上的资金瓶颈，实施扶贫生态移民工程、农村集中建房，把居住自然条件恶劣的群众率先搬出，提升群众发展能力，变"输血"扶贫为"造血"扶贫，全面构建了"大扶贫"格局，"减贫摘帽"工作取得阶段性成效，形成了区域发展带动扶贫开发，扶贫开发促进区域发展的良性循环。

　　按照年人均纯收入 2300 元的新扶贫标准，铜仁市 3 年已累计减少贫困人口60.47 万人。在全省扶贫工作考核中，铜仁市扶贫开发工作实现"四连冠"，被誉为全省扶贫攻坚的一面旗帜。

先行先试　探索扶贫攻坚新路径

　　铜仁是国家确定的新一轮扶贫开发先行先试示范区，同时也是全国扶贫攻坚的主战场、决战区。

　　近年来，铜仁市抢抓各项政策机遇，着力从六个方面先行先试，积极探索具有铜仁特点的扶贫开发新路径。

　　着力在"四化"带扶贫、扶贫促"四化"上先行先试，积极探索集中连片特困地区产业扶贫新路径。加快构建新型工业化为主体，现代农业为基础，生态文化旅游产业为重要内容的现代特色产业体系，通过创建"三个万元"（万元山、万元田、农民人均纯收入一万元）工程，整合各种资源要素，形成产业集群，实现整片、整乡、整县推进扶贫产业，促进农民增收致富。

着力在扶贫生态移民安置方式上先行先试，积极探索扶贫生态移民新路径。将扶贫生态移民与小城镇建设、产业园区建设、文化旅游产业发展结合起来，将移民向城市规划区、产业园区及旅游景区集中，并在全省率先落实搬迁群众每户"一保障、一套房子、一个经营铺面或摊位、一个就业岗位、一个孩子免费就读职业技术院校"的"五个一"政策措施。

着力在农村"三权"改革上先行先试，积极探索支撑贫困群众发展的新路径。通过对农村土地、房屋、山林、茶园、果园等不动产进行价值评估和确权颁证，积极探索"三权"抵押融资，实现了农村产权直接向金融机构质押、抵押融资，有效解决了"农村金融贫血症"。

着力在金融扶贫上先行先试，积极探索"造血功能"新路径。以建立"政府选择产业入口、金融资金跟进孵化、企业引领市场出口、政银企农四方联动"为核心，积极探索构建"四台一会"融资运作模式，努力用扶贫项目资金引导金融资金推动扶贫产业规模发展。

着力在贫困群众素质提升上先行先试，积极探索教育扶贫新路径。在全省率先组建铜仁职业教育集团，积极探索创新职业教育运行模式，推进职业教育集团化办学。

着力在合力攻坚制度上先行先试，积极探索"减贫摘帽"新路径。全面构建"市县领导联系、区县乡负责落实、帮扶单位牵头、乡村组织实施、社会力量参与"的大扶贫工作格局，建立不脱贫不脱钩的定点扶贫和旬调度、月考核、季分析的扶贫工作推进机制，确保"减贫摘帽"工作有序推进。

创新机制　探索精准扶贫新路径

近年来，铜仁市大力发扬"宁愿苦干实干，不能苦等苦熬"的铜仁精神，敢于先试、勇于先行，扶贫攻坚快速推进。2012年3月，市委、市政府做出一项重大决定，对全市农村贫困人口进行一次兜底性识别普查。

2013年，在做到户有卡、村有册、乡镇有簿、区县有档的基础上，全市率先在全省建立了市级贫困人口信息网络动态管理平台，为有效开展精准扶贫奠定了基础。

据显示，2013年全市已减少农村贫困人口22.33万人，超省下达计划任务数的1.13%，贫困发生率从30.45%下降到24.39%，下降了6.06个百分点。

今年，铜仁市将以改革创新为动力，在"一户一卡"信息平台的基础上，进一步积极探索"五网合一"（即户籍管理网、农民补贴网、农村低保网、新农合网、贫困人口识别网）和不同系统、指标之间的兼容方式，推动共享信息、精准对位。并利用乡村旅游、食用菌等产业项目能"一家一户做"的优势，制定并落实"一乡一策、一村一策、一户一本台账、一个脱贫计划、一套精准扶贫"措施，深入推动面上精准扶贫工作，全年减少农村贫困人口21.78万以上。

在玉屏自治县亚鱼乡亚鱼村"干群连心室"，记者看到墙上醒目的位置挂着亚鱼村包户干部一览表，22个村民组都有对应的包户干部联系人姓名、电话，且每个包户干部都有一本民情台账，里面清清楚楚地记录着每一个联系户的基本情况。

据介绍，通过包组干部对所包村民组贫困户进行专人、对口、因地制宜帮扶，扶贫效果明显。2013年，该乡农村贫困人口减少650人，其中亚鱼村就实现了59户232人脱贫。

思南县通过扶贫产业、农民实用技术培训、互助资金试点工作，对瓮溪镇、文家店镇等"减贫摘帽"乡镇进行重点扶持，帮助扶贫对象户改善生产生活环境，加快脱贫致富，全县投入项目资金上亿元，覆盖90%以上的扶贫对象户，人均增收586元。

"一户一卡"的信息台账还为分部门联系、分类扶持和动态管理创造了条件，并为引导农业、水利、教育、卫生、住房建设、人口计生等部门及社会各界的资源向扶贫对象户倾斜，搭建了通用的工作平台。

在此基础上，铜仁市全面构建"市县领导联系、区县乡负责落实、帮扶单位牵头、乡村组织实施、社会力量参与"的大扶贫工作格局，开展了市、县、区所有机关党支部"1+1"结队、城乡党员"N+1"的"千个支部结队、万名党员帮扶"活动，建立不脱贫不脱钩的定点扶贫和旬调度、月考核、季分析的扶贫工作推进机制，做到领导、责任、措施、落实"四到位"，确保扶贫开发工作有序有效开展。

市扶贫办主任席佐成说，"一户一卡"信息台账，变过去"大水漫灌"为"精准滴灌"，更有针对性、更有效地提高了扶贫开发成效，2013年全市减少农村贫困人口22.33万人。

抢抓机遇　全力推进扶贫生态移民工程

地处武陵山区腹地的铜仁，层峦叠嶂，山高谷深。大山的阻隔，让被"遗落"在山壑间的人们世世代代过着艰辛的生活。

2012年5月26日，一个让铜仁山区老百姓振奋的消息传来：2012年至2020年扶贫生态移民工程正式启动！根据调查摸底，铜仁市有47.2万人生活在缺乏基本生存条件的深山区、石山区和高寒山区及有地质灾害隐患的地方，占全省计划任务的 23.6%。

如何走出重重大山，是一代又一代山里人的期冀；如何帮助大山里的老百姓脱贫致富共奔小康，是各级党委、政府扶贫攻坚的重点。将铜仁作为全国、全省扶贫攻坚生态移民工程的主战场，省委、省政府这一决定，是继国发 2 号文件和《武陵山片区区域发展与扶贫攻坚规划》之后，铜仁市经济社会发展的又一重大历史机遇。

市委、市政府连夜召开紧急会议，研究部署生态移民工程项目，并组织专家实地考察，经过一个多月的反复研究论证，编制出了《铜仁市扶贫生态移民工程总体规划（2012—2020 年）》，提出了按照"一次规划、分年实施、重点突破、整体推进、统筹建设、做大县城、配套园区、提升集镇"的总体思路和要求。

2012 年 6 月，全市扶贫生态移民工程启动大会召开，正式吹响铜仁攻克贫困堡垒、奋力同步小康的集结号。

按照《铜仁市扶贫生态移民工程总体规划（2012—2020 年）》，到 2020 年，全市将计划搬迁 30 万人，覆盖全市 10 个区县，其中包括 7 个国家扶贫开发重点县，125 个贫困乡镇，1781 个贫困村。

在与贫困作战中，铜仁不是孤身奋战。

2013 年初，国务院启动新一轮对口帮扶贵州工作，其中明确苏州市对口帮扶铜仁市。当年 9 月底，苏州市下发《苏州对口帮扶铜仁实施计划（2013－2015）》，标志着苏州对口帮扶铜仁的工作全面展开。

根据《苏州对口帮扶铜仁实施计划（2013－2015）》方案，苏州 3 年内将安排近亿元资金，帮助铜仁实施"'四在农家·美丽乡村'、职业技校、农业产业化、人才培养"等项目。该市还出台相关文件强调，苏州对口帮扶铜仁，是一项政治任务，是先富帮后富、加快推进铜仁全面小康社会建设进程的重要举措，同时，亦是推动区域协调发展的战略需要。各级各部门要充分认识做好对口帮扶铜仁工作的重要性，为铜仁与全国全省同步全面建成小康社会不懈助力。

从去年开始，苏州帮扶铜仁的各个项目稳步推进。仅 2013 年，铜仁市就有200 名干部到苏州接受培训。一年来，苏州与铜仁开展了一系列合作，包括铜仁在苏州举办"美丽梵净山·铜仁过大年"旅游资源和旅游产品推介活动、苏州邀请铜仁组团参加第十六届中国苏州国际旅游节等，此外，20 家苏州企业与铜仁市签订合作协议，签约总额超过 50 亿元。

目前，铜仁正以饱满的热情对接工作，与苏州手拉手、肩并肩，共同打好扶贫攻坚战，全力向小康"冲刺"！市委书记刘奇凡表示，要用足用活国发

〔2012〕2 号文件、《武陵山片区区域发展与扶贫攻坚规划》等政策机遇，牢固树立"大扶贫"理念，以更大的决心、更强的力度、更有效的举措，打好新一轮扶贫攻坚战，确保全市各族群众共同实现全面小康。

　　具有储量大、品质高、闻名全国的锰、汞、钾、钙、钒等资源优势的铜仁，但却长期藏在深闺，得不到有效开发利用，与滞后的地方经济发展状况极不对称。具有地球同纬度唯一保存最完好的绿洲，中国五大佛教名山武陵山脉主峰梵净山等旅游资源优势，但却与周边凤凰、张家界等地旅游市场"冰火"两重天！随着中央、省系列大好政策叠加支持的机遇，铜仁海陆空立体交通网络优势即将形成；随着农村"三权"抵押融资模式的全面推行，长期制约农村发展的融资坚冰也将迅速"消融"。当前，影响和制约铜仁科学发展、后发赶超、同步小康的最大瓶颈是什么？毫无疑问，那就是人才！

打造人才聚集新高地　构筑铜仁后发赶超新优势

——铜仁市人才工作记略

　　春日的铜仁，山花烂漫，清香扑鼻。

　　3月17日，铜仁花果山大会场。来自各区县及市直部门负责人、各类专家人才汇聚一堂，如饥似渴地听取厦门大学深圳研究院特聘教授崔毅作的《中国宏观经济形势研判与投资机会分析》及《招商引资与企业融资决策分析讲座》，崔教授深入浅出地讲解不时赢得阵阵掌声。同样是3月17日，石阡县人民政府正式向全国发布"招贤帖"，将向全国公开引进高层次和紧缺人才15名，引进的博士研究生将给予30万元安家费！

　　这是铜仁打造人才聚集新高地，构筑后发赶超新优势的一个缩影！

构筑舞台　吸纳八方英才

　　自省委、省政府提出要突出加速发展、加快转型、推动跨越的主基调，重点实施工业强省和城镇化带动战略后，如何加快发展，对于长期在全省挂后铜仁的显得尤为迫切。

　　面对基础设施脆弱、经济发展滞后的实际，铜仁如何实现科学发展、后发赶超、同步小康？

　　"人力资源是最大的资源，人才投资是一种战略性的投资！"2012年8月，市委书记刘奇凡撰文《探索铜仁后发赶超之路》，明确提出全市将进一步解放思想，在推进金融发展、土地管理、人才建设、科技创新等四个方面先行先试，将"推进人才建设"作为先行先试的四大主要内容之一。

思想决定高度，思路决定出路！

市委、市政府结合实际，制定并认真执行《铜仁市中长期人才发展规划纲要（2010—2020年)》，特别是国发务院《关于进一步促进贵州经济社会又好又快发展的若干意见》、《武陵山片区区域发展与扶贫攻坚规划（2011－2020年)》和苏州市对口帮扶铜仁后，市委、市政府审时度势，提出了"三化同步、一业振兴"发展战略，着力构筑人才新高地，为奋力走出一条符合铜仁实际的追赶型、调整型、跨越型、可持续发展路子，同步全面建成小康社会提供强有力的人才保证和智力支持。抓住机遇是能人，抓不住机遇是失职，是罪人！

铜仁市抓住苏州帮扶铜仁的机遇，立即启动了苏州铜仁两地之间人才合作工程，探索建立互派干部交流、人才交流信息库、人才培养机制等，大力引进苏州先进观念、技术、管理和优秀人才，提升铜仁发展水平，增强铜仁经济实力，加快推进建成全面小康社会进程，合力创建全国东西合作同步小康扶贫攻坚示范区。

黔东工业聚集区内，高新技术企业多，是全市工业经济发展的主战场。但长期以来，各园区科研人才奇缺，许多企业核心技术受制于人，企业能否扎根下来，一直困扰着各级决策层领导们。究竟如何破解?

在经过深入调研和周密思考后，日前，市委、市政府大胆提出了设立人才特区的设想：即在碧江区、万山区、大龙开发区、铜仁高新区建设人才特区，实施"5515人才计划"：即力争用5年时间，为能源建设产业、化工产业（生物制药）、建筑建材产业、现代装备制造业、绿色轻工产业5大产业引进和培养，10名掌握国际国内领先技术、引领产业发展的科技型创业创新领军人才或人才团队，500名从事科技创新、成果转化的高层次人才。

业内人士指出，此举必将成为引领开启黔东工业聚集区快速发展的新"引擎"，必将助推铜仁工业的跨越发展！

同时，市委、市政府还在推进"十项人才工程"方面下功夫：稳步推进"四个一百"人才计划、"铜仁青年英才"开发计划、高层次人才引进计划、文化人才培养计划、党政干部素质提升工程、优秀企业家培养工程、名师名医名家培养工程、创新型科技人才培养工程、高技能人才开发工程、贫困地区和民族地区人才推进工程，以满足铜仁经济社会快速发展人才的需要。

近年来，铜仁市还着力在提升人才管理和服务水平上下功夫，组织开展优秀人才评选活动，开展市管专家、县管专家、科技人才评选等评选活动 13 次，评选表彰了一批先进。各级党委政府成立了重大决策专家咨询库，充分发挥专家咨询库成员作用。组织开展"博士硕士下基层，服务社会促发展"为主题的社会实践活动，帮助基层解决技术难题。每逢节假日，市几大班子领导亲自走访慰问专家学者和知识分子。通过系列举措，全市上下尊重人才、重视人才的氛围空前高涨，同时也为各类人才干事创业营造了良好的氛围。

外引内强　奠定跨越基石

没有人才，就没有事业！

没有优秀人才，就不能占领制高点！

面对人才奇缺，特别是高端人才稀少的实际，铜仁采取一手抓高端人才引进，一手抓内部人才培养，两条腿走路的办法，筑牢跨越发展基石。

近年来，铜仁市各级各部门着眼市属支柱产业的发展需求，通过项目聚才，加快引进高层次人才步伐。鼓励有条件的企事业单位建立院士、博士后工作站和科研基地。积极引导规模企业引进职业经理，建立现代企业管理制度。开展引进挂职博士和急需紧缺人才工作。开展赴先进地区、重点高校科研院所招纳贤才。发挥已引进人才的桥梁纽带作用，实现以才引才。

2012 年，铜仁市按照优化工作环境成就人才、创新政策吸引"外才"的思路，面向全国"211 工程"高校，招录了一批全日制计划内应往届硕士、博士研究生充实到全市企事业单位。同时，实施了"引博"工程，引进财政、金融、工程管理等紧缺专业博士后、博士来铜挂职。全年引进各类人才 1952 人，其中紧缺急需人才 775 人，硕士 179 人，博士 24 人，柔性引进 36 人，引智 245 人次。

为了加强人才培养，铜仁市先后与中南大学、山东大学、河海大学等高校签订了产业和人才合作协议，与重庆两江新区、青岛市干部人才签订了挂职培养协议，借助外力培养人才队伍。2012 年，还启动了全市发展型人才梯队培养计划，从当年开始，连续三年，每年推荐遴选 20 至 30 名学历高、年纪轻、懂经济的副县级或科级干部进行重点培养；仅市级层面全年就拿出来 32 个副县级职位开展 4 个批次的公选；选派 169 名干部到乡镇挂职锻炼；举办各类技能培训 5746 场次，培训 28 万余人次，全市人才素质得到提升，潜能得以激活。

近年来，作为培养人才摇篮的铜仁学院、铜仁职院等高校，大胆探索，建立了人才引进服务机制，实施"研究生引进工程"。近 3 年来，铜仁学院、铜仁职院引进硕士研究生及以上学历的高端人才 177 人，为培养各类人才奠定了坚实的基础。

献智献力　激活一池春水

巢好凤凰翩翩来！

清华大学国际关系学博士后、复旦大学国际关系与公共事务学院法学博士、华东理工大学工商管理硕士、北京大学国际关系学院政治学专业毕业，现任世雄国际发展基金会副理事长兼秘书长，清华大学中国战略与公共外交研究中心副主任兼秘书长赵曙光，自挂任松桃自治县副县长后，立即融入全县经济社会建设大潮中，通过他的牵线搭桥，促成清华大学社科学院与松桃自治县人民政府签署战略框架合作协议；清华大学26名不同专业博士后被松桃聘为科学发展顾问；复旦大学国际关系与公共事务学院与松桃自治县人民政府签订了战略合作框架协议；同时，复旦大学国务学院公共管理研究生课程班免费为松桃培训120名正科级干部，培训课程根据县级政府的基层需要设定；与华东理工大学商学院签订"松桃籍农民工融入上海城市发展计划协议"，此外，该商学院工商管理研究生课程班免费为松桃培训260名副科级以上干部，学制一年。同时，促成了上海市中学四大名校之一的复旦大学附属中学对口帮扶松桃民族中学，为期三年；华东理工大学在松桃民族中学挂牌设立优质生源基地。充实干部群众的文化水平，邀请不同领域的博士在松桃举办免费博士讲坛7期。支持公益方面，联系了上海市100位企业界高管资助松桃自治县九江乡100位贫困小学生学业至初中毕业，每生每年帮扶费用1000元左右。在招商引资方面，他还动用各种资源，促成贵州诚驰彩钢结构有限公司投资5000万在松桃设厂投产；贵阳宁波经济促进会意向投资1亿元在松桃建立宁波工业园。目前组织了多个考察团来松桃看项目促发展。拟促成上海市崇明县三星镇、上海中华制药厂、上海市第十人民医院、徐汇区卫生部门和宝山区卫生部门与松桃自治县达成初步合作协议……

中国农业科学院农业经济研究所博士后王瑞波挂任市农委副主任后，不但牵头完成了《铜仁市生态农业建设总体规划（2012－2020）》，而且还利用工作之余，完成了《铜仁市现代农业产业园区发展的战略思考》《全力解决铜仁"三农"问题，助推贵州全面建设小康社会》《关于思南县生态农业发展的调研思考》《西部五县调研思考与建议》等调研报告，为市委、市政府提供了决策依据。同时，帮助松桃自治县完成申报"国家级现代农业示范区改革与建设试点"实施方案，帮助思南县到农业部发展计划司和畜牧司，国家扶贫办汇报工作，争取项目，协助申报科技部"武陵山片区农产品质量安全示范基地"项目等等，为铜仁市农业农村工作做出了积极贡献。

山东科技大学薛彦辉教授，2011 年 10 月进入贵州远盛钾业有限公司负责"含钾页岩制钾肥综合利用项目"，2011－2012 年完成了 1000 吨的含钾页岩制钾肥综合利用项目中试试验并通过了贵州省科技厅的鉴定，目前正在进行国内第二个"年处理 1 万吨含钾页岩制钾肥综合利用项目产业化"项目的实施，计划完成年处理 10 万吨钾页岩规模化，建设国内第一个"含钾页岩综合利用的孵化器"和在铜仁建设国家级"钾业工程中心"。

曾挂任玉屏自治县副县长的孟碟博士是贵州人，也是一位高级工程师，曾在贵州省水利水电勘测设计研究院从事水利水电工程勘测、设计和规划工作，这让他较快地转变角色，融入工作中。面对 2011 年罕见旱灾，分管水务工作的孟碟深入基层积极组织群众抗旱救灾，向上协调抗旱资金 50 多万元、物资折款 180 余万元，捐赠抗旱资金 20 万元。通过竞争立项成功申报小农水、高效节灌两项水利项目，"争"来资金 9000 万元，牵线搭桥促成玉屏与省水利水电勘测设计研究院、省水利投资有限责任公司的合作……孟碟务实、敬业、高效、果敢的工作作风，得到市、县领导和广大群众的肯定和认可。如今，孟碟已正式留任铜仁，任石阡县副县长，担负起重担。

……

海阔凭鱼跃，天高任鸟飞！如今，各类高端人才正在黔东这片蓝天白云下，在桃源铜仁这片美丽的大地上，用他们的激情，正书写着灿烂华章和壮丽诗篇。

"一个地方的竞争力取决于干部队伍和人才的竞争优势！"市长夏庆丰说，铜仁只有构建人才高地，加快人才队伍建设，才能形成创新效应，才能实现后发赶超。

正是由于各类人才的不断涌入和人才素质的大幅提升，2012 年，铜仁市经济社会建设实现快速发展，地方生产总值 447 亿元，增长 17%。全社会固定资产投资 730 亿元，增长 69.8%；农民人均纯收入 4802 元，增长 20%。固定资产投资增速全省第二，城镇居民人均可支配收入增速全省第一，旅游总收入增速全省第三，税收收入增速全省第四，农民人均纯收入增速全省第六，在全省实现增比进位。

铜仁的进步依靠人才！铜仁的发展需要人才！铜仁的机遇吸引人才！铜仁的成功造就人才！我们真诚地希望更多的人才到铜仁创新创业，在推进美好幸福新铜仁的伟大征程中大显身手，实现价值。

4.29 亿元扩建铜仁凤凰机场

预计 2014 年完工

近日，国家发改委正式下发了《国家发改委关于铜仁凤凰机场改扩建工程可行性研究报告》批复文件，批复资金 4.29 亿元。

据了解，铜仁与相连的湖南省湘西自治州动作频繁，先是 2 月 18 日铜仁市委书记刘奇凡、市长夏庆丰率团赴湘西自治州考察，次日湘西自治州又组团回访铜仁市。据悉，双方交流最重要的一个内容就是磋商如何加快推进铜仁凤凰机场改扩建工程事宜，尽快打造成张家界—凤凰—梵净山"黄金旅游线"，推动武陵山片区加快发展，同步小康。

原铜仁大兴机场，地处贵州、湖南两省交界处，覆盖贵州、湖南和重庆三省市 41 个县市约 1400 万人。机场于 1972 年通航以来，虽历经停航、扩建等阶段，但皆因机场跑道偏短等原因，无法满足航空公司主力机型需要，导致航线培育困难，客货运量不稳定。

2008 年 11 月，原铜仁地区行署、湘西自治州政府、贵州省机场集团公司三方开始携手合作，并于 2009 年 10 月争取中国民航局将原铜仁大兴机场更名为"铜仁凤凰机场"，成为我国首个跨地区命名的机场。同时，掀开了铜仁湘西携手打造"黄金旅游线"新篇章。

经过 4 年的努力，今年春节前夕，国家发改委正式下发了《国家发改委关于铜仁凤凰机场改扩建工程可行性研究报告》批复文件，批复资金 4.29 亿元。其中，国家发改委安排中央预算内投资 0.95 亿元，国家民航局安排民航发展基金 2.1 亿元，其余由贵州铜仁、湖南湘西财政各安排 0.62 亿元。按满足 2020 年旅客吞吐量 80 万人次，货邮吞吐量 1200 吨的目标，对铜仁凤凰机场进行全面改扩建。

据铜仁凤凰机场改扩建指挥部指挥长曹建民介绍，截至目前，铜仁凤凰机场改扩建工程相关项目招投标已全面展开，飞行试验区已完成，航站区场地平整工程已开工，目前已累计完成投资 8000 万元，整个工程预计 2014 年上半年完工。

铜仁"三年大攻坚"推进工业强市

从今年开始，铜仁市以深入实施工业"百千万"工程为契机，推进工业"三年大攻坚"，着力打造"两区一走廊"三大工业板块，力争 2017 年达到工业总产值 1500 亿元，2020 年达到 2500 亿元，为全市后发赶超、同步小康提供有力支撑。

铜仁市将继续推进黔东工业聚集区率先突破，全力推动大龙申报国家级经济开发区；铜仁高新区、碧江经济开发区、万山经济开发区、松桃经济开发区引进和培育一批"五亿级""十亿级"的大企业、大项目，实现联动互补发展。同时，以迎接全省项目观摩会为推手，加快实施重点工业项目，推动全市工业项目大发展。深入实施工业"百千万"工程，抓好传统产业振兴、特色产业壮大、承接产业转移示范、新兴产业培育、生产性服务业提升"五大工程"，做优产业。继续打造石材、水、茶叶、中药材、特色食品"五张特色名片"，做大总量，形成规模，培育品牌。推进以梵净山区域为重点的健康养生产业园区和以铜仁高新区为重点的生物制药产业园区建设，大力发展新医药和大健康产业。

为确保三年实现"工业强市"目标，铜仁市将在强化融资、土地、人才等要素支撑的同时，每年安排 1 亿元作为工业发展专项资金，着力打造"两区一走廊"三大工业板块，重点实施"个改企、小升规、规改股、股上市"四大工程和产业园区升级工程，实现黔东工业聚集区率先突破，带动全市做大工业经济总量，确保进入全省工业第二方阵。

泛珠三角区域成为铜仁市"吸金"主战场

签约项目 1500 余个　到位资金 750 多亿元

　　8 月 30 日，铜仁市组团赴广州举行招商引资推介会暨项目签约仪式，签约项目 42 个，总投资 65.2 亿元。至此，铜仁市与泛珠三角区域签约项目达 1503 个，投资总额 1663 亿元，到位资金 751.37 亿元，涉及矿产、房地产、制造、教育、金融和服务等领域。泛珠三角区域成为铜仁市"吸金"主战场。

　　近年来，随着交通区位优势的逐步显现，国家、省系列政策的支持，一批重大基础设施项目、产业项目、民生项目纳入规划并逐步实施，为铜仁打造黔东北产业转移承接区、武陵山连片扶贫开发先行先试区、国际知名国内著名的旅游区和省际区域性中心城市提供了强大的支持和机遇。同时，也成为吸引广大投资者前来投资兴业的主要动力源。

　　为加强与泛珠三角区域的交流与合作，2012 年铜仁市成立驻广州招商分局、驻重庆招商分局等，辐射泛珠三角区域"9 + 2"省区市，并集中力量在矿产、能源、生态、旅游等资源上下功夫，利用国内外企业，进一步加大对钾、锰、汞、页岩气等战略资源的包装和生态健康产业的开发利用。通过扩大合作领域、拓宽合作渠道、提升合作层次，泛珠三角区域广大企业家纷纷把铜仁市作为一块投资兴业的沃土，助推了全市经济社会转型跨越发展。

铜仁全面启动农村"三权"抵押贷款融资模式
"沉睡资本"变"流动资本"

日前，市政府办正式印发《铜仁市农村土地承包经营权、宅基地使用权和林权抵押贷款管理办法实施意见》文件，这意味着在铜仁市石阡、德江经过多年实践，并取得显著成效的农村"三权"抵押贷款工作，正式在全市全面推广实施。

按照规定，今后铜仁市农村土地承包经营权、农村宅基地使用权、林权（以下简称"三权"）均可办理抵押贷款，即借款人在不改变土地所有权性质、不转移农村土地占用和农业用途的条件下，可将农村土地承包经营权作为抵押担保，向金融机构申请贷款；借款人在不转移土地占有、不改变土地用途、保持土地所有权不变和征得所在农村集体经济组织同意后，可将农村宅基地使用权作为抵押担保，向金融机构申请贷款；借款人以森林、林木的所有权或使用权、林地的使用权，作为抵押物向金融机构申请贷款。在办理抵押（贷款）时，当事人按照"三权"的市场评估价值或抵押当事人认可的价值签订抵押合同和贷款合同后，共同持有效材料到相应主管部门办理抵押等级手续，金融机构据此发放贷款。

为确保顺利推进，铜仁市成立了相应的组织机构，负责建立农村产权价值评估机制、完善农村产权流转体系和农村产权抵押贷款风险分担机制，健全农村金融市场体系，加强农村信用体系建设等配套措施。在推进过程中，铜仁市将始终坚持市场化与政策扶持相结合，保障农村居民基本生产生活条件，维护金融机构合法权益，积极稳妥、循序渐进和风险可控的原则，各区县财政将按人口规模出资设立农村产权风险补偿基金，即人口20万以下的区县出资设立风险补偿基金500万元，20万人口以上的区县出资设立风险补偿基金1000万元，松桃、沿河、思南3个大县出资设立风险补偿基金2000万元，对抵押人到期未履行义务的，抵押人可对抵押物行使抵押权，还可由农村产权抵押风险基金按比例进行补偿。

探寻铜仁城镇化工业化发展动力

资源定位：铜仁有"富矿"

万山是"中国汞都"，松桃是全国"锰三角"。

最近几年，铜仁又惊喜不断：

据地质部门勘查，万山境内钾矿远景储量100多亿吨，储量之大全国罕见！在江口、松桃、石阡和万山一带，钒矿储量约100万吨，也就是说，这里即将建成"全国最大的钒工业基地"。

在位于铜仁西边的印江自治县、石阡县、德江县等地，丰富的地热、石材等矿产资源，正在形成新的产业，成为铜仁新的经济增长点。

铜仁水电资源最丰富，在全省工业用电价格较低。

随着杭瑞、大思、思剑等高速公路的投入使用，铜仁凤凰机场改扩建、铜玉城际铁路即将完工，铜仁区位优势越发显现。铜仁真正成为承继中、东部地区产业转移的"桥头堡"！

近年，铜仁以创建国家智慧城市试点为契机，加大智慧城市建设，在信息化道路上迈出了坚实的步伐。铜仁加强与淘宝网合作，成功开辟淘宝网"特色中国·铜仁馆"，为宣传推介铜仁、为企业销售产品搭建了一个很好的空间平台。

随着宝鼎物流、笑哈哈物流等10多个大型物流交易平台的建成，长期居高不下的物流成本开始下降，产品竞争力越来越具优势。

铜仁有100万劳动力"大军"，人力资源极为丰富！

这一切都表明，铜仁就是一座富矿城市！

在国发〔2012〕2号文件、《武陵山片区区域发展与扶贫攻坚规划》等重大政策优势影响下，具有品牌资源优势、区位优势、人力优势的铜仁，如何将这些品牌资源优势转化为经济优势？

规划先行发力。早在2008年，铜仁市委、市政府（原地委、行署）在实施"构建两带两圈产业体系、推进六个新跨越"发展战略时，就明确提出以玉屏、万山、铜仁和松桃为节点，建设玉铜松新型工业带。除了大龙开发区和大兴科技工业园区，还科学规划了10个新工业园区，即每个县（市、特区）分别建设一个工业园区。10个园区百舸争流竞相发展。

2012年，铜仁市再次发力。市委、市政府果断将玉铜松新型工业带整合，挂牌成立黔东工业聚集区，开启铜仁做大做强工业的崭新篇章。更引以自豪的是，当年，不具交通优势的西边石阡县，突破行政区划阻隔，毅然跑到大龙经济开发区，设立了石阡产业园区，在全省率先开启了"飞地经济"发展模式。

在省市相关部门的大力支持推动下，如今，除了大龙开发区、大兴高新技术产业开发区属省级开发区、高新区，沿河、印江、碧江、万山、松桃、玉屏、德江、思南8个工业园区又相继升格为省级经济开发区。加上大龙开发区和大兴高新区，铜仁市省级开发区已达10个。

2013年注定是铜仁丰收的一年，经过数年精心培育，全市12个产业园区全被纳入全省"5个100工程"。

创新创造原动力

发展工业最现实、最直接的问题就是用地。在全国土地资源极为紧缺的情况下，如何发展工业？大兴开发区、德江经开区、松桃经开区……几年来，通过削山头、填沟壑的方式，硬是在武陵高地开辟出了一块又一块的"平原"。通过"向山要地"，有效破解了土地资源"瓶颈"，此举，被业界称为"铜仁模式"。

如何破解资金瓶颈？铜仁仍是大胆探索，全面推行"三权"抵押改革，实现金融创新，撬动金融资本。同时，市政府还先后与国家开发银行、中国农业银行等开展"银政合作"，有效破解发展资金瓶颈，推动工业园区快速发展。

如何破解人才匮乏的问题？市委、市政府除抓好铜仁学院、铜仁职业技术学院的建设发展基础上，还积极与清华大学、上海政法学院、贵州大学、河海大学等开展"校地合作"，为加快发展提供人才保障和智力支持。

最近三年，全市共引进高层次和急需紧缺人才603人，其中博士24人，挂职博士36人，硕士543人。这些高素质人才为铜仁市经济社会发展做出了积极的贡献。

2013年铜仁市申报部级科技项目24个，立项9个；申报省级科技项目201项，立项75个，项目申报数量在全省各市州中位居前列。获资助专利授权103件和专利授权292件，增幅超历年记录。

在市委一届四次全会上，市委明确提出了"建设人才培养引进科技创新示范市"的目标。在大龙开发区和大兴高新区设立了人才特区。

近年，铜仁市依托大批博士人才，成立了锰、汞、钾等资源科技研究发展中心，加速了科技成果转化。

目前，全市8个区县被列为全国科普示范县，全市上下已形成重科技、用科技的热潮，创新正成为加速铜仁发展的原动力。

借力借势张活力

招商引资借力发展。铜仁坚持领导干部带头招商，积极参加省委、省政府组织的一系列集中招商活动，全面开展以商招商、驻点招商等招商活动。2013年，全市完成招商引资到位资金552亿元，为加速铜仁发展注入了新鲜活力。

为了推进项目落地，市委、市政府采取"一个项目，一名领导，一套班子，一抓到底"，建立和落实项目跟踪对接、协调服务机制，加快办理项目落地的相关审批手续，促使签约项目尽快落地开工。2013年，铜仁市项目开工率达93.9%。近年，市委、市政府还坚持开展招商引资和园区建设推进工作末位现场会，通过末位现场督办的形式，变"鞭打快牛"为"鞭打慢牛"，警醒和鞭策后进，在全市营造你追我赶、增比进位的浓厚氛围。

同时，铜仁市积极开展区域合作，促进发展。主动对接和融入"武陵山经济协作区"，携手贵阳、湖南的怀化和湘西、重庆黔江等周边地区，促进资源共享、优势互补；与浙江省温州市、绍兴市等沿海发达地区建立合作关系，加强经济协作。如今，湖南工业园、重庆工业园、苏州工业园……就像一颗颗璀璨的明珠，闪耀在黔东大地。

随着软硬环境的日益改善，如今，铜仁正成为各方企业家投资兴业的沃土。

既"赶"又"转"奋力冲刺

如何做大做强工业，增大经济总量，实现"增投扩量、提速进位"？

近年，铜仁在"快"上着力，在"赶"上加劲，在"转"上突破，坚持科学发展，奋力后发赶超，朝着同步小康的康庄大道铿锵前行。

在大兴高新区，几年前是荒山，如今已有多家企业入驻，形成锂电池、LED等产业聚集，工业实现从无到有，从小到大。

铜仁市工业结构逐步优化升级。

碧江百丽鞋业、大龙港台产业园富华国际鞋城、松桃玖鑫鞋业等大批劳动密集型企业产销两旺。

在轻工业发展方面，年产30万吨啤酒的贵州天龙啤酒有限公司，充分利用铜仁优质水资源，依托铜仁、湖南、重庆广阔的市场，努力开发新产品。

铜仁工业不但在"赶"，而且在铆足干劲"转"！曾经辉煌的"万山汞矿"破产后，万山并没有衰败，反之，这里转型成为国家级汞循环经济示范区，已引进红晶汞业、红菱汞业、银河化工等7家汞化工生产企业，产品占据全国70%的份额。

大龙汇成新材料有限公司烟气脱硫煤电锰一体化循环经济项目，通过脱硫还原技术，精制成高纯硫酸锰和四氧化三锰，两者是锂离子电池的重要基础原材料和关键前驱体。此外，该项目每年还可为大龙电厂烟气脱硫8000吨，节约上亿元环保费用。

如今，铜仁正依托资源禀赋和比较优势，升级锰、汞、铝、钒等传统资源精深加工产业；积极承接东部劳动密集型产业转移；大力发展新材料、新能源等高新技术产业……2013年，铜仁市500万元以上规模企业达到518户，新增115户，其中2000万元以上规模企业336户，新增79户。是铜仁市历年来工业企业建成投产最多、规模企业增幅最大的一年。

以"赶"治"穷"，以"转"创"新"。铜仁正在"加速发展、加快转型、推动跨越"的道路上砥砺前行。

"四城"耦合显效应

工业化是实现现代化不可逾越的发展阶段，现代工业和现代城镇可为经济发展提供良好支撑。

铜仁市按照"产业园区化、园区城镇化、产城一体化"的思路，统筹谋划产业园区和城市新区建设，注重园区规划与城镇建设规划的衔接，做到空间上产城共进、布局上功能区分、手段上协调统筹、时序上工业化和城镇化同步跟进。

目前，在铜仁市大多数产业园区，特别是黔东工业聚集区，已基本建立起与实施工业强市和城镇化带动战略相适应的基础设施体系。

大龙开发区将35平方公里的核心区分成相对独立的两块，北部为企业生产区域，南部则为商务、服务和住房规划区，着力建设大龙工业新城。

相邻不远的玉屏自治县和大龙开发区还实施抱团发展、同城发展战略，以320国道改造升级和大龙"一心"高铁车站建设为契机，在产业布局和空间布局上相互靠拢，在基础设施建设和信息沟通上实现无缝对接。

位于铜仁西边的德江县，城的南面是新区，是人口聚集的地方。城的北面则是工业园区，数万农民在这里就业，演绎着产城互动、社会和谐稳定的精彩。

如今，以产兴城、以城促产，产城互动，产城一体化，正在黔东大地绽放出无穷魅力。

激活跨越赶超动力源

——铜仁市黔东工业聚集区发展记略

暖春 4 月，百花盛开。

置身黔东大地，无处不涌动一股股火热的创业激情，让人感受到一股强劲的发展势头。"一座城改变一个城市！"这是铜仁国际会展城建设者们，用豪情书写在建设工地上的一幅巨型标语，在其感召和鼓舞下，一辆辆挖掘机开足马力，挥舞铁臂忙碌作业，运载工程车不停穿梭其间！在港台产业园（富华国际鞋城）生产车间，3000 多名工人正紧张有序作业，热闹场面让人震撼。

这是铜仁市贯彻全省"两加一推"主基调，深入推进黔东工业聚集区园区建设、产业发展和企业培育等工作，合力激活工业发展引擎，推动新型工业快速发展所取得成效的一个缩影。

积聚要素　谋追赶跨越之路

2012 年 10 月 23 日，铜仁黔东工业聚集区正式挂牌成立！通过多年精心打造、培育的"玉碧松循环工业经济产业带"上的玉屏、大龙、万山、碧江、大兴和松桃等 6 个工业园区，开启了抱团发展的崭新之路。

"建设铜仁市黔东工业聚集区，是市委、市政府对'构建两带两圈产业体系、推进六个新跨越'战略的继承和发展，是实施'工业强市'、推动'四化同步'战略的一项重要战略决策！"成立大会上，市委书记刘奇凡发言掷地有声。他说，这是市委、市政府推进工业强市战略打出的一套"组合拳"！全市上下一定要打好这套"组合拳"，让黔东工业聚集区成为铜仁市工业经济发展动力源、主战场、核心圈，成为全市工业发展乃至贵州省东部工业发展的龙头和高地！近年来，铜仁市紧紧围绕"两加一推"主基调和"构建两带两圈产业体系，实现六个新跨越"发展战略，加快工业经济发展，初步形成以电力、冶金、化工、两烟、建材和农副产品加工为基础的工业体系。

2011 年，全市完成规模以上工业总产值 217.24 亿元，比上年净增 51.85 亿元；实现全部工业增加值74.1亿元，增长22.9%；工业对经济增长的贡献率达29.4%，比上年高6.2个百分点。而作为全市工业发展领头位置的"玉碧松循环工业经济产业带"，这一年，完成的工业总产值达168.03亿元，工业增加值36.48亿元，均占全市总量的四分之三以上。然而，认真研判铜仁工业经济发展，园区聚集效应弱、产业结构不合理、龙头企业缺乏等问题仍较突出。

设立黔东工业聚集区，将全市现阶段工业发展重心向东部转移和调整，通过统筹、整合和优化，破解园区聚集效应弱、要素分散、产业结构不优、龙头企业缺乏等等问题，实现东部工业率先发展，带动西部发展，市委、市政府的目的十分明确。

战略决定高度，思路决定出路！铜仁市紧紧抓住国发2号文件、实施武陵山扶贫攻坚规划和"工业强省"战略的机遇，加速推进新型工业化、城镇化、农业现代化和信息化"四化同步"、旅游业"一业振兴"，在"快"上着力，在"赶"上加劲、在"转"上突破，奋力走出一条符合铜仁实际和时代要求的追赶型、调整型、跨越式、可持续发展路子。

极速推进　积聚发展动力

"建设黔东工业聚集区的根本目的，就是要集中生产要素，吸引人才聚集，促进产业集群发展，形成一批特色鲜明、辐射力大、竞争力强的产业集聚区域和产业集群。"市委副书记、市长夏庆丰说。

市委、市政府把加快建设黔东工业聚集区作为一项重点工作，按照"一年初见成效、两年初具规模、三年形成态势"的要求，强化领导，精心组织，迅速掀起工业聚集区建设新热潮。

为了加快建设速度，铜仁市在实行"一个项目、一个领导、一套班子、一个方案、一抓到底"的工作机制和招商引资项目"周通报"、"月调度"制度的基础上，推行市委督查室、市政府督查室、市效能办、市投资促进局、市工信委、市发改委联动的大督查机制，加大督查密度，达到"洽谈一批、签约一批、开工一批、投产一批、达产一批"。

同时，实行招商引资和园区建设工作末位督办现场会制度。自2011年10月以来，全市连续召开了4次招商引资和园区建设工作末位督办现场会，让压力得以层层传递，全市上下形成你追我赶、增比进位的浓厚氛围。

2012年，聚集区启动并实施园区场地平整、道路、给排水、供电等基础设施建设项目50个，总投资224.2亿元，完成投资49.5亿元，使园区核心区全部达到"五通一平"，部分达到"七通一平"；累计建成标准厂房65万平方米，建成廉租住房 1267 套 6.3 万多平方米。今年一季度，完成基础设施投资 13.8 亿元，建成 4 层以上标准厂房 3.25 万平方米，园区项目承载能力显著提高。

2012 年，聚集区开工（续建）179 个产业项目，总投资 383.2 亿元，实际完成投资 141.5 亿元。今年一季度，完成产业项目投资 51.6 亿元、投产项目 29 个，新开工项目 27 个。

如今，聚合在一起的 6 个工业园区，按照发展方向的定位和规划，形成功能互补，产业链相互补充的良好格局，聚集区企业和产业集群效应开始显现。

跨越转型　彰显集群效应

行走在黔东工业聚集区，兴奋点一个接着一个。

奇辉陶瓷研发有限公司是全国第二家拥有独立知识产权的打火机压电陶瓷研发生产企业，公司掌握打火机生产的核心技术。该公司入驻大龙开发区后，带来了金顺电子、海天打火机等 6 家企业在大龙聚集，实现整个打火机产业链相配套的承接转移，使大龙逐步形成以东亿电气集团为龙头的全国最重要的打火机产业核心技术研发中心和生产基地，预计可占有全球市场份额 90%。

这是大龙开发区承接东部产业转移的一个点睛之笔！位于万山经济开发区的贵州银泰铝业有限公司，该项目充分利用贵州省丰富的铝资源，沿着铝锭—铸轧铝板（热轧板坯）—冷轧板—高精铝板带—铝箔—亲水箔（双零箔）延伸产业链，拉长了贵州的铝矾土、电解铝的产业链条，提升了贵州电解铝工业的竞争实力，实现合作双赢的有利局面。项目建成后，将实现产值 30 亿以上，成为贵州最大的铝板带箔生产基地，中国铝业加工行业一流品牌企业。

如今，铜仁传统的锰、汞等资源精深加工产业进一步向集群化发展。在汞都万山，红晶汞业、红菱汞业、银河化工等 7 家汞化工生产企业集聚，产品占据全国 70% 的份额，实现华丽转身，迎来复兴之路！随着安徽海螺、广东百丽、中国雨润、笑哈哈、农夫山泉等大批知名品牌企业集群进驻碧江区，碧江正发生着翻天覆地的变化！玉屏必登高鞋业，大龙富华国际鞋业，碧江百丽鞋业，松桃玖鑫鞋业，仅这 4 家劳动密集型企业扎根黔东工业聚集区，投产达产后用工将超过 5 万人，将有力推动全市城镇化进程。

更值得一提的是，黔东工业聚集区还吸引了市内西边五县来此聚集发展。2012 年 11 月 28 日，石阡县在大龙经济开发区规划的石阡产业园正式开园建设，首批引进了 5 家企业入驻，涉及投资 48 亿元，在全省率先开启了"飞地经济"发展模式。黔东工业聚集区正焕发出无限生机和魅力！如今，黔东工业聚集区已成为铜仁市新经济增长极。按照规划，2015 年将建成贵州东部的工业重镇，实现工业总产值 600 亿元以上。

产业的聚集和大量产业工人的集聚，加速了城镇化进程。

铜仁市按照"产业园区化、园区城镇化、产城一体化"的思路，统筹谋划产业园区和城市新区建设，注重园区规划与城镇建设规划的衔接，做到空间上产城共进、布局上功能区分、手段上协调统筹、时序上工业化和城镇化同步跟进。

目前，在黔东工业聚集区，已基本建立起与实施工业强市和城镇化带动战略相适应的基础设施体系。大龙开发区将 35 平方公里的核心区分成相对独立的两块，北部为企业生产区域，南部则为商务、服务和住房规划区，着力建设大龙工业新城。松江希望城、松桃北部新城等城市综合体也正在全速推进。

加速发展、跨越发展、转型发展声声疾！如今，在黔东工业聚集区外的德江、思南、印江、沿河、江口、石阡六县正形成百舸争流、竞相发展的喜人态势，正伴随着工业园区的崛起，阔步走向灿烂辉煌的明天！骏马驰骋，志在千里。沐浴着党的十八大的明媚阳光，铜仁正扬鞭奋蹄，勤劳朴实的铜仁人民正万众一心，用智慧和汗水谱写着新型工业发展的新乐章，一个产业兴盛、生态宜居、风清气正、幸福和谐的铜仁正在崛起！

铜仁工业：既"赶"又"转"的精彩作答

2010 年 10 月 26 日，全省第一次工业发展大会召开。在这次会上，省委、省政府果断做出了"工业强省"这一振奋人心的战略抉择。弹指一挥间，就是 3 年时间。3 年来，铜仁市在工业经济发展面对既要"赶"又要"转"的双重压力、双重任务下，如何做到既提速又转型、经济效益社会效益生态效益同步提升？

近年来，市委、市政府紧扣"两加一推"主基调，着力构建"黔东工业聚集区"，激情"追赶"谋跨越，完美"转型"坚持科学发展，奋力后发赶超，做出了一张既"赶"又"转"的精彩答卷。

激情"追赶"：3 年建成 9 个省级经济开发区（高新区）

初冬时节，寒风瑟瑟。从黔东门户玉屏、省级经济开发区大龙到"汞都"万山，再到工业新城大兴、西边德江，走企业、访园区、看建设，处处挥洒着似火的激情，彰显着发展的活力。

在大龙经济开发区，伴随着掌握打火机生产核心技术的奇辉陶瓷研发有限公司落地大龙，与之配套的 20 多家企业随之而来，实现了整个打火机产业链相配套的承接转移。项目建成后，大龙将成为全球打火机压电陶瓷生产规模最大的生产基地之一，预计可占有全球市场份额 90%。

在大兴高新区，3 年前是荒山，两年前是平地，如今已有多家企业入驻，形成锂电池、LED 等产业聚集，工业实现从无到有，从小到大。

在德江城北工业园区，项目业主三诺机电科技公司在推进项目建设的同时，充分发挥自己的人脉、资源优势，广泛开展"以商招商"，引进中杰鞋业、红星机械、旺元电线等 5 家知名企业，实现抱团发展。根据规划，这里将建成容纳 4000 户商家、15 家以上机电制造企业的机电城，成为黔东北最大的机电产业园区。

更让人惊叹的是，德江工业园区管委会自 2011 年 5 月成立以后，短短 3 天完成征地 1945 亩、拆房 5000 平方米；5 天划地 1000 余亩给企业。半年时间，城北园区就签约项目 54 个 167 亿元，34 家企业入驻、14 家投产运营，到位资金 45 亿元！"大龙速度""大兴速度""德江速度"……汇聚形成了"铜仁速度"：

自 2010 年以来，全市共建设园区基础设施项目 310 个，完成投资 216.7 亿元，其中大龙、大兴两个园区实现"七通一平"，其他园区完成"五通一平"，建成标准化厂房 227.2 万平方米。全市规模以上企业由 2010 年以前的 254 户上升至 475 户，预计今年底有 530 户左右，实现两年翻一番目标。目前，在建项目还有 666 个，已完成投资 330.26 亿元。

工业园区数量由 2010 年以前，全市只有 1 个工业园区，增加到目前的 12 个，实现"1 县 1 园"。其中，有 9 个工业园区获批省级经济开发区（高新区），大龙经济开发区正在紧锣密鼓申报国家级经济开发区。

这是铜仁工业迈步追赶的真实写照！

完美"转型"：产业集群发展结构优化升级

如何改变长期依托资源加工为主的电解锰等初级产业为主，结构单一，抗市场风险能力低的状况？这是铜仁市做大做强工业的核心和关键所在。

3 年来，铜仁市利用高新技术对传统产业和落后产能实行升级改造，加强对汞、锰等系列下游产品的开发，延伸产业链，提高附加值。同时大力发展新材料、新能源等高新技术产业。

这种深刻的产业升级和转型在"中国汞都"万山显得更为突出。曾经辉煌的"万山汞矿"破产后，万山并没有衰败，反之，这里转型成为国家级汞循环经济示范区，已引进红晶汞业、红菱汞业、银河化工等 7 家汞化工生产企业，产品占据全国 70% 的份额。去年，示范区实现总产值 12.26 亿元，他们的目标是到 2015 年实现 50 亿元，2020 年突破百亿元大关。

在大龙开发区，由原万山汞矿下岗职工创建的大龙银星汞业，通过技改和扩建，脱胎换骨，形成年产氯化汞 1600 吨、低汞触媒 1.2 万吨、锑 1 万吨、副产回收汞 400 吨的生产能力，其主导产品汞触媒占据全国 63.4% 的份额，是目前国内最大的汞触媒生产基地和锑汞分离循环产业基地。

传统产业升级，高新企业产业也快速向铜仁市聚集。

在大兴高新区，贵州铜仁阳明科技实业有限公司涉足风电、太阳能等电池储能行业，努力打造成为国内镍氢特种电池和锂离子特种电池的领先企业。预计到 2015 年，公司累计销售额可达 5 亿元，出口 2000 万美元。

由香港鸿基伟业（国际）投资集团于 2012 年注册成立的一家集纯电动车生

产、科研、销售为一体的贵州龙的传人新能源电动车科技有限公司，项目全部建成后，年产值将达 40 亿元。目前公司信心满怀，致力打造西南地区电动车生产基地。

预计到 2016 年，大兴高新区将实现工业总产值 200 亿元，税收 15 亿元以上。力争在 2020 年以前跨入国家级高新技术产业开发区行列。

同时，全市工业结构逐步优化升级。

碧江百丽鞋业、港台产业园富华国际鞋城、松桃玖鑫鞋业等大批劳动密集型企业产销两旺。

在轻工业发展方面，年产 30 万吨啤酒的贵州天龙啤酒有限公司，充分利用铜仁优质水资源，依托铜仁、湖南、重庆广阔的市场，努力开发新产品，2011年公司投资 10 亿元异地改扩建年产 30 万吨啤酒生产线。

一期 10 万吨啤酒生产线已于去年 8 月正式投产……风好正扬帆！为实现工业经济和园区建设跨越式发展，2012 年 10 月，市委、市政府审时度势，统筹玉屏、万山、碧江、松桃四区县及大龙开发区、大兴高新区，成立了黔东工业聚集区，资源大整合，培育大产业，以形成园区集群、产业集群、企业集群。截至 9 月，聚集区规模工业企业已达 224 户，占全市总数的半壁江山，其工业总产值和增加值占全市的四分之三以上，已逐渐成为调整工业经济结构的重要手段，产业聚集的重要载体。

铜仁工业华丽"转身"，向着"转型"道路阔步前行。

"3446"力促大跨越

探寻铜仁工业快速转型发展途径，我们不难发现，这得益于市委、市政府近年来始终如一抓工业的信心和决心，特别是 2011 年、2012 年后，市委、市政府抢抓西部大开发、国发〔2012〕2 号文件和武陵山片区区域扶贫攻坚规划等重大政策机遇，紧扣全省主基调主战略，着力实施"3446"重大举措，加快工业化步伐，奋力后发赶超。

"3 个原则"明确发展方向。一是坚持"产业园区化、园区城镇化、产城一体化"的原则，做好产业功能、城市功能、生态功能的融合。二是锰一体化，对大兴高新区，主攻锰锂动力电源、光电产业等。三是环境保护的原则，突出资源的节约与循环利用，保护生态，确保可持续发展。

"4 个配置"强化功能配套。一是配置廉租房、公租房进园区。目前全市已建设了 5639 套 38.8 万平方米，作为企业职工用房。二是配置技能培训进园区，已组织高职、中职开展培训活动 476 期，培训产业工人 6.8 万人，新增解决就业近5万人。三是配置产业链和产业幅进园区，引进了硫酸、极板、锰粉、锰锂电制、煤电锰一体化等项目，延伸了锰产业链。四是配置研发中心进园区，支持企业组建了锰系锂电池研发中心、汞研发中心、含钾页岩研发中心、打火机研发中心等。

"4个重点"抓好产业培育。一是打造煤电锰一体化。今年1－9月，锰产业实现工业总产值60.7亿元。二是提升汞化工等传统产业。加快低汞、无汞、汞触媒等汞系产业的培育。1－9月，汞产业实现总产值10.41亿元。三是着力培育信心产业。引进一批新能源、新材料、装备制造等企业，打造锰锂动力电池、LED灯饰品等产业。四是大力发展轻工业。引进了百丽鞋业、农夫山泉等一批劳动密集型企业。1－9月，轻工业实现增加值21.84亿元，轻工业占全市工业增加值的30%，同比提高了2.2个百分点。

"6个保障"做好要素支撑。一是招商引资上，增设了4个副县级驻外招商分局，专门负责重庆、杭州、广州、青岛等地的招商引资工作。今年1－9月，全市签约项目684个，总投资635.6亿元。二是建设用地上，推行低丘缓坡土地开发利用试点，开发工业梯田，向山要地，盘活土地存量，确保园区和项目建设用地需求。三是企业用工上，出台了做好企业用工服务实施办法，每年市级统筹定向培训1.5万名劳动者，缓解用工短缺问题。四是扶持上，出台了亏损补贴、流动资金贷款贴息两个方案，帮助电解锰、铁合金等企业渡过难关。五是人才保障上，出台了加强人才培养引进实施意见，在落户、住房、子女入学等方面，给予优惠政策。六是绩效考核上，坚持每年开展3次末位现场督办会，对各区县园区建设、招商引资和项目建设情况进行督查和问责。

"3446"力促铜仁工业大跨越！这样一组数据足以说明铜仁工业发展成就：2012年完成规模以上工业总产值314.5亿元，比2010年增长90.1%；今年1－9月完成工业总产值350.9亿元，同比增长59.8%。

在结构优化方面，轻重工业比重从2010年的12：88调整为现在的30：70，2012年的三次产业比重为27.9：28.6：43.5，二产比重首次超过一产！这是短短3年，铜仁在面对既"赶"又"转"双重压力、双重任务下的精彩作答！我们坚信，在科学发展、后发赶超、同步小康的伟大征程中，铜仁工业经济发展必将迈出铿锵步伐、昂首前行！

铜仁占领世界锰产业核心技术高地

将建成全国锰系生产基地

日前记者从市工信委获悉，素有"中国锰都"美誉的铜仁市，近年多方引进高精尖技术人才，加强锰资源科技攻关，大力发展煤电锰一体化项目，不断延长产业链、拓宽产业幅、提升附加值，努力打造全国重要影响力的锰精深加工产品生产基地。

"国内汞专家王良栋、中科院副研究员陈杨博士、归国环保双学位李森博士、贵州大学博士生导师陈肖虎教授等大批高精尖人才，纷纷到大龙开发区组建工作室或实验室。"贵州省大龙经济开发区党工委主要负责人介绍说，目前锰精深加工技术在日本、法国等发达国家还在中试阶段时，我们已掌握国际领先技术，占领了世界锰产业核心技术的高地。

总投资 80 亿元的贵州能矿锰业大龙煤电锰一体化项目，预计 2016 年 12 月前建成达产后，可实现年产值 100 亿元以上；总投资 40 亿元的贵州武陵锰业锰系列产品精深加工及配套项目，采用全新工艺技术，设备选型全部达到行业领先水平，计划 2017 年 4 月全面建成投产后，可实现年产值 65 亿元……更值得一提的是，这些项目投产后，将拉动相关产业发展，助力大龙实现千亿元级经济开发区目标。

据介绍，今年铜仁市有 6 个锰精深加工项目列入《贵州省煤电钢一体化产业重大生产力布局规划》，其中，贵州能矿锰业大龙煤电锰一体化项目、贵州武陵锰业锰系列产品精深加工及配套项目分别已列入全省重点建设调度项目。随着铜仁深部锰矿大量探明和煤电锰一体化项目的相继建设，新建和技改项目投产后，铜仁电解金属锰产能将达 88 万吨，产能产量将跃居全国第一。

铿锵前行：铭刻在黔东大地的工业化足迹

历史将这样记录：

在省委、省政府"两加一推"主基调和"工业强省、城镇化带动"主战略推动下，2012年10月，一幅构筑黔东工业聚集区、环梵净山"金三角"文化旅游创新区、乌江生态经济走廊"三大板块"，实施产业提升"五大工程"，努力把铜仁建设成为全国锰资源综合利用及深加工基地、国家级循环经济示范基地、承接东部产业转移示范基地、国家级文化旅游产业基地的"工业强市"美好画卷，在黔东大地徐徐舒展开来。以"聚"字为理念，聚集产业，优化组合打造新的增长点；聚合资源，循环利用力求"吃干榨尽"；聚力发展，创新模式实现合作共赢。铜仁从农业大区的土壤上走出了工业化的足迹。

拼争快跑，抢占发展高地

近两年来，黔东工业聚集区，成为引领带动全市工业加速发展的强大"引擎"。

2013年，黔东工业聚集区纳入省级战略布局，将"重点发展以煤电锰一体化为核心的新能源、新材料等产业，打造循环经济产业示范基地"，建成为黔东工业发展的主战场。

去年8月，省经信委专门出台《关于支持铜仁市黔东工业聚集区发展的实施意见》，定向支持黔东工业聚集区的建设发展。

同时，铜仁市委、市政府也印发出台了支持工业发展、民营经济发展、石材产业发展等多个综合性文件。

系列政策文件的出台，为铜仁市的工业发展注入了强大动力和活力。各区县（开发区、高新区）纷纷以项目建设为抓手，以科技创新为动力，以传统产业生态化、特色产业规模化、新兴产业高端化为方向，加速工业发展步伐。

国内汞专家王良栋、中科院副研究员陈杨博士、贵州大学博士生导师陈肖虎教授等大批高精尖技术人才，纷纷到大龙开发区、碧江区等地组建工作室或实验室。高端人才和技术的集聚，使铜仁优势资源的开发利用跻身行业前沿。以锰资源为例，目前锰精深加工技术在日本、法国等国家还在中试阶段时，铜仁已掌握国际领先技术，占领了世界锰产业核心技术的高地。

总投资80亿元的贵州能矿锰业大龙煤电锰一体化项目，预计2016年12月前建成，达产后可实现年产值100亿元以上；总投资40亿元的贵州武陵锰业锰系列产品精深加工及配套项目，采用全新工艺技术，设备选型全部达到行业领先水平，计划2017年4月全面建成投产，可实现年产值65亿元……这些项目投产后，将拉动相关产业发展，助力铜仁实现千亿元级经济开发区的目标。

2014年，铜仁市有6个锰精深加工项目列入《贵州省煤电钢一体化产业重大生产力布局规划》，其中贵州能矿锰业大龙煤电锰一体化项目、贵州武陵锰业锰系列产品精深加工及配套项目列入全省重点建设调度项目。随着铜仁深部锰矿大量探明和煤电锰一体化项目相继建设，新建和技改项目投产后，铜仁电解金属锰产能将达到88万吨，产能产量将跃居全国第一。

为加速资源优势转化为经济优势，铜仁市出台了扶持政策，建成思南、石阡石材产业园，逐步建立起有序开发、深度加工、网络完善的石材产业发展体系，截至目前，全市已建成投产石材企业达30余户，在建石材企业15户，企业全部投产后，预计实现年产值50亿元以上。

印江围绕"产业链"，采取产业化集团式招商引资，着力解决"孤岛式"企业引进难题，电子加工业、制鞋业等产业发展有声有色，成为铜仁西边五县"工业强县"的典型代表。

石阡在区位条件好的大龙建设工业园区，创造了全省"飞地经济"的范例。

在不通高速不通铁路、资源优势不明显的沿河，近年以建设工业园区作为推进工业发展的重要平台，重点发展能源工业、突出发展重化工业、加快发展建材产业、积极发展以特色食品加工等为重点的绿色轻工业，取得显著成效。

工业融入现代农业、城镇化、文化旅游业的做法，催生德江"经营城市"模式，成为全省的一面典型旗帜。

伴随着乌江生态经济走廊建设的风生水起，铜仁工业经济总量不断提升，结构不断优化，成功抢占发展高地，迅速在武陵山区崛起。

数字蝶变，印证工业崛起

2012年，全市生产总值447亿元，规模化工业企业368户，完成规模以上工业增加值70亿元，一、二、三产比重为27.92∶28.56∶43.52。

弹指一挥间，2014年，变了。

——工业运行成效显著。从2014年6月开始，铜仁市工业增加值增速一直排全省前列，全年工业经济增比进位综合排名全省第二位，多项重要指标继续领跑武陵山区，是铜仁市工业发展史上的最好成绩；2014年，实现工业增加值140.72亿元，增长14.3%，新增2000万元以上规模企业97户，达到470户，一、二、三产比重调整为23.2∶29.9∶46.9。

——工业投资突飞猛进。全市新投产项目252个；工业投资占全市固定资产投资的34.24%，创历史新高；纳入省经信委重点调度项目达344个，占比接近全省重点调度项目的三分之一。

——产业体系初步形成。通过大力实施"传统产业振兴、特色产业壮大、承接产业转移示范、战略性新兴产业培育、生产性服务业提升"五大工程，全市工业产业格局基本形成。

——园区承载力明显提升。全市12个产业园区完成工业总产值占全市工业总产值的84.1%，完成投资占全部工业投资的75.1%，园区内规模企业占全市规模企业总数的81.9%，所有园区全部纳入全省"100个工业园区成长工程"。

数据枯燥，但不乏味。这意味着铜仁市工业发展正驶向"快车道"，为全市经济发展铺平了"高速路"。

三年大攻坚，挤进全省工业"第二方阵"

铜仁市委、市政府决定，从今年开始，以深入实施工业"百千万"工程为契机，推进工业"三年大攻坚"，着力打造"两区一走廊"三大工业板块，力争2017年达到工业总产值1500亿元，2020年达到2500亿元，为全市后发赶超、同步小康提供有力支撑。

铜仁市将继续推进黔东工业聚集区率先突破，全力推动大龙申报国家级经济开发区；铜仁高新区、碧江经济开发区、万山经济开发区、松桃经济开发区引进和培育一批"五亿级""十亿级"的大企业、大项目，实现联动互补发展。

同时，以迎接全省项目观摩会为推手，加快实施重点工业项目，推动全市工业项目大发展。深入实施工业"百千万"工程，抓好传统产业振兴、特色产业壮大、承接产业转移示范、新兴产业培育、生产性服务业提升"五大工程"，做优产业。

继续打造石材、水、茶叶、中药材、特色食品"五张特色名片"，做大总量，形成规模，培育品牌。

大力推进以梵净山区域为重点的健康养生产业园区和以铜仁高新区为重点的生物制药产业园区建设，大力发展新医药和大健康产业。

　　为确保三年实现"工业强市"目标,铜仁市将在着力强化融资、土地、人才等要素支撑的同时,每年安排1亿元作为工业发展专项资金,着力打造"两区一走廊"三大工业板块,重点实施"个改企、小升规、规改股、股上市"四大工程和产业园区升级工程,实现黔东工业聚集区率先突破,带动全市做大工业经济总量,确保进入全省工业"第二方阵"。

　　生机勃发的热土,生机勃发的时节,一首首百舸争流的昂扬之曲正在黔东的大地上回响、激荡!

铜仁："三个万元"工程引领山区农民奔小康

今年，德江县长堡镇大宅头村的村民利用稻田饲养起了蚂蟥（水蛭），一亩稻田可养 1.2 万只，一只价格 10 元左右，原先村民种一亩水稻收入 1000 元至 2000 元，如今增加至 10 万元以上。在印江自治县朗溪、板溪、峨岭等乡镇，原先的石旮旯地方，如今到处果满枝头，仅 3.1 万亩投产果园，就为 3250 户农户带来年产值 9000 万元。

思路一变天地宽。这是铜仁市近年来大力实施"三个万元"工程，引领山区农民致富奔小康所取得的成绩！

决策：实施"三个万元"工程

2012 年 10 月 10 日，全市"三个万元"工程启动大会召开，会议要求全市上下要以"三个万元"工程为抓手，闯出一条铜仁山区特色的农业现代化之路。

会上，市委书记刘奇凡说："实施'三个万元'工程，是市委、市政府推进农业现代化的重大战略决策，是贯彻落实武陵山区扶贫攻坚规划和省委关于推进现代农业发展要求，破解'三农'问题的主载体和主抓手。"市委副书记、市长夏庆丰要求，实施好"三个万元"工程，要坚持实施"山区——特色农业"发展战略和"山区——城镇化""山区——工业化"发展战略，主攻"茶叶、果蔬、核桃、中药材、油茶"五大产业，优化"五大"主导产业的区域化布局。

按照规划，2013 年全市要创建亩产值达万元的田 10 万亩、山 10 万亩，通过积累经验，逐年扩大规模，到 2016 年全市累计创建亩产值达万元的田 50 万亩、山 50 万亩，实现农民人均纯收入上万元。

于是，一场新的现代农业革命，在武陵山区全面打响。

决战：主攻"五大"产业

"因地制宜""优化区域布局""集中连片"……一时间，成为全市发展农业的关键词。

在市农委、市扶贫办、市林业局等单位的精心组织下，铜仁市结合全市资源条件和农业现状，明确提出在今后几年内，集中人力、物力和财力，主攻"五大"产业，把铜仁打造成名副其实的"大茶园""大果园""大菜园""大药园"。

"茶叶"产业——打造8条示范带，构建核心示范区。德江重点打造复兴镇—煎茶镇—合兴镇5万亩茶叶产业带；思南重点打造鹦鹉溪镇—张家寨镇—许家坝镇5万亩茶叶产业带；松桃重点打造大兴镇—正大乡—盘信镇—长坪乡—盘石镇5万亩茶叶产业带和太平营乡—大坪场镇—孟溪镇—普觉镇5万亩茶叶产业带；印江重点建设2个5万亩的集中连片茶叶示范园区；沿河重点打造官舟镇—思渠镇—黄土乡—新景乡—客田镇—塘坝乡8万亩茶叶产业带；石阡重点打造汤山镇—龙塘镇—龙井乡—白沙镇—本庄镇8万亩茶叶产业带；江口重点打造太平乡—怒溪乡—桃映乡5万亩茶叶产业带。

"蔬果"产业——集中规划建设一批蔬菜专业乡镇和基地。碧江、万山、玉屏重点围绕铜仁市主城区、工业园区和重点学校建立保供生产基地，加快建设10个种植面积2000亩以上的蔬菜专业乡镇；碧江的和平乡、坝黄镇、瓦屋乡，万山的茶店镇、鱼塘乡、高楼坪乡，松桃的正大乡、盘石镇，江口的闵孝镇、太平乡，重点规划建设50个200亩以上的蔬菜专业村；其他县重点规划建设一批2000亩以上的县级专业蔬菜生产基地和200亩以上的乡镇专业蔬菜生产基地。

同时，大力打造"万元山"精品果园。大力发展空心李、蜜枣、水蜜桃、葡萄等特色品种，积极引进外地优质品种，在骨干交通要道两侧、高速公路匝道口和旅游景区景点适宜果树发展的区域实施重点突破，全力打造连片的"万元山"精品果园。到2016年，全市力争实施12个省部级蔬果标准园创建项目。

"核桃"产业——集中打造94万亩连片示范带。在德江、沿河、印江、松桃、思南、石阡、江口重点发展核桃产业，力争到2016年全市建成94万亩的6个跨县、跨乡镇的核桃连片示范带。

"中药材"产业——建设"大药园"。围绕"两山两江"连片种植，规模发展。在梵净山周边乡镇，规划种植30万亩以丹参、百合、白术、山苍子、梵净山石斛为主的药材。在佛顶山周边规划种植15万亩以丹参、太子参、缬草、麦冬为主的药材，在乌江河流域规划种植35万亩以天麻、杜仲、银杏为主的药材，在锦江河流域规划种植20万亩以丹参、黄柏、头花蓼、射干为主的药材。

"油茶"产业——集中力量打造玉屏、万山、碧江、松桃四区县生态油茶产业发展核心带，抓好江口、石阡、思南三县生态油茶产业拓展区。力争到2016年实现松桃发展油茶15.89万亩。

为切实用好"三个万元"工程载体，铜仁市狠抓农民专业合作社、龙头企业、市场体系、经纪人队伍建设，致力提高农产品商品化率。同时，实施品牌引领战略，提升市场竞争优势，提高农业生产的组织化水平，推进现代农业快速健康发展。

进行时：开启山区特色农业现代化之路

在沿河自治县官舟镇，一辆辆标有"重庆"字样的大货车满载着新鲜蔬菜鱼贯而行。该镇围绕"十二五"时期农业产业的总体布局，结合"三个万元"工程，制定了短期与长期规划，拟定以六溪村青龙山楠竹、金银花，曾家沟村大金山核桃，黄龙菁和燎炬特色蔬菜，以及六溪村经院子至桂花到桃子村的油茶产业为重点的"三个万元"示范基地。并通过招商引资，引进贵州盛鼎生态农牧科技公司在黄龙菁一带，规划建设以种植特色蔬菜为主的5000亩"万元田"；引进沿河阳光蔬菜专业合作社沿燎炬至灯塔村规划建设以种植特色蔬菜为主的1000亩"万元田"……

在德江县，10余万名农民工纷纷返乡，投身于"三个万元"工程大潮。"每天栽茶有80元的工资，一个月下来就有2000多元，又可以照顾家里的老人和小孩，比在外打工强多了！"春节前夕，合兴镇1万亩白茶基地里，正忙着栽茶的东元村村民王洪激动地告诉记者。

松桃自治县正大现代高效农业园区，现已发展茶园2.6万亩、中药材2180亩、蔬菜800亩、经果林2670亩、烤烟4000亩，以及畜禽规模养殖场12个、万头野猪养殖场1个，拥有农业龙头企业10家、农民专业合作社4家，初步形成以茶叶为主导，配套中药材、水果、养殖和休闲观光为一体的现代高效农业产业园区雏形。

如今，随着工业和旅游的崛起，传统农业大市铜仁正以全省"5个100工程"为契机，总占地面积36.19万亩、总投资规模达19.31亿元的15个现代高效农业园区，53个园区、示范基地、示范场，正描绘出武陵山区现代农业发展的精彩画卷。

示范园区引领铜仁农业现代化

四月铜仁，山花烂漫。

行走在德江县高家湾现代高效农业示范园区，一块块机耕田整齐排列，白色大棚与农田交叉分布；崭新的田园小楼点缀在山野之间，屋顶不时飘出几缕炊烟；水泥硬化的进村道路沿着村寨穿插而去，街口的仿古牌坊引人注目……浙江商人张高泉经人介绍在该园区投资建设了食用菌生产基地。他向记者介绍，基地种出的黑木耳、香菇等食用菌十分畅销，许多当地农户都在基地入了股，他们既是工人又是股东，去年每股销售收益是股金的一倍多。

松桃自治县正大现代高效农业园区，绿满山头，生机勃勃。该园区以正大乡为核心，辐射大兴、盘信两个镇，已发展茶园 2.6 万亩、中药材 2180 亩、蔬菜 800 亩、经果林 2670 亩、烤烟 4000 亩，发展畜禽规模养殖场 12 个、万头野猪养殖场 1 个，有农业龙头企业 10 家、农民专业合作社 4 家，初步形成以茶叶为主导，配套中药材、水果、养殖和休闲观光于一体的高效现代农业产业园区雏形。

这只是铜仁市打造现代高效农业示范园区推进农业现代化的缩影。

党政重视　凝心聚力强势推进

为加速推进现代高效农业示范园区建设，铜仁市把现代高效农业示范园作为"一把手"工程来抓，成立了以市长为组长，市人大常委会副主任、分管农业副市长、政协副主席任副组长的领导小组。同时，成立铜仁市现代高效农业示范园区管委会，组建了机构，配备了人员。

各区县相应成立书记或区县长为组长的领导小组并设立了办公室，明确了各成员单位职责，出台了支持园区建设与发展的一系列优惠政策，强有力地打出"组合拳"。

此外，还实行市直相关部门对全市 15 个省级农业示范园区建设挂帮指导制度，每个园区明确 1 名至 2 名部门班子成员具体挂帮，并将园区年底绩效考评结果与挂帮单位绩效考评挂钩。各区县分别实行县级领导挂帮园区和县直部门挂帮园区制度，并将任务进行了层层分解落实，实行每月一督查一调度一通报一排名制度，确保了园区建设快速推进。

搭建5个平台　集聚要素增动力

铜仁是全省欠开发、欠发达程度较深的地区，发展现代高效农业如何破题？2013年，全市各区县严格按照"十个一"的要求，加大资金投入，打造支撑平台，改善园区基础设施和生产设施，主导产业基本形成，经营主体日趋丰富，建设成效日益凸显，初步形成了要素集合、产业集聚、集装配套、集约发展的现代农业园区雏形。

搭建园区土地流转平台。按照"政府引导、企业投资、产业化经营"的思路，各园区结合实际，出台土地流转政策，在园区所在乡镇成立土地流转服务中心。目前，园区主体通过转包、租赁或吸引农民入股等方式的土地规模流转面积达33.4696万亩，土地流转面积占园区规划土地面积的15.46%。

搭建融资平台。各区县均明确有担保公司、投资公司作为农业园区的融资担保平台。目前，全市已建立20个融资担保机构。

搭建科技支撑平台。各园区分别与西南大学、贵州大学、贵州农科院、铜仁职院等省内外科研院校进行技术合作，共引进新品种149个、科研成果40个、专利29项，共聘请了具有高级职称的科研人员183名。

搭建信息平台。利用淘宝网铜仁馆、农业信息网等电子商务平台，宣传、推介、销售园区产品，拓宽了销售渠道，提高了产品的知名度。充分利用市、县政务网，加大对园区建设、产品展示、工作动态等方面的宣传。

搭建人才平台。各区县出台了支持、鼓励在职干部和农技人员以及大中专毕业生到园区创业、就业的优惠政策。积极组织园区参与人才招聘会，加强人才平台建设。在2013年贵州省"5个100工程"人才铜仁专场招聘会上，铜仁市引进了11名科技人才，为园区建设提供了强大人才支撑。

在五个平台的推动下，铜仁市15个园区爆发出强劲发展动力。

措施有力　成效明显

为扎实推进现代高效农业示范园区建设，铜仁市重点在以下五方面着力：

一是精心编制规划。严格按照《园区建设规划编制导则》和《园区建设标准》，组织编制园区建设规划和2013年园区工作方案，实行区县初级评审、市级评审，层层把关。坚持一次规划、分步实施、逐年建设，细分年度、月份的建设目标任务，共同推进 15 个省级农业园区的建设进度。同时，编制了 16 个市级园区规划，启动了市级园区建设，确保了全市园区高水平、高规格推进。

二是加强设施建设。加快了水、电、路、通讯、环保等基础和农业设施建设，推广应用智能温室、钢架大棚、喷滴灌、畜禽标准化圈舍以及渔业规格池箱等配套装备设施，新建一批储藏、加工、冷链物流仓储等设施，提高农业设施化、机械化装备水平。通过实施农业综合开发、高标准农田、土地整治、农田水利等工程推进农田设施建设，逐步向"田成方、渠成网、路相连、旱能浇、涝能排、电能保"方向迈进，通信在园区全覆盖，农产品加工区有宽带互联网，设施农业稳步推进。

三是加强产业基地建设。15 个省级农业示范园区围绕主导产业和配套产业，进一步加强了标准化生产基地建设。新建高标准茶叶基地 11.04 万亩，蔬菜基地 12.94 万亩，精品水果基地 6.14 万亩，中药材基地 3.2 亩，油茶基地 1.44 万亩。新建生猪、山羊、牛良种扩繁场 7 个。新建标准圈舍 177 栋，面积 3.98 万余平方米。新增存栏生猪 50.654 万头、山羊 21.838 万只、牛 5.249 万头。新建龙虾和大闸蟹养殖水域面积 2000 亩。

四是加大经营主体培育力度。引导转化一批、扶持壮大一批、招商新进一批、借助外力挂靠一批园区经营主体；积极培育规模较大、实力较强，有新产品开发和市场开拓能力的企业入园经营；组建农民合作社，完善"园区＋企业＋合作社＋家庭农场＋农户"等利益联结机制。

五是加大招商引资。2013 年以来，市委、市政府先后组织市直有关部门和各区县农业园区负责人赴上海、苏州、北京、广州、中国台湾等地进行宣传推介和招商引资，各区县也组织小分队分赴"长三角"、"珠三角"等地招商引资。

全年共签约项目 60 个，签约资金总额 90.6 亿元，签约到位资金 11.32 亿元。成功引进了中国铁骑力士集团、四川华西特驱希望集团、"全国 100 强牧业"四川大哥大牧业等国家级重点龙头企业。园区招商引资签约项目和到位资金超越以往农业招商引资的总量，实现了历史性的跨越。

据统计，2013 年，全市 15 个省级现代高效农业示范园区已完成总投资 45.5 亿元，入园企业 166 家，建立农民合作社 228 家，从业农民 25 万余人，实现产值 36.51 亿元，销售收入 27.12 亿元，取得阶段性成效。

以现代农业提升年为抓手　全力打造现代农业升级版

铜仁现代高效农业示范园区建设已取得阶段性成果。在今后一段时期，铜仁市将以现代农业发展理念为引领，以市场为导向，以转变发展方式为核心，以产业化发展为主线，以"三个万元"工程为抓手，全面推进现代农业提升年建设，实现园区建设水平"六个显著提升"，将园区打造成现代农业升级版。逐步把园区建设成为现代农业的样板区、主导产业集聚的功能区、现代农业装备的展示区、先进科技应用的核心区、体制机制创新的试验区、观光休闲的旅游区、美丽乡村建设的示范区，真正实现农业增效、农民和企业增收、农村繁荣。

——加强设施建设，显著提升园区的装备水平。认真实施农业综合开发、高标准农田、土地整治等工程，逐步将园区土地建成"田成方、渠成网、路相连、旱能浇、涝能排"的高标准农田，提高园区土地产出能力，不断提高园区现代农业设施水平和农业机械化水平。

——加强标准化产业基地建设，显著提升园区产业的标准化生产水平。按照集中连片种、集中连片栽、集中连片养的要求，着力培育园区主导产业，继续壮大优势特色产业规模。严格按照产品认证标准和技术规范组织生产，实行"六统一"制度。建立健全农产品质量安全监测体系，大力实施生态循环工程。

——加强经营主体培育，显著提升园区产业化水平。积极支持农业企业、农业合作经济组织等不同市场主体参与园区建设。通过招商引资、政策扶持，引进和培育一批成长性好的龙头企业，实现"扶持一个龙头、壮大一个产业、带动一个园区"的目标。积极培育家庭农场和种养大户。引导广大农民以土地承包经营权、资金、技术、劳动力等生产要素入股，实行多形式合作，与龙头企业结成"利益共享、风险共担"的利益共同体。

——加强市场营销和品牌打造，显著提升园区农产品的商品化水平。大力推进"农超对接""农校对接""农社对接"，在城镇农贸市场以及社区设立直销点，积极发展直销配送、连锁经营、电子商务等新型流通业态。大力实施品牌化战略，积极申报无公害、绿色、有机产品认证，积极创建驰名商标、著名商标和名牌优质农产品、地理标志保护产品，努力打造一批区域性品牌。

——加强科技转化应用和集成创新，显著提升园区的科技水平。鼓励园区经营主体与科研院校联合开展技术攻关，实施品种、品牌、品质"三品战略"。

——加强"农旅"融合，显著提升园区的景区化水平。每个区县选择1个以上基础和条件较好的农业产业园区进行景观化提升。按照A级旅游景区标准，打造一批集高效、生态、旅游观光、休闲度假、农事体验及科普于一体的农业园区，拓展农业园区功能，延长产业链。

农旅融合的铜仁模式

春节期间，四面八方的游客纷纷涌向铜仁市各大景区：

蓝天白云，茶林尽染。在松桃正大园区，一群群青年在这里尽情拍摄婚纱照，憧憬未来美好生活。

绿水悠悠，溪流潺潺。在思南塘头园区，一群群青年在这里激情垂钓，重温童年美好时光。

闻花香，听鸟鸣。在玉屏茶花泉景区，一辆辆各形各色的轿车穿梭园区，昔日沉寂的土地开始沸腾起来。

这是铜仁开创农旅融合创新业态的精彩之笔！同时，这意味着铜仁全域旅游全面引爆！

决策：农旅融合创新业态

铜仁是典型的传统农业大区，但受地理交通等因素制约，铜仁农业并没有像沿海地区那么发达，无力从根本上解决全市人民的温饱。

铜仁具有世界级的生态旅游资源梵净山，经过多年打造和宣传推介，梵净山实现"井喷式"发展，但与周边的张家界、凤凰等旅游景区比起来，铜仁旅游业绩并不值得骄傲和炫耀。

在坚守发展和生态两条底线中，铜仁该如何突围？

"既要金山银山，又要绿水青山。" 2014 年，英明睿智的铜仁决策层找准比较优势，在全省率先提出"园区景区化，农旅一体化"理念，着力推进农旅融合，创新旅游业态。同时，在全省率先制定了农业园区景区化建设标准体系，建立了旅游与农业融合发展的体制机制，开创了旅游和农业融合发展模式。

黔东大地，铜仁变革悄然进行。

实践：提档升级园区

"园区景区化，农旅一体化。"在这一理念指导下，2014 年，铜仁市累计整合 87.7 亿元投入园区，为 25 个省级农业园区"舒筋活血"：

玉屏茶花泉、石阡龙塘、松桃正大、沿河沙子、思南塘头、石阡五德等园区，因地制宜，纷纷修建了民族特色明显的休闲亭、景观长廊、烽火台、特色旅游步道；配齐了垃圾箱、旅游公厕、无害化处理设施……

同时，各个园区因地制宜，灵活"开处方"，引进了新品种和优良品种"黄金芽"茶叶、"红心猕猴桃"、"脆红李"、"台湾木瓜"、"夏黑"葡萄等 30 多个品种，栽种了桂花树、杜鹃等花卉，实现一园一特色，做到园区四季有花、季季有果，推动了园区提档升级。

"农旅一体化"开创铜仁旅游新业态！

农旅融合：产生乘法效应

在去年的贵阳茶博会上，铜仁市推出以石阡龙塘、印江新寨、松桃正大为节点的茶乡休闲养生、修身体验、茶海观光三条精品"茶乡风情"旅游线路，一亮相便吸引了全国各大旅行社的目光。其中，石阡"寻茶之旅"被省旅游局评为全省十大茶乡风情精品旅游线路。

如今在铜仁，各个农业园区犹如众星捧月般，把梵净山、苗王城、思南石林、石阡温泉等景点，似珍珠般一颗一颗连接起来，成为激活铜仁旅游的内生动力。

江口鱼粮公园的农产品进园区工程，石阡龙塘的茶叶采摘和炒制体验，德江高家湾园区的草莓采摘，玉屏茶花泉景区的油茶产品旅游商品化，受到了广大游客的追捧，市场一路畅销。

有这样一组数据，足以说明铜仁农旅融合成效：

在刚刚过去的春节"黄金周"，玉屏茶花泉、江口鱼粮公园和石阡县龙塘现代高效生态苔茶示范园区、五德现代高效农业精品水果示范园区等 8 个星级景区接待游客 20 万人次，旅游综合收入 1.2 亿元。

日前，铜仁市"园区景区化，农旅一体化"的做法进入了中央电视台的荧屏，农旅融合的铜仁模式，再次成为贵州乃至世界瞩目的新名片。

铜仁加快发展大鲵特色产业

记者日前从相关部门获悉，铜仁地区利用梵净山良好的生态环境和独特的自然条件，充分保护、合理开发和科学利用大鲵特色优势资源，加快发展大鲵产业。

按照高标准要求，该地区以梵净山为中心，年内将在江口县和铜仁市各启动一个繁育场建设，在松桃自治县、铜仁市各建一个养殖场；用3到5年时间，在印江自治县、石阡县、万山特区、思南县、德江县各建一个养殖场，辐射带动周边2000户以上农户进行商品大鲵养殖。

同时，围绕梵净山生态旅游环线，重点在江口县、松桃自治县、印江自治县、石阡县、德江县建立五个大鲵自然保护区，制止非法捕捉、杀害、出售、收购大鲵及其产品，有效保护野生大鲵资源。并建立野生大鲵驯养繁育增殖放流制度。力争"十二五"期末，发展大鲵10万尾，实现综合总产值1亿元以上，初步形成大鲵特色产业体系。

向管理要效益

铜仁区推行烤烟生产户籍信息化管理

　　"村组名称：青杠坡陇水组。村民：朱兴洪。种植烤烟面积：25 亩。家庭经济状况……"这是记者日前在思南县烟草专卖局烤烟生产办公室看到的一份烤烟生产档案。记者看到，像这样装满档案的文件柜整整有 5 个。

　　工作人员介绍，全县 1000 多户烟农全部实行了户籍信息化管理，生产合同、种植数量、家庭劳动力、烤房建设及家庭经济状况等资料一应俱全。

　　近年来，铜仁依托梵净山得天独厚的自然资源优势，大力发展特色清香型烟叶生产，尤其是近几年大力推行现代烟草农业，全区烤烟实现规模化、标准化生产，农民收入大幅增加，地方财政显著提高。今年，铜仁区共种植烤烟 22.91 万亩，涉及烟农 16615 户。

　　如何让众多的烟农从中受益，铜仁区烟草系统大胆探索和创新，成功探索出了户籍信息化管理制度。即以基层烟草站（点）为服务主体，以为广大烟农服务为中心的烟叶生产服务体系和通过上下监督实施的生产过程化管理办法。其做法是，将烟农相关信息造册登记，全部录入微机进行管理。在烤烟生产关键环节或阶段，技术辅导员根据微机显示信息，及时入户田间地头开展服务，加强生产过程跟踪指导，并将服务信息录入微机，实行动态监督管理。

　　由于烟农信息及烤烟生产过程均已上网，管理部门领导随时可通过网络获取相关信息，及时掌握和了解生产情况，进行正确决策管理、业务指导和考评员工，形成了地、县、站、技术员、烟农"五位一体"的信息网络系统，使烟叶生产管理全过程随时处于受控状态，形成了"烤烟户籍信息化管理"新模式，确保生产优质烟叶。

　　据介绍，此项工作是新形势下，烟叶规模、标准化生产的需要，是全体烟叶生产从业人员全方位提高服务质量，全面提高烟叶生产种植和管理水平，建立企业内部有效的激励与约束措施，最终形成一套符合实际、科学有效的管理新模式和运行机制。

目前，铜仁区烤烟户籍信息化管理带来了积极作用，增强了烤烟生产技术员的责任心和业务素质，提高了信息化管理水平。同时，干部监督管理也得到加强，确保了各项工作落到实处。

铜仁24家茶企抱团进京推销"梵净山茶"

一天拿下16亿元订单

2013年6月20日下午4时，在北京展览馆4号馆内，来自全国各地及印度、加拿大、韩国等国家的客商纷纷走上签约台，与铜仁市梵净山麓的茶叶企业签订购销合同。不到1小时，就签下14份销售订单，金额共计16.77亿元。至此，名山名茶优势互补，铜仁市24家茶企首次抱团出山推销"梵净山茶"，大获全胜。

好山好水出好茶。铜仁地处武陵山脉腹地，生态环境优越，特别是梵净山，有联合国"人与生物圈保护区网"成员、国家级自然保护区、中国十大避暑名山等荣誉称号。最近几年，铜仁市依托良好生态资源环境，引导农民大力发展生态茶产业，全市茶园面积迅速跃升到125万亩，比2008年增加83万亩，发展规模全省第二，发展速度全省第一，成为铜仁农业主导产业。

"梵净山茶是中国绿茶的极品！"中国茶叶学会副会长、中国茶叶流通协会专家委员会主任刘仲华点评时说，"梵净山牌"系列茶产品内涵丰富，色香味形俱佳，理化指标和卫生指标均优于国家标准。

茶园规模上去了，但由于各区县企业单打独斗，各唱各的调，投入大，品牌多而杂，品质优良的梵净山茶并没有为当地茶农带来可观的经济收益。2012年市茶叶行业协会成立后，决定依托中国第五大佛教名山——"梵净山"这张王牌，通过打造"梵净山茶"集体商标，共同塑造石阡苔茶、梵净山翠峰茶等旗帜品牌，形成名山名茶优势互补效应，促进茶、旅一体化发展。

品牌优势互补带来乘法效应。在这次素有世界茶产业风向标之称的北京国际茶业展、北京马连道国际茶文化节和第十三届中国六安瓜片茶文化节大会上，听取铜仁市关于梵净山旅游资源和"梵净山茶"产业发展前景的推介后，众多客商不约而同涌向铜仁展台，争相品尝、抢购"梵净山茶"，咨询投资相关事宜。

石阡、印江、德江、松桃等县10多家企业负责人私下约定，近期将携手到北京马连道国际茶城及上海等地开设专卖店，销售"梵净山茶"。对企业这一做法，市有关领导表示将给予支持和指导，帮助企业开拓市场，让藏在深闺的"梵净山茶"早日走出山门，走向世界。

铜仁投资 15 亿元建武陵山中药材市场

　　2012 年 12 月 15 日，总投资 15 亿元的铜仁武陵山中药材大市场项目正式开工建设。

　　该项目是武陵山片区扶贫攻坚实施的重点项目，也是铜仁市今年实施的重点项目之一。工程建设工期为 3 年，占地面积 300 亩。项目建成后，预计年销售额可达 50 亿元，覆盖农户 3.3 万余户，是目前贵州省乃至武陵山区规模最大、功能最全、覆盖面最广的中药材交易市场。

　　据介绍，"十二五"期间铜仁市将围绕建成贵州苗药主产区的目标，加快中药材产业建设步伐，发展中药材基地 100 万亩。建设铜仁武陵山中药材大市场，构建中药材交易平台，不但能加快全市中药材市场体系建设，还将促进全省中药产业加速发展，带动广大药农增收致富。

黔东茶业航母扬帆起航

一个茶农的故事

崎岖山路蜿蜒伸进大山深处，北京吉普载着我们，终于抵达石阡县五德镇新华村。

这里有个关于茶叶的故事：1958年，新华村的村干部谭仁义赴京参加"群英大会"，周恩来总理为新华茶叶亲笔题写了"茶叶生产，前途无量"的奖旗。此后，新华茶叶扮演大宗出口产品的主角，直至20世纪70年代。

村民王飞是听着这个故事长大的。后来，王飞于1991年考入供销社后，被派驻新华村收购农副产品，其中年均收购大宗茶叶1万公斤左右。7年后，由于单位经营"日落西山"，王飞下岗了，还背负着2万余元的债务。当头一棒，使而立之年的王飞欲哭无泪，上有父母、下有儿女，今后的日子怎么过啊？他含泪把妻子养的年猪卖了，抵了点债。

王飞的债务，是因为收购茶叶时每斤按4元，而卖出时只有3元。2年多时间，被茶叶"咬"伤的他几乎没有赶过场，他自言没有颜面见乡亲。

再艰难，这日子也要过啊！再无奈，这债务也得还啊！

每晚，王飞满怀心事趁夜深人静就茕茕行进于山径。经过一段时间的思虑，他认为新华茶叶品质优异，关键是从计划经济向市场经济转变过程中，没有龙头企业引领茶农，争取市场空间。于是，他请缨承包撂荒了数载的50余亩茶园，与妻子早出晚归，一锄一锄地挖掉疯长的野草，一刀一刀地砍掉棘手的荆棘……他一步一步逼近自己的理想！2年过去，50余亩茶园的茶树枝叶婆娑，青翠欲滴。

这时，中国茶科所的专家权启爱等人，从杭州千里迢迢赶到村里调研，他们鉴定新华茶叶品质颇佳，可大力发展。从此，业界权威人士的鉴定，更加激发了王飞的激情，也更坚定了他扩大规模的信心。

历经几年，王飞已经告别作坊式生产，2006年12月，他的贵州夷州贡茶茶业有限公司挂牌成立，推出了"夷州翠芽""夷州云雾""夷州苦丁茶"等近10

个品种，其中"夷州翠芽"在浙江宁波第三届国际茶文化节上脱颖而出，荣膺"中绿杯"中国名优绿茶评比"优质奖"。期间，王飞取得了国家级茶叶加工高级职业技术资格证书。

王飞因茶叶而改变人生轨迹，新华因王飞而改变面貌！如今，王飞年均付给乡亲的务工费和茶青费逾100万元，外出打工的村民纷纷返乡投身茶叶生产，全村户均种茶3亩，成为了远近闻名的茶叶专业村。

王飞仅是石阡上百户种茶大户的代表。

据石阡县县长赵贡桥介绍，目前全县有2.2万户种茶户，其中5亩以上的种植户有1262户，50亩以上的有141户。

破解原料供应窘境

把目光聚焦在发黄的史书，石阡茶叶曾拥有的荣耀历历在目。

据史料记载，石阡茶叶生产距今已有1200多年历史，茶圣陆羽在其所著的《茶经》中记有"茶之出黔中，生思州、播州、费州、夷州（即今石阡），往往得之，其味极佳"的赞语；乾隆《贵州通志》："石阡茶……昔皆为贡品"；其他史料亦多有关于石阡茶叶品质极佳的记载。

另据中国茶科所专家提供的检测报告显示，石阡茶叶氨基酸含量为3%—5%，而蜚声海内外的江浙茶氨基酸含量高者仅为3%。此外，石阡茶叶茶多酚含量居贵州茶叶之首。

1993年，"泉都云雾茶"荣获"中茶杯"名茶评比一等奖，1998年，"泉都碧龙茶"荣获国际茶博览交易会"中华文化名茶"称号和银奖。

在石阡，"泉都云雾茶""泉都碧龙茶"和"坪山翠芽"等组成了茶叶产业的新方阵，人们称之为"三金一特"。最近几年，石阡借此大力发展茶业，该县18个乡镇有2.2万户农户栽种茶叶，种植面积已达7.5万亩，茶叶加工能力达1000吨以上，干茶从原来的50吨提高到2006年的722吨，其中名优茶30吨。规划建设了五德至坪山、中坝至聚凤至本庄、汤山至龙塘至龙井、白沙至本庄4个茶叶产业带，福鼎大白茶、大毫茶、石阡苔茶、龙井长叶、龙井43号等多品种的良种布局基本形成，成为铜仁地区规模最大、效益最好、质量最高、品牌最响的茶叶生产基地。现在，石阡已跻身贵州20个重点产茶县，与遵义市的湄潭和凤冈为黔东北主要产茶区域，坐上了黔东茶业的"头把交椅"。

5年前，有3家外地客商通过招商引资进驻石阡，如铜仁地区最大的茶叶生产商和泰集团，四年就到石阡承包了3000亩国有茶场，经营期限15年，每年缴纳承包费28万元，该企业主要生产大宗茶出口。而专做高档茶的江苏大海集团则承包了 190 亩国有茶场，每年只缴纳承包费 6 万元。

这些茶商都没有在石阡建深加工厂。清明前后，个别茶商还将收购的茶青运送到贵阳龙洞堡国际机场空运回总部加工。

然而，当地茶农所不知道的是，外地茶商收购茶青后，运送到外地进行深加工、包装，然后高价出售，如用"独芽茶青"制作的干茶，每公斤至少可以卖到 3000 元以上，而鲜叶成本最多只需要 300 元左右。

每年采茶时节，外地客商逐利而来大量收购石阡干茶，然后再进行包装、贴牌，如用"龙井"生产工艺制作的"泉都碧龙"和以"碧螺春"工艺制作的"泉都云雾"，就被人贴上龙井和碧螺春出售。

事实上，石阡沦为外地茶商的原料供应地和"殖民地"。

然而，石阡缘何陷入别人原料供应地的尴尬处境？该县的知情者相告，20 世纪 90 年代后期，国有茶场机制僵化、茶园老化，加工企业没有包装和品牌意识，市场开拓不力，全县的茶叶生产陷入低谷。加工不力和销售不畅，自然只能处于产业链条中的最低端——提供原材料。

石阡茶叶可否摆脱原料供应基地尴尬？当地的业界人士满怀憧憬，他们认为缘由有：石阡生态环境保护完好，没有受到工业化破坏，适宜茶叶栽种和生长，具有悠久的种茶历史；"坪贯贡茶"曾是朝廷贡品；石阡苔茶是贵州仅有的几个地方品种之一，至今在浙江西湖梅家坞一带，仍保存有上万亩石阡苔茶品种；贵州是"东茶西移"的重点区域。

前些年，该县开发的"泉都碧龙""泉都云雾"连续三届荣获中茶杯名优茶评比优质奖和特等奖等奖项，近年开发的"夷州翠芽""坪山翠芽"等也颇受消费者青睐，而泉峰百花牌苦丁茶，是首批国家卫生部认证的保健产品。

眼下，以石阡茗茶有限公司与贵州夷州贡茶有限公司为代表的一批本土企业，正在顺势而为迅速崛起，从而破解茶叶原料供应基地的尴尬。

政府的强势与民间的觉醒

长的矮丫丫，

开的白花花，

绿了千千岭，

富了万万家……

行进在石阡城乡，不时瞥见路旁书有如此标语。这是什么意思？随行的当地干部坦然告知："写的是茶叶啊！"尔后，彼此开怀大笑。

现在，石阡茶园面积达 7.5 万亩，比 2003 年增加了 6.25 亩，面积规模跃居全区之首，与湄潭、凤冈名列贵州产茶大县前三甲，全县有 10 万余人参与茶叶生产。

石阡茶园面积扩张的速度何以这样快？县委书记杨德华直言："没有规模就没有效益，只要规模扩大了，龙头企业就逐利而来，资金、技术、市场等要素，就聚集起来发挥带动效应，让茶农增收致富。"

最近两年，该县茶叶生产围绕"以户为主，大户带动，社会参与，全面推进"的思路，广泛发动群众投身茶叶生产。用"红头文件"规定：凡新建良种茶园 3 亩以上的农户，予以贷款贴息，每亩无偿提供茶苗 3000 株；城镇居民、个体户和机关干部职工个人种茶 50 亩以上的，予以贷款贴息，新建 1 亩无性系标准茶园，每亩补贴 50 元；机关干部职工独资建新茶园 100 亩以上的，可留职带薪从事茶叶产业经营；凡集中育苗、分户管理的育苗茶户，每亩补助 600 元。

从今年开始，由县委、人大、政府和政协办公室牵头，抽选 20 个县直部门重点帮扶 4 个茶叶产业带，年均要帮扶完成新植茶园 200 亩、幼龄茶园管理 300 亩和资金投入不得少于 5 万元。县财政安排投入 300 万元资金扶持茶叶生产。同时，规定石漠化治理、财政扶贫、产业扶贫、整村推进、退耕还林、水土保持、安全饮水、通村公路、农业综合开发、土地复垦、农机购机补贴等 13 个项目，均向规划的茶叶产业带或茶叶专业村倾斜，并整合所有支农资金发展茶叶产业。

据石阡县政府提供的数据显示，2007 年全县用于扶持茶叶生产的财政资金已逾 1000 万元。

与之对应的是民间的觉醒，有识之士纷纷将"放在箱底的钱拿出来、存在银行的钱取出来、借出去的钱收回来"，积极投身茶叶产业开发。

前不久，记者在该县中坝镇河东村"千亩茶山"上，看见村民正在栽种茶苗，他们大都额头直冒热汗，仍不肯放下农具休息。一直在现场参加劳动的镇党委书记安九熊和镇长张顺君说："群众积极性高涨，今年已移栽茶苗 1200 亩，规范管理幼龄茶园 2000 亩。"

中坝镇"千亩茶山"的情景，仅是全县 4 个茶叶产业带常见的剪影。

据石阡土壤普查资料显示，全县集中连片的宜茶土地逾 60 万亩。该县茶叶产业蓝图已经绘就，至 2012 年全县茶园面积将达 18 万亩以上，至 2020 年达 30 万亩以上。这就意味着，该县年均新建茶园面积 2.5 万亩。

"茶叶产业可以绿山富民，我们将一如既往地调动群众的积极性与创造性，做大做强石阡茶业，带活县域经济。"县委书记杨德华和县长赵贡桥对石阡茶业的未来充满期待，更充满希望。

铜仁加快"国家级营养健康产业示范区"建设步伐

今年拟发展100万亩特色经济作物

　　一年之计在于春。时下，在沿河自治县板场乡卫星村张耳山，随处可见忙碌的村民或挖坑，或放核桃苗，或浇水，好一派繁忙景象。这是村民们正在栽植经济作物核桃苗。

　　记者日前从市农委获悉，今年，铜仁市将继续凭借良好的生态环境，在加快发展生态畜牧业、茶叶、核桃、烟草、蔬菜五大重点产业的基础上，同步推进油茶、中药材、特种养殖、竹子、水果等特色优势产业发展，力争全年实现新增经济作物面积100万亩以上，推进"国家级营养健康产业示范区"建设步伐。

　　为确保实现计划，铜仁市将按照因地制宜、科学规划原则，全年将把陡坡地，特别是公路沿线、石漠化严重地区、风景名胜区种植的水稻、玉米近40万亩全部"撤退"下来，"换上"特色经济作物。

　　为不影响粮食稳步增产，今年铜仁市将以农业部"农业科技促进年"活动为契机，认真抓好农业技术培训和推广工作，加强新品种、新技术的集成和向边缘山区、贫困山区整体推进，抓好种粮大户、科技示范户、示范点、示范带的培育和建设，以点促面，确保粮食播种面积498万亩，实现粮食恢复性增长。

铜仁：走农旅融合文旅互动发展之路

国庆时节，德江县高家湾、玉屏茶花泉、万山九丰园区、思南张家寨等现代高效农业园区的自然美景吸引了众多游客前来游玩。体验赏花、摘果、采茶、吃农家饭、购生态农产品等一系列休闲活动。

这是铜仁市现代特色农业和乡村旅游结合所取得成效的一个缩影。

农旅融合　闯出生态产业路

近年来，铜仁市紧紧围绕"创新、协调、绿色、开放、共享"的发展理念，按照现代山地高效农业发展的总体要求，以实施"大生态、大健康、大文化、大旅游"四大跨越工程为主平台，以主导产业发展为主线，以农业园区"扩容、提质、增量、景区化建设"为重点，农业园区建设取得了明显成效，为促进全市农业增效、农民增收，引领山地现代农业发展奠定了坚实基础。

省级农业园区加快推进。截至目前，全市已建成39个省级农业园区、77个市级农业园区、110个县级农业园区，实现了农业园区乡镇全覆盖。园区内从业农民达到61.99万人，覆盖贫困对象26.4万人。2015年底，园区内农村居民可支配收入达9067元，相比2012年增加56%，相比园外农村居民可支配收入高2105元。全市省级农业园区基础设施和生产设施明显改善，主导产业初具规模，经营主体日趋丰富，建设成效日益凸显，基本形成了要素集合、产业集聚、集装配套、集约发展的现代农业园区雏形。

创新驱动　农旅融合成全省示范样本

自2013年以来，铜仁市按照省委、省政府集中打造"5个100工程"的决策部署，在全省率先提出"农业园区化、园区景区化、农旅一体化"的发展思路，以主导产业发展为主线，以改革创新为动力，加快现代农业发展步伐，丰富农业内涵，创新旅游业态，延伸产业链条，在发展理念、标准体系、体制机制和融合发展模式等方面进行了积极探索，努力促进农村经济发展和农民增收，努力把现代高效农业示范园区建设成为农旅一体的示范区、高效农业的展示区、异地扶贫搬迁农民的聚集区、美丽乡村建设的示范区，引领全市山地现代农业发展，逐步走出了一条具有铜仁特色的"农业园区化、园区景区化、农旅一体化"现代农业发展之路，农旅融合成为全省示范样板。

铜仁市充分利用山地特色的农业生态资源，加快实施农旅融合、园区建设与美丽乡村建设相结合两大战略，把现代农业园区与旅游景区同步规划，与农业公园、旅游景区同步建设，与美丽乡村同步推进，高起点规划、高标准建设。配套出台了《铜仁市现代高效农业示范园区星级景区评定标准》《铜仁市现代高效农业示范园区星级景区质量等级管理办法》和《铜仁市现代高效农业示范园区星级景区评分细则》，明确建设内容、标准和评定程序，每个区县选择两三个基础条件较好的农业园区进行景区化建设，全面落实"十个一"工程，即：一个游客服务中心、一个生态停车场、一座旅游公厕、一条旅游公路、一个体验场所、一处休闲设施、一批引导标识、一批购物场所、一批餐饮住宿设施、一批水电配套设施，推进园区由单一的生产功能向生产、生活和生态多功能转变，着力打造集安全优质农产品生产、科技示范、观光休闲、体验科普等功能于一体的星级农业园区。

截至目前，全市已累计创建市级五星级农业园区 6 个（其中 5 个园区被评为国家 3A 级景区）、四星级园区景区 4 个、三星级园区 8 个，年接待游客 590万人次，实现旅游综合收入 14.7 亿元。玉屏油茶园区荣获贵州省"十佳农业旅游景区"称号，德江县高家湾现代高效农业示范园区被省农委、省旅游局评为"省级休闲农业与乡村旅游示范点"，取得了明显成效，为促进农业增效、农民增收、农村发展奠定了坚实基础。

玉屏侗族自治县油茶产业示范园区是全市"农业园区化、园区景区化、农旅一体化"发展的典型之一。该园区结合全省 100 个旅游景区、100 个高效农业示范产业园区进行集中打造，围绕科技示范、科普教育、观光休闲、采摘游玩、住宿娱乐等多种功能提升，突出抓好油茶主导产业、花卉园艺苗木进园区、旅游功能进园区，结合侗族、箫笛等民族特色文化，大力发展乡村旅游。园区按照"公司＋基地＋农户"的模式，扶持和加强农业龙头企业入驻园区，鼓励、引导经营主体积极参与园区景区化建设，先后引进了广东温氏、贵州林祥、贵州茶花泉等一批有实力、有技术、有市场的省内外 13 家企业，培育农民专业合作社 16 家、家庭农场 5 个，发展种养大户 70 余户，涉及农户 5400 人。2015 年园区接待游客达 55.6 万人次，旅游综合收入 1.3 亿元，园区农民人均纯收入超出全县平均水平 52.66%。

目前，园区已经建成为贵州省油茶产业发展的核心聚集区、侗族民俗文化的集中展示区、现代农业的展示区、生态循环农业的样板区、观光休闲农业的星级景区、美丽乡村建设的示范区。

同样，德江县高家湾现代高效农业示范园区按照"农业园区化、园区景区化、农旅一体化"发展路子，狠抓规划定位科学化、主体培育市场化、乡村建设城镇化、土地流转规模化、生产经营标准化"五化"创建，取得了明显成效。园区借鉴工业园区发展经验，创新方式，敢想敢干，通过招商引资选择性地引进丰彩大地、旺江公司等农业龙头企业入驻园区，按国家4A级景区标准，配套建设土家文化展示中心、生态农业山庄、观光游览道、蔬果采摘体验园、现代农业展示中心、生态特色农家乐等。园区还专门成立了土地流转合作社，通过"土地流转、入股经营"的方式，让农民收取"三金"（流转土地收"租金"、入企打工挣"薪金"、入社经营分"股金"），最大限度地保障了农民利益，园区涉及的2000多户农户，家家是股东、人人是社员、年年有分红。2015年园区接待游客达27.9万人次，旅游综合收入0.8亿元，园区内的农民人均纯收入达12782元，成为全县农民人均纯收入最高的村，园区由此踏上"农旅融合"发展之路。

突破"瓶颈"：铜仁旅游基础设施大改变

在中国的大西南，在云贵高原的东部，在莽莽苍苍的武陵山腹地，耸立着一座世界名山——梵净山，山上蓊蓊郁郁的森林繁衍栖息着 5000 多种动植物，享有"地球绿洲""动植物基因库"之美称；发源于乌蒙山的贵州母亲河乌江，奔腾浩荡，穿过思南、德江、沿河等地连绵起伏的群山，而后注入长江。直插云霄的梵净山，绮丽壮观的乌江，织就了 1.8 万平方公里的生态家园。

在这武陵桃源深处，黔金丝猴在森林里出没，黑叶猴在山谷中嬉戏，娃娃鱼在溪谷间生息，中国特有珍稀濒危两栖动物胡子蛙在清溪繁衍，国家一级重点保护树种珙桐，在山岭上展翅欲飞——这就是多姿多彩、风景绮丽的铜仁山水！然而在前几年，由于交通、住宿等基础设施制约，独特的梵净山旅游资源并未给铜仁地区带来多的旅游收益。而今，铜仁上下齐力加快旅游基础设施建设，以增强梵净山为龙头的铜仁文化旅游的吸引力和影响力。

瓶颈

"汽车跳，铜仁到！"这是几年前许多来铜仁旅游的游客发出的切身感受。

2006 年 8 月，来自北京的李强在徒步爬完 7897 步石梯后，全身感觉就像散了架，再也无心欣赏梵净山的秀美风光。李强告诉记者，返回北京后，他足足休整了半个多月，身体方才恢复如初。

在采访中，几乎所有到过梵净山的游客都说，如果没有强健的体魄和足够的耐力，是很难登上山顶的。而且，由于基础设施建设落后，景点单一，许多游客在游览完梵净山的风光后，往往找不到一个合适的休憩之地。广大游客在赞叹铜仁地区旅游资源丰富的同时，更多的是叹惜基础设施的落后。

自国家实施西部大开发战略以来，铜仁地区历届党委、政府牢牢抓住机遇，通过努力，全区基础设施状况得到明显改善，初步形成铁路、机场、公路为一体的"立体"交通格局。但现实状况是，虽然大环境有了明显改善，但梵净山等景区内有关吃、住、行、游、购、娱等基础设施不配套，绝大多数游客在辗转到达铜仁后，稍留片刻便改走凤凰、张家界等地。

理性分析，我们不难得知，旅游基础设施差、配套功能不完善、缺乏精品景点、旅游的可进入性和接待能力差等，仍然是制约全区文化旅游产业发展的瓶颈所在。

对于工业不发达，农业又十分落后的铜仁，我们凭借什么来改变各项指标长期在全省挂末的位置？铜仁发展的着力点又在哪里？

发展生态文化旅游！答案毋庸置疑。地区决策层在找准长期制约着铜仁文化旅游产业发展的症结后，剑指薄弱的旅游基础设施建设。

破题

放眼全国，凭借地方资源优势发展生态旅游带动地方经济发展的例子举不胜举。远看张家界，近看凤凰古城，他们无一不是发展旅游业的成功典范。

地委、行署主要负责同志面对"欠开发、欠发达"程度最深的区情，自加压力，集思广益，提出全力打造"两带两圈"产业体系：全力打造铜仁玉屏循环工业经济带、乌江特色产业经济带和铜仁城市经济圈、梵净山文化旅游经济圈，力争在基础设施建设、文化旅游产业发展和生态文明建设等6个重点领域实现新跨越。同时，认真比较优势，明确提出重点抓好以梵净山为龙头的文化旅游产业，率先实现文化旅游产业跨越发展。即根据"梵天净土·桃源铜仁"的旅游形象定位，通过改善交通设施条件，着力提高接待水平，发掘资源潜力，力争2010年接待游客1000万人次，实现旅游收入60亿元，将铜仁打造成为新的旅游热点。

突围

思路决定出路，高度决定格局。

按照地委、行署的战略部署，地区旅游局及相关单位科学编制和规划了《梵净山文化旅游经济圈战略规划》《梵净山国家级自然保护区生态旅游区景点建设修建性详规》等20余个规划，着力从旅游资源开发、旅游环境整治和积极开拓旅游市场等方面入手，推动全区文化旅游产业持续健康快速发展。

要发展，要跨越，对于长期依靠财政吃饭的铜仁，资金从何而来？"我们绝对不能再等靠要！"地委、行署及各县（市、特区）坚持"投、引、盘"原则，即政府投入、引进资金和盘活民间资本三种模式相结合，全面推进旅游基础设施建设。

2009 年，铜仁市在短短的 35 天，完成投资 2000 多万元，建成了铜仁民族风情园一期工程。今年，耗资 2.54 亿元的滨江大道、1 亿元的金鳞大道，经过一年多时间的紧张施工，已全面完工并投入使用；耗资 6000 多万元的城区道路"白改黑"工程，极大地提升了铜仁城市品位。

耗资 800 余万元的九龙洞灯光改造工程，投资 6000 万元精心打造而成的三江公园等等，目前均已成为吸引外来游客的一张张新名片。

于今年 3 月份开工建设、引资 12 亿元的大明边城景区项目，是一处集生态亲水美景、人文历史、明朝边城文化、休闲娱乐、生态人居、多民族特点于一身的综合生态人文景区。景区建设以原生态亲水美景为基础、深入挖掘铜仁乃至贵州的 600 年悠久历史文化，通过现代化的旅游规划、设计及运营理念，将人文历史、自然景观、民族风俗等以多样化的体验形式展示给游客。

松桃苗王城景区先后投入上千万元资金完成了苗王古寨改造、游览步道、拦河坝、码头、旅游公厕等项目的建设，荣获了"2009·贵州十大魅力旅游景区"称号，推动了苗王城旅游开发建设快速健康发展。

在江口县，2009 年 4 月，由武汉三特索道集团投资 1.5 亿元的梵净山索道正式开通营运，把原先需要 4 至 5 个小时的登山时间一下缩短为 12 分钟左右，解决了长期以来登山的难题，使梵净山景区在"湘黔渝鄂黄金旅游圈"中的地位得以凸现，很快吸引了以长三角、珠三角为主的全国各地游客，提高了梵净山景区的核心竞争力；提高了景区快捷性、可进入性和安全性，以致梵净山景区连续两年出现游客"井喷"的现象。

日前，由外商投资 4 亿元精心打造的佛教文化苑正式开门迎客，铜仁旅游正全面加速前行。

……

2009 年 7 月 21 日，在省城贵阳召开的贵州省旅游发展与改革领导小组全体会议上，一条激动人心、令全区人民欢欣鼓舞的好消息传遍铜仁大地：由铜仁申办第五届贵州旅游产业发展大会获得全票通过，申报取得圆满成功！

按照省委、省政府发展规划及目的，通过举办旅游产业发展大会，可以使当地基础设施建设提速五年，使旅游产业发展提速五年，使环境建设提速五年；同时通过整合项目、资金和新闻宣传等各类优势资源，大力支持和帮助举办地加快旅游业发展，大幅度提升举办地旅游的知名度、美誉度。

机遇总是垂青有准备的人。铜仁上下齐心协力，心往一处想、劲向一处使，乘势奋力追赶，短短一年多时间，以"人一之，我十之；人十之，我百之"的精神，扎实推进旅游配套基础设施建设，推动旅游业跨越发展。

在政府的大力推动下,民间资本积极参与旅游开发,今年以来,全区新增星级酒店7家,酒店和宾馆达到380家,有客房7977间、床位14304个,为广大游客提供了良好的食宿条件。

一年来,铜仁累计投资24.6亿元,启动实施各类文化旅游建设项目83个。

时下,铜仁凤凰机场的改扩建,铜仁至玉屏铁路的立项批复,思南经石阡至剑河高速、铜仁至大龙高速、杭瑞高速铜仁段、铜仁至松桃高速公路的相继开工建设,乌江航道的规划整治,梵净山环线旅游公路建设,将全面改善景区内的道路通达条件,形成主、支网络畅通便捷的交通大格局。

正如一位业内人士所说,梵净山突围,来势汹涌,势不可挡!

我们相信,随着第五届贵州旅游产业发展大会的成功召开,长期困扰梵净山文化旅游发展的瓶颈必将彻底打破,铜仁文化旅游产业也必将随着梵净山的辉煌迎来灿烂的明天!

起跳

举力打造世界旅游目的地,目前已成为铜仁上下的共识。当前,全区以梵净山自然保护区为核心,以梵净山环线旅游公路为纽带,以江口黑湾河、印江团龙、松桃冷家坝为重点,以厚重的历史文化、多彩的民族文化、原生的自然文化互补,以铜仁、江口、印江、松桃中国最佳旅游目的地(城市)为支撑的旅游产品格局正逐步形成。

铜仁旅游资源十分丰富,尤其以梵净山最具有代表性。梵净山区域以佛教文化、生态文化、民族文化、历史文化构成的独特文化旅游资源,具有贵州的唯一性、中国的唯一性、世界的唯一性。如何将这种唯一性资源打造成文化旅游产品,让梵净山具有较大的市场需求空间和强大的市场吸引力?地委、行署明确提出,将充分利用梵净山旅游资源的唯一性和多年构建起来的旅游基础,以梵净山旅游产品为龙头,实施品牌推介、重点突破,以局部带动全局,逐步盘活全区的旅游资源,从而达到文化旅游产业率先突破,推进全区经济社会又好又快、更好更快发展。

铜仁美,美在锦江河。铜仁围绕中国优秀旅游目的地(城市)的创建目标,把锦江水位提升5米,并着力打造"梦幻锦江"灯光工程。随着十二半岛、大明边城旅游项目、三江公园、花果山广场、兴市桥改造、滨江大道等工程的相继投入使用,铜仁即将成为"城在山中,水在城中,人在景中,家在画中"独具特色的新兴旅游城市。

山与水相得益彰,奏响了铜仁文化旅游产业大发展的时代强音,"梵净山文化旅游经济圈"和"铜仁城市经济圈"互为支撑,梵净山正在大放异彩!铜仁经济社会必将驶入又好又快、更好更快发展的快车道!站在历史与现实的交汇点上,铜仁已经成功起跳,正在崛起……

依托青山绿水迎来发展春天

——铜仁市推进林业可持续发展记略

抓生态建设就是抓发展！改善生态就是改善民生！近年来，铜仁市牢固树立生态立市战略，加强湘桂黔边界地区森林资源保护管理协作，认真抓好森林资源保护，林业工作取得显著成绩：全市森林面积达 1427.16 万亩，森林覆盖率达 52.85%，森林蓄积量 4546 万立方米。有梵净山、麻阳河 2 个国家级自然保护区。全市先后获得全国营造林工作先进单位、全国森林资源管理先进单位，全国森林防火先进单位等荣誉称号。

山川秀丽，气候宜人，生态旅游"井喷式"发展，山林经济风生水起……这些成绩，不但是国家退耕还林、天保工程和石漠化治理等政策在铜仁市落地生根的有力见证，更是铜仁市科学发展，始终如一抓生态建设的结晶！

科学管理　多措保护森林资源

保护发展森林资源，携手共建美丽铜仁。

近年来，铜仁市多形式、多渠道推进造林绿化，在抓好全民义务植树活动的同时，以退耕还林、天保工程、巩固退耕还林成果、石漠化治理、农业综合开发等重点为抓手，实现森林覆盖率持续增长。截至目前，铜仁市森林面积达 1427.16 万亩，森林覆盖率达 52.85%，成为长江中上游生态屏障。

同时，铜仁市以推进依法治林为目标，科学管理森林资源。全市着力从强化森林资源目标考核、规范林业行政执法和抓好生态公益林、木材流通林等入手，严厉打击各类破坏森林资源的行为，建立了各级政府保护发展森林的目标责任长效机制，森林资源保护工作扎实有序推进。在 2012 年国家林业局驻贵阳森林资源监督专员办事处检查的二省六县（市）开展建立执行县级人民政府保护发展森林资源目标责任制工作中，铜仁市石阡县排名第一，获得"优秀"等次。

为了保护管理好公益林资源，铜仁市区划界定公益林面积 1017.5 万亩，每年获得国家补助资金 8160 万元，促进了公益林资源保护工作，保护了林区农民利益。

结合旅游开发和全市经济社会发展，铜仁市出台了《铜仁市湿地资源保护与开发利用意见》，明确提出到 2020 年建成 10 个国家级湿地公园。目前已建设石阡鸳鸯湖国家湿地公园，有 6 个国家湿地公园总体规划已通过省级评审，目前正接受国家林业局专家全面考核论证。

近年来，铜仁市在严格执行林木采伐审批管理制度，加大林业行政案件查处力度的同时，还开展了梵净山旅游区森林资源保护专项整治行动，严厉打击破坏森林资源的行为 700 余起，增强了广大群众保护森林资源的意识，保障了生态安全。

开发与保护　促进林农增收致富

既要绿水青山，又要金山银山！如何让为保护森林资源做出积极贡献的广大林区农民发生态财、享生态福？市委、市政府非常重视。

本着"惜我资源、护我环境、利我地方、惠我百姓"的理念，近年来，铜仁市通过大力抓高效林业产业发展，积极鼓励社会资本参与，推行"专业合作社＋农户""企业＋农户""企业＋专业合作社＋农户""企业＋承包大户＋农户"等发展模式，建立起利益共同体、责任共同体，提高农户、承包大户、合作经济组织、企业的积极性，推进林业产业持续发展。目前，全市共新建林业专业合作社 74 个，发展承包大户 64 户，21 家企业参与发展各类林业产业 17.66万亩。

同时，通过统筹整合林业、农业、扶贫、水保等项目资金，调整林业产业结构，发展油茶 52.62 万亩、竹子 39.4 万亩、核桃 51.2 万亩，新建茶园 103 万亩等。目前，参与林业产业建设的农民专业合作社有 56 个，林业加工经营企业1019 个，林业总产值达 22.42 亿元。

从今年开始，铜仁市积极探索有效的发展模式，实施森林立体复合经营，大力发展林下种植、林下养殖，创建亩产达万元以上的"万元山"工程 10 万亩，按照目前速度，预计 2016 年全市将建成 50 万亩以上。

此外，铜仁市还依托梵净山品牌优势，大力发展森林旅游、乡村旅游，今年全市已接待游客 2400 万人次，经济效益十分可观。

为实现林业产业带动发展战略，2012 年铜仁市成功引进中国林产工业公司、贵州融华投资集团公司，签约资金 8.5 亿元，实施松脂、竹产品加工项目，目前已完成投资 4000 万元。项目建成后，将极大促进全市林业产业快速发展。

先行先试林权改革　促进林业可持续发展

绿水青山就是金山银山！石阡县五德镇新华村村民依托良好的生态资源优势，发展生态茶产业 6000 余亩，2010 年 9 月，村民们联合成立了茶叶生产农民合作社。正当急需资金扩大规模时，铜仁市开始实施"林权抵押"政策。他们通过林权抵押，在获得 500 万元贷款后，基地规模迅速扩大到 8967 万亩，新建茶叶加工厂 1 个，解决 51 名农民就业，茶青年产值从每亩 3700 元增加到 6100 元。

这是铜仁市抓住武陵山片区扶贫攻坚先行先试机遇，创新林业发展机制所取得成效的一个缩影。

早在 3 年前，铜仁市就在全省率先全面启动了集体林权制度改革和非林地上确权发证工作。截至目前，全市通过集体林权制度改革，共发放林权证 62.76 万本，发证面积 1359.34 万亩，有 53.85 万户农民受益。完成外业勘界面积 31.29 万亩，发放林权证 1797 本，发证面积 28.84 万亩。目前，全市利用非林地上林木确权证抵押贷款面积 9.11 万亩，贷款金额 2.14 亿元。同时，有 15.26 万亩集体林地顺利流转，流转金额达 1.69 亿元。

通过林权抵押贷款，有效解决了林农、专业合作社、公司发展基地后续经营管理及加工厂房建设和设备购置资金不足等问题，推动了林业经济发展。

今年，市政府和中国人民银行铜仁市中心支行印发了《铜仁市农村土地承包经营权和宅基地使用权及林权抵押贷款管理办法实施意见的通知》《关于农村土地承包经营权、宅基地使用权及林权抵押贷款的指导意见》。目前，市里正着手研究出台《关于依法放活人工商品林、合理开发公益林、加强金融服务林业的意见》《铜仁市林木林地权属登记实施细则》《铜仁市森林资源资产抵押登记实施细则》等，这些制度的出台，必将推动全市林业经济快速发展。

同时，铜仁市积极探索造林发展模式，确保林农利益。

2012 年，铜仁市在石阡县试行实施造林补贴工作，最大限度地保护了林农利益，增强了林农发展和保护森林资源的意识。

积极开展了森林保险工作，也是铜仁市林业亮点工作之一。在去年石阡县开展政策性森林保险试点工作基础上，今年，铜仁市在全市范围内开展了政策性森林保险工作，目前全市有 1395 万亩森林投保，投保金额 3895 万元。这为铜仁市森林资源安全和农民利益又增加了一道保险。

近年来，尝到甜头的农民，纷纷在当地政府的引导下，积极发展山林经济，全市"林下经济"风生水起。截至目前，全市林下种植面积 13.29 万亩，涉及农户 3.3 万户,产值 1.08 亿元;林下养殖中,林禽 10.82 万只,林畜 2.59 万头,林蜂 8.1 万箱,涉及农户 0.45 万户,产值 1573 万元;林下产品采集加工产值 120 万元。据统计,林改后,铜仁市农民人均每年来自林业的收入有 209.78 元,其中来自林下经济的收入 31.37 元。

铜仁,正依托青山绿水,迎来属于自己的春天。

铜仁实施"环保十件实事"推进生态文明建设

　　铜仁市在加快工业化进程中，高度重视环境保护，近期将重点实施"环保十件实事"，加快推进生态文明建设。

　　"环保十件实事"包括：实施锦江河污染治理巩固提升工程；实施 PM2.5 大气污染治理工程，建立严格的大气等环境因子的监测、会商、发布机制；强力推进污水处理设施建设工程；实施饮用水水源地环境保护工工程；推进城乡垃圾无害化处理工程；加快固体废弃物综合利用示范区建设；推进国家级土壤污染治理修复示范城市建设；开展噪声污染治理行动；加强环境监测应急处置能力建设；倡导生态消费、推进污染减量化工程。

　　铜仁市还提出，要用生态文明理念引导发展，优化生态空间布局，制定出台梵净山生态环境保护办法，重点将国家发改委批复为生态工程区的江口、印江、石阡、沿河打造成为生态文明建设试点县；实施生态重点工程建设，完成营造林 50 万亩、石漠化治理 21 万亩、水土流失治理 8 万亩，森林覆盖率提高到 55% 以上；建立严格的生态保护红线制度；把生态保护与旅游业、绿色产业发展结合起来，实现生态产业化，产业生态化；开展全国第三批餐厨废弃物资源化利用和无害化处理试点工作，努力把铜仁创建成国家环境保护模范城市。

铜仁"水陆空"并进打造生态文明城市

国庆期间，漫步风景秀丽的锦江河畔，清新空气扑面而来。无论是在林荫小道上，还是在河边的野花野草丛中，到处都是成群结队的垂钓者。

江面上，一艘艘载满客人的游船来回穿梭……这是近年铜仁坚持"水陆空"并进，打造生态文明城市取得成效的一个缩影。

治污水。铜仁市连续多年将完善城市功能配套建设作为"十件实事"之一来抓，先后建成了 10 座污水处理厂和 7 座垃圾无害化处理场，确保城市生活污水和垃圾得到有效处置。

建生态屏障。通过实施退耕还林、天然林资源保护等一大批生态建设项目，完成石漠化综合治理 360.45 平方公里，全市森林覆盖率达到 52.98%，生态效益逐渐彰显。

节能减排。2003 年至今，铜仁市加大环境保护力度，淘汰了 31 户高能耗、高污染企业，淘汰水泥、铁合金等产能 58.32 万吨，拒绝了一批"两高"企业落户境内，万元地方生产总值能耗和二氧化硫排放量逐年下降。

水在城中，城在山中。美丽的铜仁迎来了八方宾客。

中秋国庆期间，来铜仁旅游人数达 365.78 万人次，实现旅游综合收入 29.2 亿元，各项指标均创历史最好水平。

梵净山景区获"中国低碳旅游示范区"称号

　　首届中国低碳旅游建设峰会暨首批中国低碳旅游荣誉榜单发布会于 7 月 24 日在北京举行，梵净山景区荣获首批"中国低碳旅游示范区"称号。据了解，获此殊荣的有三亚亚龙湾、西双版纳、大兴安岭等 32 家单位。

　　本次评选大会由亚太旅游联合会、国际度假联盟组织、中华生态旅游促进会主办，并获得中国人民对外友好协会、中国国际友好城市联合会的支持，参会人员达 400 余人。在峰会上，铜仁区代表围绕铜仁"一山两江四文化"旅游资源、文化和生态、旅游发展及低碳旅游建设等进行了宣传推介，加深了广大代表和新闻媒体对"梵天净土·桃源铜仁"的再认识。

　　梵净山景区不仅是贵州的第一山，更是武陵山脉的主峰，是中国 14 个加入联合国"人与生物圈"世界性自然保护区的成员之一。梵净山被认定为世界上同纬度保护最完好的原始森林，是人类难得的生态王国。在旅游开发过程中，以低碳旅游为发展理念，重视生态环境保护，成为全国低碳旅游发展的样板。

2016年，注定是铜仁旅游产业发展卓有成效的一年，在省委、省政府做强"大旅游"长板、建设山地旅游大省的部署下，铜仁充分利用资源优势，整合政策和资源要素，扬长避短，做强做优生态长板，加快推进"四化同步"发展战略，积极推动大生态、大健康、大文化、大旅游四大跨越工程，着力推进旅游体制机制改革发展，全力打造全域旅游示范区，建设国际知名休闲养生旅游目的地，实现旅游产业"井喷式"增长。

改革创新　砥砺前行
铜仁全力打造全域旅游示范区

在刚刚过去的国庆黄金周，铜仁市共接待游客404.29万人次，实现旅游收入26.9亿元，其中过夜游客169.8万人次，一日游客234.49万人次。其中，梵净山大景区接待游客103.64万人次，综合收入7.56亿元；松桃苗王城景区接待游客54.16万人次，综合收入2.77亿元；思南石林景区接待游客21.95万人次，综合收入1.21亿元。

一组组喜人的数据，不仅展示了铜仁旅游产业发展的良好态势，更彰显的是铜仁市坚守发展和生态两条底线，锐意改革、后发赶超的责任担当，演绎着铜仁人砥砺前行，任重道远不言悔的决心和勇气。铜仁，正将得天独厚的旅游资源优势转化为发展优势，将千载难逢的发展机遇转化为政策红利，将前所未有的比拼压力转化为前进动力。

旅游资源大普查　创造"铜仁经验""铜仁速度"

为全面摸清旅游"家底"，重新审视旅游资源开发利用价值，进一步发现、拓展、整合旅游资源，为高标准编制全域旅游规划、推动全域旅游发展提供科学依据，奠定坚实基础，铜仁市在全省率先启动旅游资源普查工作。3月26日，市人民政府与省地矿局签署了深化战略合作协议，明确省地矿局以人才队伍、专业技术、先进设备优势，在全市范围内全方位、全覆盖、不留死角、不漏资源开展旅游资源大普查，拉开了铜仁旅游资源大普查的序幕。此举得到省委、省政府的高度重视和认可，并作为经验在全省迅速复制、推广。4 月 19 日，全省旅游资源大普查电视电话会议召开，旅游资源普查成为地地道道的"铜仁首创""铜仁经验"。此后，好消息不断从旅游资源普查一线传来：经过野外普查，全市共计普查资源 3775 处，其中新发现 2587 处。全省共评选出了 40 处具有地方代表性的优质旅游资源，铜仁市有 5 处入围。

8 月初，中国地质大学（武汉）专家组，市旅发委、103 地质大队专家组在碧江区坝黄镇木弄村岑来坡发现一处石林景观，面积约 3 平方公里，单体数约330 个，中国地质大学（武汉）地球科学院原副院长曾克峰教授指出，该处石林景观单体数量多、密度大、具有连片的规模，有很高的开发价值，可以建设一个独立的大型旅游景区。

申创世界旅游品牌　打造铜仁世界公园体系

铜仁市将"山地公园省＋佛教文化"作为铜仁文化旅游重要品牌建设，同时，把世界级品牌创建作为全域旅游示范区建设的关键性问题，牢固树立品牌发展战略意识，合理实施品牌的扩张和延伸。全面启动铜仁世界地质公园申报工作。在地质专家充分论证下，以思南乌江喀斯特国家地质公园为基础，与中国地质大学合作，整体申报建设铜仁世界地质公园。短短 5 个月时间，铜仁世界地质公园申创已取得了多方面的成果：带动了沿河、德江、碧江省级地质公园的申报创建工作，初步形成铜仁世界公园框架；为旅游资源大普查工作提供了科学的论证，进一步厘清了铜仁全域旅游发展资源。与此同时，铜仁市极速推进梵净山申创国家 5A 级景区工作，邀请国内知名 5A 专家现场指导，制定了问题整改清单，目前景区游客服务中心、生态停车场、旅游厕所、环境整治等重点项目推进顺利，服务质量整改提升同步推进，确保年内创建成功。梵净山申报世界自然遗产成功进入《世界自然遗产预备清单》，进入国家申遗第一梯队。万山汞矿遗址申报世界文化遗产得到国家文化部的大力支持，正在积极推进中。

破除体制机制障碍　全域旅游改革阔步前行

为全面贯彻落实"创新、协调、绿色、开放、共享"五大发展理念，铜仁市以旅游体制机制改革为核心，着力破除全域旅游发展瓶颈。重点围绕"七改目标"，以"全景式打造、全季节体验、全产业发展、全社会参与、全方位服务、全医养结合、全区域管理"形成"七全发展"，打造"七个铜仁"，推动铜仁全域旅游创新发展。完成了《铜仁市全域旅游改革发展工作实施方案》"1＋

9"改革方案体系。同时，统筹编制全域旅游发展规划，统筹全域旅游资源开发利用，统筹全景式铜仁建设，加强旅游用地保障，快速推进全域旅游发展。

打造全季节体验产品。开发以春赏花、夏避暑、秋怡情、冬康养为主题的全季节旅游产品，打造"春色铜仁、踏春赏花""夏色铜仁、休闲避暑""秋色铜仁、体验乡愁""冬色铜仁、康体养生"等主题旅游产品。

发挥好旅游业跨界融合作用，全力推进"旅游＋农业""旅游＋工业""旅游＋文化""旅游＋大数据""旅游＋服务业"发展模式，着力打造具有铜仁特点的"山地旅游＋佛教文化"旅游品牌。

深化投融资体制改革，引导金融机构加大对旅游产业、旅游企业的融贷支持，鼓励民间资本参与旅游项目开发，积极申报设立旅游产业发展基金，推动旅游企业挂牌上市，推进全域旅游的全面发展。

加大健康养生旅游产品开发力度。加大贵州梵净山大健康医药产业园的规划建设力度；建立健全医养合作机制，鼓励养老机构与医疗机构开展多形式的合作；大力发展中医药养生保健服务；支持医养企业在旅游景区发展健康养生业态，推动医养与旅游产业深度融合发展。

推进旅游体制机制、执法体制改革。加快形成市、区县、乡镇（街道）全域旅游协同发展格局。推动景区开发所有权、经营权和管理权分离；建立"管委会＋公司"管理模式，完善景区法人治理结构，实现公司化运营。成立旅游警察、旅游巡回法庭以及旅游市场监管机构，形成旅游综合执法体系。

做强生态优势长板　致力精准扶贫

近年来，铜仁市把生态资源作为最大的资源、最有潜力的资源和最大的品牌，依托高速公路、高铁、航空、航运等立体交通体系的建立，大力实施大生态、大健康、大文化、大旅游四大跨越工程，推动"六次产业"发展，即把一产、二产、三产串起来。按照"园区景区化、农旅一体化"理念，把园区作为景区来打造。工业以及其他行业也在和旅游相融合，实现"旅游＋其他产业"的融合效应。

突出生态文化资源优势，做精做美14个重点景区，万山朱砂古镇、石阡温泉大型水上乐园等一批特色鲜明、业态丰富的旅游景区脱颖而出，进一步增强铜仁旅游核心吸引力；做足"佛祖在山上、文章在山下"的文章，在梵净山环线建设"四大天王寨、十八罗汉村"，集聚乡村旅游精品集群；大力发展城郊休闲度假产品，实施"园区景区化、农旅一体化"，建设18个高效农业示范园区景区；着力实施景城融合发展，建设一批山水园林城市；大力发展梵净山茶、松桃苗绣等特色旅游商品，带动农村贫困人口增收致富。

2015 年底，全市乡村旅游直接从业人员 4 万余人，间接从业人员 20 余万人，综合收入 62.45 亿元，实现了百姓富、产业强、生态美，在贫困落后地区走出了一条既有绿水青山也有金山银山的转型升级之路。

高端宣传展示　梵净山日益吸引世界目光

今年春节期间，"世界公园梵净山"15 秒专题形象片亮相美国纽约时代广场户外大屏，累计播出次数达 1400 次。这段以英语为主语配中文字幕的形象片，用全景航拍展示了梵净山的奇幻神秘磅礴浩然，格外引人注目。同时"梵天净土·桃源铜仁·弥勒道场·养心天堂"10 秒形象片，已在央视《新闻联播》前和《朝闻天下》栏目展播，为期一年。

节庆节会成为吸引旅客的"爆点"，先后高规格举办 2016 梵净山生态文明与佛教文化论坛，"美丽梵净山·铜仁过大年"主题系列活动、梵净山登山大赛、微马大赛、万山国际风筝会等共计 50 余项节庆活动，央视、人民日报、新浪网等主流媒体频频报道铜仁文化旅游发展盛况，"季季有主题·月月有活动·日日有声音"已成常态。

加强重点客源市场营销。4 月，由 3 名市委常委分别带队，在山西太原、湖北武汉、江苏南京 3 个省会城市，开展"弥勒道场·养心天堂"旅游专题推介活动，引发三省旅游界的惊呼和新闻界的浓墨重彩宣传。针对重庆、杭州客源市场，推出了"你旅游、我买单"优惠促销活动，取得很好的市场反响。

"十三五"时期，铜仁将借力旅游大发展，真正把生态优势、旅游资源优势转化为经济优势、发展优势，通过旅游产业带动，全面实现市域经济弯道取直、后发赶超。

铜仁借力酒博会做强酒产业

铜仁市借力酒博会大平台，宣传推介酒类品牌，提升知名度和影响力，做大做强黔东酒业。市委副书记、市长夏庆丰表示，和前两届相比，铜仁酒企参展规格更高、阵容更大、品种更多、竞争力更强，效果一年比一年好。

看展馆　彰显地方特色文化元素

"蛮王"坐在土家山寨式的展厅中间，面前的桌上摆着土碗、土酒坛，前方左右两边各站一名戴头盔、穿盔甲，手握长矛的"勇士"。门口两面大鼓一击响，"蛮王"便开始叫卖其生产的苦荞酒。客人一进门，身着布衣、光脚丫的土家山妹子便上前热情敬酒。如有客商前来，"勇士"就会护送他与"蛮王"边品酒边洽谈……

在第三届中国（贵州）国际酒类博览会上，独具特色的沿河蛮王酒业展馆格外引人注目。

记者看到，设计别出心裁、充满浓郁地方特色的铜仁酒企展区吸引了一拨又一拨客人。

为充分利用好酒博会平台，宣传展示酒品牌，铜仁市早安排早部署，半个多月前，铜仁市净山酒业、德江颐年春、沿河蛮王酒等 10 家企业就进驻贵阳，精心策划布置展馆。

净山酒业展区显眼位置摆放着一个硕大的酒瓶雕塑，以梵净山标志性景点——蘑菇石为造型，并配以形象宣传片，酒与景结合，凸显其"生态美酒"概念。贵州熏酒展馆在大红中配以金黄，格调大气醒目，突出其特殊的熏香型产品。

记者看到，铜仁展区共有 10 家企业。所有展馆实行开放式布展，通过图片、实物、多媒体以及声光电等高科技手段，充分展示种类丰富的产品、良好的企业形象，彰显铜仁优势特色酒产业的发展态势。

访客商　酒好价廉受欢迎

在这次酒博会上，铜仁市参展酒企各具特色、亮点纷呈。色彩上，既有传统白酒梵净山、颐年春等，也有黄色的思南蛾公酒、沿河四松天麻家酒，还有金黄色、黑色的天龙啤酒等；香型上，既有酱香型的梵净山酒等，也有清酱型蛮王酒，还有熏香型贵州熏酒等。

颐年春酒曾被誉为"贵州三春"之一，历经多次重组后，企业通过技术革新提升了产量和品质，拥有酱香型、浓香型、保健酒的生产技术和产品结构，市场竞争力较强。"我们这么多年一直消费颐年春酒，我到厂里考察过，那里空气好、水好，所产白酒质量稳定，很不错。"四川商家陈刚这样评价。

记者了解到，铜仁市参展的酒品，除有部分中高端品牌外，更多的是大众型消费品，如净山酒业、颐年春酒业、华力玉醇酒业、红色木黄酒业等公司推出的产品，大多是数百元的产品，有的每瓶才一百多元，可谓质优价廉，赢得广大消费者的喜爱，纷纷下单订购。

问企业　看到铜仁酒业发展大好前景

此次酒博会汇聚全球酒业，规格高，影响大，让铜仁市各参展企业大开眼界。铜仁市不少商家都说，通过这个平台，不仅宣传推介了自己的酒品牌，更学到了不少新的理念、好的做法，对做大做强企业颇有益处。

"我们的酒包装太差了，下步一定要加以改进。"在印江红色木黄酒业展馆，刚参观其他展馆回来的公司负责人熊成华有些惭愧。他说，通过参展学习了别人的长处，找到了自己的短处，受益匪浅。

思南县蚕桑科技园总经理梁正刚表示，"通过参加酒博会，更坚定了发展绿色环保生态农业的理念，今后要继续研究开发蚕桑副产品深加工，力争把蛾公酒打造成中国养生酒第一品牌。"

"铜仁具有良好的生态环境，生产出的酒不比其他地方差，相反还有优势。"不少铜仁酒企的负责人表示，以后一定要多参加类似活动，扩大影响，提升自我，做大做强酒产业。

对话苏州代表团　搭建铜仁酒销售平台

在此次酒博会上，作为对口帮扶铜仁的苏州市，也组建代表团前来考察。在参观了解铜仁参展情况后，代表团认为铜仁酒业发展前景好，具有竞争优势，表示将帮助铜仁牵线搭桥，在苏州设立销售网络。

"铜仁酒很好，一是当地自然环境非常好，水好、原料好，所以酒的品质很好；二是生产工艺先进、环保。"苏州市商务局副调研员、代表团团长刘俊在参观了铜仁酒企展馆后表示，愿帮助铜仁在苏州市建立销售点，共同宣传推介铜仁酒业品牌，做大做强铜仁酒产业。

据了解，早在几年前，苏州市就有企业与思南县合作建设蚕桑基地，打造蛾公保健酒品牌。刘俊表示，铜仁的投资软硬环境好，特色优势产业发展潜力巨大，合作机会广泛，将积极推介苏州企业家到铜仁投资兴业。

盘点成果
吸金 113 亿元　部分酒企找到合作伙伴

"我慕名而来参加酒博会，就是想寻找一个合作伙伴。"刚品尝过沿河蛮王酒，广东商家庄兴全右手端起酒杯说，"蛮王酒非常醇香，是我们的重点考虑对象。"

据悉，在这次酒博会上，铜仁市成功签订 34 个项目，投资额达 113.5 亿元。项目涉及基础设施建设、产业发展、生态旅游、智慧城市建设等领域。

"铜仁白酒香味独特，口感好。"来自中国酒都仁怀市茅台镇上和酒坊公司的负责人同样对沿河蛮王酒大加赞赏，表示愿意与之合作，携手打造中国保健酒第一品牌。

记者了解到，仅在开馆当天，与铜仁净山酒业、蛮王酒业、颐年春酒业等酒企达成购销协议的客商就达 20 多家，其中，净山酒业签约三家经销商，签约资金达 2000 万元。还有不少客商正在洽谈合作事宜。

在净山酒业公司展馆，许多客商兴致勃勃观看了铜仁专题片后表示，铜仁山清水秀、风光秀丽，空气环境好，一定要找机会到铜仁旅游观光。

铜仁致力打造"中国生态白酒之都"

　　近年来，铜仁市依托得天独厚的生态资源和丰富的农产品优势，紧紧抓住国家西部大开发、国发2号文件及省委、省政府大力发展白酒产业等政策机遇，利用酒博会平台，加快恢复生产"大关酒""颐年春""玉醇""乌江大曲"等名优白酒品牌，重振黔东白酒产业雄风。截至2012年末，全市生产白酒的民间小作坊480多户，从业人员2万余人，产量1.2万吨左右，产值近7亿元。

　　铜仁白酒质量好。山水之灵气奠定了铜仁市酿酒的生态环境基础，加之均采用纯天然粮食加工，品质纯正口感好，深受消费者青睐。日前省质监局通报的全省2013年第三批食品监督抽查结果显示，铜仁市11个区县质监部门抽样送检的236家白酒作坊的236批次散白酒产品和石阡大关酒厂生产的1批次白酒产品，经检验全部合格。

　　借势借资借力加快发展。市委、市政府每年拿出500万元以上，各区县匹配300万元以上资金，加大对白酒的宣传和扶持。同时扩大开放，仅在前两届酒博会上，就签约招商引资项目77个，总投资403.51亿元。截至8月底，全市酒产业项目到位资金90.02亿元，开工项目60个，投产项目28个。

　　贵州净山酒业公司秉承国酒茅台的生产工艺，酿造的"梵净山酒"两度荣获贵州省著名商标，目前该商标被纳入中国驰名商标培育对象。由德江县酒厂改制重组的贵州德江颐年春酒业有限公司，经过转型升级，2004年通过ISO9001质量管理体系认证。贵州华力玉醇、贵州石阡大关、贵州蛮王、贵州四松、贵州乌江、贵州天龙、红色木黄酒业……一批集科研、生产、销售、技术于一体的现代企业正在黔东大地加速崛起。

　　据市工信委负责人介绍，铜仁市将抓住省委、省政府大力发展白酒产业的政策机遇，依托铜仁得天独厚的生态自然资源，深度挖掘梵净山生态自然文化，打造梵净山生态白酒产业基地，力争2015年规模以上白酒产量达到5万千升以上，实现工业总产值50亿元以上，建成"中国生态白酒之都"。

铜仁国际收支突破 2000 万美元

工业结构优化对外开放水平提高

　　长期依靠电解金属锰出口创汇的铜仁，在遭受国际市场低迷影响下，伴随着全市工业结构的不断优化，对外开放水平的不断提升，生态茶叶、制鞋业等正成为出口创汇增长点。前三季度，辖内外汇收支累计 2226.56 万美元，同比增加 1444.39 万美元，增长 184.66%。其中，涉外收入达 1642.37 万美元，同比增长 6.63 倍；涉外收支为顺差 1058.18 万美元，创十年来新高。

　　随着万山汞矿资源的枯竭，电解金属锰受国际市场影响，2005 年伊始，铜仁市国际收支呈现直线下滑趋势，2008 年前三季度跌至 162 万余美元，步入低谷。

　　近年，铜仁市紧紧抓住国家西部大开发、国发〔2012〕2 号文件和东中部产业向西部转移等重大机遇，深入实施"四化同步·一业振兴"发展战略，大力开展招商引资工作，吸引贵州大龙汇成新材料有限公司、贵州银泰铝业有限公司等大量外地企业落户铜仁，延长了汞、锰产业链。同时，近年建成的 120 余万亩生态茶园，相继进入丰产期。贵州和泰茶叶进出口公司、隆泰茶叶（贵州）有限公司等企业产品纷纷上市出口；贵州印江承明实业有限公司、贵州松桃百业进出口有限公司等大批劳动密集型企业的陆续建成投产，其产品畅销白俄罗斯共和国及港台地区等；依托丰富生态自然资源优势，发展水产品、石材制品的铜仁台水农水产生物科技有限公司、江口县尧天石材有限公司，其产品纷纷"漂洋过海"挣回外汇……全市外贸业呈现多元化发展态势。

　　据市商务和粮食局局长石维江介绍，由于辖区部分企业总部设在湖南、贵阳等地，其出口创汇额并没有纳入铜仁市统计范畴，如加上这部分的话，全市前三季度出口创汇至少在 4000 万美元以上。

　　这意味着，随着铜仁市工业结构的不断优化，对外开放水平的不断提升，铜仁市实施的"四化同步·一业振兴"发展战略开始显现效益，特别是新型工业发展步入了突飞猛进时代。今年 1 至 9 月，全市规模以上工业完成总产值 449.2 亿元，实现增加值 110.24 亿元，同比增长 18.3%，增速居全省第二位。

文明花开正芬芳

——铜仁市创建文明城市纪实

在贵州省"多彩贵州文明行动"综合考核中，2012年铜仁市排第八，2013年排第六，而在最近的通报中，铜仁市2014年排名上升到第四名，顺利摘取"全省文明城市"荣誉称号。

这标志着铜仁市在两年内，不但实现了主城区创建全国文明城市"三步走"战略的第一步，还带动全市10个区县文明城市创建工作"全面开花"，在全省率先实现文明城市创建水平的整体提升，全国文明城市创建首战告捷！

2014年12月27日，省委、省政府下发文件命名表彰铜仁市为2012—2014年度贵州省文明城市，印江自治县等7个区县为文明城区（县城）。

2014年12月31日，贵州省精神文明建设指导委员会表彰万山区等3个区县为2012—2014年度贵州省创建文明城市工作先进城区（县城）。

盘点两年的全国文明城市创建工作，铜仁主城区基础设施建设进一步夯实、城市管理工作进一步科学规范、公民思想道德素质和社会文明程度进一步提升，文明城市创建在全省排名靠前至第四，实现了与铜仁市经济社会同步发展，向省委、省政府和全市各族人民交出了令人满意的"成绩单"。

创建全国文明城市　打造"武陵之都·仁义之城"

2011年，铜仁撤地建市，标志着铜仁迈入"城市时代"。

新的地级铜仁市怎么发展？怎样在全省和武陵山片区确立自己的特色和优势？成为摆在新一届市委、市政府面前的首要课题。

在大量调查研究、广泛论证的基础上，市委、市政府确立了铜仁城市发展目标定位——"武陵之都·仁义之城"，并设计了多条路径。其中，一条重要路径就是创建全国文明城市。

接下来，铜仁市确定了全国文明城市创建"三步走"战略：

——到2014年，创建成为全省文明城市；

　　——到 2017 年，创建成为全国文明城市创建工作先进城市；

　　——到 2020 年，创建成为全国文明城市。

　　为强力推进创建工作，铜仁市成立了以市委书记、市长为组长的全国文明城市创建工作领导小组，着力加强组织领导和统筹协调，同时组建"8 个环境"工作组，建立了系列工作制度，分解了年度目标任务，把文明城市创建工作纳入各级各部门年度绩效目标考核。一场创建全国文明城市目标的攻坚战全面打响。

　　2013 年 1 月 23 日，市委、市政府隆重召开铜仁市创建全国文明城市工作启动大会。

　　会上，市委书记刘奇凡对全国文明城市创建工作进行了高点定位：全国文明城市是一个城市综合性的最高荣誉，是对一个城市、一个地区经济社会发展综合水平的全面考评，是一块含金量最高的"金字号"招牌，铜仁要以建设"武陵之都·仁义之城"为统领，以"建人民想要的好城市"为目标，全民动员，全力争创全国文明城市。

　　2014 年底，市创建办委托第三方进行了铜仁市文明城市创建工作群众满意度调查，结果显示，全市群众对创建文明城市的支持率为 99.35%。

抓环境　重形象　提升城市影响力

　　为切实提升影响力，铜仁市从抓环境切入，着力提升城市形象。

　　设计城市名片。2013 年，铜仁市征集提炼了"厚德铸铜·仁义致远"的铜仁城市精神表述语，征集确定了"桂花树""紫薇花"为铜仁"市树市花"，征集确定了铜仁形象 LOGO，城市有了自己的名片，城市形象逐渐清晰，内涵不断丰富。

　　突出专项整治。针对重要部位和重点行业开展专项整治。开展城市环境"十大顽疾"专项整治行动，着力解决城区"脏乱差堵"突出问题。开展"多彩贵州·桃源铜仁文明行动"，打造优美环境和优良秩序。在党政机关、司法执法系统、村组（社区）广泛开展"三个开刀"专项行动，突出便民利民，深入开展群众路线教育实践，打造优质政务环境。

　　净化文化环境。举办了首次"祭奠先师·践行仁义"祭孔大典，传承和弘扬优秀传统文化。策划开展了"快乐铜仁"主题系列活动，活动每个周末开展，由于不设门槛，不限年龄，搭建了易于参与、乐于参与的群众文化活动舞台，深受群众欢迎，两年来累计 60 余万人次参加活动，丰富了群众精神文化生活，净化了社会文化环境。

抓基础　重民生　提升发展硬实力

铜仁市高度重视新型城镇化建设，市委一届六次全会专题研究城镇化议题，出台《中共铜仁市委关于推进新型城镇化建设山水园林城市的决定》，实施城市建设"三年大会战"，为创建文明城市夯实基础。

优化城市空间布局。对铜仁中心城区实行功能区划分，将以中南门古城为核心的老城区打造成为城市文化传承保护区，将万山谢桥新区和老城区北站至东关等区域打造成为城市服务功能提升区，将川硐、灯塔、铜仁高新区等区域打造成为城市空间拓展区。

完善城市规划。启动大兴空港新城控规编制工作，加快万山茶店驾校城建设，完成铜仁中心城区控规单元规划，抓紧编制综合管网、路网等专业规划；规划城市菜地、生态绿地、禁止开发地，让城市融入自然。

强化城市功能建设。启动实施中心城区城市功能"十大提升工程"：新建和改扩建农贸市场、货运停车场、沿江步道、湿地公园、山体公园、客运站和公交站场、城市道路和人行天桥、机场航站楼、火车站广场、道路交通指示系统等项目。

建设智慧城市。争取到全国首批智慧城市试点建设，整合公共信息网络资源，与中国通号集团合作建立集智能交通、医疗、旅游、城管等为一体的公共信息平台，加快智能城市应用和管理体系建设；在全市建成天网工程，推行网格化管理。

抓联动　重城乡统筹　提升区域竞争力

创建是一项综合系统工程，没有各级各部门的参与，创建就是一句空话。铜仁从抓"联动"入手，注重城乡统筹，形成创建强大活力。

市县联动。在城区，全市10个区县齐创共建，全面开花，齐头并进；在乡村，以"四在农家·美丽乡村"创建为载体，广泛开展文明乡镇、文明村、星级文明户、文明个人创建活动；在机关，以文明单位创建为载体，广泛开展文明行业、文明社区、文明窗口、青年文明号、岗位能手创评活动，群众性精神文明创建热情空前高涨。截至2014年，全市各级各类文明类别创建命名数达到乡镇村、单位总数的30%以上。

开展"五城联创"。铜仁市同步开展创建全国文明城市、国家卫生城市、国家园林城市、国家环境保护模范城市、中国优秀旅游目的地（城市）"五城联创"工作，各项创建既互相联动、齐创共建，又重点突出、各个击破，多层面、全方位创建态势基本形成。

部门联动。各部门除分块完成各自承担的任务外，市创建办强化统筹调度，2014 年共召开了六次调度会，听取八大环境工作组、市直部门和两区创建工作汇报，分析存在的问题，部署重点工作；市委、市政府主要领导和分管领导共签发工作意见 30 余份，有力推动了各项创建工作落实。

军警民联动。市创建办、市文明办会同铜仁军分区政治部，联合武警支队和市、区、办事处等 20 多个部门，在北门口至铜仁南方电网兴铜公司路段开展"军民共建文明示范街"活动，引领了创建工作深入推进。

抓人群　重示范引领　提升创建行动力

2013 年，铜仁市出台了《关于全民提升市民文明素质的意见》，以人为本，将人的全面发展作为创建工作的终极目标。同时，抓住重点人群，发挥示范作用。

领导参与。策划开展了"市级领导干部和市级单位帮联城市社区共创共建活动"，33 位市级领导和一百多个市直机关单位深入主城区 33 个老旧小区，开展帮联共建工作，帮助改善小区居住环境，帮助成立业主委员会，发动社区居民共创共建。2014 年，帮联共建各部门共协调资金 234 万余元，帮助完善小区绿化、亮化、硬化、美化和排水网管等基础设施，极大地改善了老旧小区人居环境，夯实了创建细胞。

党员示范。启动了全市"践行群众观·争当志愿者，我是党员我先行"党员志愿服务行动，结合文明城市创建需要，组织开展了两次锦江河清淤万名党员志愿者集中行动；组建了 800 名"民心党建"党员志愿参与驻村帮扶，党员干部在文明创建中发挥了较强的示范带动效应。

志愿者发力。成立了铜仁市志愿服务联合会，搭建了"时间银行"平台，推动了志愿者网上注册和管理的制度化与规范化；积极发动青年志愿者、巾帼志愿者，围绕"关爱他人、关爱社会、关爱自然"，开展"迎春节·送温暖""邻里守望·同城互助""保护母亲河—锦江""文明交通行动""植树护林"等文明志愿服务活动，山村幼儿园支教志愿服务活动和市级大型会议、赛事志愿服务活动等，提升了社会文明程度。

引导未成年人。全市各中小学校针对未成年人的成长特点，广泛开展"祖国好·家乡美"主题系列活动，培养学生爱祖国、爱家乡的情感；积极开展"光盘行动""文明礼仪知识竞赛""大手牵小手"等活动，倡导勤俭节约的传统美德，培养文明有礼的道德风尚。活动中，涌现了全国美德少年张竞文，为

全省唯一，人民日报、央视网、中央文明网、贵州文明网等媒体对该同学事迹
进行宣传报道。

抓宣传　重典型作示范　提升工作凝聚力

宣传营造氛围，宣传鼓舞人心，宣传提升凝聚力。在创建过程中，铜仁市
多措并举抓好宣传工作。

——抓媒体宣传。各新闻单位充分发挥媒体优势，设置"五城联创"专栏，
设置"我爱我家""文明铜仁大家谈""我的行动我的城"等专题，开展"文明
行动随手拍"有奖征集，曝光不文明行为，引领社会风尚。

——抓社会宣传。在户外媒体广泛宣传社会主义核心价值观、"五城联创"、
铜仁城市精神等内容，营造浓厚的创建氛围。打造文明传播阵地，建设文明传
播队伍，聘请了市级骨干德师 33 人，全市建立覆盖城乡、主题鲜明、特色突出
的各类道德讲堂 4562 个，开展活动 14453 次，参与人数 37 万人次。强力推进
"我们的价值观"进城区、进通道、进校园、进农村、进园区，使"三个倡导"
24 个字被广大人民群众所认知、认同并自觉践行。目前，全市已重点打造了 13
个"我们的价值观"主题公园、15 个主题广场、13 条主题街道、15 个主题社
区；市级领导和市级单位帮联共建的 33 个小区，全部打造成了"我们的价值
观"主题小区，街头巷尾处处洋溢着文明城市创建所需的强大正能量。

——抓示范树典型。以"寻找身边好人、争做铜城仁者"为总载体，突出
价值引领，广泛开展各级各类先进典型人物评选表彰活动。两年来，全市共向
中央、省文明办推送身边好人 223 人，其中"飞扑哥"贺兵等 9 人荣登"中国
好人榜"，"虎胆英雄"龙靖等 49 人荣登"贵州好人榜"；松桃自治县见义勇为
农民英雄姚少军获全国第四届道德模范提名，程祖明等 8 人获贵州省第四届道
德模范和提名奖；唐新发等 20 人被评选为"铜城仁者"——铜仁市第三届道德
模范和提名人物。同时，大张旗鼓地举行"铜城仁者年度人物"、"铜城仁
者"——市首届劳动模范和先进工作者、"铜城仁者"——市见义勇为模范、
"铜城仁者"——市首届十佳军嫂、"铜城仁者"——市首届十大杰出青年等系
列选评活动，让有德者得到充分礼遇，让美德善行得到充分宣扬。

一座城市具有什么样的精神，决定了这座城市最终能够走多远。这座城市
市民的思想道德状况和整体素质，则决定了整个城市的文明程度。铜仁人坚信，
城市文明是永无止境的追求，创建全国文明城市任重道远。在全国文明城市的
道路上，铜仁步伐将更加铿锵豪迈。

金融创新驱动经济"加速跑"

铜仁经济增速领跑武陵山区六市州

"三权"改革激活农村沉睡资本,"三品三表"破解企业融资难题,"联合基金"解渴小微企业,银政合作创新,不但提振经济,银行自身同样得以快速发展。截至 11 月 30 日,铜仁市金融机构人民币各项存款余额 715.14 亿元、贷款余额 603.66 亿元,同比分别增长 15.28%、29.8%,增幅全省排第四位、第三位。

碧江区、德江县自 2012 年启动农村土地承包经营权、房屋产权和林权等"三权"确权以来,目前已初步建立了一套归属清晰、权责明确、流转顺畅的农村产权制度,实现了农村资产变资本、资本出效益的可喜局面。如德江县用土地收益 8000 万元作风险担保金,搭建融资平台,推进"三权"抵押贷款业务,激活 300 亿元农村沉睡资本,带动 30 多亿房开资金、40 多亿工业创业金,60 多亿民间资金参与经济发展,催生出巨大的发展内生动力。

通过创新企业"三品三表"信用考核工作,德江县找到了一把破解企业融资难的"金钥匙"。"三品三表"就是以企业人品(法人)、产品、抵押品和电表、水表、财务报表作为主要考核依据,根据得分将企业信用等级划为优良中差等次,授予相应贷款额度。"三品三表"很容易让金融机构摸清企业的真实生产情况。

2013 年迄今,银行创新推出应收账款、仓单、存货、订单质押等业务,发放贷款逾 10 亿元,满足了企业流动资金需求。最近,中国人民银行贵阳中心支行将德江企业"三品三表"总结为当前解决中小企业信用难和贷款难的最好办法,并将德江作为中小企业信用建设创新示范点。

今年 8 月,沿河自治县由担保公司发起成立了中小企业促进会,并与贵州银行铜仁分行合作,共同设立了小微企业联合基金,以联合基金为基金会员在银行提供贷款担保。通过联合基金平台,把政府、银行、企业、担保公司连接在一起,为中小企业担保贷款探索出了一条便捷的新路。

　　目前，该县有 159 家小微企业经联合基金担保，获得贵州银行铜仁分行 2000 万元贷款支持。贵州银行负责人表示，这种"银政＋商业化运作"的合作模式，不仅高效、安全，而且降低了成本，必将有力促进地方经济发展。

　　金融创新驱动经济"加速跑"。今年前三季度，铜仁市 GDP 增速位居武陵山区 6 个市州首位，达到 14.4%；经济总量超过湖南湘西后，首次超过湖北恩施，位居武陵山区第二位，领跑武陵山区六市州。

第三篇

03

| 畅行梵净山 |

一、区县兴奋点

活力大龙彰显自信

——铜仁争创国家级经济开发区

旭日破晓,惠风和畅。

这方承载着历史发展使命的热土,正在演绎着一个个财富传奇;这块充满激情的沃土,正在深情吟唱一首首奋进之歌。

这里是梦想者谋求发展的天地,它抢抓机遇,破茧成蝶,有席卷黔东大地之气势!

这里是发展者奋勇争先的天地,它拼抢争快,勇攀高峰,正在以一股强劲的爆发力和充足的后劲,加速崛起。

这里是贵州省级经济开发区——大龙。

高速公路、高速铁路在这里纵横交错;高新技术、产业集群、资本潮水如约而至。大龙,伴随着引领黔东工业经济发展的主旋律,向世界敞开了胸怀。

大交通　构建区域发展新优势

8月1日,和贵州"东大门"大龙相邻的湖南怀化,召开了一次不同寻常的座谈会。贵州省和湖南省签订湘黔高铁经济带合作框架协议,进一步加强产业、旅游、交通、生态等方面合作,把沪昆高铁长沙至贵阳段,建设成相互联结的黄金经济带,打造两省交流合作升级版。

大龙开发区,扼守湘黔交通要道,是贵州承接东中部产业转移的"桥头堡"。湘黔两省联手打造沪昆高铁黄金经济带,按下"快捷键",跑出"加速度",大龙开发区迎来了新一轮跨越发展的春天。

大龙开发区紧扣铜仁市委书记、市长夏庆丰提出的"四资四业"理念,数月以来,开发区广大干部群众艰苦努力换来的惊喜和激情仍历历在目:

6月18日,沪昆高铁铜仁南站(大龙)正式开通营运。八方宾客如潮水般涌进大龙,有慕名前来旅游观光的,更多的是全国各地前来洽谈投资的企业家……

　　资料表明，开通一个多月来，铜仁南站日均客流量近6000人，大龙开发区空前热闹起来。

　　交通是地方名片，交通是投资环境，交通是经济的晴雨表。铜仁市人民政府党组成员、大龙开发区党工委书记、管委会主任吴东来说，"沪昆高铁是贵州经济发展大通道，也是铜仁大龙走向世界的快车道。"

　　的确，320国道把玉屏、大龙与湖南新晃连接，湘黔铁路把长株潭城市群、大龙与黔中经济区接通。刚开通的沪昆高铁，把上海、长沙、昆明变成了大龙的"邻居"，铜玉城际铁路，把铜仁、大龙与玉屏连在一条线上。大龙，敞开门户，向东融合，与世界接轨。

　　正是看准大龙的交通区位优势，在"雁归工程"的引导下，外出闯荡23年的江口籍青年阙崇双投身大龙开发区，"砸下"5000万元创办企业，生产PE、PPR、PVC系列管材，填补了黔东地区塑料制品生产空白。阙崇双表示，目前正准备引进技术，增加电器开关、电力管线等生产线，打造黔东最大的塑料制品生产基地。

　　这样的事例不胜枚举。近年来，随着交通优势的进一步凸显，世界500强知名企业微软、法国苏伊士环境、普华永道已与大龙开发区合作。

　　"我们要发挥好大龙独特的交通区位优势、产业优势和服务优势，借用沪昆高铁经济黄金带，撑起黔东工业一片天。"吴东来说，近期有几家国外知名企业要来大龙洽谈投资事宜，开发区正紧锣密鼓筹备相关工作。

　　沪昆高铁释放的经济效应正在显现。"从大龙到湖南邵阳，乘坐高铁只需70分钟，比到湖南省内部分市州还方便！"湖南东亿电气实业有限公司董事长陈书奇打算，将湖南邵阳的产业全部转移到大龙，并将其建设成国内最大的电子打火机生产基地和模具研发中心。

　　坐拥320国道、铜大高速、沪昆高速、湘黔铁路、沪昆高铁、铜仁凤凰机场等叠加交通优势，加之"东大门"的特殊区位，使得大龙开发区在打造湘黔高铁经济带中已然占得先机。

　　化蛹成蝶景更新。大龙站在新的发展起点，迈着坚定自信、铿锵有力的步伐，阔步前行。

循环经济　开启绿色崛起新路径

　　"守底线，走新路，奔小康。"在省委、省政府及铜仁市委、市政府的正确领导下，大龙开发区按照这样的执政思维和理念，满腔豪情，书写大龙绿色发展、科学发展的灿烂辉煌篇章。

"既要金山银山，也要绿水青山！""绝不让一滴污水流入湖南！"近几年，类似标语在大龙开发区境内随处可见。这不但是开发区做出的庄严承诺，更是大龙开发区坚持科学发展、加速崛起的行为准则。

贵州红星发展大龙锰业有限公司，钡盐项目生产线所产生的废气，经过简单处理得到硫黄，成为生产硫酸制品的主要原料；而生产硫酸所产生的蒸汽，又可以用来发电，为钡盐项目生产线提供动力……通过一系列的工艺流程，形成完整产业链，最终生产出硫酸系列产品。

汇成新材料公司以锰渣为基础原料，利用附近大龙火电厂的余热、废水、二氧化硫尾气，通过热电联产，经烟气脱硫、电解金属锰等一系列工序，生产出高纯硫酸锰、轻质碳酸钙。每年，不仅可回收处理锰渣 200 万吨，还为大龙发电厂节约 1.4 亿元环保费。

除了企业内部循环，企业与企业循环，大龙开发区还在铜仁市演绎着"区域循环"的故事：

2012 年 8 月，石阡县与大龙开发区签订协议，在全省率先创建"飞地经济"，勾勒出互惠互利、优势互补、联合发展、共同繁荣的美好画卷。

更值得关注的是，大龙开发区的企业还走出国门，与亚洲地区的企业开展循环经济合作。

"贵州重力科技公司落户后，为大龙彻底解决了重金属化工企业多年未解决的环保难题。"大龙开发区环保局局长罗起飞说，"目前开发区内产生的废料已满足不了该公司'胃口'，还得向亚洲各国'觅食'。"

重力科技博士工作站博士李森介绍，公司每年"吃"进含汞危险固废物5.6 万吨，综合回收利用价值 15 亿元以上，是目前亚洲最大的含汞固废回收处理中心。

大龙开发区循环经济发展模式得到各级各部门的肯定：

2014 年 7 月，国家发改委、财政部授予大龙开发区国家级循环化改造试点示范园区称号，这也是当年贵州省唯一一个，引人瞩目。

大龙没有自喜，毫不松懈，朝着国家级开发区的发展道路，一路疾奔：

2014 年 9 月，贵州中伟集团锂电新材料产业园落户大龙，建成后，预计年销售收入 70 亿元，实现利税 10 亿元。

由西南能矿集团和湖南科源集团共同投资 80 亿元而建的煤电锰一体化循环经济项目进展顺利。届时，一艘锰冶炼和锰深加工的工业航母将诞生，对全国锰产业格局将产生影响。也将助推大龙由省队升级为国家队的步伐，夯实了千亿级经济开发区的基础。

被誉为环保型企业创业样本的大龙银星汞业，科技创新转变发展方式，从生产汞产品向资源综合回收利用转变，实现了汞的循环利用。银星汞业研发了低汞触媒、锑汞分离等高新技术产品，成为我国最大的锑汞生产基地，其汞系列产品，占有全国市场的75%，年产值20亿元。

"定位明确、规划高端、基础设施完善、生态环境优美、园区企业质量高、循环经济产业链条完整，具有申报国家级经济开发区的基础。"7月2日，中国开发区协会秘书长关嵘到大龙开发区调研时赞叹。

活力大龙彰显自信。如今，搭上时代快车之大龙，正厚积薄发，乘势崛起。

改革创新　打造跨越赶超新引擎

改革创新是企业发展的灵魂，也是西部欠发达地区实现后发赶超的重要路径。

近年来，大龙开发区相继获得国家级循环改造试点示范园区、贵州省首批清洁生产试点示范园区、武陵山区扶贫"先行先试"示范区、贵州省样板示范园区、贵州省示范小城镇、沪昆高铁湘黔经济协作中心节点、贵州省首推国家级经济开发区申报单位等诸多殊荣。

这一切，与大龙开发区改革创新分不开。点击大龙改革创新关键词：三三制党建、人才实验区、工业扶贫、示范小城镇……犹如阵阵春风扑面而来。

——工业化扶贫

"有了周边的企业，我们村失地不失业，农民变工人，人均年收入将近1.5万元，成了黔东第一富裕村。"大屯村支书罗绍溶说。

东亿电气是大龙开发区工业化精准扶贫示范企业之一。现有职工约900人，大多来自周边的失地农民，平均工资3200元，已解决680名贫困农民的就业问题。3月初，公司成立企业党支部、工会，对附近村的贫困党员、下岗工人、残疾失业、因病返贫、失地农户走访慰问，传递温暖。

除东亿电气外，中伟集团、建强锰业、汇成新材料、红星锰业、银星汞业、重力科技、振龙矿业等9家企业为开发区144户贫困户提供就业岗位3000多个，使他们顺利"脱"贫。

——飞地经济

2012年11月28日，大龙经济开发区石阡产业园开园，大龙乃至铜仁工业发展模式实现了新的突破，开创了铜仁市的区县合作，促进资源整合、优势互补，实现合作共赢和差异化发展的先例，开启了贵州省工业"飞地经济"的先河。

大龙与石阡的携手合作，不仅凸显了大龙经济开发区对周边城镇的带动作用，为打造黔东工业聚集区打下了基础，也对推动大龙升级为国家级经济开发区、武陵山区域扶贫开发试点示范园区打下基础。

——并联审批

如何服务好企业，让招商引资企业早日建成投产？大龙开发区的答案是，全面推行并联审批制度，提高行政服务效能！2013 年 10 月，大龙开发区将 21 个部门集中在为民服务中心二楼大厅，每个部门设立一个服务窗口，成立并联式审批服务大厅，实现"一站式"服务，"全方位"办理，极大地提高了办事效率。

"没想到一个上午就办好了所有手续。在其他地方，至少要两三个月时间才能办好。"贵州五洋新能源科技有限公司负责人赵立德对办理"一证三号"营业执照记忆犹新。

今年 6 月以来，大龙开发区共办理了 24 户个体经营户和 10 多家企业"三证合一"执照，接受咨询 280 人次，证照代办 84 件，办结率 100%，赢得广大企业点赞。

——同城化发展

大龙归属铜仁市直管，自 2010 年 12 月大龙开发区由玉屏自治县托管收回原铜仁地区直管近五年来，玉屏、大龙两地一直亲如一家。在最近五年的发展中，两地唇齿相依、同心连体、互促共进、互惠共赢。

320 国道对大龙、玉屏两地发展至关重要，两地正以 320 国道升级改造和铜仁高铁南站开通为契机，深入推进同城化发展战略。

如今，大龙以北部工业园区向东辐射，正打造一条产业聚集带、一片产业聚集区。同时，沿新修建的 320 国道加速城市化建设，打造宜居、宜游美丽的工业新城。

——区域联动

大龙紧邻湖南新晃，2012 年，两地签订"资源共享，互惠多赢"的经济协作协议，双方就产业互助、互补、规划、用地等政策进行全面合作，联手打造大（龙）新（晃）经济协作示范园区。

统计资料表明，2014 年大龙经济开发区有规模以上工业企业 57 家，实现工业产值 208.8 亿，同比增长 58.16%，完成财政总收入 36370 万元，同比增长12.59%。大（龙）新（晃）经济协作示范园区有规模以上工业企业 54 家，加快了跨省接边地区的连片脱贫步伐。

——保障性住房进园区

"今天借民一寸土,明天还民一座城"。大龙新城架枧河畔一块显目的标语映入眼帘,这里刚建成的 5000 套保障房已成大龙城镇建设的一个亮点。

大龙开发区 2011 年实施了贵州省第一家保障性住房进园区——中伟园区保障性住房。4 年来,已建成 9000 余套保障性住房,为居民和企业员工提供一个安心、舒适的居住环境。这也极大地降低了企业在职工宿舍建设上的负担,对吸引企业快速落地和招工发挥了很好的作用。

——示范小城镇

在贵州省 100 个示范小城镇 2014 年建设工作绩效考评中,大龙镇名列全省第一。大龙开发区城镇化建设评为"铜仁市改革创新奖"。

大龙镇自 2012 年开展示范镇建设工作以来,积极实施新型城镇化战略,与新加坡裕廊国际规划合作,以打造"产业集聚之城、绿色宜居之城、物流活跃之城、文化交融之城、生态文明工业新城"为目标,大胆创新、大力整合,全速推进城镇化改革进程。城市功能不断完善,城市环境不断改善,城镇品位和形象不断提升,精、美、特、富已经呈现。

——人才实验区

大龙开发区是铜仁市委、市政府重点打造的人才特区。近年来,大龙吸引了来自北京、内蒙古、河北、山东、重庆、四川、湖南等 10 多个省区市的大学生,更有博士生、研究生,到这里来实现自己的人生价值。

"抢占发展制高点,人才是关键。"近年来,大龙开发区在引进人才方面出台了一系列优惠政策。96 套可"拎"包入住的人才公寓已于今年 8 月 1 日前交付使用。凡是开发区引进的人才可享受子女入学、配偶调动、职称评聘和享受津贴、补助等政策,博士生还可以享受安家费。同时,开发区创新推行干部聘任制,面向全国公开选聘领导干部,突破身份、地域限制,让有能力的人有平台发挥等。

巢暖凤凰翩翩来。据统计,开发区目前有博士研究生 5 人、硕士研究生 12 人、实用人才 4678 人。

——大党建夯实大基础

为支持开发区建设,近年大龙镇大屯村 800 多户人家,奉献出被誉为农民"命根子"的宝贵土地,如何让他们生活有保障?失地不失业?

由玉屏自治县托管的大龙镇党委 4 年来,征地 3.1 万余亩,迁坟 4300 座,搬迁房屋 1374 栋,实现零上访,大征大拆大稳定,促进了大发展。2012 年春节前,创造了 7 天搬迁 37 户农户,一个月建成大龙第一个工人公园——滨江公园，创造了铜仁和谐拆迁新示范。2014 年春节后，45 天建成了中国最大的打火机生产基地——东亿电气，书写了东亿传奇。

今年，大龙经济开发区探索"三三制"党建模式：即机关党建、非公和社会组织党建、农村及社区党建紧密结合，党建带动工建、团建、妇建，一名党工委领导联系一个机关党组织、一个企业党组织、一个农村党组织。草坪村与银星汞业、蔡溪村与石阡产业园、大屯村与东亿电气等支部联建，促进了非公（企业）党建与农村党建的共赢。

希望在前，胜利在望。大龙开发区，这颗黔东大地上的璀璨明珠，正奋力拼搏，跨越赶超，朝着国家级经济开发区的目标迈进！这块投资兴业的热土，也热情欢迎八方宾客前往观光考察，投资兴业，携手共进，同创辉煌。

击鼓奋进正当时

——铜仁高新区创优服务推进园区建设产业发展纪实

企业纷至沓来，项目相继落地。盘点全市近年来大力实施的工业强省战略，各地工业园区都呈现出"开足马力，齐头并进"的发展态势。

走进铜仁高新区产业园，工地上塔吊轻舒长臂，装载车来回奔驰；工厂里焊花飞溅，工人们挥汗如雨；遍地开花的项目有开工的，有竣工、投产的，建设场面热火朝天，整个园区扑面而来的是开放、开发的热潮，如火如荼的项目建设场景催人奋进……今年以来，铜仁高新区紧紧围绕"一年攻坚、两年突破、三年成功创建国家级高新区"和在"十三五"全面建成"产业新城、高铁新城、空港新城、宜居新城"的战略目标，始终坚持用精品党建服务企业生产、用良好服务促进企业发展，通过招商引资和项目建设作为推动高新区后发赶超、跨越发展的总抓手，按照做优环境、做美园区、做强产业、做大总量的要求，以精品党建、优质服务全力推进园区建设，力争三年建成国家级高新区。

打造精品党建　成为企业看得见的生产力

如何让党建在企业中发挥作用，成为企业看得见的生产力？今年以来，铜仁高新区党建工作按照区党工委提出的"四城同建设"战略目标，以建设"党建红云"为平台，实施"精准党建"和"精品党建"两大行动为抓手，进一步深化拓展"民心党建"工程，增强党组织战斗堡垒作用和发挥党员先锋模范作用，党建工作有效促进园区快速发展。

每年春节过后的"招工难、难招工"是企业一直感到头疼的事情。然而今年，入驻铜仁高新区的恩纬西光电有限公司却是另一番景象：员工们不但按时返厂，不少人还带来了朋友老乡一同"加盟"。公司党支部书记杨义弘说，这些变化与党组织作用的发挥密不可分。

恩纬西光电的变化只是高新区打造精品党建工作的一个缩影。

针对园区实际状况，高新区创新党建服务模式，从打造"精神高地"、孕育

"创业热土"、创建"党建品牌"入手，狠抓非公党建，全面推进园区企业提质增效。

针对电商产业园入驻企业较多，但党员数较少的现状，高新区积极整合人才资源，成立电商联合支部，鼓励抱团发展；同时将只有1—2名党员，或没有党员不具备单独组建支部的企业整合组建工贸联合支部，确保非公党组织在园区企业全覆盖。

在狂野助力车有限公司，党员中文化水平不高、能力不强，高新区从区直部门下派优秀党员干部前往挂任支部书记，帮助企业抓好党组织工作，激发企业党员干事创业激情。

目前，高新区组建非公党组织11个，逐步推进非公党组织工作无缝对接，实现了区域内全覆盖，所有非公党组织有阵地、有党旗、有标牌、有记录、有制度、有载体，组织健全、队伍优秀、管理完善、服务发展的非公党组织工作框架得以形成，实现了非公党组织从"有形覆盖"到"有效覆盖"。

创新服务体系，增强党组织服务功能，积极孕育"创业热土"，提升非公党建辐射力和影响力，这是抓好非公党组织工作的关键。

高新区紧扣"服务企业推动发展、服务员工凝聚人心"思路，把"民心党建"工程重心不断向非公服务型党组织转移。精心谋划，把"民心党建"与"百千万工程""雁归工程""双千双助""民营企业服务年"等工程有机结合，全面推进实施"民心党建进园区·干部队伍驻企业"工作机制。

同时，树立以周到细致保姆型服务让企业安心、以热情快速店小二型服务让企业舒心、以精准有序清单型服务让企业省心的"三型三心"服务新理念，在高新区范围内迅速达成了共识，凝聚了强大的内生动力。

创新"N＋1"型服务新模式，即明确一名区级领导、一名部门领导、一名第一支部书记（党组织指导员）、一名驻企专员和一名责任民警联系服务一家企业（企业支部），为开展好非公党组织建设和驻企服务找到了着力点和主力军。

"我公司落户园区才短短两年，企业就不断壮大，工人由几个人变成上百人，党支部从无到有，销售量也由原来的几百台变成了上万台。这些都离不开第一书记、驻企专员热情周到的服务。"铜仁狂野助力车有限公司负责人陈猛如是说。

通过实施机关党建阵地建设创精品、学习模式创精品、服务质量创精品、工作成果创精品、作用发挥创精品"五创精品"行动，高新区形成了层层创精品、人人做精品、事事成精品的多彩精品氛围，让精品党建成为企业看得见的生产力。

服务在"路"上　用干部真心换企业笑容

走进高新区腹地，每个人都不由自主地感叹着这里翻天覆地的变化：道路变宽了，厂房变多了。

可又有谁知道，这翻天覆地的变化，凝结了多少高新人的心血和汗水？透过园区看服务，何为园区巨变之源？高新区正处于招大商、引大资、聚集大产业的攻坚突破阶段，仅从入驻企业办理入驻、项目建设等相关手续推进情况看，程序多、推进慢，一度存在服务严重缺位、服务意识不强等问题，一定程度上影响了产业的快速聚集，导致园区发展推进缓慢。

今年以来，高新区各级各部门积极适应经济发展新常态，转变观念，树立服务企业就是服务发展、保障和改善民生的理念，把服务企业作为推进高新区快速发展的主题，切实增强服务意识，转变服务观念，加强与企业的沟通联系，认真梳理和了解企业诉求，建立企业问题清单和部门责任清单，切实解决企业实际困难，确保决策了的事情、部署了的工作、承诺了的任务就要抓紧去办、抓住不放、一抓到底，变"企业来回跑"为"部门全代办"。

"要真正做到不让首问事项因我推诿、不让服务职能因我延误、不让服务对象因我生怨、不让服务承诺因我落空、不让单位形象因我受损，努力构建全覆盖、全联通、全方位、全天候、全过程的政务服务体系，只有不断提升服务企业能力和水平，才能有效破解服务企业'最后一公里'的瓶颈。"高新区企业服务中心负责人如是说。

为确保在"十三五"开局之年全区迅速掀起服务大项目、服务大产业浓厚氛围，努力实现项目建设大突破、大提升，全面开创项目建设新局面，高新区出台了《关于切实加强和改进项目建设服务工作的通知》，全面落实"马上就办，办就办好"的要求，改进工作方法，提倡平行作业，交叉推进，重心下移、服务窗口前移，变被动办理为主动上门，及时协调解决项目审批过程中存在的困难和问题，加快项目建设进程，提高工作效率。要求各级各部门对代办事项要做到限时办结，问题受理一门清，不得敷衍塞责、层层上交；对区内审批的项目要开通绿色通道，能当场办结的当场办结，其中可在本部门范围内解决的问题，由部门直接办理，并在5个工作日内反馈办理结果；对疑难复杂且涉及多个部门、需要"会办"解决的问题以及领导直接交办的问题，牵头部门须在2个工作日内提出解决方案报管委会领导"会办"，各承办单位根据"会办"意见在5个工作日内反馈办理结果。

同时，建立企业挂钩帮扶服务制度。挂钩联系企业的区领导每季度至少走访 5 次所挂钩的企业，及时掌握研究困扰企业生产经营的各种因素，找准影响经济发展的症结所在等方面的动态情况，发现问题，及时解决。变被动服务为主动服务、机械服务为热情服务、分散服务为"一站式"服务，做好服务告知制、服务承诺制、首问负责制、限时办结制、责任追究制，优化办事流程，提高服务效率。

区党政办督查室、监察分局、效能办应不定期组织开展全程代办服务情况明察暗访，对企业投诉、举报，或明察暗访发现应办未办的事项，经查实后严格按照有关规定严肃处理。采取每月随机抽取 10 件以上企业办件进行回访，向企业发放《代办服务回访卡》，并把回访及评议结果记录形成档案，作为各涉企行政服务部门（单位）评优、评先及办事窗口工作人员绩效考评的重要依据，半年汇总 1 次；办事效率、服务质量、企业测评满意率低于 80% 的单位给予通报批评，经办人员视情节给予通报批评、谈话告诫或效能告诫；对重视不够、久拖不办、处理缓慢、效果较差的部门和相关责任人，除给予通报批评外，对造成不良影响和严重后果的人和事交由纪工委依规依纪严肃处理。

扬鞭奋蹄　项目"井喷"引领园区快速发展

今年以来，铜仁高新区全面启动了"一期提质二期扩园"建设。按照"产城融合"发展理念和"七通一平"要求，加快推进一期提质二期扩园建设。

根据规划，一期提质主要抓好"硬化、亮化、绿化、净化"四大工程做美园区；改造升级电网、给水、排水、污水管网等公共配套服务设施，提升功能；提级改造老旧厂房房屋立面、风貌、色彩，提升品位；启动规划展示馆、商业服务中心、社区医院建设，提升档次；加快电商园二三期、医疗器械产业园和汽摩产业园建设，提升项目承载能力；规范入驻企业布局，帮助企业实现产业升级，提升产业竞争力。二期扩园以宽视野、高标准修改完善 18.94 平方公里的"二期产业园区"建设规划，科学定位，合理布局产业形态和配套服务设施；启动"两纵四横"路网建设，力争年内完成总投资 30 亿元，迅速拉开园区骨架，拓展园区规模，提高土地利用率；加快大健康生物科技产业园、新兴产业园和以城市公园、果蔬批发市场、二级客运站、公交枢纽站为主要内容的配套服务项目建设；启动空港新城、高铁新城片区的土地收储及路网建设。如今，铜仁首家创客空间——梵灵创客咖啡在铜仁高新区正式开业，宅尚电子商务及 IBM 大数据培训中心项目、武陵源 e 创基地等 68 家电商企业和汉方制药、恩纬西户外照明、康蓝蓝宝石、狂野车业等制药、光电、新能源、装备制造等 72 家相继入驻。行走在各企业生产车间，机器的轰鸣声与工人忙碌的身影交织，各项生产工序有序推进。

"园区诸多优惠条件和服务理念让我们驻得放心，使我们企业在短短两年时间里得到不断壮大。"铜仁狂野摩托车制造有限公司董事长陈猛介绍。该公司落户短短 2 年时间，销售车辆即达 11 万台，产值逾亿元，现又融资 2 亿多元开始兴建汽摩产业园。

据资料显示，高新区一季度新增规模以上工业企业 4 户，完成规模以上工业产值 3.9 亿元，完成市级开门红任务 105.4%。完成全年目标任务的 17.4%，居全市第一，高出第二名 2.7 个百分点；预计完成规模以上工业增加值约 0.8 亿元，一季度市级开门红任务的 108.11%；完成规模以上工业增加值市级开门红任务的 71.62%；全年目标进度的 16.47%，居全市第一，高出第二 2.15 个百分点。一季度 50 万口径固定资产投资完成 11.85 亿元，占全年目标进度的 17.3%。500 万元口径固定资产投资项目在库 16 个，累计上报投资 2.76 亿元，占一季度市级开门红任务的 69%，自加压力任务数的 41.82%。一季度预计累计上报 500 万元口径固定资产投资 4.5 亿元，占市级一季度开门红任务的 112.5%，占自加压力任务数的 68.18%。

一路前行一路歌！铜仁高新区正坚持"以产兴城、以城带产、产城共建、城乡一体、共同发展"战略发展思路，坚守发展和生态两条底线，突出抓好大扶贫、大数据两大战略行动，把握全省高新区发展形势，突出差异化发展，坚持抓提质增效、提质转型，坚持理念提升、规划引领、创新驱动、项目带动，着力建设以高新产业为先导、以城市为依托，建设产业高度聚集、城市功能完善、生态环境优美的高新产业新城区，将高新区建成战略性新兴产业的集聚区、产城融合发展的创新区、铜仁对外开放承接的示范区和体制机制创新的先行区，不断厚植转型升级内涵，增强高新区在加快调结构转方式促升级的征程中谱写更加精彩耀眼的华章！

近年来，"大数据"一词被越来越多的人提到。从表层意义上看，人们用它来描述和定义信息爆炸时代产生的海量数据。实际上，"大数据"的渗透能力远超人们想象，不管是在物理学、生物学、环境生态学等领域，还是军事、金融、通信等行业，数据正在迅速膨胀，没有一个领域可以不被波及。

正是基于对"大数据"优势的充分发挥，铜仁高新区得以让精准扶贫走上"云端"，为黔货出山插上了"云翅膀"。

扶贫云：让精准扶贫走上"云端"

"通过铜仁扶贫云平台，我们可以看到贫困村的产业结构、贫困人数及贫困户的详细情况。点开贫困户，图文并茂展示了其家庭成员信息、致贫原因、脱贫措施、帮扶干部工作成效及国家扶贫政策的落实情况。"铜仁高新区国家级电子商务示范基地工作人员向记者介绍。

铜仁扶贫云通过构建"大扶贫＋大数据"信息化工作格局，形成结构合理、功能完善、安全稳定、监管有效、服务全面、覆盖全局的工作体系，促使各级政策切实落地、项目深入实施、资金精确使用，达到"共搭平台、共享资源、广开渠道、精准扶贫"的目标，实现精准扶贫、精准脱贫。"铜仁扶贫云是全市实行脱贫攻坚挂图倒计时作战，实现对贫困县、贫困乡、贫困村、贫困户的动态化、数字化、常态化精准管理，为科学治贫、精准扶贫、有效脱贫提供了坚实保障。"铜仁市扶贫办相关负责人说。

铜仁高新区作为全市发展电子商务与信息产业的主战场和服务区，按照市委、市政府安排部署，积极推动铜仁扶贫云项目建设，项目的大数据系统和硬件设施已建成，各区县正录入精准扶贫信息。

日前，铜仁市工信委、铜仁高新区管委会与贵州云上明珠大数据服务外包产业有限公司三方签署了战略合作协议，贵州云上明珠大数据服务外包产业有限公司作为铜仁大数据呼叫中心外包服务企业，正式入驻铜仁高新区国家级电子商务示范基地。"铜仁精准扶贫云"突出"四个平台"建设，以精准识别为重点，建设基础数据支撑平台，对70万贫困人口、1565个贫困村、123个贫困乡镇、10个贫困县实行动态监控；以精准管理为重点，建成以全市贫困人口建档立卡数据为基础，以精准监管为重点，建成项目资金管理平台；以精准督查为重点，建成扶贫工作巡检平台；以"五个一批""十七项行动"为脱贫路径，以责任链、任务链为主要内容的脱贫指挥调度平台，将党的各项惠农政策在平台中精准化、具体化。

该系统由贫困现状、责任监控、任务监控、项目监控、脱贫监控、考核预警、动态监控、系统管理八大模块构成。目前，铜仁高新区大力发展大数据产业，着力打造梵云平台、大数据备份中心、大数据创新应用展示中心、大数据呼叫中心、扶贫云、全国征信平台建设、大数据产业孵化工程、"铜货出山"、跨境电商、传统企业触网转型升级"十大工程"，实现大数据产业发展在全省率先突围，奋力打造大数据产业和电商扶贫先行示范区。

铜仁高新区与云上贵州达成长期、深度、全面的战略合作伙伴关系助力智慧园区建设，全面推动"铜仁·梵云"大数据平台、扶贫云、智慧城市、智慧旅游、智慧医疗、智慧园区等重大项目建设发展，为政府施政、企业决策、群众生产生活提供科学、智能化、人性化服务，助推园区产业转型升级，实现跨越发展。

电商云：为黔货出山插上"云翅膀"

互联网正在改变着人们的生活，对产业则带来颠覆式变革。铜仁高新区紧紧抓住信息技术发展机遇，加快探索"互联网＋"发展模式，推动电子商务发展。

电子商务是铜仁高新区优先重点发展的战略性新兴产业之一，为大力发展电子商务、助推电商产业快速健康发展，2014年，高新区投入巨资重点打造电商产业园。项目建设用地370亩，总建筑面积33.8万平方米，分3期建设。

其中，一期建设用地面积120亩，总建筑面积11万平方米，共计26栋多层建筑，目前已基本建成投入使用，二期和三期也已全面动工建设。电商产业园定位为电商企业孵化器和集聚地、大学生创业园、农特产品线下展示体验中心、物流快递分拣配送基地、基于电商的数据应用中心及呼叫中心等。园区以电子商务与电子信息技术为发展主线，重点构建以B2B、B2C、O2O等电子商务手段为核心的电子商务信息化平台，重点引进电子商务、信息软件、设计研发等新兴产业企业和人力资源、检验检测、金融物流、美工拍摄等配套服务企业，打造并持续优化电子商务全产业链。

朱锦元是浙江义乌人，看准铜仁高新区的交通区位优势，认为发展电商具有很大潜力，便来到铜仁高新区国家级电子商务示范基地创办了由贵州西拓控股集团有限公司控股的聚缘科技和博佳实业两家公司，并任常务副总经理。据他介绍，去年2月成立贵州聚缘科技有限公司后，与铜仁职院达成战略合作，携手培育电商人才，教同学们在网上销售地方农特产品。

公司成立之初，由于物流成本高，每天只发十几单，要"请"物流公司才肯来拉货。随着交通日益改善，物流成本下降，网上销量不断增加，现在每天发货200多单，物流公司的积极性也发生了转变。随着效益不断提升，公司决定2015年7月份新拓展注册了贵州博佳实业有限公司，开发铜仁的农林产品，挖掘和聚集散落在民间的能工巧匠，实现产业聚集。朱锦元的奋斗目标就是："公司下一步将发展跨境电商，希望高新区的航空物流成熟起来，促进跨境电商快速发展。"

"公司今年准备大干，把现有的11个乡镇销售平台增加到160个。"高新区融颐智能家居产业园孵化管理有限公司负责人易斌信心十足。公司自2015年6月成立以来，在园区已孵化家具生产企业7家，物流企业2家，线下体验店11家，配送区域辐射以铜仁为中心的全武陵山区近40个乡镇，销售总额近2000万元。

铜仁高新区通过"四个主体建设"即外部引进一批、本地孵化一批、存量网商提升一批、传统企业触网一批和培育"四大主体类型"即平台类、品牌运营类、小微网店类、第三方服务类，以及探索"六个主要模式"即线上与线下结合、下行与上行结合、销售与生产结合、境内与境外结合、社会效益与经济效益结合、政府提供服务与市场充分竞争结合，初步显现了鼓励创业活起来、创造收入多起来、带动农民富起来、促进物流忙起来、倒逼干部学起来、实现产业聚起来"六个效应"。

铜仁高新区电商产业园发展迅猛、态势喜人，无限商机吸引八方客商云集，成为众多电商人投资兴业的热土。

目前，已入驻电商企业及物流快递公司70多家，在谈电商企业和快递物流公司30多家。入驻企业包括贵州宅尚电子商务、淘宝网"特色中国·铜仁馆"、铜仁市电子商务孵化示范中心、软件村电子商务、贵州创淘电子商务、贵州博佳实业有限公司、贵州聚源科技中小企业培育基地、华众电子商务、供销电子商务、忠尚电子商务、鼎汇电子商务、华平信息技术公司等，逐步形成了产业链清晰、服务体系完善的电子商务产业基地和产业集聚区。

铜仁高新区成立电子商务与大数据领导小组，抽调相关部门精干人员专职办公，成立了贵州铜仁高新汇创电子商务运营服务有限公司，实行汇创电子商务公司和电子商务与大数据办"合署办公"的工作机制，构建"行政＋公司"运行模式，为电子商务与大数据产业发展提供人才支撑和组织保障，为大学生、返乡农民工、城乡妇女、雁归人才等搭建了培训、创业、孵化一体化平台，形成产、学、研、用合作体系，正逐步实现电子商务规模化、集群化发展。

项目"云"：总投资 25 亿元的 22 个项目集中开工

这个夏季注定是一个充满能量与希望的季节。

在铜仁高新区汽摩产业园，22 个项目集中开工，总投资 25 亿元。产业类项目共 6 个，占集中开工项目数的 27.3%，总投资约 8.13 亿元，占项目总投资的 33.03%……铜仁高新区紧紧围绕"一年攻坚、两年突破、三年成功创建国家级高新区"和在"十三五"全面建成"产业新城、高铁新城、空港新城、宜居新城"的战略目标，始终坚持把招商引资和项目建设作为推动高新区后发赶超、跨越发展的总抓手，按照做优环境做美园区做强产业做大总量的要求，全面创优发展环境，全力搭建项目建设平台，着力打好年度四次项目落地集中开工攻坚战。

在"十三五"刚刚开局的当口，铜仁高新区谋开局、再发力，抢抓项目建设机遇，在全区掀起了又一轮抓大项目、大抓项目的新高潮。

高新区的项目，特别是产业项目，经历了从无到有、从有到优的艰难过程。

通过前阶段精心策划和在各个投资主体共同努力下，高新区第一批总投资24.61亿元的22个重点项目已全面具备开工条件，这些项目的开工建设吹响了高新区"十三五"抓项目、强投资、稳增长的"战斗号角"，必将推动高新区掀起新一轮大开发、大建设、大发展的新热潮，也标志着高新区在"十三五"开局之年项目建设全面进入提速阶段并迈出了坚实步伐。

大项目，大发展；好项目，快发展。

据了解，集中开工的22个项目共分为五大类：产业类项目6个，占集中开工项目数的27.3%，总投资约8.13亿元，占项目总投资的33.03%，涉及大健康、大数据、装备制造、航空培训和新材料新能源五大领域；大数据产业类项目为5个，占集中开工项目数的18.1%，总投资3.9亿元，占集中开工项目总投资15.8%。基础设施类开工项目6个，总投资7.9亿元，占集中开工项目的32.1%；协议类项目2个，总投资额为3.07亿元，占项目总投资的12.5%；签约类项目3个，总投资1.01亿元，占项目总投资的4.1%。

这五大类项目，既有站在创新潮头的新兴产业项目，又有优势产业的"提档升级"项目；既有促进产业发展、聚焦科技创新的项目，又有加强基础设施、优化民生保障的项目，总体上呈现出科技创新力度强、核心驱动力量大、项目预期效益高等显著特点。下一步，全区上下将以本次项目集中开工为契机，按照"一切围绕项目转、一切围绕项目干"的要求，始终坚持把项目建设放在核心位置，作为头等工程，着力在项目管理、跟踪服务上狠下功夫，想项目单位之所想、急项目单位之所急，为项目实施提供优质服务；在项目落地、施工保障、协调配合上狠下功夫，倒排推进计划，明确工作节点，优化工作联动机制和目标责任机制，为重大项目招引推进提供全方位的保障，努力把高新区打造成一个项目建设的大工地、投资置业的新热土，加快形成千帆竞发、百舸争流的局面。

盘点集中开工的项目，既有传统企业的"老树开新花"，又有"筑巢引凤"引来的新企业新项目，充分显示了铜仁高新区招商引资和转型升级互促并进的大好局面。

一万遍空想，不如一次实干。

正是基于此，高新区以项目集中开工为契机，拉开了全区今年大抓项目、抓大项目，全力推进项目大突破的大幕。

大鹏一日同风起，扶摇直上九万里。

铜仁高新区正围绕科学发展主题,以创建国家级高新区为主线,以在"十三五"全面建成产业新城、空港新城、高铁新城、宜居新城为总体战略目标,奋力拼搏!

◆ **资料链接** ◆

——产业新城:依托园区现有产业,重点打造大数据应用及电子商务信息产业集群、大健康新医药产业集群、绿色营养健康产业集群、新材料新能源产业集群、现代装备制造产业集群、光电信息产业集群等六大产业集聚板块,推进产业布局与新城开发运营有机融合,实现城市与园区的完美结合。

——空港新城:以铜仁凤凰机场为核心,依托机场对经济资源要素的空间集聚效应,围绕空港直接产业、关联产业、衍生产业在机场周边5公里范围内着力发展包括机场作业、航运服务、机勤保障、航空设备研发、航空制造工业、物流加工仓储、会议会展、总部商务、综合商业、旅游休闲、生态居住等产业,形成集航空运输、物流、商贸购物、旅游休闲、工业开发、航空口岸、对外贸易等多功能于一体的高增值城市功能组群,与高铁片区形成有机整体,成为具备完整城市功能的航空、高铁城主体。

——高铁新城:以规划中的贵阳至襄阳、吉首至遵义过境高新区高铁站现代综合交通枢纽为引领,与空港片区形成有机整体,打造一个集商贸、科研、居住、办公、文化、旅游等功能于一体的国际化、信息化、现代化国际商务中心。

——宜居新城:依托现有山体水体森林资源,践行绿色发展理念,按照"产城提升并重,绿化美化同行"的思路,结合园区道路、企业围墙、小区规划高标准提升园区的环境、绿化品质,逐步形成多元化的空间立体绿化风格和城市景观,打造最美最绿最宜居的现代新城和更加舒适宜居的创业环境,提高城市的宜居性、美誉度和竞争力。

如何确保 2020 年全面建成小康社会？近年来，作为传统农业大县的德江县，紧紧抓住省委、省政府将德江定位为黔东北铁路交通枢纽和区域性中心城市的机遇，奋力推进"三高五铁一港一机场"建设。目前，过境德江的杭瑞高速公路已全线贯通，德江至沿河高速公路年底通车，德江至务川高速公路建设如火如荼，昭通至黔江、重庆至广州等 4 条铁路启动前期工作，500 万吨级乌江航运德江港一期工程已经完工，德江机场完成选址工作。2013 年德江县城市建设工作被列为全国新型城镇化十大范例之一。

同时，该县深化改革，在经济社会等领域先行先试，取得了令人瞩目的成绩。特别是在农业现代化建设方面，于 2013 年成功探索出的土地流转收租金、入企打工挣薪金、入股分红金的"三金"模式，让 8 万余农民"减贫摘帽"，成为精准扶贫又一"德江模式"，目前该做法已在全市范围推广，吸引了全国各地专家学者前来取经。

"三金"合作社：先行先试的德江实践

近年来，德江县抓住"武陵山片区扶贫开发"和省委"六个到村到户"、市委大力构建乌江经济走廊等政策机遇，紧紧围绕"2020 年与全国同步建成全面小康社会"目标，依托现代高效农业示范园区建设平台，在高家湾村创建全省首家"三金"（土地流转收租金、入企打工挣薪金、入股分红金）农民专业合作社，打破农户田地的四至边界，将第四轮承包耕地因分户形成的"土地碎片化"进行优化整合，引进公司企业、培育种养大户，推行"井田制"无公害规模化、专业化种植，农民身份向"土地经营者""职业工人""产业股东"转变，实现土地"二次回春"和农民多元化增收，开启了现代山地农业的发展先河。2015 年，全村人均纯收入可达 1.3 万元。

发展成效篇

——从承包土地转变为概念土地。成立全省首家"三金"农民专业合作社，整体流转的土地交由合作社打理，村民的土地变成一张登记证，成了概念上的土地，为规模化、节约化、集约化、现代化种植提供了用地保障，使以前零星耕作和撂荒的土地，焕发出无限生机，同时也让农民手中的土地资源顺利进入市场，变成增收致富的资本。目前，全县共流转土地207535亩，土地流转率达21.3%。其中，转包19997亩，占9.6%；出租139004亩，占67%；转让6598亩，占3.2%；互换13156亩，占6.3%；入股3818亩，占1.8%；其他流转形式24962亩，占12.1%。

——从个体农耕向园区多元发展。科技大棚的兴建、农家乐的开设、种植养殖大户的催生、旅游产品的开发、经果林的种植、企业公司的入驻、旅游观光业的兴盛，市场体系化经营改变了农民"人挖牛犁"种植粮食的单一收入渠道，农旅融合、产业联动效应的释放，"靠天吃饭"的命运被改写，农民从个体农耕迈向多元增收的快速致富之路。目前，以高家湾农业园区发展为样板，向全县复制推广，带动建成沙溪茶叶产业园、合兴万亩白茶产业园、高山天麻种植产业园等20余个园区，纳入省级农业示范园区4个、市级5个，加快了德江以"烤烟、天麻、核桃、茶叶、畜牧业"等为主导产业的"五大农业特色产业带"快速发展。

——农民收入从三产叠加转向乘积裂变。一业兴、百业旺，高家湾农业园区从水稻、玉米传统农耕向科技大棚、精品水果种植转变，融入农耕文化体验、旅游服务产业开发、运输和加工业，农民不再是传统农耕时代的农民，他们成为科技大棚里的技术工人、旅游服务行业的导游、农业合作社的股东、个体创业中的业主等，收入不再是"一产＋二产＋三产"的简单叠加，而是"一产×二产×三产"的乘积裂变，村民流转土地收入了租金、入企打工挣得了薪金、资金入股还能分红金。

——从政府包干发展变为村民自治园区。以"公司＋合作社＋大户＋家庭农场"为模式，充分激活了村民积极性，政府从过去大包大揽、一竿子插到底的管理机制，逐渐向引导村民自治转变，政府从台前走到幕后，村级组织从幕后走向台前，减轻了政府管理成本，激发了村民建设美丽家园的激情，加快了农户改厕、改圈、改房、建花坛等美化亮化工程，实现耕作在田野、生活在画中的富而美梦想。

——农旅一体化发展模式日渐成熟。高家湾园区建设始终坚持走"园区景区化、农旅一体化"的发展路径，多元投入，促进旅游功能要素与农业基础设施完备，建成集农业生产、旅游购物、休闲娱乐、生产劳动体验为一体的城市功能园。通过扶贫示范带动作用，现代农业园区已具雏形，利用现代农业观光园资源，开辟乡村旅游项目，并以此为突破点，推动农村土地流转，带动餐饮娱乐、交通运输、房地产等相关产业的发展，促进产业与乡村旅游的同步发展。

启示篇

——始终坚持村民利益至上，是"三金"农民专业合作社发展成功的根基。

群众才是发展的原生动力和决定因素，项目实施能为群众带来实惠，能造福一个地方，才能赢得民心，才有其发展的生命力。

"三金"农民专业合作社的创建，一心一意为群众谋利，流转的土地，一没改变土地用途，二未改变土地权属，三不破坏生态环境，四能彻底改变人居环境，五能让群众增收致富，群众没有理由不支持、不参与、不努力。

——始终坚持创新发展理念，是"三金"农民专业合作社建设成功的途径。

没有过不去的河，没有翻不过的山，没有克服不了的困难，更多的时候是措施办法不对，是决策理念不新，是克难攻坚意志不够。高家湾"三金"农民专业合作社，从农民"土地情结"上着力，打破土地四至边界，让农户实有土地变成"概念土地"，破解了土地流转难、企业规模种植难、产业发展连片难问题，为园区发展现代高效农业产业提供了用地保障。

——始终坚持科学远期目标，是"三金"农民专业合作社建设成功的活力。

改革发展的实绩取信于民，科学规划的宏伟蓝图激励于民，围绕建设国家级农业公园目标发展，让群众真实体验到改革创新发展的获得感，看到了增收致富的希望，激活一个民族地区的发展活力，同时也为游客提供一个"看得见山、望得到水、留得住乡愁"的休闲养生好去处，释放出山地农业发展的最大活力，能让群众过上更加幸福美好的生活。

基本做法篇

规范土地流转　加快农业产业结构调整

以"园区景区化、景区产业化、农旅一体化、农村城镇化、农民市民化"发展理念，按照"一街两心两带六园"发展目标，规划布局了涉及两个乡镇7个村10528人、面积10650亩以果蔬为主导产业的高家湾农旅观光产业园，成立以县委副书记为园区办主任的工作领导小组，引导村民委员会创建全省首家"三金"农民专业合作社，将规划区村民原有土地通过拍照、实地精准丈量留存后（将来归还给农民时，按机耕道、水渠等基础设施占比同比拆除后划还），打破农户土地四至边界，规模流转给招商引资企业或种植养殖大户，探索走"园区＋公司/企业＋合作社＋大户带农户"的发展路子，引进贵州风采大地、旺江公司、黑木耳、渔乐年华、宜家乐等19家企业入驻高家湾园区，按每亩田600元、坡土400元、荒坡200元流转核心区5000亩土地，投入25亿元，建成观光亭、土家寨门、风雨桥、文化广场、停车场、候车亭、幼儿园、科普馆、星级农庄、公厕等旅游服务设施。

按照果蔬观光带布局种植蔬菜、葡萄、西瓜4000余个大棚，发展黑木耳1000亩，种植桃子、梨子1500亩；按照休闲观光带发展垂钓、水上娱乐、农家乐等服务业，实现粮食种植为主的单一产业向多元产业转变，让土地"二次回春"，使农民手中的土地资源顺利进入市场，变成了增收致富的资本。旺江公司是园区一个小企业，于2011年2月份入驻高家湾农业园区，共流转500余亩土地，建成311个温室大棚，聘请13名村民为长期工人，帮助种植我国台湾红心柚、美国金红蜜橘、日本永蜜王桃和千叶红早桃，以及麒麟瓜、香瓜、小南瓜、哈密瓜、火龙果等20多种精品水果，因水源、土壤、空气从未被污染，产出的水果品质很好，深受县内外消费者青睐，供不应求，麒麟牌西瓜批发价3.5—4元每公斤，哈密瓜7元每公斤。

近三年来，每年的产品都卖俏市场，除去所有费用，仅这个分公司就净赚80多万元，比在龙里、贵阳的分公司收益强。

培育市场主体　促进农民就地就近就业

按照园区功能布局，以"筑巢引凤"发展思路，县委、县政府整合新农村建设、集中建房、生态移民安置等项目资金5000多万元，完善园区内路、水、电、讯、网等基础设施，运用市场化手段和以奖代补政策，大力培育农业园区市场主体，"三金"农民专业合作社先把村民手中的土地流转到合作社，再由合作社整体划转给公司、企业，省去了公司、企业与农户的繁杂工作，深受公司、企业经营主体青睐，加上便捷交通潜在的巨大发展优势，丰彩大地、旺江公司、食用菌业、大闸蟹养殖等商家企业纷至沓来抢占资源，由村民自发组建的专业合作社组织也应势发展，组建运输服务队4个、发展农产品加工小作坊30余家。

一花独开不是春，百花争艳春满园。丰彩大地是园区龙头企业，签订的土地经营权是40年、酒店经营权是70年，共聘用精果种植、科普管理、花卉管护、酒店服务等长期工人56名，月薪2500—5000元不等，在瓜果种植、管护繁忙季节还要请很多临时工。黑木耳公司老总田善其是浙江省龙泉市人，他从事黑木耳生产加工 20 多年了，有固定的销售市场和渠道，他的公司聘用 22 名村民为长期工人，工资每月 3000 元，在木耳采摘高峰期，还要大量雇请工人，最多时一天需要 100 人，木耳采摘不需要太大体力，初中生到 70 岁老人都能干，一般按计量算工资，每人平均每天可挣 80 元。

激活村民资本　拓宽农民增收致富渠道

村民委员会以"三金"农民专业合作社为经营主体，通过村民大会共同决定，用村集体所有的沟渠、荒坡、村集体土地等土地流转费作为发展基金，入股发展黑木耳产业，所得分红用于村里公共基础设施建设、帮助困难家庭发展产业和资助在校大学生完成学业等。在自愿原则基础上，"三金"农民专业合作社积极引导村民用闲散资金入股黑木耳产业发展，财务由所在的堰塘乡派业务能力强、政治素质好的干部专管，实行"公司 + 合作社 + 农户"的运作模式发展。黑木耳产业第一年总投资 202 万元，其中公司占 51%，农户占 49%，村集体入股的 12 万元算在农户占比中。

为保障更多农户的利益，农户入股按 1000 元为一股，最高不超过 2 万元，第一年共有 86 户入股，当年产值 400 万元，分红比例高达 70%，即农户如入股 1000 元，当年可分红 700 元。2014 年，入股农户增至 106 户，这年产值 600 万元，农户分红比例达 120%；今年，已分了两次红，预计加上年底那次，分红比例可达 150%。通过村民自愿入股，激活了村民手中的资本，加快了产业的规模化发展，现在黑木耳产业发展已向全县推开，产业由起初的单一生产发展为菌棒生产、干木耳加工、运输销售链条产业，农民也从单一的种植收入迈向了种植、加工、旅游服务等多元化增收。

德江"农旅"融合做大生态茶产业

"既要绿水青山，也要金山银山。"这是德江县在发展中始终坚持的理念。正是在这一发展理念的指导下，德江依托得天独厚的地理生态环境，按照"农旅"结合的方式，建成生态茶园21万余亩。生态茶产业，正成为该县农民增收致富的"摇钱树"。

一个产茶镇的崛起发展之路

秋冬之际，走进德江县合兴镇隋唐扶阳古城景区，望不到头的茶山，镶嵌在莽莽群山间，这便是近年来合兴镇举力打造的万亩白茶基地。

在2008年前，除少数群众零星种植茶叶外，合兴镇的茶产业几乎是一片空白。

单打独斗，肯定做不大产业。有了规模，才能谈得上效益。按照市、县的安排部署，合兴镇决定首先从做大规模入手。

兴建茶园需要大量土地。可是，当地群众并不同意将自家土地流转给别人种茶。没有土地，靠啥吃饭？如何才能扫除群众的后顾之忧，让群众愿意流转、放心流转土地？合兴镇党委、政府可谓煞费苦心，大胆探索出转包、出租、置换、转让、入股等多种方式，成功流转了3.5万余亩土地建茶园。

几年的摸爬滚打，合兴茶叶陆续上市。但由于加工技术、产品包装跟不上，该镇茶叶并没有产生预期的经济效益，产品滞销。

难题如何破解？借"船"出海！合兴镇打破传统的思维定式，用大企业带动的理念来谋划，引进现代技术，大力发展优质高效产业。一个小小乡镇，去哪里找大企业合作？功夫不负有心人，经过十多次的接触，合兴镇终于与专门生产出口绿宝石茶的贵州贵茶有限公司攀上了关系。该公司看中了当地资源，与合兴镇建立了战略合作关系，投入600多万元资金，购买了一台自动加工茶叶机器。

"设备投用后，将极大提高加工水平。"合兴镇党委书记吴飞说。

通过镇政府牵线搭桥，德江永志生态茶业公司还与西南大学合作，利用合兴镇香炉山一带的高山生态优势，成功研制出产了"德江白茶"，该品种在2013北京国际茶业展名茶评比大赛中获得金奖。

自2008年开始，短短几年间，合兴镇茶园面积从无到有，达到3.5万亩，成为德江县茶叶产业示范园区的核心区，获得农业部农产品质量安全中心颁发的"无公害农产品"证书。更值得一提的是，合兴镇茶叶产业示范园区成为全省"5个100工程"之一。

整合资源做大产业

合兴镇的茶叶发展历史，只是德江发展生态茶产业的一个缩影，从中足以看到德江发展生态茶产业的铿锵步伐。

该县茶叶产业发展办公室主任李前方说，从2008年开始，县里就成立了专职小组来协调各部门对土地、资金、科技、人才等要素的集聚，通过整合项目、资金、科技，实现多元化投入，拓展农业功能，优化产业结构，以市场为导向，以龙头企业为依托来促进全县茶产业发展。截至目前共整合资金近10亿元，推动了生态茶产业快速发展。

截至目前，全县已建成茶园面积21万余亩，覆盖合兴、煎茶、堰塘、楠杆、复兴、楠杆、沙溪等10多个乡镇，惠及群众20万余人。今年全县春茶开采面积达8.5万亩，产量2500余吨，产值逾3亿元。生态茶产业成为广大农民增收致富的重大来源之一。

茶旅一体化步入发展春天

目前，在合兴镇，计划投资7.2亿元打造的省级高效农业示范园已雏形初具。古色古香的园区大门，恢宏大气；绿韵悠长的茶园内，土家妇女采茶已成为一道亮丽的风景。不久以后，游客就可以到茶园内体验采茶的乐趣；还可以在制茶师的指导下，将采来的茶叶进行加工；与此同时，还可以在长廊内观看精彩的茶艺表演。

"茶旅一体，以茶林为基础，打造高香型生态茶品牌是关键。"贵州德江众兴生态茶业有限公司业务经理邬海欧说。2008年，该公司新建茶叶基地1000余亩，着力打造高香型（绿乌兼制）生态茶品牌，茶叶品种为金观音、黄观音，茶园覆盖率达90%以上，已通过国家"无公害"认证。目前公司已新建了占地面积1.2万平方米的加工厂房，能生产绿茶、红茶、乌龙茶，年加工能力在200吨以上。

　　最近两年，在合兴、煎茶、复兴等乡镇，随着生态茶产业示范园区的加速崛起，上千家农户开始兴办茶庄、农家乐等，不但带动了当地旅游业的蓬勃发展，还加快了新型城镇化建设发展步伐，真正实现产业与城镇"比翼齐飞"，产城融合发展。

　　将旅游植入茶产业，打造"茶旅一体化"元素，目前，该县将扶阳古城遗址景区开发与茶文化相结合，积极推进煎茶到扶阳、合兴到扶阳、宽坪到扶阳、复兴到扶阳的"四扶"公路建设，在公路两旁顺山开垦打造茶山观光带，让游客在畅游扶阳古城的同时，领略茶山自然风光。

　　德江生态茶叶，正成为支撑起黔东北区域性中心城市繁荣富强的一颗璀璨之星。

德江"政务超市"便民高效获点赞

　　"办事群众只需要进入德江县政务中心网上办事大厅，选择相应审批服务事项，对照相应部门，即可进行申报、咨询和投诉。窗口人员接收到申请材料后，进行网上受理审核，受理情况会在第一时间通过发送短信的方式告知办事人。"日前，记者刚走进德江县政务服务中心，一工作人员便打开电脑介绍起来。

　　"这样少跑了好多冤枉路，大大提高了工作效率。"日前，刚刚领到"三证合一"工商营业执照的企业负责人徐福高兴地说，通过网上申报，他不到2天时间就拿到了证件，要是在过去，没有20天时间根本办不好。

　　2014年，德江县投资3000万元，将办公场地狭窄的县政府服务中心由县城中心整体搬迁至城北经济开发区，县直35个单位集中办公，"一站式"服务。从此，投资者和广大群众只需进一道门就可以办理500多个服务项目，真正享受到优质高效服务。

　　去年6月，该县积极拓展服务渠道，开办了网上大厅，投资者和广大群众办事不用再跑来跑去，许多审批材料都可以从网上走，大大节省了办事群众的时间和办事成本，提高了办事效率。

　　仅今年上半年，中心累计受理各类代理服务事项14.52万件，办结时限内办结率100%，群众满意率100%。

　　面对特殊群体和特殊情况，德江县政务服务中心推行全程代办、绿色通道、延时服务。去年9月30日，上海市一公司总经理李先生到林业窗口办理木材运输手续，当时正值下班时间，李先生请求工作人员一定想办法为他办理好木材运输证，如果国庆长假过后再办将花费很多人力和财力。工作人员受理了李先生的申请材料，立即忙活起来。当万家灯火时，一张运输证交到了李先生手中，赢得客商连声赞叹。

　　今年，德江县政务服务中心积极开展"服务在基层"活动，直接把人民群众需要的服务送到群众手中。复兴镇教师许朝荣去世后，其妻王定花因身体原因不便前往办理丈夫身前的公积金。

中心得知后，负责同志当即带领工作人员前往 32 公里外的王定花家中为其办理了相关手续。

如今，"领导批来批去，部门转来转去，群众跑来跑去，事情推来推去"的状况不复存在，取而代之的是，"一个窗口受理，一站式审批、一条龙服务，一个窗口收费"的新型办公模式，成为名副其实的政务服务超市。

德江三万农民上网学技术

近日，德江县共和乡茶坨村远程教育站点里座无虚席，数十名农民正陶醉于有关养蜂的科技片中。以往在节庆日，他们总是围着打麻将，是什么原因把他们都吸引到这里来了呢？

"远程教育给农民带来了致富技术和新的观念，借助这个平台，农民们可以了解到党的方针和政策，学习科技知识、增长技能和致富本领，比起打麻将要充实多了。"德江县共和乡远程教育负责人文麒道出了个中缘由。

自 2005 年以来，国家先后投资 20 余万元，为共和乡配置了 17 套远程教育设备。该乡党委、政府为充分发挥远程教育扶贫开发的作用，将国家财政扶贫资金与发展远程教育相结合，初步建立了"1+10"互动模式。即 1 个远程教育站点联系 10 个播放点，1 个播放点联系 10 个远教示范户，1 个远教示范户联系 10 户农民；1 个远程教育站点联系 10 名党员，1 名党员联系 10 名群众。通过这种模式，远程教育产生了"链条"效应，使得更多群众能接受现代远程教育。不到 2 年时间，共和乡 500 余名党员干部均掌握了 8 门以上农业实用技术，2 万余名农民人均掌握了 1 门以上先进实用技术。

共和乡街上村过去逢年过节，1.5 公里长的街道便摆满了大小桌子，全村60% 以上的家庭不分男女大小都喜欢打牌、打麻将。该村自安装上远程教育设备后，1000 多名农民通过远程教育逐渐转变了落后的思想观念和生活习惯，靠自己的辛勤劳动走上了致富路。昔日的贫困户文美江、李文奇依靠远程教育培训，发展起了短期育肥肉牛养殖和水泥制品加工，年纯收入达 10 余万元。茶坨村女青年赵贡芬，高中毕业后一直在家养蜂，但由于产量不高、品质差，不但没赚到钱，还背上了 3 万多元债务。自村里装上远程教育设备后，她每天坚持远程教育学习，结果才用 1 年半时间，她养的蜂产量直线上升，且品质优良，受到了客商的青睐，今年，一遵义客商与其签订了 20 万元的购货合同。"农村现代远程教育真是我们农民致富的好帮手啊！"赵贡芬兴奋地说。

向着"春天"进发

——德江白酒产业振兴之路侧记

6月30日，对德江县来说，无疑是一个值得铭记的日子。这一天，全省白酒产业大会召开。经历多轮兴衰沉浮的德江白酒，终于沸腾了，这让他们看到了春天。

7月21日，主持全面工作的县委副书记、县长张珍强率县工贸、国土、工商和金融机构等部门负责人，到位于该县青龙镇境内的贵州省颐年春酒业股份有限公司现场办公，当场为企业成功协调贷款2500万元，解决了多年来未办成的土地使用证换证问题，并就如何化解生产、营销中存在的问题，与企业达成一致共识；7月23日，副县长史天龙率县工业贸易局局长陈社强再次深入该企业，进一步落实解决有关问题……

"有各级党委、政府部门的高度重视和大力扶持，公司有望在8月底、最迟9月初重新点火'冒烟'！"贵州省颐年春酒业股份有限公司副总经理钟锴动情地告诉记者，德江白酒迎来跨越发展的春天！

资源与品牌优势

无论是在省内还是省外，只要一提起德江，人们几乎都会异口同声地称赞："德江天麻酒好！"多年来，作为德江人为拥有这样一张名片而倍感自豪。

德江具有悠久的历史和独有的酒文化，是铜仁地区乃至黔东北地区重要的白酒生产基地。早在1983年，德江酒厂试制出第一批新产品"颐年春"浓香型瓶装酒，同年，试制生产出"特制天麻酒"，投放市场并获得广大消费者认可。

1984年，德江酒厂被贵州省政府列为24家名优厂之一。

1986年，贵州省原省委书记、现中共中央总书记胡锦涛视察德江酒厂并品尝了天麻酒，给予了高度评价。

1992年，德江特制天麻酒获得美国洛杉矶国际皇后金牌奖和金杯奖。

在贵州大学的技术指导下，2006年，该县成功研制出52度极品颐年春，被铜仁地委、行署指定为全区政府公务接待用酒。

素有"天麻之乡"美誉的德江，具有丰富的天麻资源，年产纯天麻1万吨以上，且品质上乘，明朝时被列为贡品，有"明麻"之称，品质纯正，能供应年产1万吨天麻酒所需。境内及周边地区盛产优质红高粱和小麦，尤其是拥有富含多种维生素的纯天然矿泉水，是生产高端白酒不可或缺的优质原料。

德江白酒，生机无限，前景看好。

兴衰沉浮路漫漫

在回忆德江酒发展历程时，贵州颐年春酒业股份有限公司销售部经理冯胜荣感慨万千。从国营德江酒厂，改制成贵州酒圣酒业公司，再到今天的贵州颐年春酒业股份有限公司，可谓"一路蹒跚"，一副兴衰发展轨迹呈现在眼前：

1989年至1990年，全国白酒业陷入发展低谷。德江白酒也不例外。当年与贵州茅台酒厂销售人员一同在成都摆地摊销售的窘境，销售部经理冯胜荣至今历历在目。"实在是太艰难了！"冯胜荣概括当时的尴尬场景。

"德江白酒是德江多年来精心培育的特色优势产业，对于长期靠财政吃饭的贫困县德江来说，绝对不能丢！也丢不起！"基于这样的认识，1991年底，县委、县人民政府提出了烤烟、白酒"两翼"齐飞的经济发展理念。政府主要官员亲自出马，分别带队赴上海、广东、昆明、成都等地，推销德江酒产品，加大营销力度。片刻间，德江天麻酒硝烟四起，享誉海内外市场，产品供不应求！

在巨大的市场需求和有限的生产能力考验下，德江白酒业重演了许多企业的发展轨迹：经营不善，盲目扩张，白酒产业链断裂……一时间，许多农民含泪弃栽高粱、放弃天麻栽培，全县人民"谈酒色变"。"不懂市场的政府官员参与市场销售，甚至为公司决策，这显然不符合市场规律！"长期受计划经济体制影响的德江决策层，在市场经济面前，可谓栽了一大跟斗，对未来发展也深感力不从心。1996年，国有企业德江酒厂含泪宣告破产。

在经历短暂阵痛之后，德江县认真审视县情和国内外白酒行情，决定从转企改制入手，通过招商引资方式，借助外力来助推德江酒业发展，让当地的农特产品等资源优势转化为经济优势。

2000年初，山东黄河集团进驻德江，一举将停产五年之久的德江酒厂收购。投入技改和流动资金上千万元，组建了贵州酒圣酒业有限公司。

通过几年的努力，公司注入全新的管理经营体制，加强企业文化建设，提高技术水平，在市场经济的大潮中，以"内抓管理，外拓市场，以质量求生存，以科技求发展"为指导思想，凭借德江优越的地理优势和政策优势，很快在激烈的市场竞争中赢得立足之地，迅速攀向新的高峰。经省、市有关部门检测，新品颐年春等系列白酒达到了国家优级酒标准，乃酒中珍品。

然而天有不测风云。正当人们翘首期盼德江白酒重新问鼎辉煌之时，2006年底，因公司股东变动，公司产品销售受到影响，导致产品积压，酒厂不得不停止生产。

由于酒厂"不冒烟"，顿时市场上风声四起，部分消费者误认为是公司销售的库存产品系假冒伪劣产品，曾导致产品一度滞销，公司资金流动困难，再度陷入危机。

在危急关头，2007年德江县成功引进广东省一家知名企业，收购黄河集团贵州酒圣酒业有限公司，组建贵州颐年春酒业股份有限公司，投资四千余万元，再酿"贵州颐年春"，使该酒重现生机。

今年1月22日，贵州颐年春酒业公司举行"品鉴1957"上市推介会。该产品为颐年春酒系列品牌，系中高档产品。该酒融传统工艺和高新科技于一体，酱香独秀，酒体微黄清亮透明、醇厚醇香、味美悠长，既有良好的保健价值，又有历史的收藏价值。

回顾德江酒业发展历程，除了成功与失败的教训外，留给人们更多的是理性的思考。

春天在哪里？

日前，记者来到风景绮丽的德江县潮水河，只见溪流潺潺，青山拥抱。一座现代化的标准厂房伫立在眼前。车间内，随处可见工人们紧张忙碌的身影，一坛坛基酒整齐排放在宽大的库房里……

"目前德江正在打造黔东北铁路交通枢纽和黔东北区域性中心城市，巨大的人流、物流、信息流等将为德江白酒带来千载难逢的发展机遇。"对未来发展，公司副总经理钟锴说，"不但充满了信心，而且也做好了充分的准备。"

在全省白酒产业发展大会上，省委、省政府明确，要把白酒产业作为实施工业强省战略的支柱产业优先支持发展，并将出台扶持白酒产业加快发展的政策性文件。这无疑为德江白酒产业发展带来了难得机遇，为德江发展白酒更加坚定了信心，注入了强心剂。

白酒产业的"第一车间"在农业，白酒企业也是农业产业化经营的龙头企业，是推动农业结构调整的重要力量。白酒产业还能带动包装、物流、旅游等产业发展，抓住白酒产业就是抓住了实施工业强县战略的突破口和带动点，就是抓住了调整优化产业结构的关键。县长张珍强说，振兴德江白酒，必须按照解放思想、创新模式，高端引领、中低并举，以质取胜、打造品牌的总体思路，即通过规划打造 2 至 3 平方公里的白酒工业园，实现年产 3000 吨白酒的目标。近期内，以颐年春品牌为主，做强天麻系列酒，实现数量扩张，力争年内完成生产白酒 1000 吨，销售 500 吨的目标；在市场建设方面，立足内地，扩展外地，实现"低端酒抢占市场，中高端酒争效益"的格局；同时，强化部门间配合，扶持酒厂尽快通过 GMP 认证，助推德江白酒业跨越发展。

　　海阔凭鱼跃，天高任鸟飞。在各级各部门的关心下，在德江全县人民的精心呵护下，贵州颐年春酒业公司已成为黔东北地区白酒业的龙头代表。全县人民坚信，德江白酒一定会重出江湖，享誉神州。

奏响全域旅游号角

——江口县旅游发展扫描

因旅游而兴，因旅游而美。

2014 年，江口县全年接待游客 435 万人次，同比增长 25.36%；实现旅游综合收入 36.14 亿元，同比增长 25.3%。在全省取消 GDP 考核的 10 个国家扶贫开发工作重点县排名中江口县旅游收入排名第二、增速排名第三；在全市排名中旅游收入排名第一，增速排名第三。

数字的变化见证江口旅游业的发展速度。

近年来，江口县围绕市委、市政府打造环梵净山"金三角"文化旅游创新区发展战略，抢抓国家旅游局、苏州市、省扶贫办对口帮扶发展机遇，深入实施"一业带三化，三化促一业"发展战略，积极申报了梵净山国家 5A 级景区，创建了云舍 4A 级景区，鱼粮溪农业公园 3A 级景区、寨沙 3A 级景区。实施建设了民和地落水上乐园、闵孝提溪土司城等特色景点，规划启动了闵孝鱼粮、牛洞岩大峡谷等旅游项目，增强了江口文化旅游的生命力、吸引力和竞争力。

"一业带三化"做大旅游文章

近年来，该县依托自然资源，在全域化框架下谋划旅游生产力布局和基础设施建设，大力加快旅游资源整合与联动发展，开启了江口旅游业从观光型向复合型、从景区型向全域型的发展新阶段。

该县坚持"农业围绕旅游调结构"的发展思路，大力发展生态农业产业。规划建设闵孝现代高效农业产业园区。其中，闵孝现代高效农业产业园区规划总面积 10 万亩，覆盖双江、闵孝、坝盘、德旺 4 个乡镇（街道）。园区将打造成集农业精品产业集聚区、先进科技转化区、生态循环农业样板区、现代农业技术示范区、新型农民培养区、体制机制创新试验区、观光旅游休闲度假区"七区"为一体的现代高效农业示范园区和现代"农业公园"。并且，在做大做强旅游产品、农特产品深加工的同时，重点扶持天然绿色食品、竹木、石材、药材等深加工项目，加大茶叶、矿泉水、蔬菜、牛肉干等生产加工项目建设。

坚持"工业围绕旅游业发展"的理念，积极探索实现生态保护与工业发展双赢路子，具有江口特色的新型工业发展格局初步形成。该县规划建设的凯德特色产业园区，主要由高新技术及旅游商品加工、农副产品加工、生物制药、新型建材四大产业板块构成。坚持"产城一体、产业集聚"，先后投入 6.7 亿余元完善基础设施。2014 年，该县开工项目 14 个，新投产企业 7 家，新增规模企业 5 家，发展民营企业 376 户。

坚持"城镇围绕旅游业建设"的路子，围绕山水园林城市，创国家优秀旅游目的地的目标，着力打造特色旅游小城镇。2014 年，完成太平镇市级示范小城镇总规、控规编制和梵净山、鱼良溪、洪坪、提红等 4 个武陵名村规划编制，完成云舍历史文化名村保护性详细规划、太平河风景名胜区总体规划编制。截至今年上半年，已完成太平镇云舍村 33 栋房屋改造、云舍古村落村民安置房征地、云舍环寨公路修建、云舍 5A 级景区规划编制、30 户星级农家乐建设等项目。

在文化旅游产业的带动下，全县经济社会实现了协调发展。2014 年，全县完成地方生产总值 33.32 亿元，同比增长 14.2%。城镇居民、农村常住居民人均可支配收入分别达 20151 元、6172 元，同比分别增长 10.5%、13.9%。财政总收入、公共财政预算收入分别达 2.9 亿元、1.55 亿元，同比分别增长 20%、28%。完成 500 万元以上固定资产投资（不含跨区域项目）65.07 亿元，同比增长 27.2%。社会消费品零售总额 6.73 亿元，同比增长 13.4%。县内金融机构存贷款余额分别为 42.23 亿元、39.18 亿元，同比分别增长 5.3%、38.5%。在全省 10 个生态保护重点县中综合排名第二，经济发展群众满意度全市第一。

全域旅游引领转型升级

该县按照"全域旅游"的发展要求，精心打造一批景点景区、精心建成一批美丽乡村，推进旅游资源的全域整合和服务的全面升级，把江口建设成为有高端景点，有感人故事，有内涵发展，让人"来了不想走、走了还想来"的全国优秀旅游目的地和生态文化魅力城市，建设成为梵净山旅游的游客集散地和综合服务区。

运用"全域旅游"理念和模式统筹江口全县旅游发展，按照江口"处处是景点，人人办旅游，时时可旅游，业业融旅游，行行为旅游"的思路，利用"山域、水域、田域、村域、灵域"五域全空间，推进江口旅游的全景化、全覆盖、全联动和全统筹，形成资源优化、空间有序、产品丰富、产业互融的旅游产业体系。

通过打造云舍"景区+农舍"、寨沙"农庄+游购"、鱼粮溪"园区+体验"、亚木沟"生态+民俗"、提溪司"匝道+文化"五种乡村旅游模式，建成了云舍新景区、提溪土司城、闵孝农业公园等景点，既丰富了梵净山旅游的内涵与外延，又将现代山地农业与观光、休闲、体验、度假融为一体。同时，围绕"梵净江口·佛光之城"的城市形象定位，高标准地完成了一大批路网、楼盘、公共服务产品及县城绿化等，将城市旅游与旅游城市有机结合。

县委、县政府通过项目争取、贷款和招商引资，先后投入资金50余亿元在县城及景区实施了江口县旅游大道、县城观景佛塔、太平风情旅游小镇、云舍及曾家港乡村旅游提级改造、寨抱农业观光园和小河、孟沟坝、并寨乡村旅游点等29个旅游基础设施建设项目，实现了景城一体化、产城一体化的空间融合，大大提升了江口文化旅游的整体形象和服务接待能力。

"把全县当作旅游景区来建设，把县城作为景点来打造"的创新理念，让江口县群众实实在在地享受到了"美丽经济"带来的可喜变化。

旅游的快速发展，带动交通、餐饮、娱乐等第三产业和特色农业快速发展，群众从中也获得了实实在在的实惠。截至目前，该县共有宾馆117家，家庭旅馆205户，大大提升了江口文化旅游的整体形象和服务接待能力。持国家导游证的50人，省级导游证的200人；旅游车队1家43台车，城市出租车公司2家40台车，全县直接旅游从业人员15769人，间接旅游从业人员10万人。

"旅游+"模式成为发展新引擎

今年4月15日，该县云舍村的村民曾金钗为给92岁的公公过寿，花5000元网购意大利套餐，商家派厨师到村里现场制作，让老人彻底开了"洋荤"。

这仅是网购改变了该县村民传统生活习惯的一个缩影。

该县采取"旅游+互联网""旅游+电商"模式，大力实施智慧旅游工程，加快电商建设，使该县农特产品、旅游产品走出大山。

启动了云舍、寨沙智慧旅游工程建设，目前已完成景区微信、微博等宣传营销平台建设，建成农村淘宝服务站点19个，有效解决了农村群众买难、买贵的问题。同时，借助电商平台，将优势产业、特色产业、旅游生态产业推荐出去，实现"工业品下乡，农产品进城"的双向流通。

该县大力实施"旅游+文化"工程，使得品牌创建成效凸显。

从走马观花到驻足品味，从单纯游览观光到乡村休闲旅游，该县深度开发山水、人文资源，拓展旅游发展路径，加大推进旅游产品由"山水观光型"向

"休闲度假型"转型，大做旅游文化内涵的文章，吸引了众多游客在县内或景区内过夜，一改过去外地游客"走马观花后走人，不在江口过夜"的现象。

加大文旅结合，完成寨沙侗寨"月上寨沙"实景演出《萨玛天上来》整体策划和云舍"云中仙舍"演艺节目编排及整体演艺水平再提升。

邀请同济大学博士、研究生成立云舍村品工作室指导旅游商品企业对旅游商品包装设计，完成梵净山茶叶、云舍土家米酒包装设计、研发工作，并于今年"五一"期间投放市场，受到广大游客的一致好评。

依托梵净山名山打造佛教文化生态旅游品牌，按照高起点规划发展蓝图、高品位塑造文化元素、高规格办好佛教论坛、高密度扩大宣传推广的方针，着力打造"梵净江口·佛光之城"城市新形象。相继举办了龙泉寺开光大典、金玉弥勒佛光讲座、佛学高端论坛等一系列国家和国际级研讨会。用"山上佛祖、山下天王罗汉"的大寺院大景区理念，规划建设环梵公路沿线"四大天王寨、十八罗汉村"，为打造中国佛光之城打下了基础，加快了打造梵净山特色旅游产业升级版。

继2012年该县举办全市首届旅游产业发展大会以来，以"一业带三化"为抓手，实施旅游金融扶贫，形成了"旅游+扶贫"新模式。

该县积极争取国家开发银行贵州省分行、省扶贫办的大力支持，按照"政府主导、市场运作、金融推动"的原则，以农业产业化扶贫为主要手段，促进信贷资金与扶贫资金及其他渠道专项资金的整合，着力打造"产业链"。该县扶贫办把着力点放在发展生态文化旅游产业上，制定出沿梵净山风景区旅游发展乡村农家乐的扶贫规划。几年功夫就依托生态文化旅游一下子发展200余家农家乐。为将农家乐打造成集吃、住、游、乐、行、购为一体的旅游品牌，梵净山村沿旅游线修建了移民新村，并组织村民在山上种经果林，在河流两岸广植杨柳，沿村庄种竹种果，使游客享受到村在林中、林在村中舒适的生活环境，品四季瓜果，尝时鲜山野菜和蔬菜，赏红花绿树风光。

今年1至9月，全县共接待游客429.55万人次，旅游总收入55.45亿元，接待境外游客10941人次，完成年度目标80%，创旅游外汇收入252.31万美元。

随着旅游业的勃兴，该县积极调试发展步伐，进一步加强农旅融合，加快项目开发，促进乡村休闲旅游提质增效，打造万亩花田，增加了赏花游、采摘游、观光游、体验游、乡村民宿游等多种旅游新业态，发展惠及广大百姓的乡村休闲旅游，留住更多的游客。

如今，漫步在江口的大地上，一股清新的时代气息迎面扑来，呈现出力争上游加速发展的精气神。

乌江之滨的嬗变

——沿河经济开发区发展纪略

革命老区沿河，宛如镶嵌在乌江滨上的一颗明珠，在全省主基调、主战略的引领下，随着"四化同步、一业振兴"发展战略的深入实施，日益焕发出耀眼的光芒。而作为引领后发赶超桥头堡的贵州沿河经济开发区，在一片荒芜的土地上，几年间入驻 50 多家企业，实现税收过亿元，本身就是一种奇迹，能实现如此令人瞩目的发展速度，更是一个了不起的成绩。

夯实基础——打造后发优势

盛夏时节，从沿河县城驱车出发，不到 10 分钟时间，就到了沿河经开区。沿途路面干净整洁，两侧路灯成为一道靓丽的风景线。

"现在路面好了，不论白天还是晚上，上下班都特别方便！"来自重庆万木乡、在穗达生物科技公司上班的田进飞说，特别是这半年来，沿河经开区变化实在是太快了。

沿河经开区自 2013 年 4 月正式成立以来，通过两年多时间的建设，目前已累计完成投资 33.4326 亿元，初步形成集生产加工、商务办公、生活配套"三位一体"的园区模式，促进了生产要素的合理配置，园区综合承载能力和产业吸纳能力明显提升。

在奋力抓好园区基础设施建设的同时，沿河经开区坚持科技引领，突出创新发展，配套建设科技企业孵化器，先后与浙江中医药大学、中科院上海高等研究院、铜仁职业技术学院签订战略合作协议或建立政校企合作关系，聘请引进高学历人才，组建了以中医药和农特产为主要方向的科研平台——乌江生物科技研究所，形成了"科研所＋组培工厂＋种植基地＋生物制药（果蔬加工）"的完整产业链条。

目前，沿河经开区成功培育出的梵净山铁皮石斛、乌江白芨 2 个独特品种获国家认证，"空心李"活木脱毒获得重大突破，年内可以申报国家重大农业科技成果认证。

招商引资——激活经济"细胞"

前不久，沿河跻身贵州省生态文明先行示范县。无疑，这是沿河坚持科学绿色发展的结果，这一殊荣，为该县发展，特别是招商引资定了基调，明确了方向。

虽然底子薄，但对引进的项目，沿河坚持"宁缺毋滥"，始终坚守发展和生态两条底线，围绕"三个立足"进行招商引资：

——立足资源招商。依托得天独厚的自然生态优势，重点在生态农业、农特产品加工、中药材产业等方面，加大产业招商力度，成功引进了投资 1.08 亿元的一品康茶业有限公司、投资 3000 万元的江山皮草鞋业有限公司等企业。

——立足需求招商。经开区牢固树立"轮子经济"意识，超前谋划通道经济和市场需求，引进了一个投资 2 亿元的汽车贸易城项目，准备经营 13 个汽车品牌，组建 1 个 4S 店，形成汽车销售、维修、二手车交易等一条龙链条，建成后年销售额将在 1.5 亿元以上，实现年税收 1200 万元以上，有望年内建成投产。

——立足品牌招商。利用"沿河山羊"国家地理标志产品、沙子"空心李"等名优品牌，采取项目编制外包方式，把优势资源、特色产业作为重点，有的放矢地对接客商，持之以恒地追踪推介，努力吸引客商到沿投资兴业，目前已编制具有深度吸引力的项目 22 个。

沿河经开区管委会副主任王廷强介绍说，目前园区入驻企业 52 家，投产企业 47 家；今年上半年完成营业总收入 16.9 亿元，实现工业总产值 15 亿元；招商引资到位资金 14.6 亿元；实现税收 1.2 亿元。预计 2017 年开发区建设面积将达到 5 平方公里，入驻企业 65 家以上，完成投资 60 亿元，实现工业总产值 100 亿元以上，税收 10 亿元以上。

破解融资难题——为企业"舒筋活血"

"王主任，你好！我在成都已准备好了，明天正式开张，沿河发出的 100 套已被下面市场订购完毕，后天有 20 余万元汇进农行账户，请及时安排发货！"7 月 10 日中午，烈日当空，王廷强看着手机上一条成都客商发来的短信，顿时犹如一股清泉浸润心田，倍感舒坦。想到这半年多来经开区一班人的辛勤努力，他感慨万千。

今年春节前夕，因流动资金困难，多方求助无门，位于经开区内的穗达生物制品有限公司濒临破产，这给刚上任不久的王廷强着实"将了一军"。

得知这一消息，他立即向县长、经开区管委会主任何支刚汇报，请求支招。"一定要真心实意帮助企业解决难题，千方百计留住企业！"县领导的指示简单明了。

接下来一段时间，经开区一班人深入企业查找症结所在。

原来，这家企业专门生产汽车坐垫、凉席等产品，市场前景看好，但因缺乏担保或抵押物，无法融资贷款，致使企业陷入困境，故打算撤资离开沿河。在园区，类似这样的企业有近10家。

了解情况后，何支刚立即组织园区企业、县直相关部门及金融机构负责人进行座谈，分析解决企业融资难问题。

融资难的关键是缺乏融资平台。于是，该县在原有兴沿投资公司、水务投资公司等融资平台的基础上，新组建由开发区直接管辖的投融资平台——山峡开发投资有限公司，健全公司运行机制，实现平台有效运行。同时，通过增加注入国有土地资产、存量资产、货币资金、经营性资产等方式，增加有形资产注入，做大开发区融资平台的优良资产规模，切实提升开发区融资能力。

"园区企业都是'小而精'，每家最多有500万元资金就能盘活！"王廷强说，经山峡投资公司担保，穗达生物制品有限公司获得银行1000万元资金支持，顿时，濒临破产的企业起死回生。

"现在一天生产35套左右，预计到年底每天可生产80套，目前一套市场价2380元，今年至少可完成产值2000万元以上！"正在车间忙碌的公司经理邓德华说，并对沿河经开区在关键时刻的鼎力支持大加赞赏。

不到两个月时间，园区内7家困难企业在获得银行贷款后，全部正常运转起来。

如今行走在园区，进出货车川流不息，处处机声隆隆。

"三区"融合——产城互动展新姿

正视现实，沿河是典型的河谷倾斜溶蚀地貌，无论是城市建设还是工业发展，都没有开阔的平地进行布局。

如何突围？该县决策层提出，按照"产业园区化、园区城镇化、产城一体化"的思路，大力推动生态工业园区、循环工业园区、现代商贸物流园区"三区融合"，实现以产促城、产城互动。

——在战略规划上融入。按照集群发展、集约资源原则，完善总体规划、控制性详细规划、产业发展规划及环境影响评价、物流、电力、给排水等专项规划，力争用3至5年时间把沿河经开区打造成沿河新的经济增长极。

　　——在产业分区上互补。坚持生态优先理念，围绕全国、全省生态功能区划分，依托生态资源，规划建设山峡生态工业园，重点发展生物制药、农特产深加工等生态环保型产业；依托丰富的矿产资源，规划建设淇滩循环经济工业园，重点发展新型建材、矿产加工，实现"三废"循环利用、零排放型工业；依托高速公路、铁路的结合部规划布局现代商贸物流园，重点发展现代商贸物流业，从而使3个园区形成相互依托、互为支撑、互相弥补的发展格局。

　　——在人口汇聚上集中。突出以人为核心的城镇化理念，在经开区规划建设返乡农民工创业园，大力实施"3个15万元"、妇女小额担保贷款等优惠政策，扶持返乡农民工在园区创办企业11家，解决返乡农民工就业400多人，带动就业2952人，人均月收入达2500元以上，演绎了产城互动的精彩华章。

　　随着高速时代的来临，沿河经开区抓住机遇，大力发展港口、物流、旅游产业等，从地域上、资源上、发展上真正融入成渝经济圈和长江经济带，引领全县经济社会跨越发展、后发赶超。

　　百舸争流，千帆竞发！沿河经开区正凝神聚气、一如既往地贯彻实施县委、县政府的"三县一城"发展定位和"三化一业"赶超路径豪迈前行。我们有理由相信，在这片神奇的土地上，等着我们的将是更加火热的场面，更加火红的夏天！

众志成城拔"穷根"

——沿河矢志打赢脱贫攻坚战

"我们要有时不我待只争朝夕的精神，科学谋划，周密部署，充分调动一切力量决战贫困，坚决打赢这场输不起的脱贫攻坚战，决不辜负党和人民赋予的重大历史使命。"沿河自治县委书记任廷浬的话掷地有声。

这也意味着，这场脱贫攻坚战容不得半点含糊，全县上下必须横下心彻底拔掉"穷根"。

2015 年，沿河自治县实现了思渠、中寨、甘溪、夹石 4 个镇的"减贫摘帽"目标，巩固提高了淇滩、板场、泉坝等 15 个乡镇（街道）的"减贫摘帽"工作成果。全县人均纯收入 6917 元，减少贫困人口 3.72 万人，贫困发生率下降6.06%，实现了整县脱贫目标。

扶贫贵在扶志——从根本上改变贫困、落后面貌，需要广大群众发扬滴水穿石的韧劲和默默奉献的艰苦创业精神。

沿河自治县地处贵州东北角，毗邻重庆市酉阳、彭水。乌江从南至北贯通全境132 公里。受河谷纵深切割，全县地面破碎，山高、坡陡、谷深。加之缺乏交通大动脉支撑，严重制约了全县经济社会的发展。因此，该县一直以来都戴着"贫困帽"。

沿河地处云贵高原与长江流域丘陵地带的交错区域，地形地貌复杂，山峦重叠，河流纵横，适宜农林牧渔等产业发展。这一特殊的自然地理环境，是土家族物质文化产生发展的基础和条件，也是决定土家族物质文化传统内容与特点的基本因素。在与大自然作斗争的过程中，形成土家族勤劳勇敢、坚忍不拔的民族性格。

正如沿河自治县就业局综合办公室田必胜所说："土家族能吃苦，不怕累，不缺脱贫的志气，只是这里自然条件差，基础设施落后，影响了经济发展。"长期以来，沿河的区位优势没有发挥出来，固守着传统农业发展方式，虽然经济不发达，但文化资源并不贫困，有"黔东革命根据地红色经典旅游区""中国土家山歌之乡""乌江山峡国家级风景名胜区"和"国家级自然保护区麻阳河"四张国字号名片。正是有着深厚的文化积淀，才有摆脱贫困、进行艰苦奋斗的精神动力。

穷不生根，富无天生。一个地方贫穷，固然有许许多多的原因，只要矢志不移、鼓足干劲、勇往直前，全面小康生活指日可待。沿河自治县委书记任廷洹说："我们要有时不待我只争朝夕的精神，科学谋划，周密部署，充分调动一切力量决战贫困，坚决打赢这场输不起的脱贫攻坚战，决不辜负党和人民赋予的重大历史使命。"沿河在确立的"十大脱贫攻坚行动"中，明确了目标：确保2020年全县186个贫困村10.45万贫困人口同步小康。这再次证明土家儿女以坚忍不拔的毅力和滴水穿石的精神，迎风破浪，决战决胜脱贫攻坚的决心与斗志。

扶贫重在扶智——发展乡村教育，让每个农村孩子都能接受公平、有质量的教育，阻止贫困现象代际传递，是功在当代、利在千秋的大事。

"人穷穷一时，智穷穷一世。"沿河自治县委副书记、县长何支刚出席2016年全县教育工作会议强调，突出抓好教育精准扶贫，尤其是对特殊儿童少年和留守儿童的关心和关爱，全力推进教育脱贫，全面提升沿河教育发展水平。

教育扶贫是沿河"十大脱贫攻坚行动"之一，决战脱贫攻坚确保2020年10.45万贫困人口同步小康。大力推进"四项突破"工程和教育"9+3"计划，加快推进义务教育均衡发展和基本普及十五年教育，实现高中、初中、小学入学率达90%、98%以上、99.9%以上，学前三年入园、九年义务教育巩固率、"三残"儿童入学率达90%以上。新建1所高中、85所幼儿园，改扩和新建23所初中、288所小学，创建2所省级示范性高中和1所省级示范性中职学校。深入实施职教扶贫"1户1人计划"和"雨露计划"，帮助贫困家庭子女培训就业。加快乡镇综合文化站建设步伐，认真实施农村电影放映、农家书屋等文化惠民工程。

沿河自治县是国家级扶贫开发攻坚重点县，全县有建档立卡精准扶贫对象户35208户，104450人，其中：因学致贫4073户19050人，占贫困人口的18.23%。针对这一情况，全县积极采取有效措施，帮助因学致贫家庭走出困境。

沿河中等职业学校，前身为沿河土家族自治县第二民族职业技术中学，创办于1987年，1989年更名为沿河土家族自治县民族职业技术中学，2008年6月

4 日规范命名为"沿河土家族自治县中等职业学校",学校把专业发展与全县精准扶贫结合起来,开设有学前教育、现代农艺、畜牧兽医、高星级酒店服务与管理等 13 个专业,基本涵盖了沿河自治县主要支柱产业和特色行业。

如今,学校有教学班 34 个,在校生 2000 余人,精准扶贫建档立卡的学生 100 多人。杨文倩是建档立卡的贫困户子女,她说:"国家的政策真好,我们上学几乎不用花家里的钱。"杨海强今年就读于沿河中等职业学校,他的父亲丧失劳动能力,家里只有母亲一人支撑全家的经济开销。杨海强说:"在这里上学可以享受免费政策,而且还能学到一技之长。"近年来,沿河认真落实教育资助政策,对就读普通高中的农村贫困学生,在实施国家助学金(每生 2000 元/年)的基础上,新增扶贫专项助学金(每生 1000 元/年),免学费、教科书费、住宿费;对读中职学校的农村贫困学生,在实施三年免学费(每生 2000 元/年)和一、二年级国家助学金(每生 2000 元/年)的基础上,一、二年级学生新增扶贫专项助学金(每生 1000 元/年),免教科书费、住宿费;对就读普通高校农村贫困学生,在享受国家助学金之上,新增扶贫专项助学金,本科免学费 3830 元/年、专科(高职)3500 元/年。截至目前,共下拨精准扶贫资助资金 653.466 万元,资助就读普通高中、中职学校、普通高校困难学生 2459 人。

该县对于教育的支持力度逐年在增加。

实践证明,推进教育精准扶贫,提高扶贫对象的基本素质,是消除贫困、阻断贫困代际传递的根本所在。

保就业促创业——创造更多就业岗位,落实和完善援助措施,通过鼓励企业吸纳、公益性岗位安置、社会政策托底等多种渠道帮助就业困难人员尽快就业。

留守妇女成为劳动力输出型地区的一个社会问题。如何提升农村贫困妇女综合素质,提高农村妇女就业技能,拓宽农村妇女就业渠道,逐步消除农村"零就业"贫困家庭,真正实现"职业培训 1 人、就(创)业 1 人、脱贫 1 户",沿河自治县的"拿手戏"就是三女(持家女、家政女、锦绣女)培训。

"此次培训提高了农村妇女持家理财的本领,为创业打开了思路,为致富找到了出路。"提起三女培训,沿河自治县妇联副主席田玲霞赞不绝口。她说,去年,由沿河自治县妇联、县扶贫办联合举办的 2015 年"雨露计划·三女(持家女、家政女、锦绣女)"培训开班,来自部分乡镇的村支两委女干部、妇代会主任、女致富带头人和妇女骨干等 200 余名妇女参加了培训。

沿河自治县就业局局长崔俊介绍,沿河自治县把扶志与扶智结合起来,把大众创业与万众创新结合起来，帮助返乡农民工、党员、留守妇女创业，带动了大众创业。

该县按照"以就业为导向、以脱贫为根本"的原则，结合茶叶、空心李等特色产业发展，对困难群众开展实用技术培训，加大就业帮扶力度，努力实现贫困劳动力输出有组织、求职有服务、就业有技能、创业有平台、权益有保障，就地或转移劳动力脱贫致富。今年前5个月，共培训500多人次，转移劳动力3000多人。

除了强化技术培训促就业，还通过发展产业带动就业。以现代高效农业示范园区为平台，打造沙子、官舟、谯家、新景4个省级现代高效农业示范园区升级版，实现园区产值15亿元以上，各乡镇（街道）相应建成一个500亩以上农业产业园或示范基地。大力培育新型农业经营主体，新增县级以上龙头企业15家、农产品加工企业5家、农民专业合作社20个，培育家庭农场10个，促进农业产业一体化经营。截至目前，在农业产业发展方面提供5000多个就业岗位。

又到一年毕业季，沿河自治县以实施就业促进和创业引领两项计划为抓手，推进高校毕业生就业创业。

加强高校毕业生就业创业分析研判和舆情监测，做好政策储备和应急预案，增强工作的主动性和预见性，保持高校毕业生就业局势稳定。

同时，以有创业愿望的大学生为重点，充实创业培训师资，编制实施专项培训计划，进一步丰富适合大学生的创业培训项目，提高培训针对性、有效性。对登记的未就业毕业生，主动服务，针对其特点和需求制定个性化求职就业方案，提供职业指导、岗位信息、技能培训、就业见习等服务。

截至目前，应届高校毕业生实名制登记415人，求职登记131人。

沿河自治县通过搭建平台，提供资金，加强培训，促返乡农民工创业。

整合就业小额担保贷款、"3个15万元"、"5个100工程"等扶持政策，多渠道破解创业融资瓶颈，初显"小额贷款"撬动"大就业"效应。截至目前，发放就业小额担保贷款2909万元，扶持创业507人，带动就业1063人。充分利用培训资源、培训资金，对有创业意愿的返乡农民工免费开展GYB、SYB、电子商务等培训。第一季度，共开展创业就业培训3期300人，就业率达68.92%。同时，以"走出去，请进来"的模式，先后赴三水、如皋、张家港等地邀请沿河籍在外企业家和有投资意向的企业家到沿河实地考察，对已签约项目，实行"三个一"（一个项目、一个责任、一名联络员）挂帮保姆式服务。2015年，回引和扶持返乡农民工创业就业3502人，创办各类企业和个体工商户

512 户。

沿河自治县通过强化政策宣传，组建"党员创业带富"指导队，整合项目资金，助力农村党员创业。

组建"党员创业带富"指导队，深入基层开展技术帮扶，会同农技部门组织种植、养殖培训。目前向群众提供致富信息 1200 多条，培养"双带"科技示范户 500 余户。整合"三个万元"、农机补贴、小额贷款等项目，解除党员创业中"有想法，无办法"的问题，共筹集资金 2110 万元，帮助 800 多名党员实现创业梦，引领农村经济快速发展。将"一事一议"、农机补贴、"以工代赈"等项目整合到"党员创业带富工程"中，破解党员在创业中遇到的交通、水电等基础设施建设的实际困难。目前，共扶持创业党员建设产业项目 124 个。

沿河自治县全面建成小康社会的任务更牵动着市领导的心。市委书记夏庆丰多次到沿河调研精准扶贫工作。有领导的重视和关心，全社会的支持，加上土家族儿女昂扬的斗志，沿河一定能赢得未来。

沿河"联合基金"解渴小微企业

2014年8月6日，当159家企业加入沿河中小企业促进会小微企业联合基金后，经联合基金担保，贵州银行铜仁分行向没提供抵押物的10多个借款人发放了2000万元银行贷款。这意味着沿河自治县中小民营企业融资难"坚冰"开始消融。

在省中小企业局的支持下，沿河自治县由担保公司发起成立了中小企业促进会，与贵州银行铜仁分行合作，由担保公司注入资金和会员以交保证金、风险金的方式设立了小微企业联合基金，以联合基金给基金会员在贵州银行提供贷款担保。通过联合基金这个平台，把政府、银行、企业、担保公司连接在一起，为中小企业担保贷款探索出了一条便捷的新路。

"这种合作模式，就是通过联合基金这个平台，政府、企业、担保公司紧密合作，解决全县小微企业融资难题，助力小微企业发展。这种银政企合作模式，是沿河自治县融资担保方式的机制创新，是全县中小企业抱团发展的重大突破。"该县副县长刘明军说。

贵州银行负责人表示，这种"银政+商业化运作"的合作模式，有专业团队管理、有政府做后盾，不仅高效、安全，而且降低成本，必将有力促进地方经济发展。

银行业十分看好该县设立的"联合基金"。2014年8月6日，贵州银行铜仁分行在向该联合基金授信4000万元的同时，还向沿河自治县人民政府授信额度50亿元，助力地方经济社会发展。

编后语：

一个地区的经济发展要有活力，要有后劲，不仅需要"顶天立地"的大企业，更需要"铺天盖地"的小企业。换句话说，小微企业是国民经济不可或缺的依靠力量。尤其从群众生活看，小微企业近在眼前，紧跟生活，贴身服务，更是不可须臾或缺。但由于种种原因，小微企业融资难十分突出。

融资难题不解决，小微企业的发展就会面临严重的制约。如何解决？在贵州银行铜仁分行看来，真正的难点在于银行本身，是银行想不想贷、敢不敢贷、会不会贷的问题。许多小微企业没有财务报表、没有抵押物、没有担保单位，而这些都是正规银行传统要求特别看重的——打碎这一瓶颈，是破解小微企业"融资难"问题的关键。

沿河中小企业促进会小微企业联合基金，为小微企业融资探索了一条便捷的新路，架起了银政企三方合作的桥梁，开辟了担保公司开展担保业务的新路径。

今天的小微企业很可能就是明天的大市场。小微企业是一个国家或地区振兴崛起的原动力。谁赢得今天的小微企业，谁就会赢得明天的大市场。我们相信，贵州银行铜仁分行在竭力支持小微企业发展的同时，必将赢得广阔的市场，走向更加辉煌灿烂的明天。

一只羊子就是一台提款机

沿河十万养殖户"变粪为宝"

初夏沿河，绿草茵茵。刚卖完羊粪收入 1.4 万多元的沿河自治县思渠镇下庄村杨进掩饰不住内心的激动，他一边高兴地给山羊添牧草，一边激动地告诉记者："一只羊子，就是一台提款机。"长期困扰杨进乃至该县 10 万余户养殖户的牲畜粪便污染问题，随着一家生态农牧科技公司的投入运行，终于迎刃而解。

沿河是传统养殖大县，享有"中国白山羊之乡"美誉。自 2007 年实施"种草养羊"工程后，全县白山羊、生猪等养殖规模迅速扩张。截至去年底，人工种草 8 万余亩，山羊生猪存、出栏总数即达 60 万只（头）以上。养殖规模上去了，可牲畜粪便污染问题又来了。近年，该县把牲畜粪便处理作为构建山羊产业链的重中之重，通过招商引进贵州盛鼎生态农牧科技公司，该公司利用生物技术，将牲畜粪便加工处理成生物有机肥和微生物复混肥等，是发展生态茶、无公害蔬菜和经果林等特色作物不可或缺的"营养餐"。

由于生产所需，公司定期派人走村串寨收购牲畜粪便。自此，农村环境污染问题得到有效解决，村容村貌焕然一新，全县步入"种草—养羊—有机肥—种草（生态茶叶、无公害蔬菜等）"循环经济发展模式。

据介绍，按照目前发展态势，3 年后该县年存栏山羊将超过 100 万只。按每只山羊年产 500 斤羊粪计算，目前收购价是每吨 200 元，仅此一项，每年将为养殖户带来 5000 万元的收入；加上各生猪、家禽、育牛场等提供的粪便，该公司生产的有机肥料，将完全满足全县 50 多万亩生态茶、无公害蔬菜和经果林等特色产业需求。

矢志跨越奋力赶超

——思南县推进项目建设记略

一组崭新的数字见证着思南县项目建设新的成绩：截至目前，全县招商引资到位资金 15.47 亿元，同比增长 130.76%，完成全年目标任务的 96% 以上！如果要为思南经济工作寻找一个关键词，那就是"项目建设"！今年以来，该县紧紧围绕"加速发展、加快转型、推动跨越"主基调和县委、县政府"突出两大重点、推进两大战略，实施六大任务"的战略部署，扎实开展"项目建设年"活动，突出投资拉动，以项目扩投入，以投入保增长，坚持高速推进、高效服务，项目建设红红火火。走在该县各大项目建设工地，挖掘机挥舞着巨臂，铲车轰鸣着来回穿梭，建设者们奋力拼搏……

咬定目标不放松

自全省项目建设年现场观摩会和全区项目建设年推进大会召开后，区位优势并不十分明显的思南县自加压力，把地区下达的 16 亿元招商引资到位资金任务提高至 18 亿元！在压力面前，全县上下、各级各部门树立让大利、招大商的理念，不惜一切代价，千方百计引进一批大项目落户思南。对签约的项目，严格按照"一个项目一套人马"的工作方法，坚持实行"一周一督查、一月一调度"的督查制度，极力促进项目落地开花，从各个环节加快项目建设进度，确保完成年度目标。

巢暖凤凰翩翩来

环境就是竞争力。近年，思南县在加强软环境建设的同时，始终坚持把加快推进工业园区建设作为项目建设的突破口和有效载体，累计投入 4 亿元资金，完善园区基础设施建设，集中规划编制了关中坝产业园、双塘产业园、灯油坝产业园为主的工业园区，总占地 38.18 平方千米，分别重点打造船舶制造工业聚集区、水运物流区、轻工制造加工、特色食品及农副产品加工区和新型建材产业区、新能源工业区等，极力营造投资洼地。

由于园区布局规划合理，功能配套完善，部分知名企业纷纷来此安家落户。目前，除有贵州久联发展思南分公司、闽昌化工、广宇水泥等10余家企业入驻园区外，投资19亿元的黔东北石材城，投资12亿元的奥普太阳能项目等均已开工建设。

近日，江苏雨润集团、思南乌江粮油绿色食品开发公司两家公司均已签约，将分别投资10亿元以上，开发丰富的特色农产品。

据介绍，目前全县开工项目已达57户，开工数量之多，投资规模之大，创历史最好水平。

项目建设结硕果

精诚所至，金石为开。通过采取系列行之有效的措施，全县上下同心，精心组织，科学筹划，加大投入，全力以赴推进项目建设，结出了累累硕果。

工业经济快速发展。据统计，1至8月，该县完成固定资产投资44.5亿元，同比增长266.9%。工业拉动经济增长、优化经济结构的作用明显增强。

在城镇建设方面，该县按照"北移、东扩、西进、南延"发展战略，投资近9亿元，完成4个控制性详细规划，规划面积增加至1880公顷，可容纳12.3万人。实施了主城区两条城市道路"白改黑"工程，城市配套功能日趋完善，创建"全省文明县城"等活动顺利推进，城镇化建设迈上新台阶。

9月22日，思南县举行温泉旅游度假基地综合开发项目开工仪式，该项目预计总投资12亿元。该项目的顺利落地，将为推动该县经济社会尤其是旅游业的快速发展注入强心剂。1至8月，全县接待中外游客92.75万人次，旅游收入5.87亿元，旅游经济出现前所未有的快速发展强劲势头。

随着乌江二桥建成通车，以及乌江三桥、杭瑞、思剑高速公路的全面推进，全县以交通、水利、电力为突破口的基础设施建设加快推进。

由于"三农"投入加大，全县特色优势产业发展步伐明显加快，生态茶叶、优质烤烟、无公害蔬菜等五大特色产业带动力明显增强，农村社会经济实现快速发展，"十大民生工程"投入达15.35亿元，扎实推进，广大百姓切身感受到了改革发展成果。

奋力而为争项目

"先谋而后动，不打无准备之仗。"为切实抓好项目争取工作，今年上半年，该县以国家政策为突破口和切入点，编制项目324个，涉及投资449.63亿元。同时，为"十二五"期间储备项目703个，涉及投资1858亿元，涉及农业产业化、城镇建设、教育文化旅游、民生工程等，为一批重大项目在思南落地生根奠定了基础。

在推动项目建设上，思南县采取全员招商引资办法。县四家班子主要领导干部带头开展招商工作，1 至 8 月，先后外出开展招商引资活动，引进项目 10 余个，协议资金 60 亿元。相关部门组织 38 批次招商小分队外出招商，邀请来思南考察洽谈客商 300 余人次，全县掀起招商引资热潮。

为突出产业招商、专业招商，该县还专门组建了投资促进局，从相关部门抽调 25 名政策水平高、业务能力强的干部，组建成专门招商队伍，同时，成立了长三角、珠三角、成渝"三地"招商组织机构，强势推进招商引资工作。

百舸争流千帆竞发。如今，随着一大批重点建设项目纷纷在思南大地落地生根、发展壮大，必将不断增强全县经济实力，成为思南县奋力赶超的强劲动力。

思南县位于贵州东北部，铜仁市西部，地处武陵山腹地、乌江流域中心地带。全县国土总面积2230.5平方公里，辖17个镇、3个街道办事处、8个民族乡，有汉、土家、苗、蒙古等18个民族，总人口约70万。

思南生态良好、气候宜人，属亚热带湿润性季风气候，境内海拔364米至1363米，年均气温17.7摄氏度，年均湿度77%，年降雨量1164mm左右，全县森林覆盖率已达50.5%，城市建成区绿化率达40%，城市绿地率达35%，城区人均公园绿地面积达10平方米。

全县森林、湿地资源十分丰富，物种多样。有南方红豆杉、楠木、香果树等国家一二级保护植物种类33种。全县野生动植物种群数量达2260多种，其中森林种子植物共有170科648属1511种。

近年来，思南县按照全省生态建设总体布局，深入实施"生态立县"战略，以"科学发展、富民强县"为主题，以打造"宜居·宜业·宜游的滨江山水林城"为目标，加快推进全县生态文明建设步伐。全县森林覆盖率持续以每年2个以上百分点高速增长。先后荣获"美丽中国十佳旅游县""全国十佳生态文明城市""中国温泉之乡""中国楠木之乡"等称号。

2014年，思南县委、县政府适时做出了"两年创建省级森林城市、四年创建国家森林城市"的决定，为城市生态建设提出了更高的目标。两年来，全县紧紧围绕打造"滨江山水林城、宜居生态思南"的建设理念，以"高位推动、规划引领、凝心聚力、全民参与"，快速推进森林城市建设。经过两年多创建攻坚，目前，大多数指标已符合或超过省级森林城市评价指标，一座充满活力的生态宜居之城正在崛起。

让森林走进城市　让城市拥抱森林

——思南县创建省级森林城市纪实

说起"生态"，位于乌江之滨的山水城市，素有"乌江明珠"美誉的思南可谓一块福地：蓝天、碧江、阳光、绿地，空气清新，水质纯净。

2014年迄今，思南举全县之力打造一张新的城市名片——贵州省森林城市。

"我们创建省级森林城市，绝不仅仅是去争个称号、拿块牌子，而是以创建为载体，统筹推进生态文明建设，打造'城在林中、林在城中、林水相依'的城市发展格局，切实改善群众的生产生活环境。"县委书记、时任县长刘云成在2014年全县创建省级森林城市大会上，向全县各族人民做出庄严承诺。两年来，创建省级森林城市，建设山清水秀地绿、宜居宜业宜游的美丽思南，奏响了一首政、企、军、民同心共建生态文明的绿色赞歌。

高位推动吹响"创森"号角

自开展省级森林城市创建以来，县委、县政府把"创森"作为实现"乌江明珠·美丽思南"、提高市民幸福指数、建设生态文明的重要抓手，成立了以县委书记为组长、县长为副组长的"六城联创"工作领导小组，组建了以县委常委、副县长为主任的森林城市创建办公室，形成了县委、县政府亲自抓，部门单位合力抓，县乡联动一起抓的良好格局。

"全力推进森林城市创建工作，加快全县生态建设步伐，开展见缝插绿，努力打造生态、宜居、和谐的现代滨江山水森林城市。"这是县委书记刘云成对"创森"的要求。

与此同时，县委领导多次实地调研，召开县委常委会、县政府常务会、办公会等，专题研究"创森"工作，县人民政府还将创建森林城市写入"政府工作报告"，制定了"创森"工作方案，落实了"创森"专项工作经费，并对相关部门、乡镇下达了创森工作责任书，将创森工作纳入县政府对各乡镇、部门年度绩效目标考核体系；县人大、县政协还多次开展专题调研，人大代表、政协委员纷纷对创森工作建言献策。此外，为推广全民义务植树，从2012年起，该县连续5年在春季开展规模宏大的全民义务植树启动仪式和宣传活动，在全社会营造了爱绿、植绿、护绿的新风尚。

科学规划　绘就美好蓝图

在创建工作中，思南县十分注重科学规划引领全局，把创森工作与城市建设总体规划、土地利用规划等有机衔接，先后编制了"思南县城市绿地系统规划""思南县森林城市总体规划"，结合思南县城市发展布局，最终确定"城市森林"为主体，以构建完备的城市森林网络，维护健康的城市森林体系，培育发达的城市森林经济和繁荣的城市森林文化。推进生态环境、生态产业、生态文化三大体系的全面发展。

加强城市森林网络规划，按"点、线、面、体"相结合的建设理念，构建森林生态网络布局框架。规划建设以思南县城、塘头、许家坝等重点示范小城镇为"点",以乌江水系河道、思剑杭瑞高速公路、省县乡干道为"线",以城东万圣山森林公园、城南庙坝兽王山森林、城西五老峰森林、城北磨溪关口森林等大面积环城林带为"面",以城市周边山体、建筑物垂直空间为"体",大力开展水网、路网、城市重要饮用水水源地、城市防护隔离带绿化,开展城郊森林、湿地公园建设,开展城区立体绿化,推进乡村绿化。全力提高县域森林、湿地覆盖。

加强城市森林健康规划。在绿化规划中,坚持推行多树种,乔、灌、花、草有机合理配置,坚持推行以栾树、桂花、香樟、枫香、竹子等为主的乡土树种种植和大苗造林,尽量减少绿化硬化面积,积极开展生物多样性保护和动物栖息环境保护。

加强城市森林经济发展规划。注重森林游憩、乡村旅游、林业产业基地建设。围绕生态旅游,规划、建设一批地质公园、湿地公园、森林公园及自然保护区;着力打造乡村旅游,建设特色的生态休闲村寨;大力发展林业产业,围绕种苗、花卉、经果林、用材林、林下养殖,重点规划建设现代农业观光园区、花卉苗木园区;加大林茶、林菌、林药、林菜、林果模式等林下经济的发展。

加强城市森林文化培育规划。积极倡导全民义务植树和社会参与造林绿化,健全完善城市绿地认建、认养、认管机制,加强"创森"宣传,提高公众知晓和支持率。

全民参与　建设绿色家园

围绕《思南森林城市总体规划》,该县大力实施了城区绿化、通道绿化、乡村绿化和生态文化四大生态创建工程,坚持"政府主导,多渠道投入"的方式解决绿化资金。在县城区,县财政连续2年投入3000万元,以项目化形式,推动森林城市建设。除以林业项目资金外,还整合扶贫、水利、农牧科技、石漠化综合治理、社会资本金等用于森林城市创建及生态文明建设。创森启动两年以来,全县实施涉及城区主要街道、进城通道、城区河道、城市空地绿化以及城郊坡地退耕还林等32个项目中,已完成近30个,栽植了各类乔木上百万株,各类灌木上千万株,通过实施一批精品绿化项目,城市绿化水平迅速提升,达到了做精品、补短板的效果。

同时,全县28个乡镇街道同步参与创建工作,各部门、乡镇专门成立了创建机构,以严格的目标责任制落实目标责任人,确保工作有人做,担子有人挑,责任有人负,为调动各部门、各乡镇街道创建工作的积极性,县人民政府每年拿出上百万元资金，以奖代补用于部门单位创建。

此外，生态文化工程也积极开展，成效显著。在创建工作中，该县还充分利用各种媒体宣传发动，营造"创森"氛围。在思南电视台、政府网站等开辟"兴绿化造林、建生态思南"和"森林防火"电视专栏，录制"推进生态文明建设"电视访谈节目、制作播放"蓝色乌江·生态思南"专题片等。2015年，县委、县政府提出全民参与植树造林倡议，团县委提出"保护母亲河行动、绿色希望工程"捐款倡议，县妇联、团县委等举办"小手拉大手亲子教育参与植树活动"，相关部门还举办了"生态文明建设"专题讲座、组织校园机关社区开展绿色创建活动。各项活动取得很好的成效，营造了全民重视、参与生态共建共创的浓厚氛围。

全域增绿　成果全民共享

经过两年来创建攻坚，目前，城市森林网络基本形成，城市森林健康体系得以建立，城市森林经济得以较快发展、城市森林文化得以较快培育。

城区已建成中天公园、凤凰公园、兽王山公园、三桥公园、凉水沟公园、万圣山森林公园等，绿化小区50个，城市建成区绿化率达40%，城市绿地率达35%，城区人均公园绿地面积达10平方米。城郊建成白鹭湖国家湿地公园、长坝石林国家地质公园、塘头现代城市农业公园、张家寨现代农业示范园、乌江水利风景名胜区。城市建筑物墙面、立交桥等垂直空间的绿化，新建地面停车场绿化、乡镇集镇所在地绿化以及村寨绿化面积逐年增加，建成区街道绿化达100%，80%的街道树冠覆盖率达50%，全县河流、水库和湖泊等水岸绿化率到达85%以上，"森林城市生态屏障"已基本形成。所有村寨绿化率到35%以上，美丽乡村正在变成现实。道路绿化率达到90%以上，基本实现全县公路"畅、安、舒、美"和"最美高速公路"。

全县共完成营造林面积35万亩，全县森林覆盖率已达50.5%。

生态产业快速发展。结合社会主义新农村建设，全面奔小康建设，该县还将创森与生态扶贫、改善民生结合起来，坚持绿色与产业并举，先后制定全县花卉苗木产业、油茶产业、林下经济的发展规划和出台了加快林业产业发展的实施意见。以茶叶、核桃、油茶、特色经果林、食用菌为主打的绿色产业正在兴起。目前全县已发展茶园基地15万亩、核桃基地5万亩、油茶基地3万亩、特色经果林基地5万亩，花卉苗木产业2000余亩。同时，林下种植和养殖规模不断扩大，利用林禽、林药、林菜、林苗等模式，发展林下经济3000余亩，建有竹鼠、山鸡、野猪、林下养鸡80多处。以乌江、石林、温泉、古城为龙头的生态旅游产业也成为该县一项正在兴起的富民产业，每年游客人数和旅游收入都呈井喷式增长。乡村旅游也蓬勃发展，观光农业园、特色民族村寨、新农村示范村寨等已经成为市民休闲的场所。生态旅游极大地带动农村经济的快速发展，全县林业生态产值已达7.5亿元。

生态建设成果基本免费开放，除长坝石林景区收费外，万圣山森林公园、四野屯自然保护区、白鹭湖国家湿地公园、兽王山公园和塘头、张家寨城市农业公园等都免费开放，市民最大程度享受了生态建设成果。与此同时，通过绿色宣传和建立共建共创机制，全民社会参与度极大提高，工矿企业、房开公司和社会热心人士踊跃出资出力，参与森林城市创建和增绿爱绿护绿工作。近年来，全民义务植树尽责率已达90%以上，市民对森林城市创建的知晓率已达90%以上，支持率已达85%以上。

一个城市只有具备良好的森林生态系统，使森林和城市融为一体，让山更绿、水更清、天更蓝，才能称得上是发达的文明的现代化城市。创建省级森林城市是造福于民的光彩事业，也是一项全民参与、全民共享的系统工程。众心齐，泰山移。回顾思南先后获得的"美丽中国"十佳旅游县（区）、全国十佳生态文明城市等荣誉称号，每一项荣誉的取得都是全县人民共同努力的结果，是全县各级、各部门密切配合、通力合作，全社会关注，全县人民的支持和参与的结果。

森林城市建设只有起点，没有终点，思南县将持续按照省级、国家森林城市建设要求，全力推进绿色发展，循环发展、低碳发展，把思南建成"城在林中、林在城中、鸟语花香、宜居宜人"的现代森林城市。

生态文明建设，思南永远在路上！

思南倾力打造生态茶产业带

日前，记者在思南县许家坝镇境内看到，昔日杂草丛生的荒凉大山，已被挖掘机掀了个底朝天。自春节以来，该镇就开挖平整土地4000多亩，计划采取招商引资方式，带动全镇农民种植生态茶产业。

思南县具有适宜茶树生长的自然条件，具有加工优质名茶的传统，自2008年以来，结合打造乌江特色产业经济带，紧紧围绕"一库两点三线"的产业布局，投入1300多万元资金，着力打造生态茶业带，通过政策推动，部门带动，项目牵动的产业发展方式，目前思南县茶园面积接近2万亩，生态茶产业带初具雏形。

思南县专门成立了抓茶叶的领导小组，认真做好全县茶叶产业中长期发展规划、宣传发动、落实经营体制等工作。同时加大资金投入，用于低产茶园改造、新茶园建造与幼龄茶园扶持；采取多种形式加大培训投入，提高茶农的生产技术。通过加大对茶叶生产的扶持力度，不断培育和壮大茶叶产业，变资源优势为经济优势，优化农业产业结构，引导农民脱贫致富。

扩大生产规模。思南县在抓好低产茶园改造的同时，制定优惠政策鼓励集约化生产或引进外商外资承包经营，营造新的优质高产茶园，迅速扩大生产面积，使茶叶产业成规模化发展。刘厚思原为双龙小学校长，自县里出台鼓励干部发展生态茶产业的号召后，在鹦鹉溪镇采取土地流转的办法，建成500亩茶园；原党职校职工袁果也领办1000亩茶园；凉水井镇农技中心主任周昌洪、人劳所长田景军分别领办200亩、150亩茶园。张家寨镇政府领办620亩茶园。思南县兴起种茶热潮，目前已落实1.3万亩茶园基地，育苗650亩。

大力扶持龙头企业。加大对县茶场的扶持力度，通过更新加工设备，提高加工能力和加工质量，引导企业上规模、上档次，提高标准化水平，将县茶场逐步培育成加工龙头企业，走"销售带加工，加工牵基地，基地连农户"的龙头发展模式，把品牌建设与茶叶标准化生产及加工结合起来，引导、规范整个茶叶产业健康发展。

　　实施品牌战略。大力实施无公害茶园建设和有机茶基地建设工程，提倡集约化经营，加强茶园科学管护，实行精耕细作，提高采制水平；建立健全质量标准体系、检验检测体系和质量管理监督体系，高起点、严把关，加大名优茶开发力度；保护茶园生态环境，避免水源、土壤环境遭受污染，积极寻求产地、产品无公害、绿色、有机认证；采取有效措施广泛宣传，提高产品知名度。

　　拓宽营销渠道。在培育一批本土茶叶销售公司，加强经纪人队伍建设，提升营销水平的同时，选择有一定知名度的企业做代理商代理、连锁经营；探索网上营销、广告营销方式。通过多种营销渠道，努力将茶产品推向市场，完善"生产、加工、销售"产业链条，促进全县茶叶产业跨越式发展。

　　据分管农业的副县长黄霞介绍，今年，思南县将以被确立为"中央财政扶持现代农业发展示范县"为契机，加强与贵州大学合作，重点打造张家寨、香坝、大坝场和塘头四大茶区，用3年至5年时间建成10万亩优质高产生态茶园。

印江崛起的"工业力量"

初冬时节，位于杭瑞高速公路印江匝道口的贵州印江经济开发区内，数十栋标准化厂房内机器轰鸣，一件件产品从流水线鱼贯而出，工人忙着装车外运……

作为不靠海、不靠江，欠开发、欠发达的山区农业县印江，如今已形成了以"一园三区"建设为载体，"园城共建、产城共体"的发展之路，一个特色鲜明、产业集聚、协调发展的新型工业园区正在加速崛起！

抢抓机遇"筑巢"

从一片荒地到厂房林立，再到企业入驻，印江经济开发区24栋多层标准厂房建设只花了两年多时间。

刷新"印江速度"的关键性因素在于，该县在项目建设中严格执行"倒逼工期、限时完成"和"按天督查、按周通报"制度。而破解建设用地问题的"法宝"则是坚持"向山要地""向空中要地"，开发闲置荒山、征收低效土地作为标准厂房和公共基础设施建设用地。

战略决定高度，思维决定出路。

2011年以来，印江自治县建成占地200亩24万平方米的多层标准厂房，园区节约土地50%，容积率达到1.75。

同时，该县按照"工业园区化、园区城镇化、产城一体化"的要求，在每年安排1000万元资金用于园区基础设施建设的基础上，创新融资模式，拓展融资渠道，为园区建设提供了各种要素保障。

目前，工业园区完成基础设施建设、产业项目投资21.8亿元，初步建成"一横三纵"主路网，核心区实现了"七通一平"。2012年，印江自治县工业园区顺利升格为省级经济开发区。

创新机制"引凤"

走进印江海威特电子科技产业园凯琦实业有限公司，生产线上工人们正紧张有序地生产键盘和鼠标等电脑配件产品。

"我们为了赶制订单产品，工人们还要加班，每天生产键盘5000只左右，鼠标5500只以上。"该公司负责人介绍说，公司今年4月投产以来，注塑车间、键盘车间、鼠标车间、线材加工车间都正常投入生产，月产值达到400万元以上。

如今，在小云工业园区内像凯琦实业科技有限公司这样的还有团力、汇美等5家电子企业，富鼎橡塑、伟仕达、盛源科技3家电子企业正在进行设备安装调试，年前试投产。这些电子企业聚集落户印江，缘于该县围绕电子加工业上下游产业，采取产业化集团式招商引资，解决"孤岛式"企业引进难题。

近年来，印江自治县不断完善招商引资机制，组建了由县四家班子主要领导挂帅的招商小分队和以县政府分管副县长为责任人的产业化招商小分队，分区域、有目的地开展重点产业化专业招商，逐步从全员招商向领导干部带头招商、产业化专业化招商和驻点招商转变，致力打造引来一个、带来一批的"磁场"效应。

2012年以来，印江自治县招商引资落地项目185个，累计招商引资到位资金133.67亿元。

多措并举"护巢"

"这里的投资环境很好，政府对我们企业的服务到位，帮助我们解决周转资金困难、用工难题，让我们在这里发展很有信心。"印江承明鞋业有限公司生产部经理张小群说。

印江承明实业年产100万双鞋子建设项目是该县2013年招商引进落户的首家出口加工型企业。从企业进驻园区开始，该县实行全程跟踪服务，帮助企业解决立项审批、工程建设、生产配套设施建设等方面遇到的困难，让企业在3天内完成了项目规划、立项等县内所有行政审批事项办理，1周内全程代办了企业进出口贸易资质办理，1个月内完成了厂房水电、消防和地面装修，40天内完成了首条进口设备生产线安装并投产运行……这只是印江自治县服务企业的一个缩影。

印江自治县优化融资环境，成立了工业投资公司，帮助企业解决资金周转率低等问题；出台了招商引资项目并联审批制度，简化项目审批流程。今年6月开始实施《印江经济开发区劳动密集型企业物流运输补贴办法》，解决企业物流运输问题。

　　同时，该县整合各类就业培训资源和资金对企业工人进行技术培训，抽调精干人员入驻联系乡镇开展园区招工工作，加强企业所需的煤、电、油、水、运等要素调度和协调，确保企业健康运行。

　　截至目前，印江自治县已发放 100 余万元物流运输补贴资金，实现新增城镇就业 6394 人。

印江：园区搭台加速现代农业"裂变"

作为全省 100 个重点高效示范园区之一，木黄食用菌现代高效农业示范园区核心区涉及该镇 6 个村，拓展区涉及新业乡等 5 个乡镇 44 个村。2013 年以来，该县向上争取园区建设项目，累计投入 19.5 亿元建设木黄现代高效农业示范园区、新寨生态茶叶示范园区、湄坨村生态茶叶示范园区，引领农业产业发展。

近年来，印江自治县立足生态茶产业、食用菌产业、生态畜牧业等特色产业，按照产业园区化、规模化、高效化的思路，积极引导产业做大做强，在如何守住发展和生态两条底线中交出了满意的答卷，演绎着一曲曲农民增收致富的精彩华章。

园区引领农业变身

走进木黄镇食用菌现代高效农业示范园区，600 多个标准化大棚尤为醒目，成为大山深处一道亮丽的风景。"每年发展食用菌的纯收入达 20 多万元。"盘龙村村民田仁富掰着手指算起了账。在该村，像田仁富这样的"大户"有 14 户。

作为全省 100 个重点高效示范园区之一，木黄食用菌现代高效农业示范园区核心区涉及该镇 6 个村，拓展区涉及新业乡等 5 个乡镇 44 个村。园区以食用菌为主导产业，全产业链条推进，配套速生菌繁育基地建设、食用菌精加工、有机肥厂建设。

2013 年园区实现销售收入 2.56 亿元，利润 1.44 亿元，园区内农民人均纯收入 7780 元。通过园区示范，辐射带动 5800 余户农户 2.5 万农民发展食用菌产业，实现了脱贫致富。

2013 年以来，该县向上争取园区建设项目，累计投入 19.5 亿元建设木黄现代高效农业示范园区、新寨生态茶叶示范园区、湄坨村生态茶叶示范园区，引领农业产业发展。

同属全省 100 个重点高效农业示范园区之一的新寨生态茶叶示范园区和省

级农业示范园湄坨村生态茶叶示范园区，依托梵净山的生态优势，结合新农村建设，逐步实现休闲农业和乡村旅游的有机融合。

该县通过产业园区化发展，加速了农业规模化、高效化发展。据统计，2013年，印江茶叶和食用菌产值达10亿元。茶叶、食用菌等产业成为群众增收致富的主导产业。

产业推动农民增收

"我们现在一年都是围着茶叶转。"木黄镇村民张某说。这几天张某和其他村民一样，正在抓紧进行茶叶秋管。

传统的农作物少了，农民变成了专职的茶农。仅数年间，该县已建成茶园32万亩，种茶农户达6.6万多户，今年上半年，该县茶叶总产值已达6.03亿元。

走进板溪镇的食用菌生产基地，整齐排列的食用菌菇棚绵延数百米，生产厂房、冷库、机耕道等一应俱全。

"我长期到基地打工，每月工资可以拿到2000多块，再加上土地租金，比种谷子划算多了！"在板溪镇食用菌生产基地务工的渠沟村民周某笑着说。

"产业发展起来了，给当地群众创造了一个就近务工的机会。每天到基地务工的有20多人，多的时候有60多人。"基地负责人介绍说。

今年，全县发展食用菌5000万棒，预计实现产值3.2亿元以上。

近年来，印江围绕茶叶、果蔬、生态畜牧三大主导产业，在全县打造了"三带五园"产业示范，力争到2016年形成"11234"产业规模，即：全县发展食用菌1亿棒，建成果园10万亩，存栏绿壳蛋鸡200万只，建成核桃30万亩、茶园40万亩，实现项目区农民人均纯收入1万元以上的目标。

品牌建设产业升级

"农产品要市场化就必须要有品牌，有了品牌才有市场竞争力。"印江自治县农牧科技局相关负责人说。

印江从20世纪90年代开始，就积极参加各类农博会、茶叶博览会等活动，通过办节办会的形式，把农特产品推介给国人、世人，让更多的人了解认可印江的农特产品，不断提高农产品的知名度和美誉度；积极引导企业申报QS认证的各项工作，先后成功注册"梵净山翠峰茶""梵净蘑菇""黔芙蓉"土鸡等著名商标，"梵净山翠峰茶""梵净山绿茶"在各类茶展活动中共获170多个奖项，"中国名茶之乡"的美誉可谓实至名归；该县还出台优惠政策，按照统一包装、统一品牌销售的方式鼓励各企业到北京、上海、浙江、广东等地开设店面和网点，扩大印江农特产品的覆盖面和影响力。

"销售我们从来不愁。"新寨乡兰香茶厂负责人陈伦勇说，"特色中国·印江馆"开馆，让印江的农特产品更加供不应求。

此外，该县还将农业产业发展与武陵山片区区域发展与扶贫攻坚规划有机结合起来，打好农业产业与梵净山旅游业的"组合拳"，实现生态效益、社会效益和经济效益同步发展。

"小细胞"促进"大和谐"

——玉屏创新社会治理护航经济发展

　　早在 2002 年，玉屏自治县委、县政府就提出要开发火车站片区、茅坪新区等，但皆因涉及 112 户房屋的拆迁受阻，一拖就是 10 余年。此外，一家开发商在玉屏县城中心规划建设的现代城，准备实施三期工程时，又因 35 户村民的拆迁问题受阻，这家房开商在今年春节期间欲放弃开发。

　　"如果这家房开退出玉屏市场，可能在未来 10 年都没有哪家房开企业敢来开发，因为涉及的全是热门面，拆迁成本太大。"该县一名县领导说，如果拆迁不了，玉屏城市建设还会因此停滞不前。

　　"玉屏再也耽搁不得了！"在广大百姓强烈的发展诉求面前，如何实现和谐拆迁，铺平玉屏跨越发展道路？

"细胞工程"构筑"鱼水情深"

　　"家庭是社会的细胞，家庭和谐安全是社会稳定的基础。"经过大量调研和深入思考，该县提出，以"民心党建"为载体，实施"细胞工程"创建活动，构筑自下而上、从小到大，层层创建、逐级推动的平安玉屏创建体系，以一个个"细胞"的小平安累积整个社会的大平安、大和谐。

　　按照红白喜事必到帮助，急事难事必到解决，传统节日必到走访，农忙时节必到参与的"四个必到"和所包村民组的留守儿童、空巢老人、经济来源基本情况必知，不稳定因素必知，弱势群体必知，突出问题必知的"四个必知"要求，该县从县、乡选派干部 2000 余名，组成 69 个"细胞工程"工作组到基层，采取县级领导挂乡镇、科级干部包村（社区）、干部包户的方式，建成县—乡镇—村（社区）—服务对象的干部服务群众网，切实服务发展、服务基层、服务党员、服务群众。

"细胞工程"促进"干部作风"

"干部是否深入'细胞工程'家庭开展工作，我们只要到农户家，看看群众有没有最近的玉屏报，就晓得了。"玉屏自治县委书记王俊铭、县长杨德振说，每次下乡督促检查工作，一般不给乡镇负责同志打招呼，而是直接到农户家中。为了检验全县干部作风，让干部真正深入农村了解群众思想动态、及时做好农村维稳等工作，该县规定，凡负责实施"细胞工程"的干部，每周必须向服务对象递送报纸一次以上。

这一招，确保了"细胞工程"真正落地。

同时，玉屏还将提拔使用干部考核延伸到"细胞工程"，干部能干不能干，群众说了算，干部能用不能用，关键看群众。通过"细胞工程"的深入推进，该县党员领导干部认真履行"干部在一线工作，决策在一线落实，问题在一线解决，创新在一线体现，成效在一线检验"的"五个一线工作法"，助推了全县经济社会和谐稳定发展。

"细胞工程"铺就"发展大道"

"320国道改扩建、火车站片区拆迁工作迫在眉睫，是考验和锤炼干部的时候了。"在今年初的全县拆迁动员大会上，王俊铭要求，各级干部在实施"细胞工程"中必须要有一种"亮剑精神"，敢于担当、敢于作为，以最快的速度，集中攻坚。

舞阳村杉木坳村民组与高家凸村民组对位于320国道上的龙崩土荒山有权属纠纷，10多年来，杉木坳村民组村民多次集体上访、阻工，导致320国道改扩建工程无法顺利进行。火车站片区因涉及商户较多，是征拆的重点和难点。

按照"细胞工程"要求，该县将舞阳村的杉木坳村民组、安坪村、火车站片区涉及拆迁的112户拆迁任务分解到全县58个单位，进行责任包保，开展政策宣传、思想动员、协议签订工作。

接下来，100多个工作小组挨家挨户地向村民解释相关政策法规，一遍遍讲述拆迁工作对促进发展、改善环境带来的好处，耐心听取每户群众的诉求，认真解决每户遇到的难题，化解大家的心结。

3月3日深夜，舞阳村杉木坳组吴先祥签订了搬迁协议。3月4日，在干部们的帮助下，吴先祥家搬迁完毕。接下来，吴先祥一家积极做周围群众工作，拆迁工作顺利进行。

一步妙招，全盘皆活。"小细胞"促进了"大和谐"，"大和谐"凝聚了"正能量"，"正能量"催生了"大发展"。

玉屏：发展野猪养殖"钱"程一片光明

近年来，玉屏自治县不断调整农业产业结构，带领群众突破传统的种养模式，大力发展特种野猪养猪，收到了很好的成效，有效促进了当地群众的收入增加。

特种野猪养殖效益好

2007年3月，玉屏自治县大龙镇鱼塘村吴培荣在经历了十多年的打工生涯后，带着多年的积蓄和学到的"绝技"，毅然离开了繁华热闹的河北省邯郸市，来到了自幼生长的玉屏自治县大龙镇亚鱼乡郭家湾村，建起了泉源特种生态养殖有限公司，干起了与众不同的事业——特种野猪养殖。

在经过半年多时间的紧张施工后，投资380多万元的贵州大龙泉源特种生态养殖有限公司于当年10月正式建成。当月，吴培荣投入60万元资金，从先前打工的河北邯郸一家养殖场购进野猪仔48头，种公猪仔4头。截至目前，公司已实现销售野猪1000多头，销售额超过300万元。

为让更多的乡亲致富，吴培荣采取"公司＋小区＋农户"的模式，向75户贫困农户无偿提供野猪仔262头，建起了4个养殖小区。据介绍，预计今年上半年公司可出栏成品野猪600至800头，明年出栏1万头仔猪。

在谈起经济效益时，吴培荣说，目前野猪市场价格是每公斤40元，家猪是每公斤13元，养殖成本几乎差不多，也就是说养殖野猪效益是养殖家猪的3倍以上。他还说，公司目前正在申报无公害产地和产品认证，只要通过认证后，产品即可走向国内外，其销售价格可提高到每公斤80元以上。

对于市场销售，吴培荣一点也不担心。他说，不管数量多少，河北邯郸市一家养殖场都如数收购。而且，公司目前还与深圳农贸实业有限公司、深圳沃尔玛超市等单位签订了销售协议，但一直无产品供应。

产品供不应求前景可观

有关专家指出，野猪肉风味独特，营养丰富，低脂肪高蛋白，富含各类维生素、氨基酸、微量元素，人体所需的亚油酸含量高于家猪2.5倍，还含有抗癌物质锌、硒和亚油酸等。而且它以无污染的野草、红薯等为主食，是纯天然的绿色滋补保健食品。

随着人们生活水平的不断提高，味美、营养的绿色保健食品成为人们追求的新目标，家猪的营养结构和肉质越来越不能满足人类对健康消费的需要。而野猪肉质鲜嫩香醇、野味浓郁为众人所知，人人爱吃，成为人们真正的"放心肉"而极为畅销。目前市场十分紧俏，即使是在乡村每公斤也达40元，广州、香港、上海、北京、深圳等各大城市更是乐观。

据有关资料表明，我国是以猪肉为主要肉食的国家，年消费生猪在4.8亿头以上，即使按生猪消费的十分之一计算也达4800万头。目前全国人工养殖的野猪极少，今后5-10年内仍远远无法满足需求。近几年生猪生产已进入高成本、高风险的"微利时代"，致使许多养猪场倒闭，特种野猪的出现对我国生猪养殖业是一个福音，取代家猪将成为趋势！目前在吉林、黑龙江、湖南、福建、贵州等省市涌现了众多的特种野猪养殖户，并取得了很好的经济效益。

政府出台措施扶持新兴产业

养殖野猪是农民增收的一条切实可行的途径。自2009年以来，玉屏自治县在畜牧产业发展中，根据市场需求，采取"公司+农户"的模式，扶持龙头企业、兴建养殖小区、出台帮扶措施，大力发展特种野猪养殖，着力为农民寻找一条低风险、高效益的畜牧发展新路。

为扩大野猪养殖规模，该县采取"公司+农户"的模式，兴建养殖小区，培育养猪大户，由公司免费提供饲养的野猪。

在政府和畜牧部门的帮助下，去年3月，吴江河办起了占地面积为520平方米的养猪场，短短4个多月的时间，野猪全部出栏，纯赚了3万元。

为充分调动广大群众的养殖积极性，发挥良好经济效益和社会效益，2009年3月，该县正式制定下发了《2009年特种野猪养殖实施意见》和《特种野猪养殖规划》，大力发展野猪产业。根据《实施意见》，从事野猪养殖可享受系列优惠政策，内容包括：企业扩大规模如需贷款，县财政予以贴息一年；畜牧部门无偿提供牧草种子发放给养殖户，同时，对新建圈舍按每户3000元、改建圈舍按每户1000元予以补贴；龙头企业实行订单养殖，合同收购；对能繁母猪实行保险，对养殖户实行小额贷款扶持一年；支持公司设立特种野猪养殖收购专项奖励基金；鼓励大中专毕业生到龙头企业工作，支持现有技术人员到龙头企业挂职、提供管理和技术服务；对发展特种野猪养殖做出贡献的予以表彰奖励。目前，玉屏自治县全面启动绿色农产品行动计划，争取特种野猪获省绿色农产品称号。

万山：科学发展让小枣树变"摇钱树"

万山特区出产的枣子个大、皮薄肉脆、细嫩多汁、甘甜清香、营养丰富、品质极佳，深受广大消费者青睐。但由于种种原因，多年来，万山枣子种植一直处于自生自灭状态，长期形不成规模，加之产品老化，产量不高。通过近几年的精心培育，万山枣子焕发勃勃生机，初步实现规模化、产业化，日渐成为当地最大的特色支柱产业。

"去年亩产达 1500 公斤，市场综合价每公斤 10 元，亩产值就达 1.5 万元！"当谈起发展枣子的情景时，种枣大户罗康金顿时情绪高昂。他说，仅 2009 年销售枣子就有 200 万元产值。

据介绍，在特区广大干部群众的努力下，短短几年时间，万山特区农民发展枣园 1 万多亩。目前枣园陆续进入丰产期，小小枣子树日渐成为当地农民增收致富的"摇钱树"。

改良品种做大规模

据考证，我国枣子及加工主要集中在北方地区，贵州省及西南地区基本是从北方调进，发展市场潜力极大。为培育地方特色支柱产业，万山特区决定将极具发展潜力的枣子从几近灭绝的边缘拉回来。近年来，万山特区委、政府审时度势，明确把培育枣子产业作为农业产业结构调整的重中之重进行安排部署，先后聘请省内外专家对枣子生长的土质条件及市场前景进行反复分析论证，确立了将枣子作为绿色果园经济龙头项目进行大规模连片种植开发的目标，并无偿向村民提供资金、技术、树苗等，鼓励农民大规模栽种枣子增收致富。

2006 年，高楼坪乡对境内的枣树品种进行改良，广泛开展枣子栽培技术培训，并成功引进优质品种，全力建设枣子基地。按照每年新增栽培 2000 亩枣子面积的速度。

到 2015 年建成枣子基地 2 万亩。截至目前，全乡已在猴冲、水眼坪、龙田等 20 个村民组发展枣子共近万亩，枣子规模快速扩张。

培育品牌提高身价

万山特区素有"黔东枣子之乡"之称，枣子种植有 1000 多年历史，是传统的名优特产。但万山枣子原有的一家一户作坊式生产模式使生产标准不统一，质量参差不齐、产品品种单一等弊端逐渐显露出来，再加上缺乏统一管理，零散经营和不正当竞争，使枣产品市场出现混乱，一些包装低劣、以次充好的产品一定程度上影响了万山枣子的声誉，从而导致市场竞争能力不强，经济效益增加缓慢。因此，加强枣园基地建设，统一规范提高加工工艺，建立标准化示范区提高经济效益和保护万山枣子这一传统特色农产品品牌显得十分重要。

近年来，万山特区充分依托"梵净山"这张旅游名片，把枣子产业作为主导产业大规模开发，积极推广枣子育苗技术，加快苗木的繁育栽种速度，高标准扩大种植面积。同时，聘请省内外枣子专家作为技术顾问，成立枣业开发服务队，全面普及改土保水、施肥剪枝、保花保果等技术措施，进行无公害化生产，确保了枣子的高产优质。同时，还挂牌成立了万山特区林业资源开发有限责任公司，建起了枣子加工厂，申请了"梵净枣子"专利权，为藏在深闺的万山枣子走向市场打开了山门。

"有了'梵净枣子'这块金字招牌，万山枣子身价倍增。"据介绍，每到果熟季节，铜仁、玉屏及湖南新晃、芷江等周边县市顾客都前往采购，价格从原每公斤 5 元增至 16 元，枣树真正成了村民的"摇钱树"。

延伸"产业链"拓市场

"要真正培育成产业，只重基地建设，不重精深加工和品牌建设，最终都是徒劳的！"在大力规划建设基地的同时，万山特区创新工作思路，结合生态旅游、土地流转、以短养长、精深加工等，整合涉农部门资金，全方位打造枣子精深加工产业链条，开发出枣子系列产品，并取得初步成效。

近年来，万山特区紧紧依托夜郎谷村省级风景名胜区，将枣子产业化扶贫项目实施到高楼坪乡夜郎村，实施枣子产业化扶贫项目，着力完善基础设施建设，走"漂流＋赏（尝）枣"的双促双赢发展路子。目前，随着横跨黔湘两地的夜郎谷漂流的日渐火爆，"梵净枣子"成为广大游客的随身"必带品"。

在特区有关部门的大力扶持下，2005 年，打工青年罗康金返乡建成了 200 余亩集"观光、旅游、销售"为一体的矮化枣子基地。同时，通过"以短养长、当年见效"发展模式，在基地中套种辣椒、西红柿、花生及发展双孢蘑菇，每年能创收 15 万元，枣子基地总产值超过 200 万元。在其带动下，罗康辉、郭洪贵、刘昌兴等一批青年通过土地流转，均成为种枣大户，并自发成立枣子协会。高楼坪乡400余农户纷纷以土地入股、租赁等流转形式，迅速发展壮大了枣子产业。

目前，万山特区正着手规划枣子加工基地、枣子储藏基地、枣子苗木培育基地、枣子储藏保鲜基地，实现"育苗、栽植、管护、销售、保鲜、加工"等环节相配套、全方位、一条龙的产业体系目标，做大做强枣子产业，延伸产业链，开发出枣子酒、枣子酱、枣子粉等系列产品，实现农民增收、财政增长的目标。

万山电商生态城领跑电商产业

最近，杭瑞高速铜仁南站出口，一栋栋标准化厂房或楼宇呈现在眼前，工人们有的在焊接设备、有的正在装修……一派繁忙而有序的景象，这是万山区总投资 35 亿元重点打造的电商生态城。

"不管天晴下雨，最近我们每天都有 200 多人上工，目前室内和室外装修基本完毕，室外绿化和亮化工程即将全面完工，本月将投入使用。"电商生态城施工方负责人沈忠德说。

万山区电商生态城自去年 11 月开工建设以来，短短五个月时间，服务园、创智谷、创新谷、创客谷四栋建筑的主体建设已经全面完工，园区的内外设施建设及招商工作正在同步进行。

与此同时，新成立的万山区亿创电子商务经营管理有限公司负责对电商生态城整体运营，已招商引进菜鸟物流、中拓电子商务、华商街服务公司等 18 家企业，入驻网货企业 357 家，各项工作紧锣密鼓推进。

据悉，万山区电商生态城是以电子商务、文化创意为主导，着力构建仓储物流、创意研发、加工制造、服务外包在内的产业集群，建成后将凭借其交通区位等优势，领跑万山乃至铜仁市电商产业，成为省内外功能最全的专业型电子商务产业基地。

"电商生态城建成以后，将形成以服务园、网商园、孵化园、物流园、网货基地为核心的电商生态系统，打造集电商人才培训、电商企业孵化、电商网货供应、电商配套服务为一体的电商产业生态，在提升电商工作效率的同时，也有效降低了电商运营成本，为当地电商企业的发展打下坚实的基础。"万山电商生态城管委会主任陆晓文说。

营销石阡温泉群

　　刚进入石阡县城，一副巨大的"中国温泉之乡"匾额映入眼帘。极具现代和古典特色、成排的青砖瓦房错落有致地镶嵌在龙川河畔。

　　蓝天碧云下，绿水青山间，从山麓石隙中涌出的泉水热气腾腾，薄雾缭绕，珠飞玉溅，蔚为惊叹。

　　这如诗如画、令人神往、被誉为"人间天堂"的地方，就是前不久升格为国家级风景名胜区的石阡温泉群。如今，石阡温泉群正成为全区文化旅游产业的一张新名片呈现在世人面前。

　　当前，石阡按照"梵天净土·桃源铜仁"的总体旅游形象定位和"中国最佳休闲旅游目的地"的规划目标，以恢宏的气势，举全县之力建设打造武陵山温泉城，以此带动全县经济社会跨越发展。

资源丰富　发展潜力巨大

　　石阡县地热资源丰富，已查明的热矿泉有 20 处 36 个，温泉（地热）水总流量每天达到 2.23 万吨，为贵州之最。《贵州省温泉度假产品开发建设专项规划》已将石阡列为贵州省建设的 3 大地热城之一。

　　自明万历三十四年修建，石阡温泉至今已有 400 多年历史，保存有太白楼、武侯祠、斗姆阁等"温泉八景"。除此外，境内还有全国最大的野生鸳鸯栖地——鸳鸯湖景区，中国十大"非著名"山峰——佛顶山，百里乌江景区，凯峡河生态旅游景区，中国历史文化名城汤山镇等等。同时，石阡低温热泉天然出露点分布广，有利于扩大热带鱼养殖产业和地温温室种植业。且大多分布在自然生态良好、民族文化浓郁的城镇附近，与其他旅游资源相组合，发展温泉旅游产业潜力巨大。

　　经检测，石阡温泉富含锶、锂、锌、氡、硒、偏硅酸等对人体有益的微量元素和成分，同时符合国家《饮用矿泉水标准》和《医疗矿泉水标准》。全国独有，世界少有。

石阡温泉开发前景十分光明。

抢抓机遇 迎来发展黄金时期

据了解，被称为温泉大省的广东省温泉游客接待总人数不到全省总人口的 10%。

在这样一个占据全国约三分之一温泉企业数量的高密度开发省份，本地温泉旅游市场仍然具有很大的发展潜力，而全国乃至世界性市场，具有很大的开拓空间，可以说，中国温泉旅游产业方兴未艾。

近年来，贵州省委、省政府对发展温泉旅游产业高度重视，多次召开专题会议，研究全省温泉旅游产品开发规划，协调温泉开发中涉及的招商引资、金融贷款、土地审批等方面的问题，各相关部门也对温泉旅游产品开发给予了积极支持。

在今年的全区经济工作会议上，地委、行署明确提出要全力推进乌江特色产业经济带建设新突破，抓好乌江流域文化旅游资源开发，重点加快石阡温泉、乌江山峡等旅游产品开发。

随着两条高速公路的建设，石阡区位劣势即将彻底改变。高速公路建成后，从石阡县城 1 小时可达镇远火车站、江口梵净山，1.5 小时内可达铜仁机场，2 小时可达凯里，2.5 小时内可达凤凰，3 小时内可达贵阳、怀化、都匀、遵义，5 小时可达张家界、重庆、桂林，8 小时可达广州。石阡打造全国旅游目的地指日可待。

据资料表明，目前石阡开发利用地热资源总量为每年 94.33 万立方米，而全县地热流体储存资源总量为每年 791.5 万立方米，利用率尚不足 12%，开采潜力巨大。

另外，石阡县拥有"革命老区""历史文化名城""国家级风景名胜区""中国温泉之乡""中国最佳休闲旅游目的地"等金字招牌，在省内外知名度越来越高。

系列机遇和政策，坚定了石阡发展温泉产业的信心和决心。可以说，石阡发展温泉产业已迎来历史上的最佳时期。

开发利用 让资源优势变经济优势

如何让丰富的资源优势转化为经济优势，成为石阡历届县委、县政府思考的重大课题。近年来，该县与时俱进，提出全力打响"中国温泉之乡"品牌，做大做强温泉产业，促进经济社会跨越发展。

20世纪70年代起，省地矿局地质科研所、贵州工学院地热组、解放军七三二部队等部门，先后对石阡温泉开展调查研究。80年代地矿部水文司、中国科学院地化所、解放军军事医学院、轻工部食品司等科研单位的37位专家学者对石阡温泉开展了调查研究，综合评审通过了《贵州省石阡县地热矿泉水资源调查评价报告》和《贵州省石阡县饮用热矿水资源评价及开发利用研究》《贵州省石阡县地热水同位素地球化学研究》。

系列研究报告的形成，为石阡大力开发利用温泉资源提供了依据。

1982年《石阡利用温泉水保证非洲鲫鱼过冬问题研究》获贵州省科技成果二等奖；1985年利用地热矿泉水和本地野生刺梨，生产的刺梨系列矿泉饮料，获1990年亚运会指定产品，1992年获国家金奖；1990年开始利用地下热矿泉生产饮用矿泉水，"长寿"和"泉都"牌矿泉水1992年获国家金奖；新世纪以来，特别是2005年以后，石阡温泉开发利用抓住了新的发展机遇，迈出了新的步伐。2005年成立了以县长为组长的地热开发管理领导小组，下设地热开发管理办公室，对全县地热资源实行"统一规划、统一管理、统一开采、统一供应"的开发管理和保护政策，做到"在保护中开发，在开发中保护"，进一步规范了地热资源开发利用的管理工作。2009年，全县又出台了《关于加快全县重点产业发展的决定》，把温泉作为全县两大重点产业之一来抓，举全县之力发展温泉文化旅游产业。

按照《决定》，石阡县将实施"三步走"战略：第一个3年主要抓好武陵山温泉城的规划、建设，实施温泉入户工程，建立起具有较强竞争力的温泉旅游拳头产品；第二个3年主要走品牌经营之路，提高整体开发档次和服务水平，提升品牌形象；第三个3年主要挖掘温泉附加产品，实现从单一功能到多功能的转变，全方位展示石阡温泉的独特魅力。通过10年努力，把石阡温泉做成贵州的品牌，全国的亮点。

近年来，石阡县投入巨资，先后在城南温泉东面、城郊吴家湾、中坝河西新打温泉井并取水成功。成功实施了城区的城南温泉改造工程，新建沙滩游泳池，恢复修建太白楼、斗姆阁、聚景亭等古温泉的内八景和外八景，并将斗姆阁建成温泉文化博物馆。目前，围绕打造地热城，该县启动了城区温泉水入户工程，计划3年内让县城所有宾馆、城区住户用上温泉水，地温空调将得到普遍使用。同时，投资1.5亿元的温泉大道、投资2500万元的海滨大道改造工程即将竣工；另外，该县还与杭州国泰实业集团和香港亿骏国际投资集团签订协议和合同，两集团分别意向投资2亿元建设"武陵山温泉城"和年产100万吨的优质矿泉水……

塑造品牌　打造全国亮点

为做大做强温泉产业，近年来，石阡在塑造品牌上下足了功夫。

20 世纪八九十年代，该县根据《贵州温泉旅游度假产品开发建设专项规划》，出台了《石阡地下热水勘查开发利用专项规划》，对温泉品牌的包装做了大量的工作，先后被贵州省人民政府命名为"温泉群风景名胜区""革命老区""历史文化名城"，在省内外有了一定的知名度。这一系列措施，为石阡打造"中国温泉之乡"品牌奠定了坚实的基础。

2005 年，石阡县自筹 300 万元资金，对石阡地热资源相对集中的城区和中坝镇开展了第二次打井勘察工作。委托省地矿局第二工程勘察院作了《石阡县地热勘察设计报告》。并在省国土资源厅及省地矿局地热专家组的指导下，成立了申报命名"中国温泉之乡"工作领导小组，特聘了省地热专家为申报顾问，开展申报工作。经过 3 年多的努力，去年 2 月，经中国矿业联合会专家评审，专家组一致通过了石阡县"中国温泉之乡"品牌的申报，石阡县被命名为"中国温泉之乡"。

"中国温泉之乡"品牌申报成功之后，石阡县不懈怠，继续争取"中国温泉群风景名胜区"和"中国矿泉水水源地"，并相继如愿申报成功。

同时，石阡着力推广温泉旅游，通过整合和策划温泉旅游资源与文化资源，该县随即实施"十个一工程"，出版发行了旅游风光片、编制了书籍、建起了网站、印制了画册，并与贵州广播电视大学石阡工作站合办了"旅游班"，制定了"月月有活动，季季有节庆""四季活动不断，全年好戏连台"等一系列活动方案。成功举办了"中国温泉之都——石阡风光风情全国优秀摄影作品征集"活动，提高了石阡的知名度。

2009 年，在省委、省政府，地委、行署和省旅游局及相关部门的大力支持下，石阡县成功举办了梵天净土·桃源铜仁——中国温泉之乡·石阡首届温泉文化旅游节，进一步夯实了全县旅游基础设施，并借助新华社、《人民日报》、凤凰卫视等 40 多家中央、省内外媒体，全方位展现了中国温泉之乡的独特魅力，把石阡温泉正式推向全国。

此外，该县还邀请了中国矿业联合会地热专业总顾问王秉忱、日本学者德村志成、中国农科院研究员权启爱等一大批国内外顶级专家，为石阡产业品牌打造把脉、献策。

最近，该县围绕加快温泉和茶叶两大重点产业发展，以"青春聚秀、智汇石阡、服务产业"为主题，开展 2010 年"国水·苔茶姑娘"评选大赛活动，进一步打造产业品牌，扩大商业品牌的影响力，全方位提升产业品牌知名度及美誉度。

如今，石阡温泉群正吸引着越来越多世人的目光。

延伸展望　力推温泉产业大发展

在中国温泉之乡·石阡首届温泉文化旅游节上，中国矿业联合会、地热专业委员会宾德智提出了建议：

一是进一步查清温泉的可采资源量。石阡境内的温泉，既是温泉，多数又是天然矿泉水，应区别情况并结合发展的需要，开展相应的资源勘查评价工作。

二是提高温泉资源的利用效率。石阡县境因位于热矿水源补给区附近，人为污染少，生态环境美，温泉又同为饮用天然矿泉水资源，十分可贵，应珍惜利用。在利用中应尽可能提高其利用效率，充分发挥其资源效益。建议以目前初步查明的温泉水可开采量为依据，结合地区经济发展需要，确定各温泉开发利用的重点，制定并完善开发利用规划。打造石阡饮用天然矿泉水品牌，并形成规模，要以质取胜，创名牌。

三是加强对温泉资源的管理，依法对温泉资源的勘查与开发利用实行统一管理，并加强有效地监督，坚持在保护中开发，在开发中保护。

四是建设优美节能绿色的温泉休闲度假环境。石阡县应利用自然资源优势和"中国温泉之乡""中国矿泉水之乡"的品牌，极力将其建设成为环境优美、风景独特、绿色环保的温泉休闲度假胜地。加强对温泉水源区的保护，重视景区建设与周边环境建设的和谐，带动周边环境的发展和建设。

五是要切实做到资源的可持续利用。

为此，石阡县委书记赵贡桥就石阡温泉下步如何发展时明确指出，以强基础、重营销为重点，大力推进温泉产业发展。

一是充分利用"中国温泉之乡""中国矿泉水之乡""国家级温泉群风景名胜区"的品牌优势，大力宣传推介石阡温泉的优良水质、疗养功效、文化底蕴、开发潜力，争取跻身于全国营养健康产业示范基地。

二是在科学论证、勘查的基础上做好打井取水工作，不断完善城南古温泉基础设施，推进城北温泉改造，努力提高接待能力，促进温泉利用提档升级，尽力满足游客对温泉洗浴、疗养等多方面的消费需求，努力打造武陵山温泉城。

三是以"长寿之乡"为依托，着力引进有实力、讲信誉、善经营的投资商开发，着力打造石阡矿泉水品牌，使石阡的矿泉水能走出铜仁、走出贵州。同时，以温泉文化旅游为龙头，进一步完善尧上、楼上、鸳鸯湖、万寿宫等景区景点基础设施，不断提高接待能力，大力提升石阡旅游形象，从而带动服务业全面发展。

铺平发展大道

——石阡县社会公共秩序集中专项整治行动记略

当汽车刚驶入石阡县境内的汤山镇时，透过淡淡雾霭放眼望去，一条初具雏形的大道之上，数十台挖掘机正在紧张忙碌作业——这是引资 1 亿多元正在兴建的极具现代特色的温泉大道！在县城中心区域，能容纳近万人的人民广场也正在如火如荼建设之中！温泉花园前期工程全部就绪，不日即将破土动工！

……

眼下，一幅集山、水、茶、旅游等为一体的生态文明大都市正被石阡建设者们用勤劳和智慧一笔一画勾绘出来！在成功摘取"中国温泉之乡""中国矿泉水之乡""中国苔茶之乡"和"中国最佳旅游休闲目的地"等 6 块重量级牌子之后，石阡即进入了一个崭新的历史时期。

该县的目标是：充分依托"中国温泉之乡"和"中国苔茶之乡"等品牌优势，以打造好投资软环境为切入点，吸引国内外重大客商参与开发极具特色和潜力的温泉和茶叶等产业，用三到五年时间把石阡打造成全国知名的"武陵山温泉城"和"中国西部茶都"，以此带动其他产业快速发展，推进全县经济社会大跨越。

目标催人奋进，发展形势令人鼓舞。

然而，作为欠发达、欠开发的石阡，目前还处在各种利益诉求增多、社会矛盾多发的阶段，处在人民群众盼望全县加快发展、实现全县经济社会历史性跨越的愿望更为迫切的阶段。再则，随着全县改革发展力度加大，大批重点项目的启动，因利益问题引发的各种矛盾逐渐增多，影响全县和谐稳定的因素增多，在一定程度上制约了当前全县经济社会的跨越发展。

"环境就是生产力！"基于全县上下一致的认识，该县于 2009 年 12 月 1 日开始，拟用 6 个月的时间，在全县范围内全面开展社会公共秩序集中整治活动，严厉打击各类扰乱社会公共秩序的违法犯罪行为，整治社会公共秩序，优化经济发展环境，确保全县社会政治稳定，推进全县经济社会协调快速发展。其重点内容是：突出打击因交通事故等非正常死亡事件而引发的停尸堵路影响交通秩序或干扰、阻碍执法部门依法处理事故的策划者、煽动者、带头者、组织者；突出打击扰乱乡镇道路交通客运秩序的不法行为，突出打击长期缠访、闹访、无理上访和煽动他人上访引发群体性事件的操纵者、策划者；突出打击破坏城镇基础设施建设，无理阻碍城镇拆迁、环境及河道整治、土地征用、工程施工的策划者、组织者、操纵者；强化对黑恶势力、有组织犯罪、严重刑事犯罪等的打击力度；强化"两抢一盗"等多发性侵财类案件的打击；强化对公共娱乐场所的清理整顿工作。

自活动开展以来，各级各相关部门明确目标，突出重点，强化协作，形成严打合力，取得了阶段性成效。

2009 年 11 月 22 日，该县汤山镇溪口村民桂某因交通事故死亡。死者亲属不服从县公安局交警大队处置意见，于 11 月 26 日组织他人将死者尸体抬至公路上致使道路交通中断 3 个多小时、100 余过往车辆受阻，围观群众达 300 余人，在当地社会上造成了恶劣影响。12 月 8 日，该县公安局根据县委、县政府关于在全县开展"社会公共秩序集中专项整治行动"的要求，抽调精兵强将组成"11.26"事件专案组，对该案件抬尸阻塞交通和扰乱公共场所秩序的桂某等 6 人依法给予了治安拘留。经法制教育，被处罚人已认识到其行为的危害性，深感后悔，并接受了公安机关的处罚。据统计，截至目前，该县公安局立刑事案件 45 起，破 32 起；受理行政案件 37 起，查处 36 起；抓获处理各类违法犯罪人员 148 人，有力打击了违法犯罪分子的嚣张气焰，群众安全感进一步提升，收到了较好的社会效果、法律效果和经济效果。

由于国家重点项目和城市建设发展的需要，规划区内房屋搬迁是事关搬迁户切身利益的重大问题。据统计，由于建设温泉大道、县政府行政服务中心和温泉花园等重大项目的需要，规划区有 143 户农户需要搬迁。为此，该县成立了城镇房屋搬迁管理办公室，加大政策法规宣传力度，以情动人，并在政策范围内尽量让利给搬迁户，截至目前，已有 109 户签订搬迁协议，实现顺利搬迁，为城市建设发展铺平了大道。

针对长期以来客运市场存在抢夺客源、聚众斗殴、拦截围堵车辆、阻碍交通、肇事逃逸等严重影响交通秩序的违法犯罪行为，县交警大队加大打击力度，累计检查机动车辆 3240 辆（次），查处交通违法行为 455 起，震慑了一批长期以来心存侥幸的交通违法者。

同时，县直相关部门及各乡镇均采取强有力的措施，加强严打、社会治安及市场秩序整治力度，积极消除社会不稳定因素，排除发展阻力。

"打击处罚不是目的，重要的是让广大干部群众从这场集中整治活动中受到一次全面的法制知识教育，提高广大群众知法用法水平，营造好发展环境！"县委政法委书记陈代才如是说。

参与"11.26"抬尸阻塞交通被拘留的汤山镇溪口村村民桂某对当初采取的过激行为深感后悔，他说，通过这次事件，不但学到了许多法律知识，还运用自己的亲身经历说服了正欲采取过激措施解决矛盾纠纷的几户村民，规劝其依照法律程序及时化解了矛盾纠纷，维护了当地社会和谐稳定。截至目前，在他所在的总人口3000多人的村子没有发生一起矛盾纠纷，真正达到了"处理一户，教育一片"的效果。

"活动搞得非常好！大快人心！"该县广大干部群众对此次集中整治活动纷纷拍手称快。前不久，正在该县开发建设的6名投资商亲自跑到县主要领导办公室称赞，自开展集中整治活动后，再没有群众跑到工地干涉和阻挠，自己发展创业信心也更足了。

好风扬帆破巨浪。陈代才表示，今后将长期继续保持高压的态势，深入推进社会公共秩序集中专项整治行动，着力解决人民群众最关心、反映最强烈的社会治安热点、难点问题，切实净化社会风气，为推进全县经济社会新跨越扫清障碍，营造良好的发展环境。

二、黔东名镇风采

2012 年 11 月 15 日，铜仁市小城镇建设发展暨城市建设现场观摩大会在德江县召开。在这次大会上，合兴镇被列为全市 16 个小城镇建设示范镇之一。这对于合兴镇来说，既是机遇，更是压力。如何抓住机遇，变压力为动力？两年多来，合兴镇大胆探索，抓住各种政策机遇，努力破解征地、拆迁、资金等难题，城镇化建设势如破竹，城乡面貌焕然一新，景城一体，产城互动，具有铜仁山地特色的新型特色小城镇呈现在铜仁大山深处，成为全市发展特色小城镇的一面旗帜。

黔东美镇入画来

——合兴小城镇快速崛起解密

仲秋时节，从铜仁沿着杭瑞高速，驱车约 1 个小时，便进入德江合兴镇境内。匝道旁，宽阔的田野里谷浪翻滚，绿油油的茶山上，欢快的土家儿女正在忙碌采摘秋茶。

站在合兴镇杭瑞风情大街旁边大桥上，一栋栋三楼一底的漂亮土家民居，整整齐齐分布在小溪沿岸，犹如一辆开往远方的火车，载着村民阔步奔向小康。

这是合兴特色小城镇的真实写照。

高标准规划　举力打造黔东美镇

城镇建设如何规划布局？这是建设示范小城镇的基础前提和关键环节。如果规划不好，没有品位，群众不答应，势必对日后城镇化建设带来重重困难，甚至中途夭折。

如何因地制宜布局特色小城镇？老实说，在 2012 年时，合兴镇决策层心里也没有底，不要说德江县内没有"模板"，就连全市也没有经验可学，只能是摸着石头过河。

问计群众，向专家学者"借脑"！

杭瑞高速穿境而过，两条小溪交汇集镇，扶阳古城遗址在合兴……

要充分利用杭瑞高速公路匝道效应，围绕小溪河流进行产景城一体化规划，建设"宜居宜业宜游"特色集镇，有不少群众支招。

本着对历史、对广大群众负责的高度，在镇党委书记吴飞的带领下，镇领导奔赴全国各地考察，最后成功邀请中国西部设计院昆明分院专家入驻合兴镇，历时 8 个月进行全方位规划考察论证，根据该镇交通、区位、产业发展和历史人文情况，最终提出"休闲小镇、商贸重镇"的规划定位，做出"沿溪拓展·顺路延伸"的规划，以"三点两翼一中心"为工作重点，引领全镇小康集镇建设。

具体来说，"三点"是以朝阳村为中心打造旅游悠闲观光点，以鸟坪村为中心打造现代农业产业观光园，以合朋为中心打造农村集中建房示范点；"两翼"即在朝阳、合朋两村打造"四在农家·美丽乡村"；"一中心"即以大兴社区为中心的集镇建设。

同时，该镇还提出了"五区三横两纵"的合兴小城镇基本构架，对产业发展、商贸物流、旅游休闲等方面做了分区布局，其功能定位既考虑过去，又考虑现在，更多考虑未来发展，产城互动，彰显人文，真正体现出"看得见山水、记得住乡愁"，能确保集镇持续健康发展的"合兴理念"。

破解"三难" 快速推进城镇建设

近年，在历届党委政府的正确领导和全体干部群众的努力下，合兴镇在产业发展方面取得了显著成绩，特别是生态茶产业达 3 万多亩，走在了全县前列。但由于没有其他重点产业支撑，可以说，合兴与县内其他乡镇一样，差不多都是"吃财政饭"，要拿出巨资来推进集镇建设，可以说比登天还要难。

而且，修建杭瑞高速公路，有 108 户群众需要搬迁！建设集镇，需要征地322 户农户，且其中 86 户 327 人将完全失去土地！另有 180 户要实施生态移民工程，搬出深山！

这哪块不是"硬骨头"？！

"没有几个亿的资金，集镇建设从何谈起？"一时间，合兴镇干部议论纷纷，不少干部都说发展集镇是"死路一条"，个个胆战心惊！

有着执政乡镇多年经验，能沉着应对各种复杂局面的吴飞至今记忆犹新，在全镇集镇建设动员大会上，有班子成员当场叫板，"合兴镇要搞这么大规模的集镇建设，根本就不可能！搞集镇建设等于是'找死'！"

"抓住机遇是能人，抓不住机遇是罪人！"面对摆在眼前的征地、拆迁、资金三道难题，潜心为民谋事、谋发展的镇党委书记吴飞和镇长张清霜，倍感压力之沉重。

难题究竟如何破解？如何赢得广大干部群众的支持？

"以人为本，让利于民，用足用活政策资源……"吴飞十分冷静地告诉记者，必须借助市场这只无形的手，整合项目资源，大力顺利推进合兴集镇建设。

在吴飞、张清霜等镇领导的带领下，全镇领导干部坚持践行"雷锋包"群众工作法，不分白天黑夜，不分周末节假日，深入群众家中，广泛向群众讲清建设集镇的重要意义。同时，发动村组一级干部，层层召开群众大会，倾听群众呼声。

"关键是要解决群众搬迁到集镇后的生计问题！"大量调研结果指向症结所在！

合兴镇决策层很快统一了思想，"只有让利于民，方能赢得群众的支持和理解！"

"在城镇建设中被征地 3 亩以上土地的农户，可按成本安置 2 宅宅地基，3 亩以下的按成本价安置 2 宅宅地基"，这一政策的出台，迅速得到广大群众的支持拥护，主动配合搬迁工作。

为了破解建设资金难题，镇党委政府整合杭瑞、沿德两条高速公路拆迁集中安置项目、生态移民项目、棚户区改造等项目，发动拆迁户、安置户、农村危房户短时间内到集镇建房，从而快速推动集镇建设。

"由于我们将最好的土地，以宅地基的方式安置给了农民，开发商又不高兴了。"吴飞说，2013 年春节，经过几轮与开发商谈判，但开发商始终认为"无利可图"，故做出了撤资的打算。

"如果集镇建设进展缓慢，或推不动，开发商前期投入的几千万元资金将打'水漂'，开发商肯定不愿看到这样的结果。"善于换位思考的吴飞说，"只要我们做好群众工作，群众按时缴纳建房保证金，主动参与集镇开发，这样开发商推进项目建设快，资金回笼快，表面上看开发商赚钱少了，但节约了时间成本，而且没有了市场风险，不是多方共赢么？"

正是站在群众和开发商的立场，合兴镇党委政府联合出台相关政策，只要在规定时间内签订拆迁征地等合同，缴纳建房保证金，镇政府优先安置位置好的宅地基，并负责协助办理房产证等，此举，把群众积极性一下子调动了起来，社会闲散资金犹如潮水般涌入合兴集镇开发大潮中。

"一天时间，开发商就收齐了将近 3000 万元建房保证金！"看到群众积极性高涨，开发商一举投入上亿资金，加快基础设施建设，合兴城镇建设迅速"破冰起航"。

"一共 846 套房屋,平均按每套 38 万元计算,全镇参与集镇建设的社会资金超过 3 亿元!"吴飞粗略计算了下说,撬动社会资金参与集镇建设,是合兴集镇快速推进的关键因素之一。

不到 3 个月时间,180 户生态移民、108 户高速公路拆迁安置户主体工程全部完工,5 个月全面入住,创造了德江县工程进度最快、入住率最高、工程质量最好、群众非常满意的"合兴速度"和"合兴奇迹"!

产城融合发展　黔东美镇入画来

都说区位条件不可改变,但在中央、省、市系列大好政策影响下,随着杭瑞高速的开通,合兴镇直接处于匝道口,加之沿德高速在合兴镇交汇,连接黔北机场的干道又途经该镇,其区位优势瞬间凸显出来,一下子从全县比较偏远的位置,变成了德江北上南下的"桥头堡"。

如何带领全镇近 3 万农民踏上这趟时代快车,发展好通道经济,率先奔向小康社会?

合兴镇镇长张清霜介绍说,全镇每年除稳定发展 6000 亩烤烟外,有 3.2 万亩生态茶叶已逐步进入丰产期,建成 7 万平方米天麻基地。去年,又成功引进山东寿光一家公司前来发展 600 亩果蔬产业观光园;扶阳古城开发稳步推进,核桃、猕猴桃等精品果林建设如火如荼,全镇产业发展风生水起,与城镇化建设同频共振,弹奏出一曲曲精彩华章。

沿着合兴镇政府驻地,驱车向扶阳古城方向出发,不到五分钟时间,一个个白色塑料大棚便呈现在眼前,在蓝天白云和绿水青山间,显得尤为壮观、美丽。

随便走进路边一个大棚,只见一个个紫红的茄子沉甸甸的挂满了枝头,工人们有的正在忙碌采摘装车,准备运往德江县城销售。在另外的几个大棚里,有的正拉绳掏沟,有的摆放黄瓜苗……

"你不要小看这个棚棚,一年要出产几季蔬菜,每个大棚按 20 万元收入计算,30 个大棚每年就是 600 多万元!"鸟坪村果蔬专业合作社理事长旷光坤说,现全村百多户村民除了收取土地租金外,每年在基地打工收入都在万元以上。

再从合兴镇政府办公楼沿着堰塘方向出发,不到五分钟时间,只见几个青年正带领着上百村民采摘红辣椒。在公路旁一个亭子里,鲜红的辣椒堆成小山一样。这是毕业于中国矿业大学的青年苏凡返乡带领村民发展 800 多亩辣椒产业奔富路的场景。

　　清晨，在生态移民安置街，王万兵夫妇正忙碌将加工好的米粉放进背篓里，开始新一天的劳作。王万兵说，自己和老婆每天卖米粉纯收入有 200 多元，一月下来，收入随随便便都是五六千元，这是他家以前居住深山时想都不敢想的事情。

　　夜幕时分，行走在合兴街上，华灯闪烁，夹杂着湖南、重庆、遵义等地口音的客商遍布合兴街头巷尾，或开百货超市，或办汽车修理店，为繁荣合兴集镇发挥着重要作用。广场上，土家儿女尽情歌唱美好幸福新生活！

　　"家家有门面，户户兴产业。"如今，景城一体，产城互动的合兴，正伴随着深化改革的步伐，在黔东大地加速崛起！近 3 万农民，在合兴镇党委政府的正确领导下，正以昂扬的姿态，疾步奔向灿烂美好的明天！

"党建派遣单"强责任转作风提效能

合兴镇开启同步小康"导航仪"

"任务目标思路清，党建作业布置明，督促检查付实践，这个办法真是宝……"这是德江县合兴镇流传的口头禅。近年，德江县合兴镇以党建为引领，力推"党建派遣单"工作法，强化各级干部责任，深化干部作风建设，构建服务群众精神高地，为实现同步小康成功开启"导航仪"。

"党建派遣单"引领大发展

2013 年，杭瑞高速公路德江合兴段紧锣密鼓建设，沿德高速公路前期工作全面启动，市级示范小城镇、万亩高标准现代农业示范园等多个重大项目在合兴镇密集实施。

一时间，不仅部分村干部忙得晕头转向，就连少数镇领导干部也不知所措，不知道工作重心和方向在哪里。

"这些都是加快合兴镇跨越转型发展的民心工程，如果不抓住机遇快速推进，这对上级组织和全镇人民都无法交代！"该镇决策层经过深思熟虑，决定以创新党建工作机制为突破口，尝试推出"党建派遣单"工作模式，为镇干部指明工作方向，明确工作目标，倒逼干部深入群众，凝心聚力，推动各项重点工程顺利实施。

杭瑞高速公路施工方在实施该镇境内的鸟坪村标段时，由于涉及征地拆迁点多面广，时任村支两委班子工作不力，导致工程进展缓慢。

为破解困局，镇党委将工作任务以"党建派遣单"的形式派遣到村，让村干部学会统筹兼顾，按月完成"规定动作"，交出"满意答卷"。

此法实施不到两年时间，鸟坪村便发生了翻天覆地的变化：通过外出引资引才，成功吸引 10 多个在浙江、广东等地务工的本村青年，返乡掀起了助力家乡同步小康的热潮，不但建成 856 亩茶园和 300 亩烤烟基地，还投资 1000 万元在全镇率先建起"雁归工程"创业园示范基地，组建了果蔬专业合作社，发展

162 亩大棚蔬菜，启动了 200 亩猕猴桃基地建设等等，扶持建成微型企业"德江县郭胖子原生态养鸡场"……全村形成户户兴产业的全新局面。

2014 年度，原被定为全镇软弱涣散"后进村"的鸟坪村党支部，摇身一变成为全镇的"先进"，被评为全镇基层先进党组织。

今年，合兴镇党委乘势而为，将"鸟坪经验"复制到全镇各村支部。

开启同步小康"导航仪"

"'党建派遣单'的全面推广，为合兴镇开启了同步小康'导航仪'。"吴飞说，全镇领导干部有了明确的工作方向和路径后，都能分清主次，知晓轻重缓急，推进工作势如破竹，阔步踏上全面小康征程。其具体做法是：

镇党委政府按月"出题"落实责任。以解决群众的"重点、难点、热点"问题为导向，将本月工作计划和相关任务编成"题目"，统一制成"派遣单"，将任务分解到各村（社区）党支部，并在党员大会和村民大会上进行公示，实现各村（社区）党支部、村委会"按图索骥"，工作有目标、有方向。

干部每日"三问"自我检查。对镇党委政府下达的目标任务，党员干部们时常扪心自问：今天的工作保质保量完成了吗？处理群众各类矛盾纠纷是否做到公平公正？落实各项惠民政策是否做到清正廉洁？通过查找差距，从而使全体干部增加了紧迫感和使命感。

纪委适时"检测"促进落实。由镇纪委书记牵头，组建督查组，不定期对完成情况进行督查，并对工作完成情况进行全镇通报，督促按时落实。对没有完成或完成不力的支部和个人进行责任追究。

限时"交卷"兑现奖惩。根据派遣任务的轻重缓急，要求当月派遣任务当月完成，热点问题 5 天内解决，重点问题 10 天内落实，难点问题 20 天内落实。对每月任务完成在全年统计排列在全镇倒数三名的党支部，支部书记除取消其当年绩效考核资格外，按程序作组织调整或免职，村干部当年绩效考核为"不称职"。

自此，全镇干部在"导航仪"指引下，工作目标明确，不再"眉毛胡子一把抓"，各项工作顺利推进。

激活发展"一池春水"

国庆期间，记者刚踏进合兴镇党建办公室，几位驻村干部先后来"交卷"。

"群众反映的事情，你不把它公平公正地办好，党委安排的任务你不按期完成，自己都没脸面来交答卷。"茶园村支部书记王孝瑜说起"作答"过程，感触特别深。

"'党建派遣单'成了我们服务群众的'紧箍咒',不完成不行,不按时完成也不行。"合朋村委会主任党兴发坦言,做好答卷,不仅是为了绩效考核分值,更重要的是能让干部们全心全意服务好群众。

如今,随着"党建派遣单"模式的全面推广,合兴镇发生了翻天覆地的变化:

鸟坪村从全镇唯一的软弱涣散党支部变成了先进基层党组织;

板坪村烤烟、天麻等产业发展排在全镇前列;

合朋村集中建房工程如火如荼开展,没有一起矛盾纠纷;

大兴社区小城镇建设示范工程顺利推进;

创新是发展的原动力!创新更能创造奇迹!最近几年,合兴镇在德江县各乡镇综合考核中连年位居榜首,成功摘取"全省文明乡镇""贵州最美茶乡""全省高效农业示范园区""全市示范小城镇"等多项极具分量的桂冠,镇党委书记吴飞获得我市"十佳乡镇党委书记"殊荣。

目前,德江合兴"党建派遣单"的做法和成效,得到了市县相关领导的肯定和重视。德江县委常委、组织部部长唐虹表示,近期将在全县推广"合兴经验",为全县实现全面同步小康开启"导航仪",把准方向,引领德江早日建成黔东北铁路交通枢纽和区域性中心城市。

　　编后语:

党建引领发展。德江县合兴镇的"党建派遣单"形式,是农村基层服务群众的新探索。它旨在通过党建引领,明确干部工作方向,确保各阶段各项目标任务落实到位,助推地方经济社会快速发展,从这一意义上来说,它是凝聚党心民心的"催化器",能有效增强干部服务群众的积极性和主动性,进而融洽党群干群关系,赢得群众的理解和支持,与党委政府同心同向奔小康。我们深信,"党建派遣单"必将焕发出无限生机与活力,真正发挥好"导航仪"作用,引领群众快速踏上小康路,助力地方经济社会又好又快、更好更快发展。

旧貌变新颜

——德江煎茶镇创建"国家级卫生镇"纪略

四月黔东，阳光和煦，万物复苏。

从德江传来消息，长期被誉为"马路街"的德江县煎茶镇，被全国爱国卫生运动委员会命名为"国家级卫生镇"！这是目前铜仁市唯一一个获此殊荣的乡镇！

怀着无比激动的心情，记者慕名来到德江县煎茶镇。

熟悉煎茶镇的人都知道，煎茶具有德江连接南北、横贯东西的地理区位优势，是展示德江形象的重要窗口。326 国道、536 和 550 县道在集镇交汇，杭瑞高速德江匝道出口在煎茶，正在规划中的昭黔铁路过境该镇，即将启动建设的黔北机场相距煎茶集镇不足 10 公里。

正是由于交通区位优势明显，四面八方的客商都慕名涌向德江投资兴业。据资料表明，2015 年底，全镇境内有各类企业 138 家，个体工商户 480 家，宾馆酒店、餐饮 88 家，总人口 6.5 万余人，巨大的资本流、人流、物流，注定煎茶是一个非常重要而又繁华的商贸集镇。2012 年，铜仁市 3 个乡镇被纳入全省示范小城镇建设，煎茶镇是其一。

"如果把德江看成是一位母亲，那煎茶就是她的宝贝儿子！"在德江县和煎茶镇决策层眼里，德江和煎茶就是卫星"母子"城。两年来，在德江县委、县政府的领导下，煎茶镇悄无声息地做一篇"国家级卫生镇"的大文章，并释放出无限生机与活力。

以"三个煎茶"为统揽
打造名副其实的全国一类重点镇

曾在该县领航并成功打造高家湾省级现代高效农业园区，堰塘乡原党委书记冉茂邦，2014 年被组织再次委以重任，担负起煎茶镇党委书记要职。

　　面对沉甸甸的担子，刚上任的冉茂邦，与班子成员广泛调研，集思广益，结合德江打造黔东北铁路交通枢纽和区域性中心城市的发展定位，响亮地提出了打造"三个煎茶"的目标：

　　——打造一个魅力十足的"智慧煎茶"

　　"海纳百川而阔，业聚群慧而盛"，千方百计团结一切力量，调动各方面力量和智慧凝聚到聚精会神搞建设、诚实劳动谋富裕、同心同德促发展上来，服务和保障煎茶经济社会又好又快发展。冉茂帮说，只要将煎茶籍所有人的智慧集中起来，煎茶将拥有巨大的"智慧库"，这将是煎茶在新常态下开创煎茶新局面取之不尽、用之不竭的巨大财富。

　　目前，该镇已在集镇范围内开通了电子商务，增设金融网点，方便群众办理业务。大力提倡大众创业、万众创新，着力打造智慧城镇、智慧农业、智慧交通、智慧供水、智慧供电，让市民享受到科技和创新的魅力，用智慧解决发展中遇到的困难和问题，全力推动煎茶跨越发展，建设一个成果共享的"智慧煎茶"。

　　——打造一个经济腾飞的"商贸煎茶"

　　规划发展现代商务、现代物流。充分依托大数据、云计算、移动互联网等信息技术，大力发展农村电子商务，实现农村淘宝网点全覆盖。通过普及村民对电子商务的认知和理解，突破信息、物流、金融的瓶颈，加快实现"网货下乡"和"农产品进城"的双向流通功能，努力把煎茶打造成电子商务发展环境成熟、资源配置合理、产业聚集度高的农村电子商务高地，走出一条煎茶特色的农村电商发展助推现代山地高效农业跨越发展之路。

　　——打造一个人杰地灵"人文煎茶"

　　对照文化大镇的地位和标准，充分依托一品洞天、狮子山等自然和人文景观，以及大沟廉政文化广场、文化长廊，挖掘煎茶的资源优势。围绕美化环境、美化城市进行空间布局，建筑造型和设施建设，以环境品位提升城市价值。把煎茶建设成为"生活充实、社会和谐、秩序良好、竞争力强、环境优美、可持续发展"的新型人居聚落形态。同时，充分挖掘煎茶千年历史文化传承，充分展示煎茶博大精深的浓郁人文情怀，努力将煎茶建设成为具有深厚历史文化底蕴、浓厚时代气息、独特人文韵味的风情小城，真正建设一个与煎茶经济文化大镇相适应的魅力煎茶！

　　"打造'三个煎茶'，是推动跨越发展、实现'煎茶梦'的迫切要求，是煎茶加快转型升级、实现弯道超车的强力引擎，是县委县政府对加快同城化发展、发挥核心作用的殷切期望。"冉茂邦说，"三个煎茶"是总纲领，是总抓手，是目标，是"煎茶梦"！

战略决定高度，思路决定出路。2014 年，煎茶镇被列为全国一类重点镇。2015 年，全镇完成地方生产总值 6.1 亿元，固定资产投资 2 亿余元，农民人均可支配收入达 7100 元，城镇居民可支配收入达 2.37 万元，城镇化率达 56.4%，森林覆盖率达 52%，全镇呈现出快速发展，民生改善、社会和谐的良好局面。

"建""管"双驱动
成功摘取"国家级卫生镇"招牌

如何让发展成果惠及广大群众？如何统筹城乡一体化发展，全面建成小康社会？小城镇建设是一个重要突破口。

2012 年，市委、市政府提出，力争用 3 年时间全面建成德江县煎茶镇在内的 3 个省级示范小城镇和 13 个市级示范小城镇，以此统筹城乡发展，推进"四化同步"。

按照市委、市政府的部署，该镇以"三个煎茶"为统领，系列大动作频频亮相：

2012 年迄今，煎茶镇总投入 10 余亿元资金，完成"8 个 1""8＋3"工程项目 29 个，建设和平桥盛高歌雕塑、高速公路收费站出口 12 根傩文化图腾雕塑、集镇"八街五巷"的"白改黑"和绿化亮化工程，以及金三角移民安置小区建设的全面完成，集镇面貌焕然一新！

城镇化初具规模，产业发展稳步推进。该镇以"三个万元"工程为抓手，建成川岩、石板塘为核心的烤烟基地，成为全国优质烤烟基地单元；生态畜牧产业蓬勃发展。

目前，该镇围绕城际大道公路带，规划建设的荷塘月色、渔乐年华、花卉苗圃、宜家乐蔬菜四个功能板块，农业初具规模，一个现代高效农业示范园区，预计今年六七月闪亮登场，与省级高家湾现代高效农业园区，并肩成为连接德江县城的又一颗璀璨明珠。

小城镇建设快速推进，产景城融合发展，煎茶集镇释放出生机与活力。截至目前，集镇居民达 3.5 万余人，各类企业、个体工商户、宾馆餐馆，以及重庆富桥、好声音等娱乐场所达 600 多家。

"如果靠政府来管理秩序和卫生，绝对管理不过来，也管不好！"面对集镇管理压力，镇长何松说，该交给市场的，就一定采取市场的办法来解决。

2015 年 6 月，煎茶镇引入深圳金州市政务服务有限公司，签订了卫生服务外包协议，由该公司接管集镇卫生。通过实施基础设施大投入、宣传动员大调度、服务外包大尝试、集中整治大行动、卫生行为大规范的"五大"创卫举措，把集镇范围内的大大小小单位、沟渠河流、背街巷道的卫生翻了一个"底朝天"，规范了马路市场和车辆的乱停乱放，强化了沿街办酒和烟花爆竹的乱燃乱放等行为。

如今，"污水靠蒸发、垃圾靠风刮"的现象不复存在。取而代之的是，街道整洁，环境优美，天蓝地绿，空气宜人，市民满意，商家舒心。

最近，在煎茶镇流传着这样一个故事：今年春节前夕，省里有几位领导到煎茶镇暗访创卫方面工作，当走进一家较为偏僻的发廊时，几名礼仪女士连忙敬礼问好，热情欢迎来宾。

暗访的几位领导顿感诧异，连忙问这里是什么县城？当得知是煎茶镇时，几位暗访领导仍持怀疑态度。于是，拿出随身携带的电子设备定位，当确定确实是煎茶镇时，几位领导连声赞叹，煎茶镇城镇管理水平高，甚至比一些县城还要好。

天道酬勤，功夫不负有心人。2016 年 4 月，煎茶镇成功摘取"国家级卫生镇"金字招牌。

如今，每当清晨，或夜幕时分，数百上千名土家男女，不约而同来到大沟廉政文化广场，随着欢乐的舞曲，翩跹起舞，歌唱幸福美好新生活，共享创卫发展成果。

"在创卫这场战役中，一路走来，说不上辛苦，很庆幸，我们感受到了感动，看到了煎茶的团结；我们看到了取得的成绩，看到了家园一点点蜕变。而我们也明白，一切并没有结束，这才刚刚开始……"我们有理由相信，戴着全国一类重点镇、国家级卫生镇、全省示范小城镇等光环的煎茶镇，必将迈着铿锵的步伐阔步前行！

一个上万人的社区，几个人怎么能管理出成效？城市规划红线内晚上偷建乱搭怎么遏制？楼上的住户想要安静，楼底经营户想要热闹，怎么平衡？今天要上报低保户的数据信息，明天要通知报销医保，数据库信息怎么管理？有时候上午开会，下午要检查，晚上还要值班，时间怎么安排？社区居民红白喜事要上门帮忙，怎么有效利用时间？社区管理是老生常谈的问题，如今城市不断扩容，大容量的社区出现，新问题也层出不穷。德江县青龙街道用"互联网＋社区"的管理思维，把社区管理分为：组织架构模块、矛盾调解模块、服务能力模块、文化建设模块"四大模块"，根据社区特点，利用群众的智慧，解决好一切问题。

网格化管理　多模块运作

——德江县青龙街道创新社区管理纪实

德江县已经被列为全省十二个中心城市之一、三个（盘县、德江、榕江）专业型中心城市之一，正努力建成黔东北铁路交通枢纽和区域性中心城市。城市扩容，出现大容量的社区，必然需要社区管理能力升级。德江县青龙街道党工委书记张观光认为："唯有创新管理，才能从繁杂的事务中解放出来。'鸡毛蒜皮'的小事要统筹安排，抓细抓小，服务到位，对一个社区的管理与协调能力是一种考验。"青龙街道成立于2013年12月31日，位于德江县城南面，东接共和镇，南至堰塘乡，西与龙泉乡毗邻，北与玉水街道接壤，总面积38.35平方公里。街道驻桥头社区，集农、工、商、贸为一体，是德江县政治、经济、文化的中心。全街道辖桥头、五星、柏杨、黎家堡、方林、光辉、向阳7个社区和石打头1个行政村，61个村（居）民小组，共98261人。街道目前共有党的基层组织42个，其中党工委1个，党总支4个，党支部37个。

"上万人的社区，如何管理好，离不开创新。社区管理是一门艺术，也是一门科学。"张观光认为，做好社区管理要下通民情、上知政策，解开心结、赢得民心。社区管理的顽疾在于信息不对称，沟通不畅通，服务不到位，方法不对头。

青龙街道应用"互联网＋社区"的管理思维，把社区管理分为：组织架构模块、矛盾调解模块、服务能力模块、文化建设模块"四大模块"，根据社区特点，发挥居民集体智慧，发动群众解决一切问题。

组织架构模块：小网格办大事，依靠群众，发动群众，群众说了算。

青龙街道下设社区管委会，社区管理委员会下设财务、党群、综治、事务、计划生育办公室。各社区设有安全组、矛盾调解组、卫生管理组、文艺演出组、老年活动组。各小区成立小区业主委员会，形成相互协调、各负其责的管理组织架构。

"三级网格"形成网络组织架构。张观光介绍，街道办事处按照"责任明确、方便管理、界线清晰、便于考核"的原则，以社区（村）行政区划界线为准，将所辖的 7 个社区、1 个行政村分别作为一级网格，由相应的社区（村）支书任网格长；按照"街巷定界、规模适度、任务适当、无缝覆盖、动态调整"的原则，将 8 个一级网格划分为 28 个二级网格（即党建责任区），由政治素质好、群众基础好、协调能力强的社区党员干部任网格长，并结合党员的居住位置，按照便于集中的原则在每个二级网格建立若干党小组，形成了以社区党总支部（支部）为核心的条块结合的社区党建网格管理。

"人在网格走，事在网格办。"今年春节，对于柏杨社区党总支书记刘标来说，比平时更忙一些。他领着社区管委会成员逐家逐户发放通知，准备召开群众大会，共商社区发展大事。

"每年春节，差不多在外打工的人都要回来，这个时候最适合召开群众大会，收集群众意见，听听大家的心里话。"柏杨社区居民袁登婵说。

怎样把群众叫到一起，有时候也要费九牛二虎之力。柏杨社区上一个月召开群众会，第一次来了十几个人，第二次来了三十多人，第三次来了五十多人。

"不论来多少，要有耐心，直到群众满意为止。"刘标说，保证广泛的参与是前提，回应群众提出的问题是关键，要做到民有所求，社区有所回应，不懂政策、不知民情是绝对不行的。

如何在基层管理中真正解决好"上情下达"和"下情上传"的棘手问题，及时处理发展中各种问题难题，青龙应用好"群众会"这个载体：倾听群众的呼声，按照多数人的意愿做决策，把群众会当做解决问题的平台，有心结放到群众会上解，有困惑放到群众会上释疑。

"有些问题想不通，在群众会上，参与者都是问题的调解员，群众的力量是无穷的，集体的智慧是无限的。"柏杨社区老年服务组负责人黄礼珍说，"慢慢地，大家都爱开群众会，在这里信息是透明的，讨论问题是广泛的，集体问题、个人问题都可以借用群众会来解决。"开群众会时，大家在办公室、院坝中、堂屋里、道路旁，随处可以；10人、40人、100人围坐一起，人数不限；晚上、白天，工作日、休息日不分时间段；可以拉家常，可以谈公事，形式灵活多样，目的是沟通信息，解决问题。

"群众路线是我们党的生命线和根本工作路线。"张观光认为，社区管理只要依靠群众、相信群众，把群众的心声作为决策的重要依据，这样解决问题就会有无穷的群众力量在做后盾。

矛盾调解模块：舍小家为大家，社区就是一个大家庭。

青龙街道世纪明珠商住小区业主委员会主任吴进心里一直郁闷，深深体会到了"众口难调"一词的含义，也明白了为人民服务的真正意义。

事情还要从今年2月说起。

以前，物业管理混乱，服务质量不到位，于是，成立了青龙街道世纪明珠小区业主委员会，吴进被推选为业主委员会主任。

"成立业主委员会后，主动给物业公司下达整改通知书，这样一来，小区的卫生、照明、安全等服务水平进一步提升。"吴进说。

物业公司为了进一步改善服务质量，专门派管理能手闵黄到小区做物业管理经理。闵黄说："有压力才有动力，有监督才有进步，只有服务质量高才能让我们站得住脚，把服务搞好是我们一切工作的中心。"小区居民见了吴进都要夸上几句："业主委员会是好样的。"上一个月，小区居民多次反映，小区内成了"游乐城"，"小火车"满地跑，噪音大，影响休息。

这些问题提交到业主委员会讨论，大家一致认为应该立即取缔小区内各种娱乐经营项目。在城管、消防、卫生、街道办、社区业主委员会联合行动下，取缔了40多家摆地摊非法经营娱乐项目。

这样一来，居民们欢快了，商户却怨言满腹。因为没有取缔之前，人流量大，买东西的人多；取缔后，人流量减少，商家的经营效益下滑。

商户黄倩倩说："以前，人流量大，一个人忙不过来，还雇了一个服务员帮忙，如今客流量减少了一半。"商户刘磊说："我们也在楼上住，取缔娱乐场所后，的确清净了好多，为了大多数人考虑，我们私人收入减少也是应该的。"其实吴进也有自己的商铺，收入减少也是明显的。他说："公共服务就是为大多数人着想，不是为私人利益服务，自家收益减少，能换来大多数人的满意，不该计较那么多。"社区总是有些"鸡毛蒜皮"的小事，哪家离婚了，社区要说和；

哪家生病没钱了，社区要倡议捐助；哪家失窃了，社区要出面。一个社区，不同的文化、不同的信仰、不同的风俗，在于居民如何和睦相处。

"依靠的是多搞活动，让大家理解彼此的文化习俗，整个社区就是一个大家庭，和谐的社区需要包容与忍让。"吴进说，"社区管理就是舍小家为大家。"

服务能力模块：给一声问候，让一个座位，倒一杯开水，发一张明白卡，给一个满意答复，发一份征求意见卡，进一个门就能办好一切事。

青龙街道依托网格管理服务平台，分别在所辖的 7 个社区、1 个行政村组建代办员队伍，明确证照办理、缴费报销、公益服务、民情诉求等代办事项，推行居（村）民事务干部代办、帮办，以干部"辛苦指数"提高群众"幸福指数"。至 5 月底，8 个社区（村）已累计为群众代办事项 4000 余件，代办成功率达 98.7%。

各社区（村）请专人用 CAD 软件，按本社区（村）行政区划比例绘制社区民情地图总图，以居民组为单位绘制民情地图分图。在分图上按顺序标注居民居住位置，摸清居民的详细情况，将相关数据录入"民心党建"信息系统，实行动态管理，以便从社区民情地图总图上能掌握社区地形、总人口、总面积等概况，从民情地图分图上能了解到每户居民所居住位置，从"民心党建"信息系统能了解到每户居民的家庭人口、劳动力、家庭收入等详细情况。

近年来，青龙街道按照"服务大局、提高效率、方便群众、展示形象"的工作思路，统一设置服务窗口。在桥头、黎家堡、光辉等 7 个社区便民服务大厅统一设置了人口计生、合医、养老保险、信访等服务窗口，使群众进一个门就能办好一切事。

记者看到，在青龙街道便民服务大厅分设工作区和休息区，便民服务大厅门口悬挂统一的标识牌，在休息区配备饮水机、毛巾、条椅、报刊栏等用具，为群众办事提供方便。服务大厅的"几个统一"引起记者的注意：统一服务承诺，对国家法律法规和有关文件规定的独生子女父母奖励费、双女户养老保险等优惠政策和各类证明证件的办理条件、办理程序、办理时限在便民服务大厅上墙公布，并承诺办理时限，让来办事的群众明白；统一工作职责，统一印制"首问首接责任制、办事预约制、过错追究制、文明服务制、综合考评制"等工作制度，规范工作人员的行政行为，让来办事的群众放心；统一服务模式，要求工作人员对来办事的群众做好给一声问候，让一个座位，倒一杯开水，发一张明白卡，给一个满意答复，发一份征求意见卡"六个一"服务，使来办事的群众满意。

文化建设模块：社区管理处处见文化，促进多元文化发展。

"廉洁铺平幸福路，贪婪写就长恨歌。"走进青龙街道办事处服务大厅，一副廉政警示对联格外醒目。近年来，青龙街道办事处以廉政文化"六进"为主题，以"实际、实践、实用、实效"为导向，突出特色创新思路，大力推进廉政文化建设，让廉政理念进机关、进学校、进企业、进社区、进农村、进家庭，使广大干部群众触目有宣传，抬头受教育。

廉洁是一种文化，写在每个党员的身上。在党的群众路线教育实践活动中，街道办事处 5 个直属工作部门、8 个村（社区）、31 个党支部，共 748 名党员参加。根据该街道党工委组织党员代表、村（居）代表、县人大代表和政协委员、各村（社区）支书和主任、全体干部职工开展的测评，认为开展活动总体"好"和"较好"的占 97.3%，认为解决"四风"问题特别是群众反映强烈的突出问题"好"和"较好"的占 93.8%。

"干净"是一种文化，写在社区的每一个角落。青龙街道充分发挥网格化管理的优势，实现县直部门、街道、社区"三级联动"，全面推进"五城联创"工作扎实有序开展，同时动员沿街商户积极行动起来，及时清理门前垃圾，严格按照"门前三包"，包门前公共设施不损坏、包门前不占道经营、包门前环境卫生，严禁乱搭乱建、乱泼乱倒行为，对一切不文明行为予以制止和督促整改。

截至目前，取缔各类占道摊点 25 处，规范店外经营 51 处，清理野广告 12 个。严格"门前三包"制度，签订 2016 年"门前三包"责任公告 6500 余份。落实考核奖惩原则，对 11 个长期占道经营现象的商铺，扣押占道物品，下达书面整改通知书，责令其 1 年内保持环境卫生。

"环境"是一种文化。"人生的乐趣在于与他人共享幸福""孝敬爱亲、诚实守信""文明礼貌、助人为乐"。在青龙街道桥头社区水果市场、民族风情街等街道，一幅幅以道德文化为主题的"文化墙"，成了街道靓丽的风景线。

桥头社区居民刘武贡一边阅读着"文化墙"上的"和谐社会、你我共建"，一边说："有了这些文化墙，居民群众在散步时都能接受教育。"为提升居民素质，青龙街道以"文化墙"为载体，通过将道德文化顺口溜、短语等制成文化墙，宣传政策法规、道德文化、计划生育、廉政建设等，让旧墙变成美观而又会"说话"的文化墙，使群众在耳濡目染中受到教育。

青龙街道创新社区管理的实践证明：开好群众会是基础，利用群众智慧是关键，建立数据库是核心。用大数据分析各个社区的特点，在网格化管理框架内，按照模块运作，提高管理效率，这是在社区新业态下，应对大容量社区有效的管理办法。

青龙街道：精准施策　提升贫困群众"造血能力"

　　近年来，德江县城市建设突飞猛进，地处德江政治经济文化中心的青龙街道办事处，在确保城市稳定发展的前提下，如何去关注那些弱势群体，特别是"城中村"、城郊接合部的贫困居民，让他们享受到城市发展成果，与全县人民同步进入小康社会？"每一位居民，都是我们关注和服务的对象。"青龙街道办事处党工委书记张观光认为，要对辖区群众进行精细化管理，精准施策，千方百计增加贫困居民自身"造血"机能，让每一位贫困居民都能尽快过上好日子。

【镜头一】豆腐磨里流淌的幸福

　　"我在这当保安，每月收入 2000 多元。妻子在家加工豆腐，销售到合力超市，每月收入超过 4000 元，现在全家生活不愁了。"刚当上保安的杨波激动地说，"这要特别感谢青龙街道办事处的领导干部们，是他们让我家过上了好生活。"杨波居住在柏杨社区，属典型的"城中村"居民，由于没有土地，缺乏固定收入来源，妻子每天在家加工豆腐，杨波则上街摆摊卖些小东西。一个月辛辛苦苦下来，纯收入只有 1000 元左右，除保证两个孩子上学外，几乎没有结余，全家日子过得紧绷绷的。

　　得知杨波一家生活困难后，柏杨社区主动与辖区合力超市对接，将他家的豆腐直接供应到超市，还牵线搭桥，将其安置到世纪明珠物业公司从事保安工作。柏杨社区党总支书记刘标说："就业有了保障，杨波一家今年就可以实现脱贫目标。"

【镜头二】"飞地养殖"托起的希望

　　龙泉乡闹水岩村村民朱克荣今年已经 71 岁，在青龙街道举办的农业养殖技术培训班上，两鬓斑白的他十分打眼。他说："每个人都有自己的难处，我来这里培训，主要是为了我的儿子朱江。"朱江得了小儿麻痹症，8 岁才学会走路。

　　前些年，他结了婚，有两个孩子。两年前，其妻出走，留下两个孩子由爷爷和奶奶抚养。

朱江是进城农民，户口在城里，却身无分文。"一无所有，靠什么脱贫致富，从什么地方入手，社区为此绞尽脑汁。"桥头社区党总支书记柳芸说，得知朱江的弟弟正在发展养鸡业，社区决定投钱帮朱江买鸡苗，然后将鸡苗放在他弟弟的养殖场养殖——通过"飞地养殖"，借助其弟弟的技术和基础设施帮助他脱贫。

"政府帮一把，亲戚拉一把，我哥哥肯定能过上好日子。"朱江的弟弟朱飞说，"社区的金点子和我的愿望一拍即合，利用我的设施和技术，家里有老父亲帮忙，相信哥哥奔小康也不难。"看着山坡上活蹦乱跳的土鸡，朱江满怀信心地说，希望能从弟弟这里学到技术，逐渐扩大养殖规模，养家糊口，减少父亲的负担。

【镜头三】拓展就业渠道做好"社会帮扶"文章

"要发动各类企业工商户，积极参与到大扶贫工作中来，与贫困户结对，提供就业岗位。"张观光认为，青龙街道的一大优势就是个体工商户多，必须借助他们的力量，做好"社会帮扶"这篇文章，绝不落下一个困难群众。

居住在"城中村"的梅江翠，丈夫早逝，留下两个年幼的孩子与她相依为命。青龙街道帮扶干部张莉主动通过街道商会与德江县宾馆对接，帮助梅江翠找到一份保洁员的工作。

青苑大酒店积极响应号召，接纳近 100 名贫困青年到酒店从事卫生、餐饮和洗涤等工作，不但让这些贫困居民有了固定收入，又确保了酒店稳定用工需求，实现又好又快发展。

青龙街道辖区有各类企业工商户 3500 多户，有近万个空缺岗位。通过街道和商会的召集，辖区企业工商户积极响应"千企帮千村"号召，为大批有劳动力的贫困居民提供了就业岗位，成功将一批贫困居民引上了同步小康的大道。

记者观察：

青龙街道办事处是德江县城所在地，所管辖范围有"城中村"，也有城乡接合部。整体呈现出的特点是：新进城农民人口多、城市化速度快；小型商户多、大型企业数量少；可耕地面积小，流动人口大。整体上看，这里精准扶贫的优势和劣势并存。

事实上，有的人户口在城里，人却在乡下，甚至居无定所；有的人刚刚从农村进城发展，不懂技术只会种地；孤寡伤残老弱年幼人群，虽然有民政兜底保障，要想更加富裕，还需要拓展出路；对有技术或者有生产资料的群体来说，致富的机会要大得多。

　　青龙街道办事处运用精细化管理，对贫困原因进行精准分析，精准施策，帮助贫困居民有效脱贫。按照计划，今年将有160人脱贫，预计2017年将全面实现脱贫，实现小康目标。青龙的实践表明，归类细化贫困人口，有针对性地开展扶贫，是精准扶贫的有效途径。助力脱贫攻坚关键在精准，要做到精准，必须因地制宜、因人施策，必须精确定位、精细管理。

●2014 年，洋山河国际旅游度假区被列为全省 100 个旅游景区！

●在第三届全国天麻会议暨中国（德江）国际天麻产业发展高峰论坛上，高山镇获得"全国天麻生产先进乡镇"称号！

●"东有梵净山，西有洋山河"，敢于提出如此豪迈而又响亮的口号，并成功承办德江县首届旅游产业发展大会的也是高山镇！

高山镇：打造黔东北旅游重镇

10 月 29 日，德江县首届旅游产业发展大会在高山镇境内的洋山河国际旅游度假区隆重召开！当天，来自全国各地的 3 万多名游客涌向景区！之后，每天慕名而来的游客络绎不绝，洋山河景区火了，当地农民乐了！这意味着德江县旅游产业在洋山河国际旅游度假区为龙头的引领下，正式迈入新阶段，开启新征程，跨入新时代！

五彩洋山河震撼世界

将时间节点锁定在 2009 年 11 月底至 12 月上旬。期间，中国地质科学院岩溶地质研究所高级工程师张远海带队，邀请法国、葡萄牙地质专家 10 多人，历时 10 多天，对德江县 64 处地面岩溶景观、地下溶洞、河流进行调查、探测、评价。

在向德江县政府汇报科考情况时，法国籍专家组组长艾瑞克认为，德江地质旅游资源十分丰富；张远海对高山洋山河峡谷景区天坑群、天桥群、溶洞群和泉口石林等资源更是赞赏有加。他认为，洋山河峡谷景区喀斯特景观资源丰富，相对集中，在典型性、完整性、多样性、安全性、可进入性、景观规模、美学价值、科学价值、旅游价值等评价指标方面具有较高分值，非常值得旅游开发！据考证，洋山河景区以天坑、地缝、天生桥、溶洞、峡谷、奇峰为其特征，由六大天坑、六条地逢、四大天生桥、十二大溶洞、三公里峡谷等组成，最为神奇的傩仙洞内五色水和惊世奇绝的钟乳石煎扁蛋，世界罕见！之后，经过中央、省、市各级众多媒体的报道，洋山河逐步揭开神秘面纱，进入人们的视野。

洋山河瑰丽幽深的峡谷勾勒出无山不洞、无洞不奇的美妙境界。其景点主要由天坑、地缝、溶洞、天生桥等组成。溶洞内处处有景，环境优美，灵秀典雅，景多集中：洞内钟乳石琳琅满目、形态各异，绚丽多姿，红色河水、乳白河水瀑布、金黄色河水、黑色河水、梯田石幔美不胜收；红白黄黑褐五色石花似天女散花；玉盘（煎扁蛋）、石禽、石兽、石佛、石猴惟妙惟肖；晶莹透亮的石花、石果、石蘑菇、石葡萄令人垂涎欲滴；大小洞厅景物光怪陆离，典雅秀丽，如同大雄宝殿，宛若苏州园林。博大精深的大自然艺术宫殿令人惊叹不已！此前，德江自然景点旅游资源相对缺失，旅游发展没有硬件支撑，洋山河自然景点发现后，经省市有关专家现场考察给出了"铜仁旅游东有梵净山，西有洋山河"的格局定位！

把握良机快速起航

高山镇面临千载难逢的机遇和挑战，如果不以科学发展的理念去认识，不以市场的理念去培育，我们将与机遇失之交臂。长期被誉为德江"西二区"之一的高山镇更是沉寂太久，太久，高山镇人民渴望发展已等待太久，太久。现在需要的是卧薪尝胆，励精图治，所谓"生于忧患，死于安乐"是也。在挑战中不要输给了自己，只有这样，才能赢得市场，才能赢得未来！

在德江县委、县政府的大力支持下，经过高山镇全体领导干部的努力，通过招商引资，于2013年5月25日洋山河景区开工建设，正式拉开德江大旅游的序幕！洋山河景区预计总投资20亿元，分五期建设，已累计完成投资2.2亿元。目前，美人峰、老鹰岩等景点已建成，地缝景点已有400米可供游客参观，溶洞内五彩水、煎扁蛋奇观正在加紧建设。工程建成后，洋山河景区在12平方千米区域内共有天坑、地缝、溶洞、峡谷、奇峰等20个景点，建成后最终树立"多彩贵州·五彩洋山河"的知名旅游名片。

伴随着德江县第一届旅游产业发展大会的成功召开，洋山河国际旅游度假区迅速成为铜仁乃至贵州旅游的"热词"！长期从事农业的高山镇农民，终于尝到了旅游兴旺的甜头！

举力打造黔东北旅游重镇

站在高山镇新办公楼前的广场上，绵绵大山，犹如一条巨龙匍匐于此。沿着曲径通幽的林间小道，仿佛置身天然大氧吧，令人心旷神怡。这是今年该镇新建的鹿鼎山天然公园！

眼界决定高度，远见决定水平！

德江县科技副县长、高山镇党委书记周文，镇长柳仁强表示，将立足资源优势，众志成城，蓄势待发，积极适应新常态，努力实现新跨越，全面谱写加快建成黔东北旅游重镇新篇章。具体思路是：以实施"一业两新三园四产"为载体，以不断加快建成黔东北旅游重镇为目标，把高山镇的工作放到全县甚至全市、全省、全国的大背景中去思考，大力发扬"自信、开放、实干、超越"的高山精神，准确把握新机遇，主动适应新常态。

——"一业"独占鳌头，为建成黔东北旅游重镇立标杆。"建设黔东北旅游重镇，需要从高处布局、细处着手，关键在于发展旅游业。"基于这样的认识，该镇按照"东有梵净山，西有洋山河"发展思路，充分利用独一无二的旅游资源优势，加快推进洋山河旅游景区景点及基础设施建设。做好景区策划包装工作，树立旅游大作品意识，引领旅游新方向，竭力打造集洋山河景观、洞佛寺红色文化、土家特色民俗文化、休闲度假观光为一体的旅游重镇。切实增强洋山河景区品牌效应，辐射长丰米阳山、泉口万亩草场等景区，形成以洋山河大景区为主的旅游新格局，开启德江旅游新时代。

——"两新"和衷共济，为建成黔东北旅游重镇树新貌。"建设黔东北重镇，旅游产业是灵魂，城镇发展是躯干，没有城镇发展的支撑，旅游重镇终将是空谈。"在这种辩证思维理念的指导下，高山镇将目光锁定"两新"：建设民族风情新集镇和洋山河休闲度假区新村。

全力建设高山民族风情新镇。紧紧围绕"镇有新城、城有新貌"的要求，大胆创新、真抓实干，努力打造一座适宜人居的民族风情小镇，以铁汞坝社区和方家村农村集中建房建设为契机，进一步改善镇地域风貌，充分发挥规划委员会作用，强化新型农村的作品意识，突显民族文化特色，推动民族风情新镇建设步伐。

着力打造洋山河休闲度假新村。以洋山河景区为依托，利用303省道交通优势，按照"吃土家美食·住土家民居·游土家村寨·购土家特色·品土家文化"的发展思路，以改善人民群众的生活环境、提高群众经济收入为目标，逐步发展一批经济型家庭宾馆和农家乐，充分整合资源项目、挖掘土家特色文化，以文化建村、旅游兴村，着力打造集旅游、观光、休闲为一体的洋山河新村。

——"三园"鼎足而立，为建成黔东北旅游重镇增活力。灵魂已铸就、躯体已构造，为彰显黔东北旅游重镇活力，园区建设是增添血肉的关键。为此，高山镇强势推进"三园"建设：建成洋山河农业观光园。紧紧围绕"以旅助农、以旅促农"为核心，以建设"特色文化，精品旅游"为目标，以倡导体验生活、回归自然、享受自然为理念，在梨子水村着力打造集生态观光、土家美食、农事体验、休闲度假、健康绿色食品为一体的农业观光园，为建成黔东北旅游重镇注入新鲜血液。

建设谭家山农业示范园。紧紧围绕"园区承载、产业支撑"发展模式，立足谭家山区位优势，按照"高起点规划、高标准建设"思路，加大产业结构调整，探索产业发展模式，助推现代农业高效化、产业化、规模化发展。

建成鹿鼎山天然公园。围绕建设文化旅游品牌目标，依托独特地势、气候等资源，按照"住新村、游公园、品文化"的要求，把鹿鼎山天然公园打造成宜居宜游的天然氧吧。

——"四产"齐头并进，为建成黔东北旅游重镇创收入。高山镇紧紧围绕"壮产业，兴四产"发展战略，加快产业结构调整，促进烤烟、天麻、畜牧、核桃四大产业有序发展，促进人民群众增收致富。

"敢向岁月要时间，要有'争'的决心；敢向产业要收入，要有'聚'的智慧；敢向发展要速度，要有'赶'的毅力；敢向干部要实干，要有'拼'的勇气！"这是高山境内的一幅鼓舞人心的标语，这又何尝不是高山镇广大干部群众干事创业的真实写照？！

在这样一个旅游业蓬勃发展的时代，在这一个区域经济强势攀升的时代，我们坚信，高山镇乘着洋山河国际旅游度假区这艘旅游船舶，必将在时代的大海中乘风破浪，成为国内乃至国际重要级别的旅游品牌。

太平镇：贵州乡村旅游活样本

远处流水潺潺，近旁桑竹簇簇，鸡犬相闻。

不经意间，耳边响起了竹沙声，阡陌尽头，又见古宅，青砖石阶……如今的江口县太平镇云舍村，环境改善了，每逢节假日游人如织，村民的钱袋子鼓了，群众生活指数提高了。

云舍村的变化是太平镇发展过程中结出的硕果之一。近年来，太平镇快步迈进了经济社会发展最快、质量效益最好、城镇面貌变化最大、广大人民群众得实惠最多的发展时期。

区域合作　新动力驱动新速度

2013 年以来，苏州市委、市政府始终把对口帮扶工作作为一项重大的政治任务和经济任务来抓，在坚持开发式扶贫的前提下，不断拓宽帮扶领域，不断丰富帮扶内涵，不断提高帮扶层次。

利用苏州帮扶资金 1500 万元实施该镇云舍景区提级改造项目，目前，云舍景区被评为国家 4A 级景区，获得多项殊荣，现已对外收费运营。今年"十一"黄金周期间接待游客 1.6 万人次，实现门票收入 19.8 万元。5 月 17 日，江苏省委副书记、省长李学勇率江苏省党政代表团在云舍考察时，对云舍景区建设给予了很高的评价。

太平镇与苏州市的菱塘乡结为友好乡镇，双方建立经济发展交流合作机制、民族工作交流促进机制、优秀人才交流锻炼机制、科学完善交流互动机制，着力在经济、技术、资金、旅游、商贸、人才、教育、文化等方面建立长期的友好合作关系。双方通过多次走访学习，交流了发展经验。

"菱塘乡是苏州唯一一个少数民族乡镇，在他们的发展上，我们找到了很多相同点和不同点，得到很多经验和灵感，从菱塘考察学习回来后，我们也制定了一些发展规划，我们镇上的亮化工程就是根据菱塘乡制定的。"该镇党委书记吴华文告诉记者，在亮化工程中，模仿菱塘镇复古风格，统一招标采用中华灯的造型。

立足资源　旅游产业实现率先突破

太平镇地处梵净山腹地，境内土地肥沃，交通便利，民风淳朴，环境优美，气候宜人，竹、木、水、矿产等资源十分丰富，旅游资源得天独厚，为全镇经济社会发展创造了良好的自然条件。

该镇累计包装、引进文化旅游产业发展项目30多个，投入资金近30亿元，全面推进旅游基础设施建设。寨沙侗寨全面建设完成，江梵旅游公路提级改造全面完成，梵净山旅游大道顺利通车，杭瑞高速公路（太平段）顺利完工，亚木沟景区、云舍景区、示范小城镇、农业观光园一期工程，农夫山泉项目、博瑞酒店等一大批旅游基础设施建设进展顺利。全镇共发展农家乐312家，走出了一条独具特色的小康之路。今年，全省美丽乡村建设现场会先后两次在该镇观摩，被称之为"贵州乡村旅游活样本"。2015年，全镇实现旅游总收入11.2亿元，入境游客236万人次，分别是2010年的4.9倍和6.4倍。

镇村联动　民富村美生活更上一层楼

"在外闯荡几年没回家，家乡都大变样了。""现在旅游风生水起，我们的房子修了一层又一层，我还开了农家乐，生活好得很。村里的路也成了平整的水泥路，走在上面真舒畅哟！"日前，在太平镇寨沙景区，几位村民与记者谈起了镇里这些年的变化。

统筹镇村发展规划和布局是形成城乡经济社会发展一体化新格局的前提。通过以镇带村，镇村融合，联动发展，太平镇农村发展空间进一步得到拓展。

该镇以推进产业向规划区集中、农户向社区集中、农业分散用地向规模经营集中为重点，形成以太平风情小镇为中心，梵净山、寨抱、云舍三个村为中心，快场、凯文、岑忙、三沛塘等为基础村的联动格局。

按照"试点先行，逐步推进"的原则，用基础条件好、发展潜力大的梵净山村、云舍村作为示范点，先行先试，逐步向岑忙、快场、凯文、三沛塘等高山区、深山区辐射。实现局部建设向面上铺开转变、村庄建设向镇村联动系统推进转变、现代农业建设与美丽乡村建设齐头并进，有力推动了社会经济发展。

科学规划　民生事业实现新突破

大力发展现代高效农业示范园。围绕"市场配置、服务景区"建设目标，以精品水果、特种养殖为主导，推进"公司＋基地＋农户＋合作社＋农家乐"

模式，探索企业、村级组织、农户合作共赢生产机制，着力推进现代高效农业示范园发展。通过发展精品水果基地、培育农民专业合作社，发展养殖大户等方式，有效促进农业增效、农民增收。

坚持以农业增效、农民增收为主导，大力调整农业产业结构，对江梵公路沿线大田大坝产业结构调整申请纳入县农业产业园区规划，积极推进农业产业化经营，农业生产和农村经济呈现良好的发展态势，在岑忙村、太平村苗匡片区种植烤烟1050亩，完成计划任务的127.61%；发展岑忙村精品水果1300亩。危房改造515户已全面开工，预计年底前全部完成，完成全镇水利工程建设1200米，完成人饮工程1860人，农村生产生活条件大大改善。在岑忙、梵净山、快场三村新发展农民专业合作社3家，全面小康步伐稳步迈进。

教育事业取得新成就。新建、改扩建校舍面积5700平方米，先后投入资金700万元，修建镇中心幼儿园。文化体育和广播电视事业快速发展。完成了广播电视"村村通"和"户户通"工程，全镇广播电视综合覆盖率达95%，形成了镇有文化站，村村通电视、村村有文化活动室的镇村文化网络。村村建成了卫生室，新型农村合作医疗制度深入实施，覆盖面达100%；人口计划生育经常性工作不断加强，人口自然增长率连年控制在5‰以内，人口增长趋于稳定，出生人口性别比失衡问题得到有效遏制。扶贫开发取得积极进展。解决了农村4000余名贫困人口的温饱问题，移民搬迁700户3500人，地质灾害搬迁45户135人。保障性住房建设取得较大成就。建成廉租住房和经济适用住房600套，农村危房改造2456户，社会治安综合治理不断加强，人民群众安全感和满意度不断提高；信访维稳不断加强，人民群众合理诉求有效解决；安全生产态势总体平稳。全镇经济发展，社会稳定，人民群众安居乐业。

白家五叔侄合股异乡走新路

昔年失地进京上访　今朝租赁荒山种茶

惊蛰刚过，新茶开采。

3月6日一早，白彩文带领上百村民提着竹篓，朝骡子顶爬去。他站在山顶俯看，500多亩茶园如一片绿海，嫩绿的新芽飘在墨绿之上。一会儿，又将目光投向对面山坡更大的一片茶园，顿时回想起3年来叔侄5人走过的路，白彩文嘴角挂上了一丝笑容。

今年48岁的白彩文，原是贵州省思南县三道水乡农民。因2005年乌江思林电站动工，白家所在的村寨成为库区，他以补偿安置费没达到要求为由，代表乡亲们于2008年和2009年2次进京上访。县和镇里的干部多次上门开导，并提供几个种养项目供其参考。白彩文终于想通了，他和兄弟4人及叔父一家，共20多口，迁居到邻近的许家坝镇。

今后咋办？白家4兄弟坐下来想了三天三夜，随后自驾摩托车到贵州遵义、四川名山等地考察，认为搞养殖、种蔬菜、栽果树风险太大，最终选择了种茶叶。

2009年7月，白家兄弟带上干粮在镇政府周围的山头上转，看中了一片200多亩的荒坡，经镇里协调，以最优惠的价格租了下来，兄弟4人还邀叔父入股，一个月就完成了开挖和植苗。200多亩茶园咋够？白彩文兄弟又向镇里申请再租几匹荒山。镇里担心规模太大，资金和管理接不上趟，白彩文一笔笔算账说服了镇里。

2010年初，白家的茶园达到2200亩，土地租期30年。成立了贵州百福源生态农业发展有限公司，注册了"百家沁"商标。

次年，由于股东都是农民，文化水平不高，感到管理、资金、技术等都跟不上。一个偶然的机会，白彩文遇见一名叫杨彪的华南农业大学毕业生，诚恳邀请其以"知识入股"加盟。同时，杨彪又说服2名师弟、师妹加入了公司。到公司不久，3人就茶场现状，提出了"以短养长"的思路，在茶园养鸡，套种蔬菜、桂花树和中药材等，缓解了窘境。去年，首产春茶 250 公斤，每斤市场均价 2000 元，最高每斤卖到 1.2 万元。另外，开通了电子商务网店，将茶叶卖到了北京、上海等大城市。

今年茶园已进入投产期，白彩文还想扩大规模，但又有些担心。他略顿了一下，说："要是金融部门发放贷款门槛再低些，相关部门手续再简化一些就好了。"

利用立体气候差异　巧打错时上市品牌

德江安家渡空心李鼓足农民腰包

当山脚下的空心李快销售结束时，坡顶上的空心李又闪亮登场，看着一拨又一拨的城里人走进村来购买空心李，德江县安家渡村的果农们乐开了花。

大暑时节，尽管下了一场雨，但仍未抚平德江城郊公路旁稻田里开裂的伤口。可在青龙镇安家渡村大顶土山坡上的石旮旯间，沉甸甸的空心李压弯了枝头，青翠欲滴，果园里不时传来鸟鸣声。

安家渡村大顶土村民组，有40余户村民。由于石漠化严重，干旱缺水，种植水稻、玉米十年九不收，许多村民都外出打工谋生。长期在沿河从事建材生意的冉启特，一次偶然机会发现沙子空心李非常好吃，而且特别好卖，决定引种回老家试种。

2001年春节，冉启特带着200多株空心李果苗回到老家，一口气栽下了100多株，其余送给了村民们。经过精心培育，空心李于2005年进入丰产期。

"德江空心李果肉更厚实更脆嫩，口感更好！"当听到顾客评价德江、沿河两种空心李时，冉启特心里比吃了蜜还要甜。

2007年底，冉启特安心返回德江老家，把多年撂荒的田土和荒山荒坡共30余亩，全部栽上空心李，当起了专业果农。在外打工的村民也纷纷返家，把1500多亩撂荒地和荒山荒坡栽上了空心李。在镇政府的帮助引导下，部分村民还走上了"畜-沼-果（菜）"经济发展模式。

德江安家渡村比沿河沙子镇海拔要高500米左右，而冉启特居住的地方又是安家渡村最高的地方，故当沿河沙子空心李销售结束的时候，安家渡村山脚下的空心李刚好成熟，再过一个星期，冉启特的空心李又接着上市。由于错时上市销售，没有竞争产品，这可让果农们着实大赚了一把。当地村民安朝飞兴奋地告诉记者，以前种庄稼，正常年景一年可收1000斤干谷子。自栽空心李后，每年都有2万多元收入，当种20年庄稼。

驻村干部周林介绍，大顶土40多户果农，每年销售收入都是"五位数"以上，生活是芝麻开花节节高。同时，还带动附近水车村、团结村及周边潮砥、稳坪等乡镇发展空心李 1 万余亩。如今，安家渡村植被覆盖率已达 90% 以上，生态环境明显改善。村民们主动加强基础设施建设，改善村容村貌，发展"农家乐"，当起了新型农民。

"因地制宜，科学调整结构，石旮旯里也能长黄金！"青龙镇镇长胡国仁说，要引导果农尽快组建空心李协会，扩大基地建设，规范运作，做大做强空心李产业。

沿河孙家村人人都是"万元户"

树上长金条   地下生元宝   空中挂仙果

　　"树长金条、地下生元宝、空中挂仙果。"这是最近沿河中界乡流行的一句话。意思是村民们在树上栽培仿野生铁皮石斛发出的枝条，其形状和价值像"金条"，而林下套种的白芨药材像"金元宝"，空中挂的空心李好比"仙果"。复合经营催生了全县示范"小康村"：孙家村206户726位村民人人都成了"万元户"，村容村貌和村民生活发生了翻天覆地的变化。

　　春耕时节，雾锁山头山锁雾。走进孙家村，错落有致的村民房前屋后，一颗颗空心李藏在绿叶间；地上白芨药材，红花正艳，发出阵阵幽香；茂密森林里，树干上包扎着一圈圈巴掌宽的黑色编织带下，或林上石窝窝、岩石缝间，正冒出一根根嫩绿枝条来。乡长崔真说，这是仿野生栽培的铁皮石斛，是全乡打造的"十万元山、十万元地、十万元树"示范基地。

　　近年，在当地党委、政府引导和支持下，孙家村因地制宜，发展500亩空心李，每年增收200余万元，尝到了甜头。

　　铁皮石斛素有"中华仙草""药中黄金"之美称，被国际药用植物界称为"植物大熊猫"。野生石斛因对自然生态条件要求苛刻，早在20世纪80年代，就被国家列为重点保护的珍稀濒危药用植物。而位于麻阳河畔的中界村，背靠大山，生态景致优美，气候温暖湿润，适合种植铁皮石斛。

　　通过政府牵线搭桥，2012年，浙商冯新建来到沿河，注册成立了贵州乌江生物科技有限公司，与贵州大学、铜仁学院共同创办了产学研示范基地，依托科研成果和丰富的生态资源，对濒临灭绝的铁皮石斛名贵中药材进行人工繁殖与仿野生栽培，获得成功。同时，按照"公司＋基地＋贫困户"精准扶贫发展模式，建成铁皮石斛上树仿野生栽培300亩，林下套种白芨300亩，预计今年底可采摘。按目前市场行情，两种药材亩产值10万元至20万元，年产值逾3000万元。

　　"全村流转林地1500亩，每年收入200万元；在基地打工每年有120万元左右劳务收入，加上空心李和种油菜、养殖等收入，全村2012年人均收入就超过万元了。"谈到村里的变化，村支书孙本道乐上眉梢。他说，再过年把，村民们还可以卖药材赚大钱。

县委书记张翊浩认为，发展铁皮石斛是沿河工农携手发展的一个尝试，将真正实现"既要金山银山，又要绿水青山"的发展目标。沿河自治县整合资金500万元，完善了基础设施建设。今年，中界乡被列为2014年贵州省集团帮扶乡镇之一，获1000万元帮扶项目资金，将重点用于打造铁皮石斛万米长廊千亩林复合经营示范基地，带动全县上万贫困户致富。

　　"石漠化"——地球的"癌症",中国是世界最严重国家之一,作为喀斯特地貌的贵州,石多土少,成为全国石漠化最为严重的省份之一,而沿河自治县更是贵州石漠化最严重县域之一。

　　在全国各地齐喊"既要金山银山,又要绿水青山"的今天,该县将生态劣势变为经济优势,将该县一大富民农产业——沙子空心李与石漠化治理相结合,不仅新增了6万亩植被,还实现了上亿元的年产值,近3万农民从中获益。对于一个石漠化严重的偏远小县来说,这无疑是打了一场漂亮的翻身仗。

　　这其中,有当地政府的正确决策,更有百姓不等不靠"走出去"的自强,这无疑为全市石漠化治理走出了一条新路子。我们期待不久的将来,放眼一片绿林,农民富足小康的"新"沿河,更期待绿色富足的"新"铜仁。

沙子空心李遭遇政府机关"零订单"
借电商平台全国热销

　　7月22日清晨,田太平刚发走一批销往重庆市的淘宝网订单60箱沙子空心李,还没来得及喘口气,别在腰间的手机又"嘟嘟"响起来,见来电显示是外地号码,遂操着一口"贵普话",一边接听一边在订货单上记录着。

　　田太平是沿河自治县沙子空心李农民专业合作社理事长,负责合作社空心李销售已有10余年,每年的空心李成熟季,是他最忙碌的时候。

　　"在果品市场销售整体形势严峻的当下,特别是空心李不易保鲜的情况下,今年合作社打了一场营销'转型仗',全部售完。"田太平说,以前根本不需要走出去,一到成熟季节,本地机关、企事业单位的团购大单就包销了,果农只管种植从不担心销售。

　　据了解,沙子空心李主产于沙子街道办事处,生长环境独特,果实成熟后果核与果肉分离,清香浓甜,富含各种微量元素及营养物质,素有"李子王"、"贵州第二茅台"之称,并于2006年获得国家地理标志保护产品。对此,该县县委、县政府结合县域石漠化严重的贫困山区实际,提出了石漠化生态治理与农民脱贫致富相结合的发展战略,开始大面积发展空心李。如今,全县已在石漠化较严重的9个乡镇75个村发展种植空心李6万亩，涉及近3万农民，年实现产值上亿元。

即便是种植面积不断扩大，果农们也从没担心过销路，时常有外地采购商慕名而来，却空车而返。

这一切，从2013年开始了逆转。中央出台八项规定后，企事业单位的团购订单锐减，俏市多年的沙子空心李突然遇冷，今年更是遭遇政府机关、企事业单位"零订单"。

今年正逢沙子空心李大面积挂果的丰收年，却迟迟不见"包销户"下单，销售形势严峻，才有了合作社首次走出去跑市场。

在政府部门牵线搭桥下，沙子空心李首次"触网"，通过淘宝网、阿里巴巴等电商平台走出大山，销往北京、上海、广州等地，目前已售出万余斤。

广大社员也没有闲着，纷纷带着空心李前往周边省市农贸市场、旅游景区售卖，又"消化"万余斤。

与此同时，田太平把多年精心研制的空心李子酿酒秘方"贡献"给贵州蛮王酒业公司。经送检，各项指标合格，日前该公司已进行批量生产。需空心李鲜果5吨，可酿酒20吨，预计可实现产值500万元。

更令人欣喜的是，在铜仁学院的攻关下，破解了空心李果脯深加工技术难题。干果市场潜力巨大，鲜果需求量不容小觑。

"咱们是从'皇帝的女儿不愁嫁'到转型跑市场，跑出了丰产丰收。"田太平说："这一次倒逼下的转型，让我们看到了这个农民脱贫致富产业的大市场。"

广攻他山之石　育出丰硕之果

鱼良溪二百五十余种植大户十三次外地取"真经"

三年培育果蔬产业 2100 多亩

岁末，刚从外地参观学习回来的江口县闵孝镇鱼良溪村草莓种植大户张嗣祥，没顾得上吃饭，就一头钻进自家的大棚草莓地里。

当他看到墨绿的茎叶顶着颗颗鲜嫩、饱满、彤红的草莓时，眼睛笑得像两片豌豆荚。

今年，他家种了5亩多草莓，在回村的路上，他就打听到周边草莓的行情，这两天，一市斤草莓卖到25元。他打算明天一早采摘上市。

鱼良溪村共有耕地2885亩，几乎是成片成片的良田，一直以产水稻为主。2006年，外地一客商在该村租赁土地种植大棚西瓜，村民们边帮客商打工边学技术。次年，有的村民也开始种上大棚西瓜，首次尝到了科技种植的甜头。2008年初，大部分村民在自家责任地里种植蔬菜、西瓜等作物。

这年，村里组织科技种植大户到湖南辰溪、贵阳乌当蔬菜基地参观，随后多次组织去湖南怀化、贵州遵义、广西南宁等地学习。村民们眼界开阔了，搞科技种植的也就多了起来。去年村里成立果蔬协会，每周利用一个晚上，召集村民们学技术，听种植大户谈经验。

龙井坪村民组有40余户在外打工，去年底几乎全部回村搞种植，其中有35户连片种植大棚西瓜、甘蔗、蔬菜，还购买了18辆小货车拉运自家果蔬产品上市销售。镇农技干部余小红除了负责指导该村技术外，还带头示范种植了48亩蔬菜，今年纯收入9万元。

全国劳模、村支书杨再炼种过西瓜、甘蔗，去年改种大棚草莓、蔬菜、蘑菇，现有草莓4亩、蔬菜5亩、蘑菇4亩。他说，全村种植大户250多户，有大棚西瓜、蔬菜、甘蔗、芋头、果树等二十来个品种，相对成规模，三年来村里组织种植大户外出参观学习13次，全村产业种植面积达2100多亩。

合兴3万余亩茶园配备"电子警察"

护航有机绿茶金字招牌

秋分时节，德江县合兴绿意盎然，山坡茶园随处可见人们忙碌采茶的身影。"以前除了春茶好销售外，其他季节茶叶几乎卖不出去，只有放弃采摘。现在夏秋茶品质同样有保证，就不能再浪费了。"合兴镇镇长张清霜介绍说，这得益电子警察"护航"金字招牌，让有机绿茶品质有保障。

处处青山绿水，重重山岭叠翠。生态环境优势明显的合兴镇，抓住我市大力发展生态茶产业机遇，几年时间，原本几乎不产茶的合兴，转身成为拥有3.2万亩绿茶种植面积的茶叶生产大镇。"白兰春"牌系列茶产品获第十届"中茶杯"全国名优茶评比"优质奖"、中国中轻产品质量保障中心颁发的"中国著名品牌"等殊荣，合兴绿茶声名鹊起。

"虽然量大质优，但还是有少数茶区管理粗放，农残超标，整体经济效益并不好。"德江永志生态茶业有限公司总经理何永斌认为，如果再不按照有机标准生产，就是自己挖坑自己跳。

2014年，永志公司想到配备"电子警察"的法子，确保茶叶按有机标准生产。这一想法得到合兴镇政府的大力支持，并成功争取省农委5万元项目资金，公司自筹18万元，共计23万元，在茶园和加工车间安装50只电子摄像头，配备上"电子警察"。

据介绍，这种电子监控设备，具备现代化的云服务功能，探头自动旋转，抓拍地点不固定，在整个茶区、加工和包装车间流动抓拍，覆盖面广，分布均匀，采用全地域GPS定位，能准确定位违规管理茶叶的具体地点，违规管理数据图片实时上传公司和相关部门电子监控室，前端存储高清录像，图片非常清晰。

"自从配备了'电子警察'，茶农和公司员工的'一举一动'都受到监控，谁都不敢有丝毫马虎。"何永斌说，现在茶区全是施农家肥，除虫除草用物理方法，茶叶卫生安全系数大大提升，几次送检，都符合欧盟400多项检测标准。

　　今年初，以出口高端茶叶为主、致力打造中国茶产业航母的贵州贵茶有限公司找上门来，请永志茶业公司为其提供"绿宝石""红宝石"品牌茶叶原料，双方"一拍即合"。自此，合兴有机茶搭乘贵茶公司这趟列车"漂洋过海"，茶农经济效益成倍增长。

　　能牵手国家级重点龙头企业，与贵茶公司合作，更加坚定了永志公司为茶园配备"电子警察"的态度，何永斌直言，"虽然配备'电子警察'不是有机茶生产行业标准，但这笔钱花得值！"他表示，将尽快配备第三期"电子警察"，实现茶区电子监控"全覆盖"，保护好合兴有机茶这块金字招牌。

不种水稻养蚂蟥

大宅头村巧算土地收益账
一亩稻田年创产值10万元

德江县长堡乡大宅头村的村民们找到了一条增收致富的捷径：稻田不种水稻养蚂蟥，一亩稻田年创产值10万元以上。

端午前夕，记者来到大宅头村采访。在呈"V"字形状的山脚交汇处，一条清澈见底的小水沟，把一丘丘稻田分割开来。村干部王时念指着稻田里一层蓝蓝的浮萍说，下面埋藏的全部是蚂蟥。

蚂蟥书名水蛭，因治疗"三高"（高血脂、高血压和高血糖）等有神奇疗效而走俏中药材市场。因蚂蟥生长速度快，一般经过6至7个月的养殖，亩产鲜体1500斤，能晒300斤左右干体，目前市场上干体价格每斤350元以上，即亩产值可达10万元以上，被业界称为"软黄金"产业。

2010年春节前夕，曾在多家医药公司打工、熟知市场行情的青年王时赞，怀揣着多年的打工积蓄和技术，只身回到老家大宅头村，租赁10亩稻田，风风火火搞起了蚂蟥养殖。

蚂蟥主食猪血。近年来，德江县生态畜牧业蓬勃发展，新建的屠宰场，正好为他提供了质优价廉的上品饲料。由于养殖成本不高，2011年虽遭受旱灾影响，但王时赞还是顺利收回了成本，且略有赢利。去年10月，王时赞正式挂牌成立了贵州鸿升水蛭养殖有限公司，力争在3至5年内，引进和投入1亿元资金，打造成集基地、生产、深加工和销售为一体的水蛭产业链条；同时还与贵阳一家大型医药公司签订了购销合同，实行"订单生产"。

"养蚂蟥也能赚钱！"干了大半辈子农活的村民们，顿时傻了眼。次年，村民王安洪、王安强、王进和村干部王时念等4户人家，纷纷将水源好、种植了几十年水稻的10多亩稻田，全部养上了蚂蟥。

"还有20天，煎茶镇的一个客户就要来买蚂蟥种苗，下个月沿河一客户也要 7000 条，谈定的价格是 10 元一条！"王安洪激动地告诉记者，"一亩稻田可养 1.2 万条以上蚂蟥，也就是说现在稻田年亩产值达到了 10 万元以上！"该村计划年内养殖蚂蟥 200 亩以上。记者看到，几户村民正在烈日下，挥锄动铲，或翻挖稻田，或砌田埂，忙碌不停。一村民说，村里有 20 多户农户等收完这季水稻，就改养蚂蟥。

潮砥镇：农旅融合走新路

　　春节期间，驱车行至德江县潮砥镇石板农业产业园，一幅山清水秀的画卷徐徐展开，公路旁一株株桃树含苞待放，乌江河面上一艘艘渔船有序作业，岸边游人悠闲地垂钓……靠山吃山，靠水吃水，长期受交通制约的潮砥镇，近两年依托得天独厚的山水资源优势，大力推进农旅融合，迈出了可喜步伐。

　　"扶产业才是扶根本。"镇党委书记张文介绍，潮砥镇重点实施了两个"百万工程"，即投入100万元建设集镇内占地15亩的小公园，投入100万元启动石板村的乡村旅游示范点。

　　在镇政府的大力扶持下，青年张向京在新华村发展的400多亩脐橙产业园，每公斤卖10多元，让村民们看到了脱贫致富希望。在其示范带动下，目前全镇建成脐橙基地4000余亩；预计2017年全镇将建成脐橙基地1万亩以上，实现人均增收5000元以上。

　　"每年3月，一条长15公里的粉红色桃花路将闪亮登场。"张文说，该镇连片栽种桃树，成为潮砥镇沿江公路一道亮丽的风景线，为发展乡村旅游奠定了坚实的基础。同时，随着沙沱电站的修建，乌江河水位的提升，为村民发展渔业养殖带来了前所未有的机遇，拓宽了群众的致富渠道。

　　在"十三五"期间，潮砥镇将抓住建设德（江）思（南）印（江）产城融合发展试验区的机遇，群策群力配合建成德江至印江的城际大道，届时，长期制约潮砥发展的交通问题将彻底打破。

　　"潮砥将成为城际大道上一颗明珠，成为重庆武隆—乌江山峡—梵净山—凤凰古城黄金旅游线上的重要驿站，呈现出'万亩脐橙同挂果、赛过春日桃花红'的美景。"张文对未来发展信心满满。

石阡龙井千万扶贫资金撬动投资 1.8 亿元

初冬时节，走进石阡县龙井乡，一条条宽阔、硬化的水泥公路犹似一条彩带缠绕在大山间，村庄、田野、山头到处是绿油油的苔茶、油茶，各型各色的车辆穿梭乡村……然而在三年前，3 万余人的龙井乡，因基础设施薄弱，产业发展后劲不足，全乡贫困面较大，属全省二类贫困乡镇之一。

2012 年，龙井乡被列为全省"集团帮扶，整乡推进"产业化扶贫项目定点乡！政策既是机遇，政策更是动力！龙井乡掀开了旧貌换新颜的新篇章。

2012 年、2013 年，在省党建扶贫工作队的指导下，龙井乡以 1000 万元的集团帮扶资金为杠杆，撬动省、市、县三级相关部门整合各类资金 1.84 亿元，向薄弱的基础设施"开战"。

县交通部门投入 12580 万元实施了 20 个村油路和水泥路建设，水务部门投入 1100 多万元实施了枫香坪、柏杨寨、竹林、分水岭、龙井和晏明集镇及周边群众的安全人饮工程，县危改办投入 846 万元完成农村危房改造……一时间，各级各部门充分发挥各自优势，积极争取项目资金，集中投入，合力消融"贫困"坚冰，为产业发展铺平道路。

龙井乡以"一业为主、多品共生"发展理念，规划建设苔茶 1.8 万亩，发展油茶 2.5 万亩、中药材 5000 亩、经果林 5000 亩等，实现户户有产业，发展后劲十足。2013 年，该乡荣获"贵州最美茶乡"称号，苔茶园区跻身为全省现代高效苔茶示范园，全乡农民人均纯收入达到 5526 元。

该乡党委书记李强表示，将通过 3 至 4 年的集中建设，把龙井乡真正建成集生产、旅游、观光、物流、贸易、科学实验、技术培训于一体的"省级帮扶示范区""生态苔茶示范区""营养健康产业示范区"，最终打造成国家 4A 级景区，实现茶旅一体化，园区内户均收入达 3 万元以上的目标。

三、梵净传真

二元户籍制度改革破冰

备受关注、在贵州省率先实施的铜仁地区户籍制度改革，不知不觉已走过了一个多年头。进展如何？

"户籍改革不但方便了群众，还为我们管理计划生育、综治、维稳等工作都带来了很大的便利！"铜仁市大江坪社区居委会的涂贵英快人快语。她说，以前辖区有几户居住长达十年之久的沿河自治县、思南县的农村人，由于其户籍一直在乡下，致使计划生育管理等工作非常被动。现在，辖区派出所为其办理了铜仁市居民户口，居委会按照相关条件为他们落实了城市低保。之后，他们主动到辖区计生部门办理了计划生育节绝育手术。

"户籍改革有利于引进外地高级人才，对促进地方经济社会发展很有好处！"铜仁市重点招商引资企业贵州侨泰房地产公司董事长徐涛十分坦诚地告诉记者。

……

采访中，几位市民还告诉记者，以前许多来自本地区内农村的个体投资者和打工人员，他们为这座城市的发展做出了不同程度的贡献。但由于户籍限制，一些有为者很难在铜仁施展拳脚，无奈之下，只好外出谋求发展。

打破城乡户籍"二元制"壁垒

2006年11月11日，拟在全区实行城乡户口"一元化"管理改革的《铜仁地区户籍制度改革暂行办法》正式施行，标志着铜仁地区户籍制度改革率先在全省正式启动。

其基本原则是：以人为本，有利发展，便利迁移，户随人走，循序渐进；改革的核心元素是：统一户口称谓、对四类人实行自愿登记原则、简化登记手续、促进人口有序流动。目的是打破各类人才和劳动力合理流动的"瓶颈"、促进小城镇发展和城市化进程，进一步调动广大人民群众的积极性、凝聚各方面的力量，为构建社会主义和谐社会服务。

统一户口登记后，对居住在该区内的居民统称"铜仁地区或××县、市、区居民"，确需区分的一般按居住地划分，称为"城市（城镇）居民"或"农村居民"。根据《铜仁地区户籍制度改革暂行办法》规定，新的户籍管理制度目前只在公安机关内部实施。按照铜仁地区行署安排，与新的户籍制度相配套的有关改革和管理措施，将根据经济社会发展进程陆续出台和施行。

为将这一"民心工程"抓好抓实，铜仁地区各级部门严格按照改革要求，陆续出台和完善相关配套政策。要求相关部门把政策明明白白交给群众，使广大人民群众既吃透改革政策，又确保户籍改革稳步推进。

铜仁市公安局原户籍管理科科长王建华表示，改革的方向就是将户口同附在其上的各种利益剥离，从根本上确立公民在户籍上的平等地位，并为下一步更深层次的改革搭桥铺路。

中共铜仁地委委员、地委秘书长、统战部部长陈达新认为，作为西部贫困地区，"一元化"户改无疑是铜仁地区民主与法制建设的一大进步，"其意义是深远的"。

"一元化"管理已是刻不容缓

这些年来各地相继打开了户籍"变法"的大门，改革越来越颇具人文关怀的暖意。

对于来自松桃自治县的李正军来说，2007年8月27日绝对是他终生难忘的日子：在这一天，他一家4口从农民"摇身"变成了令人羡慕的城里人，不但在当地派出所登记落了户，还领取了铜仁户籍的身份证，他7岁的儿子也顺利入学。

"户籍改革改得好！"李正军浓郁的松桃苗族口音中掩饰不住自己的兴奋，"现在孩子读书再不交高价钱了，这在以前是想都不敢想的事儿呀！"

铜仁地区公安局有关人士告诉本刊记者，像李正军这样的农民靠买房到城市落户的人不在少数。

铜仁地区公安局户政科一负责人说："这等于打破了当前户籍政策的底线。此举足能刺激政府部门考虑相关政策的适应性，从而加快城乡统筹的发展步伐。"

针对一些人的户籍制度改革可能中途"流产"的看法，铜仁地区、市公安局的主要领导告诉本刊记者，眼下处于"风口浪尖"的铜仁户改并未出现许多人们担忧的"流产"情况，正按既定计划有条不紊地稳步推进。

据不完全统计，铜仁地区户籍制度改革自2006年11月11日启动以来，在短短一年多时间，全区就有近 300 万人从几十年不变的"户籍怪圈"中解放出来。地区公安局分管户籍的彭容江副局长告诉记者，全区 390 多万人的户口有望在今年 10 月底全面换发完毕，率先在全省实现"一元化"户籍管理。

一场城市、政府、市民和外来人口城乡大同的大幕正启！

向"一元化"转轨 需综合配套改革跟进

随着户口迁移的限制减少，城市人口增长速度可能加快，随之给城市最低生活保障、优抚安置、教育以及基础设施等造成压力。

一些专家指出，如果城市公共产品与服务不能承载过多人口，新进城的人就有很多相关利益享受不到。因此户籍制度改革要想切实取得成效，不能靠户口一迁了之，而要着眼于搞好综合配套改革。

曾以改革彻底而名声大噪的郑州市，千呼万唤的户籍制度改革，终因城市公共资源有限而被迫"叫停"。户籍改革改什么？其实就是要让城乡劳动者实现平等就业和公平地享受社会经济发展成果，让每个人在同一制度平台上，凭能力参与市场经济的公平竞争。

而作为走"边改革边推动"之路的铜仁户改，更需要配套改革政策的跟进。

如何破解户籍改革难题？中国人民公安大学治安系教授、户籍问题专家王太元认为："快慢没有意义，关键看配套，光是形式上统一户口没有什么用。深化改革的关键，在于加快改革以剥离附着在户口背后的各种利益，把隐藏在户口之后的劳动、人事、工资、物价、教育、卫生、社会福利等诸多制度与户口脱钩。"

目前，全国已有 12 个省、区、市先后取消了二元户口划分，在这 12 个省区市统称为居民户口。二元户籍制"变法"势不可挡，中国将逐步取消二元户口登记制度，探索居住证制度。坚冰开始融化！

鉴于户籍所牵连到的其他领域和各地情况的差异，中国城市规划设计研究院副总规划师赵燕菁认为应采取因地制宜的原则，放权于地方。

"放开户口，叫好之余也当慎重。"复旦大学社会发展与公共政策学院院长彭希哲认为，松动户籍管理考验城市人口承载力。这就需要户籍制度能够适应这种人口流动趋势，做好配套保障，让劳动力能随机会自由流动。

一家县级医院的崛起之路

——德江县民族中医院成功转型发展纪略

最近几年，德江县民族中医院在西部地区中医行业声名鹊起，殊荣纷至沓来：

2011 年被国家中医药管理局列为"重点专科建设项目"，2012 年获"中国最佳管理创新模范医院"称号；2013 年成功创建"二甲"，2014 年综合收入突破亿元大关，在贵州省同类医院中排名第三，同年获得"全国优秀卫生计生医疗机构"称号……

一个深居大山的县级中医院，为何能在全国众多卫生医疗机构中脱颖而出，获得众多殊荣？这是该院走"人才强院、特色立院、科技兴院"所取得的结果！

人才强院　激活一池"春水"

"管理不规范、员工纪律松散、病床数量少、群众满意率低……"这是2006 年前的德江县民族中医院。

2006 年，管理经验丰富的张永红到德江县民族中医院主持工作，经过摸底，张永红打出了振兴德江县民族中医院的第一张牌——人才强院！凡主任医师、博士来德江县民族中医院工作，一次性奖励 20 万元以上经费，并优先解决住房；凡副主任医师、硕士来德江县民族中医院工作，一次性奖励 10 万元以上经费，并优先解决住房；凡主治医师来德江县民族中医院工作，一次性奖励 5 万元至 10 万元经费……

自 2006 年开始，德江县民族中医院连年向全国发出"招才榜"！同时，张永红还多次率领田永松、向中毫、张惠鹏等班子成员，奔波省内外各大人才市场，或到各大医院物色人才。

不到一年时间，该院引进了胸外科专家张金刚、蒋仁锋，脑外科专家文松，骨科专家杨殿忠，肝病科专家郑继昌，针灸专家冯胜军，康复专家何昌禄，重症监护专家冯德荣，检验科专家贺天辉等大批专家人才团队，为加强医院专科特色建设，提升综合服务能力奠定了坚实的基础。

为了不挫伤内部员工积极性，该院及时制定了科学的岗位考核和绩效管理办法，大幅提升全体医护人员薪资待遇。同时，由医院出资，将优秀的员工"送出去"深造培养，几年下来，累计培养了100多名大专生，30多名本科生，目前有3人在读研究生。

"人才强院"战略产生了"孵化效应"。全院职工很快转变了思想观念，大家心往一处想，劲往一处使，工作执行力明显提升，服务态度全面好转，医疗质量大幅提高，就医环境明显改善，不但吸引了县内患者前来就医，而且还吸引沿河、思南、务川等周边地区的广大患者，昔日"萧条"的医院焕发出无限的生机与活力。

特色立院　抢占医疗服务高地

有了人才这个根本，德江县民族中医院紧接着打出了第二张牌：特色立院，走技术创新之路！医院以"三个抓手"为切入点，深入推进"特色立院"战略。一是抓"新"，以新项目、新技术占领技术制高点；二是抓"难"，提高危急重症的抢救能力；三是抓"专"，瞄准专科、专病、专家。

通过实施"三抓"战略，德江县民族中医院在三年内获得了3项市级科研成果奖、4项市科技进步奖。同时，在中医药特色服务品牌，名院、名科、名医建设方面也取得了显著成效：中医院针灸康复科被国家中医药管理局列为重点专科建设项目！骨伤科、肛肠科被省中医药管理局列为重点专科建设项目！2011年，医院与遵义医学院联合创办了肿瘤德江县民族中医专科医院！系列特色专科医院的相继建立和壮大，使德江县民族中医院如虎添翼，为持续发展奠定了坚实的基础，让医院步入快速发展的快车道。

十年磨一剑，德江县民族中医院实现华丽转身：无论是医疗技术到服务，还是中医院的品牌效应，在当地百姓心中都形成了很好的口碑，综合实力挤进全省中医行业前五名。

说起医院的成功转型，副院长田永松说："这是德江民族中医院巧用经济周期的原理，科学地结合医院自身特点，巧妙地避开'抛物线'形成的经济低潮，用创新经济找到新的发展轨迹，科学地走上了持续发展之路。"

科技兴院　争创一流医疗中心

上任初期，张永红就提出要以"学科建设、先进设备、引进人才、规范管理，创二级甲等医院和医院整体搬迁"的工作思路作为医院发展的主线，强力推进医院快速发展。

在德江县委、县政府的大力支持下，2012 年医院始建新大楼，2013 年 8 月成功创建"二甲"；2014 年 9 月实现医院整体搬迁至占地 86 亩的德江县城南新区，两期工程完工后，医院建筑面积 11.3 万平方米，开放床位 1000 多张。

近年，该院投入上亿元资金引进系列大型医疗设备，大幅度地提高了医疗诊治水平，提高了医院整体科研攻关和服务能力。同时，紧跟国内医院管理发展形势，加强信息化建设，建立护士工作站，建成与遵义、贵阳等省内多家医院的远程会诊和医学继续教育信息系统等，临床科室全部启用电子病历，全院医疗业务和管理工作步入信息化、数字化发展轨道。

特别是最近几年，超常规般的投入和建设，德江县民族中医院在贵州省医疗行业引起了不小振动，同时也使德江县民族中医院发生了翻天覆地的变化，医院整体实力由过去长期全省垫底位置跻身全省的前列，成为全省中医行业乃至西部地区中医院"领头羊"。

如今，德江县民族中医院又把奋斗目标锁定在创建"三级甲等医院"上，进一步从管理、设施、人才、技术、服务等方面着手，奋力打造黔东北区域一流医疗中心。

"我院是北京中医药大学东直门医院战略联盟医院，是贵阳中医学院附院、贵阳脑科医院对口帮扶医院，是全县中医药事业发展的龙头和核心。"获得全国医院管理创新十佳优秀院长殊荣的张永红说，医院将在用好这些资源优势和机遇的同时，全面推进医院综合改革，加快该院和贵阳中医学院非直属附属医院建设步伐，促进医院全面转型升级。

重锤之下鼓声响，天道轮回总酬勤。贵州省级示范县综合性中医院、中国最佳管理创新模范医院……伴随着建院以来最为辉煌的荣光，德江县民族中医院正以全新的面貌和姿态，阔步迈向美好的明天！

中国农业银行铜仁分行
验证"鱼"与"活水"关系

　　梵净山环线公路项目、黑湾河旅游服务区项目、"金玉弥勒"项目、索道建设项目……从山脚到山顶，所有项目建设都是农行铜仁分行支持的！随着旅游基础设施及系列配套功能的完善，如今，梵净山旅游业正呈现出"井喷"景象，激活了铜仁旅游业一池春水！铜仁梵净山投资公司第一笔 6 亿元的启动资金，是农行铜仁分行放贷支持的！正是这笔资金，成功开启了铜仁梵净山投资公司的"破冰之旅"：短短几年，经过该公司的投融资平台运作，直接促成我市完成土地整治 20 余万亩，为各区县融资、建设基础设施、工业项目用地等，都带来了系列连锁反应，强力推动了地方经济社会跨越发展！"我们企业能有今天的红火，多亏农行热情帮助和支持！"铜仁境内的不少企业负责人，纷纷发出由衷的感谢。

　　端午时节，记者在碧江区采访时，各界人士对农行铜仁分行支持城乡经济建设赞不绝口。

一个贫穷老农的故事

　　这是一则发生在碧江区坝黄镇的真实故事。

　　为方便与外界的联系，一天，一位贫穷的老农，兴高采烈地来到集镇的一家手机专卖店。刚进门，老人就告诉店主，要购买一台最便宜的手机。

　　店主告诉这位老人，最便宜的要 55 元。

　　老人翻遍了身上衣袋，但也只搜出 41 元钱，根本不够买一台手机。于是，老人问店家能否少点？店主坚定地告诉他，这已经是最优惠价了。

　　正当失望的老人准备离身而去的时候，聪明的店主忽然问："老人家，你带'新农保'（新型农村养老保险）卡了没？""带了！"迷惑的老人掏出新农保卡，不知所措地交给了店主。

　　"你这上面有 55 元钱呢！"经过查询，原来，新农保资金早已上到老农的账上。

顿时，这位老农陷入了沉思。之前，他根本没把新农保当回事，也没有放在心上。更主要的是，老农说是怕镇政府哄骗他。令他万万没想到的是，如今，新农保钱真的拿到手了。

老人领着心爱的手机，刚回到家中，就向慕名来看稀奇的村民们讲述了新农保卡的好处，不但可以取现金，而且可以购买手机等等。

这下，原先对新农保政策持怀疑态度的村民们，纷纷主动到镇政府办理了参加新农保手续。

店家高兴地介绍，自从农行给他开通了新农保业务，他家的生意比以前好了许多，每个月收入都比以前要高 20% 以上。

"方便农民，繁荣城乡经济，推动政府工作，这是我们开办'惠农卡'惠农通业务的一个初衷。"农行铜仁分行的领导说，尽管这项工作投入大，但农行铜仁分行主动肩负起了承担社会责任之职，对这项投入毫不吝啬。

精彩亮相

一组来自农行铜仁分行的统计数字显示：自 2009 年股改上市到 2011 年底，农行铜仁分行平均每年为铜仁市城乡经济发展提供新增贷款 17 亿元！重点支持了交通、矿产、医疗、教育、房地产、旅游业、城市基础设施、土地整治、公租房建设、农村产业化建设等支柱产业和重点项目。

今年 1 至 5 月，各项贷款余额达 56 亿元，较年初净增 4 亿元。

艰辛付出的回报，是业务量的稳步提升，正是来源于农行铜仁分行"面向三农，服务城乡"的经营理念。不断探索和实践新的"三农"服务模式，为实现"三农"业务可持续发展开辟新的道路，充分发挥在农村金融体系中的骨干和支柱作用。尤其是 2009 年新型农村养老保险实施以来，积极探索，以惠农卡为载体，创造出"惠农卡 + POS 机 + 合作商户"这一服务新农保项目的金融服务模式，将服务平台延伸到村，服务到人，满足广大农户的金融需求。

今年内，将大力推进"惠农通"服务点建设，建立起"覆盖城乡、通达村寨、高效快捷"的支付结算体系，有效提升服务"三农"能力，做到农民足不出村就可以享受到农行的金融服务。

2011 年，该行实现利润在当地银行业金融机构中位居第一位，多数重要指标超过了全省平均水平。在信贷风险控制方面，通过加大不良贷款清收力度，不良贷款、不良贷款余额实现"双降"目标。在系统性、周期性风险加大的情况下，全行信贷风险总体控制良好。到期贷款收回率达 99% 以上，新增贷款投向更趋合理，客户结构继续得到优化。实现高附加值业务贡献度持续提升。农户金融业务加快发展，内控管理水平持续提升，实现平安经营。

记者点评：农行铜仁分行开拓创新，延伸服务渠道，提高金融服务水平，业务经营发展年年上新台阶。各项贷款及个人贷款总量等多项指标，连续多年保持本地四大上市银行首位！这是该行始终坚持"面向三农"，主动融入地方经济社会建设的必然结果。

制造"活水"

"如果把银行比做鱼，那么地方经济就是水，没有水哪来鱼？"基于这样的认识，多年来，农行铜仁分行始终坚持以支持地方经济建设为己任，始终坚持把这项工作称作是"制造活水"。

交通是经济社会发展的重要基础设施，能为经济社会发展提供有力支撑和交通运输的有效保障。杭瑞高速、思剑高速途经我市6个区县，建成后，将为推动我市后发赶超、跨越发展增添强劲动力。农行铜仁分行抓住千载难逢的机遇，先后累计投放28亿元贷款，确保了工程的有序推进。

铜仁有着丰富的旅游资源，但由于交通等因素制约，长期藏在深闺，资源优势不能转化为经济优势。为此，农行铜仁分行累计投放4亿多元信贷资金，支持了梵净山索道、环梵公路、金佛、九龙洞等景点及基础设施的开发与建设，为铜仁市打造世界知名旅游目的地打开了阀门，为我市实现旅游业率先跨越发展奠定了坚实的基础。

支持清洁能源的开发建设，也是农行铜仁分行支持的重点。近年，农行铜仁分行积极介入乌江及锦江河流域梯级水电开发的工程融资，总计放信贷款13亿元，支持思林电站、沙沱电站等重大项目，总装机容量达100多万千瓦，极大地改善了全市的用电环境，为国家"西电东送"工程做出了积极的贡献。

土地整治是保障发展、保护耕地、统筹城乡土地配置的重大战略工程。在农行铜仁分行的信贷支持下，我市完成土地整治20多万亩，加快了全市土地利用率，改善了广大群众的生产、生活条件。同时，为各区县后发赶超、跨越发展提供了用地需求。

我市作为传统的农业地区，长期缺乏支柱产业支撑。

农行铜仁分行以支持地方经济发展，服务"三农"为己任，先后累计投放50多亿元资金，大力支持铜仁烟草产业，把烟草产业培育成全市最完整、最成熟的产业，上缴税收达15亿元以上。

招商引资是一个地方经济社会跨越发展的重要引擎。

为推进招商引资落地，农行铜仁分行积极响应市委、市政府号召，积极帮助招商引资解决融资难题。近3年来，农行铜仁分行累计投放贷款达13亿元，重点支持锰矿、房地产、水电、农业产业化建设等。今年第一季度累计投放招商引资项目贷款1.5亿元，全年预计投放达10亿元。

除上述外，在支持保障性工程廉租房建设、重点房开项目和学校、医院民生工程建设等方面，农行铜仁分行也是不遗余力：投放1亿余元资金修建廉租房5000多套；投放5亿多元资金，支持了碧江区"公园道1号"、松桃城区"滨江花园"和思南"金碧叠翠园"等重大项目，提升了人民群众生活水平。

正是由于大量信贷资金涌入地方经济建设，农行铜仁分行与广大企业形成了良好的鱼水关系，截至今年5月末，全行吸纳存款逾100亿元，多项指标均位居本地四大上市银行首位。

记者点评：我市"三化同步"发展战略的稳步推进，离不开金融机构的大力支持。农行铜仁分行找准地方金融服务的着力点，主动融入到服务地方经济社会建设中，突出特色，开拓创新，实现了支持地方建设与自我发展的双赢。

寻觅春色

越是困难时期，政府和企业越要共进退、克时艰。当不少企业在金融危机中频频倒下，地方政府都在寻求"救市"的良方时，我们看到了企业银行"抱团取暖"的铜仁样本。

"短短四五年时间，从30多名员工发展成今天的400多名员工，总产值从不足3000万元发展到目前的2亿元，成为铜仁市规模工业企业之一，这是农行铜仁分行大力关心支持的结果！"这是前不久铜仁天翼混凝土工程有限公司董事长、总经理田昌贵对记者所说的一番话。

天翼公司是2007年原铜仁市政府招商引进的一家生产预拌混凝土的中小企业，是国家积极鼓励和支持的节能、环保、高效的建筑材料生产加工企业，产品市场前景广阔，企业经济效益看好。但由于2008年遭受金融危机影响，企业周转资金困难。由于公司场地及主要设备均为租赁，不具备融资担保条件，企业负责人一筹莫展。

农行铜仁分行领导获悉这一情况后，多次上门与公司负责人一起出谋划策，理思路，想办法，出点子。由实力较强的伍寰房地产公司为天翼公司担保，使其获得了贷款支持，企业如虎添翼，迅速发展壮大。

当前信贷资源稀缺的情况下，农行铜仁分行积极响应市委、市政府号召，不断创新服务产品和服务方式，加强与职能部门沟通，组织召开银企洽谈会，主动深入企业掌握生产、销售情况，了解资金需求。在全行推行"一次调查、一次审查、一次审批、循环用信"的信贷运作模式，大力支持中小企业发展。"十一五"期间，先后累计向上海华联超市有限公司、铜仁天翼混凝土工程有限公司等 100 家企业及私营业主发放贷款 100 亿元以上，培育了大量规模企业，助推了地方经济社会快速发展。

记者点评：资金是经济运行的血液。壮大地方企业，发展地方经济是政府的良好愿望，也是金融机构义不容辞的社会责任。伴随着铜仁经济社会的持续快速健康发展，农行铜仁分行必将以更加矫健的步伐，在后发赶超、跨越发展的道路上疾步前行，不断迈上新的台阶。

挺立潮头唱大风

——铜仁农村商业银行改革发展纪实

　　2013 年 10 月 28 日，由原铜仁联社和万山联社合并组建而成的铜仁农村商业银行正式挂牌成立。这标志着铜仁农商行揭开了生命灿烂辉煌的篇章！2003 年以前，铜仁农村商业银行的经营规模、市场份额在当地银行系统可谓微不足道，只能艰难勉强地在农村地区偏居一隅，在当地政府和城区企业、居民中无任何知名度。经过 10 年的改革发展，现在的铜仁农商行在法人治理、业务发展、内部控制等诸多方面可谓焕然一新。

　　从 2004 年到今年 7 月底，在不到 9 年的时间里，铜仁农村商业银行各项存款从 2 亿元增至 33 亿元，增长 16 倍，各项贷款也从 2 亿元增至 23 亿元，增长 11 倍。回望这段风雨历程，铜仁农村商业银行所取得的进步是党中央、国务院大力关怀和省联社正确领导的结果，也是该行自身迎难而上、协力拼搏的结果。

"三驾马车"齐驱，大力开拓两个市场

　　铜仁农商行——即原铜仁联社、万山联社是在极其薄弱的基础上艰难起步的。2003 年末，根据《国务院关于印发深化农村信用社改革试点方案的通知》等文件精神，省联社正式成立，这标志着我省农村信合事业掀开了新的一页，步入了新的发展里程，这也使当时的联社看到了发展希望，重拾了发展信心。在省联社的正确带领下，原铜仁、万山联社切实加紧改革改制步伐，并分别于 2004 年和 2005 年成立联社，完成了统一法人改革。

　　至此，两家信用联社并未裹足不进，而是抓住难得的机遇加快完善机制、加快甩掉历史包袱。通过几年的努力，一方面逐步建立健全了社员代表大会、理事会、监事会机构，规范了各自的职责和议事规则，建立起"三驾马车"并立前驱又相互制衡，激励和约束相结合的经营机制。

　　金融是经济的"血液"，农村金融是农村经济的"血液"。面对经济金融的新形势，首先是市场竞争主体的多元化加剧。在农村金融领域，农信社积累了

丰富的实践经验，但随着经济的发展，按部就班的工作模式已远远无法开拓这个蕴藏潜力的市场。

怎样才能赢得更大的农村市场？根据实际情况，农信社制定一系列措施：一是公布服务监督电话，及时满足农户的有效贷款需求；二是深入农民工外出务工的集居地动员、宣传、推介；三是全力推进信用工程建设；四是对不同信用等级农户推行差别化执行利率；五是联社班子带头进村入寨，访贫送暖，尽力帮助村组修桥补路和完善水利设施。

多年来，随着这些惠农助农措施的推出，农户的收入增加了，农村的面貌改变了，"贷不到款"的声音也销声匿迹了。"贷款到信用社，存款也要到信用社"的观念也深深扎根在老百姓的潜意识中。

在稳固农村阵地的同时，农信社也不遗余力地突围城市市场。在城市领域，一是根据新形成的商圈专业市场，重新布局机构网点，最大限度地为个体工商户从地域提供方便；二是深入商户店面摊位了解金融需求；三是分街道分专业市场召开个体工商户座谈会，面对面沟通、交流、动员、宣传；四是推出一套服务个体工商户的便捷灵活高效优惠措施，为个体工商户量身定做一套"金纽带"系列金融服务产品；五是主动向企业伸出"橄榄枝"，分批次分行业召开中小企业座谈会，强化"中小微企业"金融服务中心功能，与辖区内小微企业共筹措、共发展。

稳中求快，发展重现生机

面对当前复杂的经济金融形势，对"服务'三农'，服务社区经济、服务中小企业"的农信社来说，如何在风险可控的前提下用好用活信贷资金，切实满足市场的合理需求，促进农村经济不断繁荣，既是对农村信用社员工智慧的考验，又是对信用联社生存发展能力的检验。在依法合规经营方面，农信社决策层有着很深的理解，"只讲速度不讲质量的发展是不可持续的，我们必须牢固树立规范为先经营理念，特别是要着重长效规范经营机制的建设。"

一是坚持风险可控为根本，提高管控水平，严把贷款发放管理关，坚持审慎稳健的原则，严格贷款"三查"制度，按流程操作，按制度办事，并建立科学的风险防范和预警机制，及时发现、化解风险，将风险始终控制在可以掌控的范围内，建立一支既擅长营销，又善于控制风险的营销队伍，使贷款既能营销得好，又能把风险控制得住。

二是率先推出"顶岗工作制"，从各部门各社抽调业务骨干组成顶岗工作组，对相应基层社实行"突击进驻、业务接管、全员离岗"，对基层网点进行查清、查深、查透，这样既避免检查走过场，又防止"窝案"中的"全防全守"，更主要的是发挥其震慑作用。

三是率先制定一系列操作性强、易实施的工作制度和细则，如"面谈面签制度""受托支付制度""八小时以外家属监督及报告制度"等等。

四是率先提出"算好大账、算好细账、为业务健康快速发展提供支撑"的财务管理观念，并在基层信用社实行费用"双轨制"的财务管理考核模式，财务杠杆撬动业务发展作用十分明显。

五是率先建立内控机制的三道防线，即：思想防线、制度防线和监督防线，初步建立起长效的风险管控机制。

经过从农村到城市的"战役"攻坚，铜仁农信社在辖区内金融市场的竞争中初露锋芒，树立了良好的信誉和形象，也积累了一定的资金实力和宝贵的市场竞争经验。

时值 2008 年金融危机时，城区部分中小企业向一些国有大银行告贷无门的情况下，纷纷转向农信社来咨询，寻求支持帮助。

"天赐良机，我们当然不能轻易错过。"联社分组深入工矿企业，主动向企业伸出"橄榄枝"，甘愿与中小企业"抱团过冬"，共渡难关，共寻出路，共同发展；二是及时分批次分行业召开中小企业座谈会；三是成立"中小微企业"金融服务中心，外引专业人才，内部调兵遣将；四是建立中小微企业名录项目储备库；五是以现有的"黄金"客户为核心，延伸去做产业链、资金链，通过存量客户去拓展新客户。

一个值得书写的数据是：2012 年的原铜仁市联社，与之合作紧密的中小微企业已达1000 余家，存贷款余额已从区区几百万增加至 10 余亿元，已占了存款余额的三成有余，其中 8 家中小企业发展成为农商行的企业法人发起人。

继往开来，服务勇于创新

十年创业结硕果，十年发展谱新篇。十年，铜仁农商行紧跟改革创新、与时俱进的时代节拍，高歌猛进；十年，改革凝聚辛勤汗水，铜仁农商行始终不渝。

十年来，在各级党委、政府的关怀下，在省联社的正确领导下，在人行、银监的精心指导下，在各级各部门的大力支持配合下，经过"三驾马车"的协力同行，锐意创新和全体员工的奋力拼搏，在发展道路上跨过一道道门槛，攻克了一块块阵地，取得了一个个胜利。无论是发展速度、质量和效益，还是经营机制、内控管理水平建设，其业绩可以说是显而易见的。

在下一个十年中，随着经济环境的不断变化，产业结构调整的深入，无论是从外部形势和环境变化的要求，还是自身发展的内在需要上，深化改革势在必行，铜仁农商行将迎来新的重大战略机遇期，同时也将迎来新的挑战，展望未来，农商行将重点做好以下方面工作：

一是进一步深化产权制度改革，完善法人治理结构。进一步完善股权设置，按照现代企业制度的要求，进一步健全法人治理结构，明确职责分工，完善决策、执行、监督相互制衡的治理结构。要解放思想，大胆创新，努力探索符合该行实际的有效治理结构。进一步加强制度建设，科学合理地制定有关工作程序和议事规则，增加决策透明度，提高运行效率。

二是努力改善金融服务，加大农村支农力度。着力推进农村信贷环境的逐步改善，完善健全农商行资金结算体系，大力发展银行卡等现代支付工具。以强化基础管理、内部控制和风险防范机制为主，努力构建适合新农村建设的多层次、可持续的农村金融服务体系。鼓励为农业和农村经济提供强有力的金融服务，支持农业开发、农村基础设施建设，增加信贷投入，发挥农商行在农村经济发展中的主力军作用。

三是与时俱进，加强创新力度。要制定落实具体规划战略，加强研发，提高业务创新能力，增加可供客户选用的金融工具及业务品种，逐步并充分发展基金托管类、担保类、承诺类、咨询顾问类和衍生金融工具交易类等高技术含量、高附加值的业务，打造更多具有竞争优势的品牌产品。

四是打造独特企业文化。要紧跟时代节奏，适应发展要求，在省联社的统一要求下，深挖自身内涵，打造别具一格的企业文化。在内部解决员工的精神状态、价值取向、行为表现，形成团结、协作、融洽的工作局面，在外部塑造鲜明的品牌形象，着力稳步提升市场竞争力。

站在经济改革的大潮前，沿着绵绵江水，眺望巍巍梵净山，围绕"四化同步、一业振兴"发展战略，铜仁农村商业银行向时代呼唤：再来十年、二十年、三十年……我们继往开来、再续辉煌！

"三桥"投用：铜仁主城区交通"松活"多了

碧江区鹭鸶岩二桥、新东门大桥相继投入使用后，11月30日，新西门桥正式通车。顿时，铜仁主城区交通"松活"多了，往昔市民出行难、交通拥堵现象得到有效缓解。

"一年内三座桥相继投入使用，很不简单！"连日来，记者乘坐的士车时与驾驶员谈到城区交通改善带来的变化，驾驶员们都感叹"生意好多了！"这是市委、市政府高度重视城市基础设施项目建设所取得成效的一个缩影，也是关注民生，着力解决市民出行难的重大举措之一。

近年来，随着工业强省、城镇化带动主战略的深入推进，铜仁主城区规模迅速扩大，城市人口逐渐增多，加之原有的东门大桥、西门桥等修建时间久远，桥面狭窄，完全不能满足社会发展需求，交通压力逐年增大。

新修的鹭鸶岩二桥、东门大桥、西门桥等，很大程度上缓解了城区交通拥堵问题，成为近年来市委、市政府的一项重大工作。

为加快推进项目建设，从去年初开始，市委、市政府主要领导多次亲临现场办公督促，切实协调解决工程推进中存在的问题，在广大群众的积极支持下，征地拆迁及项目建设得以快速推进。

今年1月26日，鹭鸶岩二桥顺利竣工投入使用。该桥建成后，增加了铜仁市的西出口通道，使201省道和305省道与大江坪下游的金鳞大桥、大江坪大桥形成多个出口，有效缓解铜仁主城区的交通压力。

被誉为"铜仁第一桥"的东门大桥，见证了铜仁从落后到繁荣的发展轨迹，为地方经济社会发展做出了重大贡献。经过70年的岁月洗礼，在2011年时已成危桥。经过一年多的努力，新东门桥于今年上半年顺利建成通车，把谢桥新区连接到城市快速干道上来。

作为主城区交通"心脏"的西门桥，自去年12月动工以来，就一直备受广大市民关注。市委、市政府主要领导及碧江区党委、政府及市区相关部门高度重视，克服各种困难，科学调度，倒排工期、保质保量快速推进，今年11月30

日终于顺利建成通车，有效缓解了城区交通压力。

　　据了解，除鹭鸶岩二桥为双向四车道外，新建的西门桥、东门大桥均为双向六车道，承载通行能力大大提高。

2006 年，包括土家炸龙在内的"德江土家舞龙"被列入贵州省首批非物质文化遗产。近年，德江县委、县政府采取各种方式服务和引导，使其逐渐走向成熟，成为推动地方经济社会跨越发展的重要推手。

业内人士惊呼："德江炸龙"的刺激性不亚于斗牛！但比较起来，更有艺术性和文化内涵！不少当地人士及政府官员也呼吁将其办成"东方狂欢节"，以吸引更多游客。

"德江炸龙"具有十分重要的历史价值和文化价值，有何历史渊源？它将何去何从？春节期间，本报记者在观感精彩表演的间隙，专题采访了德江县傩戏表演协会副会长兼秘书长、土家学会副会长兼常务副秘书长、《德江土家炸龙》主编张贤春同志。

德江炸龙：传承与发展

问：包括土家炸龙在内的"德江土家舞龙"2006 年被列入贵州省非物质文化遗产。通过近年的精心打造，可以说，德江炸龙已享誉全国，请你结合地方经济社会发展情况，简要阐述德江炸龙历史渊源好吗？

答：德江是一个典型的深山、石山、缺水和土家族聚居区。过去，习惯于刀耕火种的土家人一直过着"靠天吃饭"的生活，对当时各种先进文化知之甚少，对一些天文现象、自然灾害、疾病瘟疫等无法做出合理的解释，便向神灵祈祷、谢恩，以求庇护，于是以龙求雨、舞龙酬神等一系列活动就应运而生。在当时人们心中，龙就是神的化身，为了表示虔诚，为了祈求兴旺、吉利、平安，人们对以龙为载体的各种祭祀活动进行了规范和完善。人们舞龙，不仅表达了礼仪，了却了心愿，同时还娱乐了身心。酬神和娱人的有机结合，给舞龙文化的传承和发展注入了强大的活力，前者满足了人们求助神灵的愿望，后者满足了人们精神生活的需求。

德江舞龙有上千年历史，关于舞龙的最早图文记载是永乐八年（公元 1410年）的飞龙寺（时属设在德江县龙泉乡的思州管辖）内正壁上的"求雨图"，虽历经 600 年沧桑，所画草龙、人物仍清晰可见、栩栩如生。民国年间，县城舞龙已相当盛行。民国三十五年（1946年）春节，县城在舞龙灯时，场口（红旗路）、上场（东风街）分别将"亭子"扎成"东吴招亲""罗通扫北"而相互讥讽，致使双方大打出手，互伤多人，一些目睹现场的老年人至今仍记忆犹新。

新中国成立后，舞草龙的逐渐稀少，现广为流传的"龙灯"是箍龙（用篾条做骨架，并罩上龙衣，贴上鳞片而成）。土家舞龙，主要是指春节期间土家人民举办的以龙酬神娱人的系列文化活动。而炸龙，是为了炸掉邪气，祈求风调雨顺，五谷丰登，六畜兴旺，平安吉祥。

问：请介绍德江炸龙发展情况？

答：德江土家炸龙，早先是以龙求雨，舞龙酬神，后来渐渐演变为酬神娱人。如今酬神渐淡，全城居民自发组织，自愿参加，自筹资金，自编自舞，自玩自炸，大有地不分东西南北，人不分男女老幼之势，其主要目的是娱乐身心，宣泄情感。通过炸龙，表达土家男儿的剽悍、粗犷和血性。过去，参与炸龙者都是男性，随着社会的发展，新世纪也有女性组队参加，谓之"姊妹龙灯""娘娘龙灯"。每年正月初九出龙，正月十四、十五白天，伴随阵阵唢呐、翩翩歌舞游行之后的元宵节晚上炸龙最为精彩。

由于经济社会发展，群众的精神文化生活需求上升，德江舞龙数量呈上升趋势，做工越来越精细，参与人数越来越多。2000年，德江县举办"千禧龙年舞龙比赛"，参赛和接受检阅的龙灯只有30条，狮子灯和花灯等只有20多支。2010年春节，龙灯总数达到63条，最长的达86米，德江湖南商会和从贵阳接来的龙灯呈现亮点，与其他表演队伍相连长达3.6公里。

今年更是增加了德江川渝商会和从重庆、四川等地接来的龙灯，数量也有61条；其形式，除了龙灯，还有秧歌队、腰鼓队、花灯队、傩堂戏队、彩车队等；2010年6月还举办了草龙祈雨节，共有10条草龙参加。

问：请介绍德江炸龙的具体过程？最精彩的看点在哪？

答：德江土家舞龙活动主要包括"起水（祭水）——亮龙——送帖子——入户舞龙——送龙宝——赛龙——炸龙（元宵节）——烧龙"等环节。2011年，游行队伍是有史以来准备最充分、规模最宏大、看点最多的一年。与以前相比，服装一年比一年更为鲜亮，品种更为繁多，形式更为多样。

最精彩的看点在正月十五。当天下午6点钟前，各路龙灯脱去龙衣，用一条长长的绳子连接着，迎接轰炸。舞龙者头戴安全帽，身着短裤，袒胸露臂，在随行队伍灯笼火把的照耀下，敲锣打鼓，举着龙灯，昂首挺胸穿越各条主街道。沿街人家早已备好了成箱、成堆的烟花爆竹和嘘花，门前竖着七八根 4 米多长的竹竿，有的多达二十来根。竹竿上缠绕有长长的鞭炮，并请来帮手，手持缠绕鞭炮的竹竿翘首以待，只要舞龙一出现，迅速点燃竹竿上的鞭炮和竹筒里的嘘花，举起来，向舞龙的人蜂拥而去，对舞龙人员进行密集地轰炸和猛烈地喷灼。

随着夜幕降临，鞭炮声越来越密集，越来越急促，如山崩地裂一般。整个县城，东边刚停，西边又起，南边方熄，北边又鸣。更多的时候，是东西南北同时轰炸。舞龙者在烟熏火燎之下已是烟灰满身，然而却如过河卒子，毫不示弱，只进不退。街道居民不分男女老幼，围追堵截，争相追炸。随着各路龙灯的相继出现，几个十字路口，三五条龙缠绕在一起，上百杆鞭炮发出震耳欲聋之声，纸屑翻飞，烟雾缭绕，欢呼声一浪高过一浪。尽管如此，人们还是在不停地舞，不停地炸。舞龙的沉着冷静，任凭鞭炮在头上身边炸响，任凭"嘘花"在胸前背部飞溅，鼓声仍然不断，锣声依旧不停。哪条街道炸得猛烈，他们就向哪条街道钻去。舞龙的似乎决心要把主人的鞭炮耗尽炸完，主人却又好像有取之不尽的鞭炮和嘘花。似如瀑布飞流、春雷滚动的德江土家炸龙，一直持续到晚上 10 时才散去。

问：请问政府官方对炸龙有何看法？采取哪些方式，引导该活动发扬光大？

答：德江县委、县政府主要领导均认为，这是一个地方难得的文化资源，是一种民族精神的体现，尤其是县委书记杨德华和县长张珍强来到德江后，对 2010 年的舞龙炸龙给予积极支持的态度，支持成立了青龙镇龙灯协会，并提出下步目标是打造"炸龙节"。他们认为，德江土家舞龙、炸龙有以下优势：

（1）有丰富的文化内涵。德江土家舞龙、炸龙，它包括实物、信仰、心理、习俗、道德伦理、艺术等，对研究哲学、民族、宗教、民俗、天文、语言、声乐、舞蹈、神话等具有重要的文化意义。消灾祈福是炸龙节的传统主流文化内涵，近年来，以暴力美学和"狂欢节"等固有的非主流内涵逐渐被挖掘。暴力美学主要体现在"炸龙"上，观龙者把林立的鞭炮点燃后举到舞龙者头上，而舞龙者要赤裸上身，坚持到最后。暴力美学长久以来并非炸龙节的主流文化内涵。

随着社会的发展，公众承受的压力越来越大，发泄情绪的要求越来越强，而斗鸡、斗牛、狩猎等具有暴力美学的传统民俗活动日渐衰落，炸龙就成了展现暴力美学、满足情绪发泄的稀缺资源。中华民俗一向缺少西方全民参与、随心所欲的狂欢节气质。

鉴于炸龙节在节庆气质上非常接近西方狂欢节，不少当地人士及政府官员呼吁将其办成"东方狂欢节"，吸引更多游客。

（2）有不畏艰难险阻的精神。德江舞龙的核心是"炸"，这炸不是炸龙是"炸人"。全国各地的"炸龙"，不是炸人，多是在狭小场地内用鞭炮冲龙，同时燃放大型礼花，铁水花，瀑布花，在脚下炸或从头到脚包裹严实后丢鞭炮炸。

而透过德江舞龙、炸龙，人们看到的是土家男儿的剽悍、粗犷和血性。

（3）有较好的品牌效应。已有中央电视台《新闻1+1》、贵州电视台和新华社、《贵州都市报》、《贵州日报》、《长江日报》、《南国早报》（大半版）、《东南商报》（整版）等平面媒体和凤凰、新浪、腾讯及多家省市在线等数十家权威网站对德江舞龙、炸龙进行了报道。只要在百度输入"德江舞龙"，找到相关网页就有6800多个；输入德江炸龙，找到相关网页就有3900多个。

问：政府介入炸龙活动吗？比如资金支持等？

答：德江土家舞龙、炸龙，如果政府操办，每条龙灯没有数万元作为扎制成本、定做服装、误工报酬等费用，是不可能舞起来的；其他各类灯会、舞蹈队等，每队动辄会花费上万元；相关职能部门的安保、服务、管理等经费不能不给。常规情况下，没有上千万元的投入办不下来。如果出现些许安全事故，政府还得"负责到底"，其费用更难估算。德江炸龙是通过当地的龙灯协会运作的，完全是群众自发性组织的活动。政府的职责是极力做好服务工作，确保活动安全。这一优势，是其他地方想学都难以学去的。

德江炸龙规模宏大，品种繁多，形式多样，秧歌、腰鼓、花灯、傩戏、彩车、龙灯等不计其数。除全城居民10多万人集体参加这一盛事外，还吸引了周边游客前来观看。近年来，除了邻近地区的游客，还包括重庆、湖南、贵阳、武汉、成都、昆明和法国等地来的游客。

在传统民俗日益衰微的今天，深厚的群众基础是德江土家舞龙、炸龙赖以发展的最重要资源。

问：有媒体提出，德江炸龙不亚于西班牙斗牛，政府对此有何看法，下步有何举措？

答：最早是由中央电视台《新闻1+1》栏目提出的。县委、县政府主要领导均认为，德江炸龙的刺激性不亚于斗牛，但比较起来，德江炸龙更有艺术性、文化内涵，于是提出了打造炸龙节的设想。目前正在做的工作，一是不断积累经验，二是申报国家级非物质文化遗产品牌。

问：德江炸龙的积极作用表现在哪些方面？

答：主要体现在六个方面：一是检验了德江举办大型活动的能力。连续一周的舞龙、炸龙活动，上万人参与，30 多万人次观看，能够各司其职，有序进行，这在外人看来是不可想象的。二是鼓舞了人们激昂向上的意志。用这种野性的娱乐，倾泻了土家人的情感，展示了土家人的强悍。三是促进了团结和谐，激发了集体主义精神。没有团结协作的精神，就不可能舞龙、炸龙，连跳舞、游行都难以举行。四是传统文化传承意识也得到增强。五是提升了德江知名度。媒体、摄影爱好者可能将影像资料放在相机或微机中，会通过媒体、网络、博客等发表出来，从而使德江土家舞龙、炸龙精彩四方。六是带动了包括其他文化旅游业在内的产业的发展。来了要吃、要住、要购，要去其他景点看，看后要宣传。

问：德江被誉为中国傩戏之乡，舞龙与傩戏之间的影响、促进关系？

答：单一的舞龙、炸龙难以形成规模化产业，就需要形成合力整合资源。在炸龙节期间应充分整合好以下资源。借鉴云南"云南印象"和"丽水金沙"等的经验，组建一支高水平的歌舞团，演出以"梦结龙缘"为品牌的大型音乐歌舞晚会，包装成既蕴涵原生态民族歌舞又具有时代气息的歌舞。不但在本地剧院演出收费，还可走出德江，走出贵州，走向世界。其节目应包括以下内容：国家级非物质文化遗产傩戏戏剧表演及开红山、上刀梯、踩刀桥、抱坛礅、刹铧、劈傩、下油锅、含红铁、定鸡等绝活表演；以摆手舞、跳丧舞、秧歌、哭嫁歌、高脚戏、花灯、唢呐、长号以及民歌、山歌、情歌为代表的民族民间文化等。

问：政府如何运用炸龙等重大活动载体来凝聚人心，鼓舞士气，促进目标实现？

答：目前，德江炸龙已被誉为"德江人的狂欢节"。据统计，从正月初九到十五，参与活动干部群众人数在 30 万人次以上。乡镇、村居委会，各大工商企业及个体经营者等纷纷抓住机会，把其作为展示自己实力和形象的一个平台，主动参与到活动中来。县委、县政府及相关部门精心策划，集中宣传党的各项惠民政策，全面宣传县委、县政府重大发展战略、举措等，其广告作用，正如参加的商会及企业代表所说，"比上中央电视台黄金时段效果还要好！"参与服务的干部也从中得到了教育锻炼和检验，更重要的是，炸龙活动进一步密切了党群干群关系，促进了团结和谐，激发了集体主义精神。大家心往一处想，劲往一处使，真正达到了凝聚人心，鼓舞士气，促进工作的目的，为打造建设黔东北铁路交通枢纽和区域性中心城市积累宝贵的经验和人力保障。

问：德江提出"十二五"期间，要突出建设黔东北铁路交通枢纽和区域性中心城市，请问具有哪些优势或条件，目前进展情况如何？

答：一个公认的事实是，放眼贵州省东北部，尚缺乏一个能够发挥辐射带动能力的区域性的中心城市。谁来扛起这面大旗？这不仅仅需要足够的条件和资本，更需要敢为人先的魄力和高瞻远瞩的战略眼光。

在全省上下加快城镇化建设之际，德江也以更加明确的姿态，向黔东北区域性交通枢纽城市的目标奋力迈进。去年初，德江县委、县政府在党代会和人代会上提出，通过 10 年时间，把德江县城建设成为 30 万人、40 平方公里的黔东北中心城市。去年 6 月，省长办公会议提出把德江作为黔东北铁路枢纽和重要城镇建设后，不少德江人仍将信将疑。

县委书记杨德华说，从地理位置看，德江地处黔东北中心地带，打造区域性中心城市既可带动铜仁地区西部，又能辐射遵义市东部。

从自身条件看，一方面，德江城市用地条件优越，可建设用地达上百平方公里，且水源充足；另一方面，有一定的城市基础，县城建成区已超 10 平方公里，人口逾 10 万。

而最大的优势在于交通格局的变化。根据相关规划，将有 3 条高速经过德江，4 条铁路在德江交汇，此外乌江白果坨 80 万吨级港口即将开工，届时将形成"三高四铁一港口"大交通枢纽格局。

德江县围绕编制"十二五"规划，超前部署，着眼长远谋篇构局。"去年，县里一次性拿出 4000 万元专门用于交通、水利、城市、国土和发改等规划的前期费用，这在德江历史上前所未有。"县规划部门一位负责人至今仍感叹不已。

德江县还主动出击，县委、县政府主要领导多次向省领导汇报相关工作，积极对接省相关部门，争取省委、省政府及省直相关部门的支持。

功夫不负有心人。去年 9 月，省委《关于支持第五届贵州旅游产业发展大会承办地铜仁地区加快旅游业发展的意见》明确：依托我省东北部重要交通干线和枢纽建设，把德江培育成为贵州东北部区域性交通枢纽城市。值得一提的是，近期出台的《贵州省"十二五"规划》已经明确："依托铁路主轴，加快把盘县、黔西、德江、仁怀、榕江等有条件的县城培育发展为区域性重要的中等城市。"从区位看，上述县城分布于贵州西南、西、东北、西北、东南部，其中，德江正处于贵州东北部。

抢抓机遇事在人为，思路决策重在执行。

德江县狠抓各级各部门和广大干部的执行力，重拳出击整治拖沓懒散、作风漂浮的"懒、散、庸"干部，严格执行干部选拔任用制度，整治用人不正之风，营造风清气正的发展环境。

执行力中出成绩。去年初以来，全县在大力促进传统经济稳步增长的同时，大力加强城市建设，遏制了数年来形成的违法用地和违法建设的"两违"行为，严重违反规划的 64 户在规定时间内拆除，并实现零越级上访，规划执法已走上正轨，2010 年 4 月至 12 月制止新的"两违"246 户 1600 多平方米，2011 年 1 月 26 日—27 日拆除"两违"33 户；900 亩的城北新农村建设有序推进，已安置 210 户"两违"自拆户和 35 户拆迁安置户；城北工业园区目前有 13 户企业落户园区内；建筑面积 2.1 万平方米 17 层的县医院住院综合楼已经封顶……城南新区，两个月征地 2084 亩，使城市建设用地储备达 4000 多亩；公安局片区在"和谐拆迁，让利于民"中，从去年 7 月 1 日正式拆迁至 8 月初，拆除房屋总面积 57313 平方米，拆迁 8 个单位和 334 户，并实现零越级上访；黎家堡片区征地拆迁工作有序进行，应拆的 195 户至 1 月 23 日已签拆迁合同 153 户；城南 32 米宽 3.72 公里长的绕城公路和 3 公里长 46 米宽的城南大道，通过加班加点建设，雏形已呈现在人们眼前。占地 30 亩房屋建筑面积近 3 万平方米的县中医院易地改造工程已经顺利修建；占地 180 亩的德江一中整体搬迁工程进入"三通一平"阶段；投资达 1.6 亿元的 28 层五星级宾馆进入征地阶段；成功拍卖两宗上万平方米的土地用于房产开发，目前到房开公司登记购买房屋（含门面）已达 3600 多户。

新区一期工程是 3.3 平方公里，被新建环城南路包围的面积是 7.8 平方公里，加上环城南路外的平地是 12.3 平方公里。"十二五"结束，在不考虑修建火车站的情况下，城市建成区面积肯定能达到 20 平方公里以上。

此外，80 万吨级的乌江共和港口定界和实物指标调查已全部结束；杭瑞高速公路德江境开工仪式为铜仁到遵义段最先举行的县，施工、安置有序进行；总投资 2.89 亿元的长丰水库已经动工，煎茶工业园区目前已有 6 户企业落户园区……2011 年，将开工德江至沿河高速公路，开工比长丰水库大 3 倍的观音滩水库，争取开工昭通经德江至黔江铁路，城南新区的行政服务中心、高层商住楼、体育馆、新车站、五星级宾馆、玉溪河景观带等重点项目建设；完成县城生活垃圾处理场建设并投入运营；完成县城供水扩建工程，确保城区日常供水等将陆续启动，投资将达 10 亿元。

　　县长张珍强曾说，德江要全力构建黔东北区域性交通枢纽城市，使之成为北上重庆乃至华中、华北和重庆出海连接珠三角的交通要道；加快建设成为黔东北重要物流集散地、特色优势产业发展基地和区域性经济、物流、医疗、文教中心。

一听到"卫星村"这个村名，许多人都禁不住问，是不是这里海拔高，离天上星星近？

听到这样的发问，当地70余岁高龄的陈洪阳老人哑然失笑。老人说，该村原名"洋溪"。人民公社时期，由于样样工作都是第一，每到收获季节，群众每天都是天没亮就敲锣打鼓到公社报喜"放卫星"。"'放卫星'就是'第一名'的意思！"为了鼓舞群众士气，后来村民们干脆把村名改为"卫星村"，意为卫星村人永远走在最前面，永远是"第一"。

但最近几年，卫星村几乎样样工作都在全乡挂末。

只是村民们并不甘心，他们发誓要通过几年的努力，把各项工作都赶上全乡甚至全县的前头去，争做全县的文明先进村，继续"放卫星"。

卫星村：何日再圆"卫星"梦?!

——看沿河自治县板场乡卫星村如何突围贫困

1. 现场直击

水——多病、致贫缘由

初夏时节的沿河自治县板场乡卫星村，土坎上、田埂边，勤劳质朴的土家人日出而作、日落而息，忙碌不停。

黎明时分，记者就在村主任的带领下，徒步去到了卫星村最偏远的第六、第七村民组采访；而记者对此行的最深感受显然是村民的饮水问题。

采访归来是傍晚6时，可电还没来，村民陈某便热情邀请我们去她家吃饭。7点30分左右，我们来到她家时，她却一脸的尴尬神情："菜烧好了，可没水煮饭。"一再要我们等等，说她爱人快把水挑到了。

我们就等了一两个小时才吃上晚饭。

次日清早，我随挑水人来到取水处。

挑水老人，名陈昌齐，60多岁。

"有水吗？""这两天下了点雨，还有一点儿！"当我把眼光投向老人的水桶时，只见水十分浑浊。

"这水能喝?""没法,挑回去沉一下吧。"虽然是浑水,老人还是很满足:"能喝上这水就不错了。要连晴几天,就得到处找水喝,不管是沟沟头、田头,只要有水,管它卫不卫生,都要挑。"傍晚时分,来挑水的村民发现水井已干涸,就挑着水桶来到一丘稻田边舀了一挑回去。

　　——长期缺水,或饮用不卫生的稻田水源,难道不是村民多病、致贫的一个原因?

住——至今仍有人住茅房

　　去过、路过几次,陈洪政老人都不在家。

　　记者执意要去看看这户全村唯一的茅房户。

　　我真不敢相信眼前的一切:门用竹编织而成,房顶用茅草覆盖,墙用半截砖头堆砌,整个房间或许有七八平方米,高不足 2 米。

　　房内漆黑一片。借助手机光线,依稀见几个砖头上架有一口小铁锅。挪两步,只见几丝阳光夹带着几分阴冷直穿房顶塑料膜刺射到潮湿而又阴暗的房间里——这是老人的卧室,床边摆放着几个装满东西的编织袋,看上去还整洁。

　　老人说,他曾两次患大病,一次连续 10 多天没吃东西,幸好被好心邻居发现抢救,才活了下来。"要不是他们救我,我那次真活不成了!"老人十分感激好心的邻居。

　　据了解,近年来卫星村已有几户贫困人家得到了危房改造。但因指标有限,加之全村贫困面大,需要改造房屋的村民多,只得分批逐步解决,陈洪政家已纳入近期计划。

穷——他们喘不过气

　　因正值春耕大忙,许多村民都上山干农活去了,第七村民组只有一户人家大门开着,记者走了进去。

　　陈刚强(化名),37 岁,3 个孩子,其中一个残疾。记者再三问及为何没上山的原因,面黄肌瘦的陈叹息说,得乙肝病了,整整医了 4 年,全部活路落在妻子一个人身上。还说,因为贫穷,村里许多生病的人家都交不起入院费,至今仍然是小病拖大病扛。

　　正在院坝里晒太阳的郭成材(化名)老人,在我们刚好要走出院门时,他又叫住了我们,还未开口,泪就滚了下来。他告诉我们,儿子不孝。事后我们得知,儿子不孝是因为自己生活无法保障,根本拿不出粮食来孝敬老人。

　　郭阿牛(化名)告诉记者,由于土地少,每年就种点苞谷,再没有其他经济作物，家里经济十分困难。村主任建议他，一定要找窍门调整种植结构，如发展中药材、水果等，要科学种植，苞谷要搞肥球育苗，水稻要搞两道育秧……可郭阿牛却说太麻烦了。

贫穷、疾病、思想观念落后似乎就是天生的孪生姊妹，在这里我们有了最真切的感受。

2. 路在脚下

在查找卫星村近年掉队原因时，部分村民说前几任村班子抓发展不力当是主因。许多老年人还说，虽然从来没有看见过火车，但他们心里却明白这样一个道理——火车跑得快，全靠车头带。

强班子——带好路

2010年底，卫星村村支两委换届。当村民们看到候选人名单时，心顿时凉了半截，因为名单几乎全是上届的班子成员。

"要再由他们来当家做主，卫星村绝对还要停滞甚至落后几十年。"几位德高望重的老人说，卫星村再也耽搁不起了！投票结束，惊心动魄的一幕来了，开始唱票。

等待。漫长等待……当唱票人唱完最后一张选票时，村民们没有丝毫激动，依旧像平静的大海一样，因为全部候选人都没有过半数，选举失败。

"卫星村要想改变落后面貌，除非陈世堂来当主任！"一位老人打破了宁静。

"陈世堂有文化、有思想，调解民事纠纷公平合理，办事公道、正派，乐于助人……"一些妇女也开始低声议论。

陈世堂，系村小学退休教师，现月退休工资2000余元。由于几个子女都在沿河县城工作，退休后老两口也到县城买房安了家，开始享受天伦之乐。

"谁会放弃好日子不过，来当这个官不大、干事多的芝麻官？再说，退休干部可以参加村委会选举吗？"大家在理性分析之后，心里开始动摇。

村民们把全村人虑了一遍又一遍，但却始终找不出一个更合适的人选来。"法律也没有规定国家干部不能参加村委会选举啊！"接下来，部分村民给陈世堂打电话，甚至部分年纪大的人三番五次跑到县城找陈世堂做工作，说无论如何要他回村来，带领大家脱贫致富。

陈世堂，曾在铁路上工作过，在村小教过书，经常为乡亲们治病、调解纠纷，平时喜欢唱歌打篮球，体能好……用村民的话说，陈世堂能说会道，是一个能干大事的人。

　　对自幼生长在卫星村的陈世堂，对卫星村的一草一木都怀有深厚的感情，但他却从没想过退休后要继续去当村主任，这给毫无思想准备的陈世堂着实将了一军。

　　陈世堂思前想后，既然村民们要我出山，我为何不发挥余热，为深爱的这片土地干点事呢？更何况，村民们对自己是那么的信任，总不能让村民们失望吧?!

　　当得知丈夫、父亲放着好日子不过，要回老家参选村委会主任时，陈世堂的妻子、儿子、媳妇，包括懂事的孙子，齐刷刷站了出来，坚决反对他参加选举。

　　"自己决定好的事情，就必须义无反顾地走到底！"倔强的陈世堂，在卫星村第二轮选举中，最终以另选人的身份，高票当选为卫星村村委会主任。

　　当捧上由省民政厅颁发的鲜红当选证书时，陈世堂思绪万千，倍感压力。对几乎样样工作都在全乡挂末的卫星村，如何去加快发展？如何跨越赶超？

　　陈世堂决定从抓班子建设入手。全村7个村民组，部分村民组长长期办事独断专行，尤其是对农村低保发放、民政救助、救济资金发放等工作任人唯亲，群众反响强烈。为此，村支两委按照民意，遵照程序，对其进行了大胆调整撤换。同时，还选聘几名德高望重的退休老同志担任村委会、村民组监督员，对全体村干部、组长的日常工作，尤其是群众关心的问题进行日常监督。

　　坚强班子带来无限活力。在新一届卫星村支两委全体成员的努力下，一幅追赶跨越的途径图呈现在全村人面前。村主任陈世堂表示，一定要团结带领村民们克难攻坚，齐心协力把各项工作搞上去，甚至摘下全县先进文明村的殊荣。

规划——引领未来

　　村级要发展，规划必不可少。规划是否科学，事关发展成败。

　　卫星村紧紧抓住县、乡加快发展的机遇，结合村情，相应提出了未来5年发展规划，即"五步走"战略，正式吹响了突出重围的号角：一是解决制约发展的基础设施建设问题。今年内实施"三路两接"和人畜饮水工程。目前该村有3条公路入境，但都是断头路，村民散居在几座大山上，村民组与村民组、村委会驻地之间交通十分不便，村务管理难度大，村民生产极为不便，实施"三路两接"后，将彻底解决上述问题。同时，在人畜饮水方面，着手维修山塘、水池，解决村民饮水问题。二是在2012年实施全村第一至第七村民组之间的巷道建设，改善环境卫生状况和村容村貌。三是在2013年整修天池口和滴水洞两口水塘，既解决人畜饮水，又保障农田灌溉。四是在2014年抓好茶、果园转型发展，在环路至白杨树沟一带发展成 2000 亩茶叶和经果林，进一步管理和经营好养殖业，实现户均收入 1 万元以上的目标。五是在 2015 年全面推进社会主义新农村建设，加强危房改造等，让全体村民享受到改革发展成果。

对未来发展，新上任的村主任陈世堂雄心勃勃。他说，随着第二轮西部大开发的纵深推进，有党和国家各项扶贫、惠民政策的雨露阳光，卫星村的贫困面貌一定会得到缓解并最终彻底改变。

基础设施——打响扶贫攻坚第一仗

要想富，先修路。2010 年，在铜仁日报社的努力下，成功争取了 12 万元资金，帮助维修了 7 公里通村公路，一定程度上缓解了村民的出行难、运输难。

"通车当然好了！"正在公路旁修建房屋的陈洪辉说，没通路之前，请人挑水泥砖 1 个要 3 毛钱，挑水泥每百斤要 32 元到 35 元钱……修一栋房子光运费就要 3000 多元。车一通，就直接为他节省了 3000 多元运输费用。建房师傅陈昌兵说，交通方便了，现在村里修水泥砖房的人家已越来越多，建房时间也越来越快了。

为改变卫星村人畜饮水难题，今年初，铜仁日报社又积极向有关部门协调了 8 万元资金，帮助实施人畜饮水工程，解决全村人畜饮水难题。

近年，村民陈洪友每年都坚持养几只白山羊，全家生活较为宽裕。去冬今春，自板场乡政府在张耳山发展种草养羊项目后，他决定不再"小打小闹"，要用目前这 14 只山羊作基础"滚动发展"。在得知人畜饮水问题即将解决后，他更是信心倍增，说只要水源保障，还要搞稻田养鱼，然后在稻田上修羊圈，用羊粪来喂鱼。按照目前的发展速度，他预计今年底就可发展白山羊 30 至 40 只，最迟明后年就可发展成上百只的养殖规模。

水，让村民看到了希望，增强了致富的信心和决心。

产业扶贫——增强群众自身造血功能

授人以鱼不如授人以渔。卫星村的许多村民都说，他们不是不想致富，就是苦于没有门路。"搞养殖吧，得要大量粮食，人都只是勉强够吃，哪有来养猪的？"陈洪阳老人说，卫星村一年苞谷最种得多，但干苞谷籽要卖 1 块多一斤，所以村民宁愿卖也不愿用来养猪。

这或许就是当地村民们不爱养猪，或养不成猪的真正原因。在走访的人家中，有三分之二的家庭都只养一头过年猪，仅仅看到残疾人安正伟家养了 3 头，算是最多的了。

在种植方面，除了水稻、小麦、油菜、玉米等传统作物，几乎再无其他。

卫星村的贫困引起了地方各级党委、政府的高度重视。去冬今春，沿河自治县有关部门和板场乡政府联合在张耳山实施了土地开发整治项目，计划发展800亩经果林、800亩茶叶。整治期间，不少村民抽空到工地参与土地整治，或栽茶叶，务工收入近8万元，有史以来在家门口有了第一笔收入。

村干部说，发展产业，是发财致富最好最快的出路，村民从中看到了希望。

刚从乡里开完会回来的陈世堂主任告诉记者，最近，卫星村已同乡里签订了安装"村村通"广播电视和修建村卫生服务室的协议，这让卫星村人看到了曙光。

3. 他们能行吗？

在周边乡镇、村寨基础设施建设日益完善，产业发展强势带动，村民逐步过上幸福安康的生活之际，各项工作曾一度在全乡、全县领先的卫星村，却因地理位置等因素制约，无论是水、电、路等基础设施建设，还是产业经济发展，都与其差距越拉越大，直至今天在全县挂末。

"不是卫星村人不努力，而是外面发展太快了！"事实的确如此。在路、水、经济三把枷锁的束缚下，卫星村人感到力不从心——他们如何去加快发展？如何去赶超跨越？

"我们要争做全县先进文明村！"记者为卫星村人的精神折服和感动。他们从心灵深处振臂高呼，发誓要拿出当年"放卫星"的勇气来，再争全乡第一！这是何等的难能可贵！我们不得不为之高兴和激动，甚至是欢呼！

"卫星村至少比我现在的家落后20年！"一位外嫁周边县城乡下，回家看望父母的姑娘这样告诉父母。翻开采访日志，卫星村村情面貌绝非"贫困"二字所能概括，也绝非是个别单位部门帮扶就能奏效的。她需要社会各级各单位部门更多的关心和帮助，她需要社会"集团式"的帮扶，需要"造血式"的帮扶。更为重要的是，全村党员、干部年纪普遍偏大，带头致富能力不强，加强村级基层组织建设，对卫星村来说更为迫切。

何时，卫星村人才能圆上他们的"卫星"梦？

记者相信，这绝不是一个梦！

共和乡中坝村：我们有水喝了

"喝水不忘挖井人，致富不忘谢党恩。"这是春节期间，记者在德江县共和乡中坝村公路旁看到的一户人家大门上的对联，虽然不是很规范，但却代表了当地5000多名村民一致的心声。

"从没有像今年这样过年高兴过！"曾当过兵、现年72岁的崔照明老人格外激动，说起了中坝村多年来喝水难的历史。

老人说，水比黄金贵！父亲病逝时，崔照明刚好13岁。那时全家最担心的问题就是喝水。

"寒心得很！"一提起水，崔照明就伤心得掉下了眼泪，"周边潮砥、长堡、青龙等乡镇，甚至思南、沿河几个县都晓得我们中坝村缺水，许多人媳妇都谈不到。"前些年，一外地客人在该村一老太婆家讨水喝。本来不值一提的小事情，可老太婆却告诉客人，要吃饭吃红苕都行，但就是不给水喝。尽管客人一再声称付钱，可老人就是不给面子。看到客人生气后，老人方才心疼地舀了一小瓢水递给他，并反复强调，喝剩的水绝不能倒在地上，必须倒在盆里，还要用来洗菜、洗脸、洗衣服和洗脚等等。

原来，老人喝的水是每天天没亮就出门，用塑料壶从3.5公里的董家水井湾处一壶一壶背来的。许多时候，老人行动稍微迟缓点，就只得将井底的泥巴汤汤提回家，等沉积之后再用。

"为喝上水，不管是什么都挑来，就是里面有牛粪也要！"以前的取水场景，崔大伯刻骨铭心。他说，喝水对他们来说，实在是太艰难了，水简直比黄金都还要贵。

"实在没有人力的人家，就只有请人挑水了。"崔大伯接着介绍，那时自己在部队月工资是6元，可请人挑一挑水就要5角钱，一个月工资只够家里请人挑12挑水。

长期以来，中坝村的村民都以生育女孩子为荣，因为女孩可以外嫁他乡而改变命运。崔大伯只叹自己命不好，要不已外嫁他乡去了。

乡干部说，下队必须带氟哌酸药品！

"每次进村要做的第一件事情就是购买预防治疗腹泻的氟哌酸！"该乡一领导在谈起一年之前的喝水历史时直摇头。

他说，为了便于搞好农村工作，许多时候都要和群众同吃同住同劳动，但由于饮用的水不卫生，绝大多数干部都要"拉肚子"（腹泻）。所以，为增强抗免疫力，所有干部下乡时都要带上氟哌酸。

多年来，中坝村的6000多村民都用板房积蓄雨水，不卫生不说，一年能喝上这种水也就三四个月，很多时候都是去山间田野、深山老林或牛脚凼里寻找水喝。

据该乡党政办同志介绍，只要每次中坝村的包村干部到乡里，办公室里接待用的茶叶就会"不翼而飞"，被他们"顺手牵羊"带走，说是用茶叶避水的臭味和怪味。

一名杨姓的干部说，他们每次喝水都要闭上双眼，因为怕看到里面的杂质或虫虫。

苦战3个月，5000多名群众告别饮水难

中坝村缺水，一直牵动着历届地方党委政府领导的心。早在20世纪70年代初期，地方政府就筹集资金和发动群众，从临近的思南修建了一条饮水渠。但好景不长，不到两年时间水渠就被山洪冲毁。

2009年春节过后，共和乡紧紧抓住国家扩大内需的有利时机，成功争取了130万元以工代赈水利专项扶贫资金，拟将5公里之外的响水洞村半山腰的山泉水引至中坝村，修建集中饮水工程，以缓解当地群众长期以来的饮水困难。

这一激动人心的消息顿时传遍了中坝村的每家每户。

获悉开工日子后，在家的村民纷纷自发吹唢呐、打锣鼓、燃放鞭炮以示庆贺。

"我们有水喝了！"部分群众在开工现场悬挂了标语，激动之情喜形于表。

在涉及工程占地时，全村各家各户没有任何怨言，主动出让土地。在涉及需要群众投工投劳时，在家的2000多名群众不分男女老幼齐上阵，只字不提报酬和生活问题，竭力支持施工方建设。

在广大群众的支持下，为期半年的工程仅用3个月时间就全面完工。

在工程竣工验收时，地区水利局领导和有关专家称赞说，工程量如此之大，投资之少，耗时之短，受益面之广，在全区水利建设史上都是罕见的。

新水利带来新气象

集中饮水工程完工后，自来水迅速接到了家家户户。

目前，全村除居住在山顶的屋基坝、铜盆山 2 个村民组外，中坝村 4400 多人及响水洞村 1000 多人喝上了自来水，人畜饮水问题得到彻底解决。

"以前请人挑一挑水要开 6 元工钱，就算节约再节约，一般家庭一天也要用 3 挑水，一个月按 30 天算，一个月仅支付水费就要 540 元！而人口多的家庭则要支付水费 1000 多元，任何家庭都遭不住！"崔大伯激动地说，而今每家每户都按水表计量交费，用水量最多的人家也才不过 10 吨水，按每吨 2.6 元计算，仅需支付水费 26 元，这个经济对比账算不得啊！当地村民从内心感谢政府为他们引来自来水。

从来没卖过肥猪的村民尹帮进，在今年春节前还抬了 8 头肥猪去卖，纯收入近 3 万元，一举摆脱贫困，成为村里的致富带头人。

2009 年，共和乡计划种植 1000 亩烤烟任务，仅中坝村就发展了 560 亩，烟农户均收入 2.1 万元。如今，昔日贫穷落后的中坝村被当地干部群众称为全乡的"经济特区"。

眼下，中坝村不少村民家里还安装了热水器，购买了洗衣机，村民生活质量普遍提高。

"饮水工程让我们告别了几千年来的痛苦！"崔大伯用衣袖拭了拭噙满泪花的双眼，果断地说，今后一定要团结村民管理和维护好引水工程，让广大百姓长期享受到党和政府的温暖。

　　在德江县枫香溪镇与长堡乡交界的地方，有一座巍峨高大、气势磅礴的大山，当地村民把这座山称之为徐家岩，山脚下的村寨也由此得名。因远离长堡乡集镇，上溯10年，这里交通不便，信息蔽塞，经济落后，村民极度贫困，生活过得异常艰难。

　　因为一种责任的担当，他放弃个人发展的大好前途，毅然决然回到家乡，带领一家人刨出一条公路；然后，他又带领村民发展产业，和村民共同致富。他叫徐友，徐家岩村支部书记，德江县"十佳杰出青年"。

　　从不通公路，到从山岩劈出一条公路；从以世代农耕为主到发展养殖业和种植业，10年前徐家岩村的贫穷面貌，正在徐友的带动下，悄然发生巨变。

　　改变徐家岩村命运的故事，从2000年开始。

一个人和一个村

——德江县长堡乡徐家岩村的突围故事

一座大山，一条路

　　徐家岩村是长堡乡最为偏远的一个村，全村将近1000人。为购买生产物资或生活用品，村民们或赶场长堡，或赶场枫香溪集镇，但迈出门槛不是下陡坡，就是爬高山，费时费力。所以，村民们无事从来不赶场，根本无法把丰富的农特产品销售出去，日子困窘不堪。

　　数年前，记者在翻越过这座山岩时，许多地方都得手脚并用才能勉强通行。行走时，根本不敢看脚下，因为稍有不慎就会葬身崖下。听说牲畜在此摔死摔伤是常事。

　　恶劣的生存环境，严重制约了徐家岩村的发展。当年刚20出头的年轻小伙徐友，辗转广东等地打工，回来开了几年车后，就发誓要在枫香溪镇到徐家岩大山顶上刨出一条公路来，然后在山顶上建房子，开销售部，卖煤炭、水泥和一些常用生活用品，服务村民。

　　2000年开始，徐友就带领家人，不论天晴落雨或春夏秋冬，坚持每天起早贪黑，用了两年多时间硬是在徐家岩靠枫香溪镇一面的半山腰处劈出了一条3

公里长的公路，让村民们赶场节省了大半时间。

徐友率家人默默修路的事迹深深打动了山脚下的每一户人家。紧接着，村里200多户村民，在外的出钱，在家的出力，不到一年时间，又在靠徐家岩村一面的大山腰里劈出了一条近2米宽的山路，从此，由此过路的人畜，就安全了许多。

靠岩"吃"岩

虽然开起了小卖部，但徐友却高兴不起来。因为，许多村民都因缺少钱，买东西靠"赊账"，有的人家，过了几年甚至有的已过世都不能还上。这让徐友十分揪心。看着村民们穷苦的日子，他心有不甘。

一天傍晚，徐友脑海中突然跑来一大群白山羊，围绕着他叫个不停。"哎呀！我咋不养羊呢？"睁开睡意朦胧的双眼，看着眼前这片退耕还林后已长出鲜嫩牧草的天然草场，他顿时神清气爽，豁然开朗："致富希望就在眼前！"2002年春节刚过，徐友拿出多年来赚下的1万多元资金，走村串户，收购了100多只山羊，开始了他的"发羊财"之路。

但由于山顶海拔高，尤其是冬季，气温大多在零度以下，加之缺乏管理和防疫技术，几天时间，山羊就死了40多只，另有20多只跑不见了。这对徐友不啻当头一棒：这可是全家多年来的全部积蓄啊！"哪里跌倒就要哪里爬起来！"接下来，血气方刚的徐友，跑到德江县新华书店，一口气购买了大堆养羊方面的书籍。同时，他虚心求助县内外有名的养羊大户，潜心钻研养殖防疫技术。几个月时间，他就掌握了一套适合高寒地区的科学养羊技术。

由于再无本金，徐友开始实施"滚动发展"计划，每年产的羊羔全部不卖，统统养起来。这样，山羊规模很快就上来了。最近几年，他每年销售山羊都达到了100只左右，年纯收入超过5万元。

今年大年初一。尽管徐家岩艳阳高照，山脚下冰雪也已消融，可当记者来到位于山顶的这个养殖场时，却见白雪皑皑，冰天雪地。雪地上，成群的山羊或在雪地上来回奔跑，或用细小的双脚刨开冰雪，欢快地吃着野草，或歪起脑袋扯吃杂刺上的枝叶。

"这么低的气温，山羊经得冷？"面对记者的疑惑，徐友从荷包里抽出右手，指着一群正在岩石上打架嬉戏的白山羊说："它们天天在崇山峻岭间来回奔跑，练就了强劲的体格，还不能适应这里的高寒气候？"看上去，山羊个个膘肥体壮。徐友告诉记者，他养的山羊，成天吃的是野生牧草和杂刺枝丫，好比中药材；而饮用的露水，则是天然矿泉水。所以，其山羊肉营养特别丰富，尤其是富含氨基酸等营养元素，味道独特、鲜美，与邻近沿河盛产的贵州白山羊一起被称为"羊肉味精"。徐家岩的山羊，在当地一直是"抢手货"，月月供不应求。

徐友计划再用3到5年时间，把全村白山羊发展到年出栏1万只以上，也就是人均10只。

领路人

徐家岩山顶上，荒山荒坡连绵起伏几万亩，俨然一块原始、天然大牧场。曾参观过沿河中寨、思南许家坝人工大草场，也到过德江泉口万亩人工草场的徐友，却始终认为他们完全没有眼前这块原始、天然大草场宽广、漂亮、迷人。徐友说，最近几年，铜仁市正在打造中国南方优质肉羊基地，这更为他带领村民发展山羊养殖致富增强了信心和动力。

"自己富不算富，大家富了才算富。"当选村支书后的徐友，深感自己身上肩负的责任和使命。当2011年获得德江县"十佳杰出青年"荣誉称号后，徐友表示，若获得项目资金支持，他将立即组建山羊养殖、中药材、经果林专业合作社，注册品牌。

为加快脱贫步伐，去年，徐友会同村支两委成员，带领村民开发整治了1180亩土地，全部栽种了核桃；同时，还发展了500多亩中药材……一幅脱贫致富路径图，在徐家岩村徐徐舒展开来。

采访后记：

把"一个人"和"一个村"联系在一起，实在涉嫌对某一个个体的有意拔高。可事实上，徐友不仅是这个村的带头人，更是这个村"精神"的体现。一个奋发进取、前景美好的徐家岩村，正在他的带领下，快速向前奔跑。

然而，摆在眼前的一个事实是，虽然目前该村已有了通村公路，但由于未能得到很好的养护，小雨即随处可见坑洼，尤其是几处地势险要地段，车辆根本无法通行，安全隐患重重。

按乡里的规划，将按每年5公里的速度对这条通村公路进行水泥硬化。也就是说，最多3年时间，徐家岩村就会通上水泥公路，届时村民就会真正告别"出行难""运输难"！但看看外面世界的飞速发展，渴望快速脱贫致富的村民们，真有些等不及、坐不住了，他们多么希望公路硬化能快些、快些、再快些啊。

"公路对推动当地经济社会发展的作用，实在是太大了！"徐友掰起手指头，向记者一一列举：公路不畅，村里丰富的农特产品卖不出去；发生治安事件，公安民警不能及时赶赴现场；外面的老师不愿意到村里来教书；村民生病，外面的救护车也开不进……

不过，村民们坚信，在国发2号文件和武陵山区扶贫规划政策的强力推动和支持下，随着黔东北铁路交通枢纽和区域性中心城市建设的快速推进，徐家岩村这个并不奢侈的愿望必将很快得到实现！

土地撂荒让人心痛

"一年随便收两三千斤干谷子，还有十几亩土不算，谁愿意种的话，一年干给我 1000 斤干谷子就行了！""我年纪大了，身体不好，很多活都做不完……"虎年除夕夜，德江县潮砥镇何大爷家灯火通明。在场的除何大爷和三个儿子外，还有何大爷的两个亲弟弟及寨子上 3 个年轻人。大家在商议如何处理何大爷家的土地问题。

何大爷今年 65 岁，三个儿子在广东、浙江等地打工挣到了钱，如今大的两个儿子在德江县城修建了房子、小儿子也在广东购买了商品房，准备过完年就把父母接到城里去享受"天伦之乐"。趁孩子们回家过年的机会，何大爷决定把房屋和田土说个"可数。"可商谈了大半夜，三个儿子都表示不会再回老家居住了，坚决不要房子和田土。在场其他人员也婉言谢绝。"我家田土好，房子才修四五年时间，没想到你们会瞧不起它。"何大爷嘴里抱怨着三个儿子。最后，何大爷和三个儿子决定将田土、房子无偿赠送给在场几位人员管护和使用，他们愿意种庄稼就种庄稼，不愿意种送给他人耕种也可以，前提是自己回家办事或过年时能吃餐便饭，有个居住地方就行了。

位于梵净山麓小溪河畔的小溪村，原来灌溉水源有保障，家家户户丰衣足食，不少家庭还发展特色种植、养殖业，收入十分可观，是闻名当地的"好地方"。可由于这两年修建沿江公路，灌溉水渠遭覆盖，原来旱涝保收的 1000 多亩稻田顿时变成了"望天田"，农户发展生产积极性严重受挫。

近两年，全村绝大多数人家纷纷举家外出打工挣钱，之后便直接到县城或打工地购买商品房居住，也有不少人家子女考上大学后在外面工作，留在家的全是老、弱、病、残、幼等类人员，发展生产举步维艰。多数人家除了耕种屋前屋后的田土外，稍微远的地方就"撂荒"。仅在斑竹林、河嘴、堰塘三个村民组的 300 多户人家中，就有近 200 户人家放弃土地，或外出打工，或到县城建房居住，或留在他乡工作。

"看着大块大块的田土丢荒，我心尖尖都在滴血啊！"何大爷痛心地说，"长期被农民视为命根子的土地，现在咋送人都送不出去了呢?"我区有耕地面积261万亩，党的十一届三中全会以来，全区已流转土地40万亩，十七届三中全会召开后流转加速，又有10余万亩土地解开了束缚。土地的合理流转，促进了农业产业化结构加快调整，推动了常规农业向现代农业转变，同时，拉动了劳务经济的快速发展，对于统筹城乡一体化等起到了积极的作用。但在小溪村，许多土地似乎成了农民的"负担"，这其中有各种各样的原因。"土地合理流转"对当地农民来说显得尤为迫切，希望地方党委政府高度重视，让有限的土地发挥出最大的效益。

祖孙三代的年夜饭

"红萝卜蜜蜜甜，看到看到要过年。过年过年又好耍，又吃汤巴（圆）又吃嘎（肉）。"这首记忆中最为深刻的儿童歌谣，道出了20世纪70年代以前人们对过年的美好向往和憧憬。因为只有在过年，方能猛猛吃上一顿猪肉、白米饭和汤圆。

在虎年春节期间，记者从德江老家张大爷一家祖孙三代筹备年夜饭的过程中，切身感受到了改革开放以来城乡百姓生活发生的翻天覆地的变化。

出生于20世纪40年代末期的张大爷特意制作了红萝卜炖肉和红烧鲤鱼。他说，吃红萝卜表示来年工作和生活"红红火火"，而吃鱼则象征丰衣足食、"年年有余"，算是对过去艰苦生活的追忆和纪念和对晚辈们的祝福。

在回想吃"草根树皮"的那段日子时，张大爷掉下了泪水。他说，在他很小的时候，家里人口多，生活特别艰难。

每逢过年时候，寨子上百多户人家根本吃不上肉，各家各户都是在除夕夜炖上大锅红萝卜，再煮点白米饭，算是对一年来的艰苦劳动作犒劳，同时对新的一年寄予美好期望。到了20世纪70年代，不少人家开始发展家庭养猪业。但许多年份，几乎每户人家都是猪还没长大就抬去卖了。即或过年时宰杀一头肥猪，但最多是留下猪头或十来斤肥肉过年用，其余则要拿到集镇上去"换钱"，给孩子筹集书学费或购置来年的生产生活物资。直到九十年代末，张大爷几个孩子陆续从大学毕业参加了工作，全家才彻底松了一口气，每年都能宰杀三四头肥猪，且过年也要宰杀两头，所以不论是否过年，全家一年四季不缺猪肉，生活越来越好。出生于20世纪70年代、现供职县城某机关单位的儿媳妇李某，在大年除夕一早，从县城携带了几条活鱼、1只活公鸡、几斤牛肉和一些叫不出名来的蔬菜回到了老家。

在回忆自己读书的经历时，李某说，那时全家生活确实有点恼火，平常读书只是偶尔吃顿猪肉，大多数时候都是吃家里带来的"罐罐菜"。只有过年的时候，才能痛痛快快吃上一顿猪肉，所以每天都掰手指算过年的日子。她还说，在刚参加工作的前几年，每月有五六百元工资收入，生活总算有所好转，但要顿顿吃猪肉还是困难。而现在，夫妻二人每月工资合计四五千元，住房问题早已解决，平时想吃猪肉就买猪肉，想吃牛肉就买牛肉，全家生活可以说是发生了翻天覆地的变化。在谈到对年夜饭有何特别想法和要求时，李女士强调注重营养和健康。她说，现在夫妻二人都在实施"减肥计划"，每时每刻都是变着法子换口味。

春节前刚满 8 岁的孙子佳佳也有自己的想法，当大人问他最想吃什么时，佳佳不假思索脱口而出："要吃德克士（西餐）！"于是，张大爷拨通了在省城工作的三儿子的电话。下午五点三十分，三儿子带着包装好的"德克士"准时出席在团圆桌子上。

看着满桌鲜红的红萝卜、红烧鲤鱼、菜豆花和香喷喷的糍粑、德克士，张家祖孙三代喜笑颜开，都夸现在生活比城里人还好。张大爷情不自禁连声赞叹，"这一切除了靠自己的辛勤劳动外，还得感谢共产党的好政策！"

25 年前左腿受伤，但因无钱医治，肌肉一天一天腐烂掉。每逢炎热夏天，蛆虫就从骨髓里钻出来⋯⋯

为了减轻疼痛，他每天起床要做的第一件事，就是在街沿坎上走来走去，一直走到双脚发麻为止⋯⋯

为了全家的生计，他几乎每天都要以顽强的毅力，忍受痛苦的煎熬，手扶拐杖担粪上山！打田栽秧时节，他就用塑料纸缠着伤脚，跪在田坎上，一把泥巴一把泥巴上田坎！

旁人、亲人都含泪劝他截肢，可家贫如洗的他，却没有一分钱的存款，住不起院。他说，就算要截肢，也要再等两年，等做不得活路了再锯。虽然现在摇摇晃晃的，但还能勉强干点农活；要是截肢了，那干活就不方便了！

吃了三年低保的陈洪荣说："要是我的脚好了，绝不吃国家低保救济，一定要靠自己劳动养活自己，不增加国家负担！"

"我不想截肢！"

——来自沿河板场乡卫星村陈红荣的呼唤

"陈主任，你家里还有酒精吗？我脚疼得厉害！"4 月 16 日晚上 8 点过，一位老人步履蹒跚来到沿河自治县板场乡卫星村主任陈世堂家。

接过碘酒，老人撩起左脚裤角，只见一块已变黑的纱布，皱巴巴地填在骨缝里，骨头外看不到一块完整的肉，散发出阵阵腐烂的味道。在场人看了之后，纷纷发出嘘嘘的惊叹声。

就连擦点酒精都要东家找西家借，真不知道这位老人是什么样的家境？这位老人名叫陈洪荣，今年满 60 岁。

第二天天刚亮，记者来到了陈洪荣家，试着了解一点情况。没想到，陈洪荣一早就上山干农活去了。还好，经人一喊，不到 10 分钟，他就颠颠簸簸急匆匆赶了回来。

起因：装石缸压坏腿

25 年前，陈洪荣 35 岁，正是血气方刚、发家立业的时候。为了缓解家里的经济状况，他决定养几头猪。可在农村要养猪，必须得筹备几口石缸子装猪饲料。

陈洪荣万万没想到，或许是连续几天的过度劳作，正安装石缸子时，脚下一滑，一块一两百公斤重的石块倒了下来，直压在他的左脚上。

"当时脚上肉全压烂火了，骨头也断了！"陈洪荣说。由于没有钱，他只好请村里的土医生包点草药，用竹片夹住脚杆。

然而，在长达半年多时间的医治之后，他的左腿始终不见好转，伤情一天比一天严重。

贫困：使伤口整整拖了 25 年

"没有钱，无法去医院啊！"陈洪荣的左脚骨髓几乎天天都处于发炎中，伤口发痒不止，日复一日，年复一年，逐渐延伸扩大……一拖再拖，就这么拖了一年又一年。

自尊心极强的陈洪荣说，他曾求助过许多部门，始终没有得到解决，最后干脆谁也不找了，在家听天由命。

"每当脚杆疼的时候，我就用双氧水擦。有时实在受不了，就用钢针一针一针地扎……"陈洪荣说，干农活多了，脚就疼得十分厉害。

受伤后的陈洪荣，仍然坚持养牛搞生产，喂猪赚钱治病。

屋漏偏逢连夜雨，行船又遇卷头风。

在陈洪荣最为艰难的时候，他家养牛牛病死，喂猪猪病死，养羊又被人偷。

但陈洪荣并没有失去生活的信心，他仍然利用农闲时间帮助他人翻盖房子，赚点钱来养家糊口。

陈洪荣膝下有两个儿子。大儿子陈福在云南打工，仅能勉强糊口度日，前些年每年都带点钱回家帮补老人，近几年却因拖家带娃负担加重，连续几年没为老人带回一分钱来了；小儿子陈禄初中毕业没几年，也因没过硬技术，尽管在贵阳打了几年工，也没挣回一分钱。

更让陈洪荣伤心的还有妻子冉启霞。

由于妻子患癫痫等疾病十多年，经常发病，因家境贫困，也一直得不到有效治疗。

"你参加新型农村合作医疗了吗？"面对记者的疑问，陈洪荣老人叹息着说："本本上那几十元钱还不够一年买纱布和酒精！"陈洪荣和妻子都曾到一些医院求治过，但都被高昂的医疗费拒之门外。

"虽说合作医疗可以报销一部分，但我哪有那么多钱来交住院费啊？"陈洪荣说，合作医疗对他们这些贫困人家来说，根本没有什么意义，因为他们交不起入院费，哪怕是一两千元。

呼唤：我不想截肢！

25年！整整25年！陈洪荣硬是从艰难困苦中走了过来。

在受伤的前些年，陈洪荣也曾到周边的德江等地打过工，希望能挣点钱医治腿伤和家属的疾病。

"为了省钱，从来不吃早餐，有时实在饿得受不了，就干脆买1元钱的馒头充饥。"陈洪荣说，他每次吃馒头的时候都是偷偷躲在墙角。好几次他都想吃碗米粉，但又怕旁人讥笑，说他浪费。

由于长期营养不良，60岁的陈洪荣看上去却比70岁的老人还衰老。

当旁人和亲人看到他痛苦的时候，都曾劝他去截肢。然而，陈洪荣却说，他要想法保住这只脚，这样一天还能摇摇晃晃干点农活。就算要截肢，也要坚持几年再说，等到实在做不得活路了再截。

近年来，处于极度贫困的陈洪荣得到了党和国家的照顾。

吃了三年低保的陈洪荣面带愧色说："要是我的脚好了，绝不吃国家低保救济，一定要靠自己劳动养活自己，不增加国家负担！"

但是，谁愿、谁能帮帮他？

采访后记：

据陈洪荣老人介绍，前不久，他到重庆某医院咨询过医生，如有十来万元资金是有可能保住这条腿的，而截肢至少需要1万至2万元费用。但对身无分文的陈洪荣来说，这就是一笔天文数字，像一座大山压得全家人喘不过气来。

新型农村合作医疗政策在我区推行了好些年，对缓解农民看病难、因病致贫现象起到了一定的积极作用。但在沿河自治县这样的极贫村，像陈洪荣这样因交不起住院费，小病拖大病扛仍不同程度的存在。新型农村合作医疗，实行的先交钱住院再报销的机制，对陈洪荣这样的贫困家庭来说，似乎意义不大，或效果不明显。

陈洪荣伤口的背后，难道不是当前贫困农村的真实写照吗？深思其深层的原因，除了绝对贫困之外，某些部门的置若罔闻和视而不见，又焉能辞其咎？

在左腿严重受伤的艰难条件下，陈洪荣仍然不忘劳动本色，身残志不残，心里装的是不要为国家增添负担——这样的宝贵精神，实在是难能可贵！

在大力构建和谐社会的今天，我们期盼，更多的阳光雨露能早日滋润陈洪荣的心田，让他能保住这只珍贵于生命的脚！退一步，帮助他顺利截掉这只让他痛苦了25年的残脚！

我们期盼着！

守护净土

铜仁地区公安局成功侦破"6.25"特大跨境制贩毒品案

　　当第五届贵州旅游产业发展大会在人间桃源——铜仁紧锣密鼓进行时，一伙梦想暴富的毒魔，也将罪恶的双手伸向了这片净土，酿成了铜仁有史以来最大的毒品制造案件。

　　在这群以牺牲无数个家庭为代价的魔鬼还未梦想成真时，铜仁地区公安局历尽千辛万苦，经过一个多月的努力，将其一网打尽，把他们的梦想击得粉碎！一共缴获冰毒662.8克、冰毒半成品16千克和大量的制毒工具及原料。

　　公安部发来贺电，对全体参战民警表示热烈祝贺和亲切慰问。省委常委、省委政法委书记、省公安厅厅长崔亚东做出"案件破得很成功，认真总结，通报全省"的批示。地委书记廖国勋、行署专员李再勇也分别作出指示，对案件成功告破予以肯定和表扬。

紧盯渐渐浮出水面的一条线索

　　2010年6月19日，铜仁地区公安禁毒部门在开展禁毒严打整治行动中，从查获的一名女吸毒人员的交代中，得知她所吸毒品是从一名叫杨某的手中购得。禁毒民警很快将杨某抓获归案，经突审，杨某交代其上线是李勇，且当地很多人都在他手中购买毒品。

　　公安禁毒部门迅速将李勇纳入侦查视线，通过秘密调查，摸清了李勇的犯罪情况。

　　李勇，铜仁市和平乡遥山沟村人。2004年11月，因贩毒被深圳市罗浮区人民法院判处有期徒刑6个月。

　　侦察员在对李勇的侦查中，发现了一条重要线索，其弟李俊正伙同绰号叫"林林"和"老五"从深圳、贵阳等地购买了一批制毒工具和原料，准备在铜仁市制造毒品出售。

　　经过对线索的清理，侦察员进一步了解到此前李俊、"林林"和"老五"

已经试制了一批冰毒，因成色较差，销售价格受到影响，打算请广东一技师作指导，扩大生产。

经过几昼夜的侦查，侦察员初步捋清了线索，深感案情重大，地区公安局禁毒支队立即成立专案组。7月6日，省公安厅禁毒总队派人来铜仁指导，与专案组共商案件侦查方略，拟定了案件前期工作重点：树立情报导侦的理念，扩大信息来源，尽快摸清制毒团伙，发现制毒窝点；查清原料来源，掌控制毒网络；随时监控动向，适时予以打击。

专案组一面对李俊实行24小时监视，一面对李荔、向伍军展开秘密调查。

7月26日，曾海燕再次主持召开专案研讨会。在听取了专案组的工作汇报后，她要求专案组克难攻坚，成功破案，将此案件侦办为精品案件。

专案组经过几次的分析研讨会，深感压力重大，在第五届贵州旅游产业发展大会召开之前必须彻底破案，为旅发大会创造一个良好的社会环境。但与此同时，专案组认为压力又是动力，那就是决不允许梵天净土成为毒品的生产点和集散地！为了彻底摧毁毒品犯罪团伙，专案组先后召开6次专案研讨会。

斗智斗勇的较量

仲夏的铜仁烈日炎炎，热浪扑面。

专案组负责监视李俊的侦察员挥汗如雨盯着目标。但李俊深居简出，整日与妍妇厮守，无任何异常行动。

另一组展开秘密调查的侦察员，查清了李俊、"林林"、"老五"三人的真实身份。

李俊，生于铜仁市和平乡，未上过学，2002年7月，在深圳因抢劫罪被判处有期徒刑一年。"林林"名李荔，文盲，铜仁市和平乡人。"老五"叫向伍军，小学文化，家住铜仁市川硐镇小江口村桥冲组。3人均出生于20世纪80年代。

侦察员只发现李荔在铜仁活动，不见向伍军踪影，且李俊龟缩不动。案件一时陷入僵局。信息汇集至专案组，民警们冷静分析，决定采取以静待动策略，随时注意对方一举一动。

正当侦察员心急如焚、一筹莫展之际，专案组获取了一重要信息：向伍军将从深圳携带一批制毒原料于7月16日乘坐大巴车到达铜仁。

专案组仔细分析，认为向伍军带来的制毒原料必然会运至制毒加工点，遂指示各侦察员严密跟踪，彻底摸清巢穴，等待时机一举摧毁。

于是，侦察员预先进入各跟踪观察点。晚上9时，向伍军乘坐大巴车准点抵达铜仁一客车站，李荔也按时赶到车站迎接。侦察员远远地看着两人抬着一个塑料桶东张西望地从车站出来，搭乘一辆出租车往开发区方向驶去。

想到制毒加工点很快就会出现在眼前，侦察员内心激动不已。远距离地看到向伍军和李荔在开发区转盘抬着塑料桶下车，并四周张望，侦察员屏住呼吸，盯着两人究竟抬着塑料桶朝哪条巷道走。然而，两人却又拦了一辆出租车去了火车站方向。

侦察员心中一惊，莫不是对方发现有人跟踪？为不打草惊蛇，引起对方怀疑，这组侦察员只得退出跟踪。专案组指示另外一组侦察员立即换车跟上。到达火车站广场，向伍军、李荔对抬着塑料桶下了车，侦察员心里疑惑，这附近人来人往，不可能是制毒窝点的最佳选择。侦察员还没解开心中的疙瘩，向伍军和李荔又换乘一辆出租车返回客车站方向。专案组指示另一组侦察员乘出租车跟踪。最终，向伍军、李荔在铜仁市人民医院附近停下，抬着塑料桶爬上一幢楼房的顶层房间。这是他们租住的房屋。

狡猾的狐狸终于在高明的猎手面前露出了尾巴！侦察员记下了门牌号，长舒了一口气，连日来的辛苦和疲劳被一扫而尽。此时，天已蒙蒙亮。

向伍军、李荔自进入房间后，连续几天都未走出房间半步。而李俊也没有什么异常举动。侦察员只能从远处透过窗户看到房间里面人影晃动，却看不清他们究竟在干什么。

专案组综合各方汇集的信息，又一次召开案情研讨会，认为抓捕时机尚未成熟，背后还隐藏着更大的秘密，必须时刻严密监视对方的一举一动。

巧妙深挖线索

李俊等人文化程度近乎文盲，但反侦查能力却有一套，终日蛰居不动，静观警方有无风声。

专案组分析对方表面强装镇定，其实对制造毒品早已迫不及待，魔鬼终究会显出原形。

果然，几天之后的7月21日13时，李俊开着一辆轿车来到顶层房间楼下。约十分钟后，向伍军、李荔下楼，环顾四周，没发现可疑情况，就拦了一辆出租车到车行租了一辆白色长安车，到一个店铺购买了两桶酒精，然后又开车回来进入顶层房间。侦察员发现两桶酒精却仍然放在长安车上，搞不清楚葫芦里到底卖的什么药，但这里面一定有问题。

不久，李俊下楼驾车离去。紧接着向伍军和李荔抬着从深圳带回来的塑料桶上长安车，在城内绕了一圈之后，出城，沿河而上。远远跟踪的侦察员被对方搞得莫名其妙，死死盯着目标，看其究竟在玩什么把戏。长安车突然离开柏油公路，拐入一条乡村小道，朝川硐镇小江口村驶去。

向伍军、李荔将三个塑料桶抬下车后，返回铜仁。因头天小河涨水，长安车无法涉过。侦查员继续盯着向、李二人，也返回了铜仁。

侦察员忽然明白，小江口方向一定有鬼！专案组根据侦察员的情报分析，另一个制毒窝点很可能隐藏在小江口内，并于次日派出侦察员乔装进村查清情况。

7月22日上午，侦察员以找矿为名进入小江口，拐弯抹角打听昨天下午三个塑料桶的去向情况。有两个村民反映，傍晚，一辆马车把三个塑料桶拉过河，运到桥冲方向去了。同时，提供了桥冲方向有矿石的信息。于是，侦查员涉水过河去了桥冲。

桥冲三面环山，前面临河，通往山寨只有一条独路。

制毒窝点到底在哪，侦察员心中无底，只好边走边观察，从寨头走到寨尾，不漏过每户人家。当走到桥冲组向伍军家院坝时，侦察员突然发现院坝角落里摆放着两只塑料桶。这正是侦察员苦苦寻找的装酒精的那两只塑料桶！侦察员还发现其家中放置一些与农户生产生活无关的工具和器皿。

此时，侦察员认定此处为制毒的另一个窝点。

向伍军在里屋听到院坝里有说话声急忙站出来打招呼。当听说是寻找矿源的老板时说，矿山还远得很呢，从川硐开车去还近一点。为了不打草惊蛇，侦察员说了几句感谢之类的话后，便退出了寨子。

不几天的一个深夜，李俊、李荔、向伍军又从铜仁市郊拉了十箱制毒原料，送到桥冲，待了两天，于一个晚上才出来。

香港技师梦断铜仁

摸清了李俊等人制毒的两个窝点，专案组民警为此抑制不住兴奋之情。此时，一条重要信息又秘密传到专案组——技师陈光伟将飞赴铜仁指导李俊等人制造冰毒。

陈光伟，香港人，绰号陈哥，高中文化。李俊在深圳期间，通过一蔡姓朋友结识了陈光伟。

7月31日20时，陈光伟从广州乘机到达大兴机场，李俊驾车接机。在返铜路上，李俊开车时快时慢，不时观察后面是否有人跟踪。专案组除了派两辆车跟踪外，还在沿途几个岔道处设有定点观察哨，一直盯着目标的一举一动。

目标车辆进入城区后，在城内转了一圈，朝花果山上驶去，之后突然调头，在市内一酒店用餐。用完餐后，目标车辆又在城内转圈，最后才将陈光伟送到一宾馆入住。其间，除用餐之外，目标车辆在市内转了近一个小时。

李俊在铜仁制毒初期，由陈光伟在深圳用电话指导其制造冰毒。但制出的毒品为褐色，成色难看。为制冰毒，李俊从2010年3月至7月30日，多方筹集资金8.6万元，四处寻找毒品加工技术人员，并先后在铜仁、贵阳、广州、成都等地购买大批制毒原料、化学试剂、加工设备等物品，并将这些物品分别放在小江口桥冲组向伍军家中和铜仁市内一租住屋两个毒品加工点生产毒品。桥冲组向伍军家中为第一个加工点，主要提取制毒化学品；市内租住屋是第二个加工点，主要是将提炼的制毒化学品再次加工成冰毒。李俊将这些成色较差的毒品拿给其哥李勇等人贩卖。

李俊因毒品卖不起价格而苦恼。

陈光伟此次从深圳来铜仁，是应李俊请求亲自前来指导。李俊为此给陈光伟汇去2000元路费，并请其在广东购买部分制毒原料。陈光伟在广东东莞帮李俊买到一桶制毒原料，重50公斤，后李俊叫向伍军去广东将这桶制毒原料带回了铜仁。

来铜仁的次日上午，陈光伟和李俊、向伍军、李荔乘坐一辆白色面包车去桥冲村民组向伍军家中。陈光伟亲自动手对熬制好的制毒化学品进行再次加工后装入2个矿泉水瓶内。当日16时，陈光伟携带2个矿泉水瓶和李俊等人回到市内租住屋。

陈光伟和李俊吃完向伍军送来的盒饭后，就一直待在房间里制造冰毒。

挥锤粉碎魔鬼梦想

8月1日夜晚，租住房内厨房和客厅灯火通明，厨房内一换气扇整夜未停。陈光伟和李俊正在疯狂地加工冰毒的最后一道工序。

专案组办公室的灯光一夜未熄，干警们正在制定收网的代号为"铁锤"的行动方案。经过分析判定，香港技师的到来，犯罪团伙肯定会制造出冰毒，此时应该收网。但什么时候收网成为该案的关键，如果抓早了，毒品没制作为成品，缴获的将是一些易制毒化学品，对犯罪嫌疑人的打击处理受到影响；如果抓迟了，毒品一旦转移出去，就很难找到犯罪证据。为保证万无一失，专案组研制了可能出现的九种情况及应对措施，并拟定于8月2日晚开始行动。

在租住房周围蹲守的侦察员也在密切地注视着李俊、陈光伟、向伍军、李荔的动向，连来此的其他人也不放过。

当天晚上，向伍军、李荔在城郊一餐馆吃饭后，带了两个盒饭送到租住屋，随后离开，到一网吧上网，李俊和陈光伟仍然待在屋里。深夜时，向伍军、李荔在火车站附近一旅馆开房入住。

次日上午，向伍军、李荔起床后，到超市购买了一台液化炉，炒了四个盒饭再次回到租住屋，就再也没有出来。

虽然民警们连日劳累，有时忙到通宵达旦，但想到距离行动时间越来越近，就没有了一点倦意，仍然保持高度警惕。

8月2日16时30分，专案组下达各行动小组进入战备状态的命令。一张天罗地网布在了租住房周围。

突然，辖区派出所两名身着警服的民警走进了埋伏圈，对这幢楼的居民进行人口信息采集。两人的举动引起了犯罪嫌疑人的警觉，不时伸出头来向外张望。蹲守的侦察员忽感大事不好，赶紧将这一情况向专案组指挥部报告。指挥部立即通知派出所召回民警。两民警机灵地退出了埋伏圈。嫌疑人和侦察员都长舒了一口气。

由于毒品和制毒原料极易溶于水，如果犯罪嫌疑人发现有异常情况，其犯罪证据随时可能毁灭。因此，专案组要求参战民警一定要设法将犯罪嫌疑人调出窝点实施抓捕，以达到人赃俱获。

21时45分，陈光伟、向伍军、李荔3人疲惫地走下楼来。以防止房里还有其他人，破坏制毒现场，专案组命令抓捕组跟踪至第二地点再行抓捕。陈光伟等3人搭了一辆出租车到客车站夜市街下车，走进一诊所门面，抓捕组灵活跟进，一举将3人抓获。随后，抓捕组分头把陈光伟、向伍军带到公安局审讯，把李荔带往租住房制毒现场。

几分钟之后，在另一出租房的李俊进入抓捕组民警的视线。李俊从房内出来正准备驾车外出时被抓捕。

在短短的十多分钟内，4名犯罪嫌疑人无一漏网。

在租住房制毒现场，经干警仔细搜查和清理，查获冰毒662.8克、冰毒半成品16千克和大量制毒工具及原料。

凌晨4时，专案组指示行动二组从铜仁市出发，直捣桥冲制毒窝点。因该窝点在农村，稍有不慎，易发生群体性事件。专案组出动武警、特警和技术人员共70余人，在天亮之前涉水过河，牢牢控制整个村寨，并展开重点搜查。经过近20小时的细致工作，在向伍军家查获制毒工具110件，制毒原料若干。

另2名犯罪嫌疑人李勇、李俊（小）也相继落网。

9月3日，涉嫌制贩毒品的李俊（大）、陈光伟、向伍军、李荔、李勇、李俊（小）6人被依法逮捕，案件侦查工作基本结束。

　　专案组经过一个多月的精心经营和全体参战民警的艰苦工作，该窝点制成的毒品没有丝毫流失，也没有对社会造成危害。

　　专家称，这是贵州省发生的第一起境内外勾结的制毒案件，所有的制毒犯罪嫌疑人同时被抓获，所有制造出的毒品没有一点流入社会，所有的制毒工具和原料被查获收缴，办成了同类案件的精品案件。该案件已列入贵州省公安机关培训侦办同类案件的教材。

住房供求失衡，价格偏高，一直困扰着我区广大干部群众。今年中央经济工作会议明确提出，"加强市场监管，稳定市场预期，遏制部分城市房价过快上涨的势头。"住房成为关注民生的一个代名词。近年来，我区在农村危房改造、廉租房建设、商品房保障及市场监管等方面做了大量富有成效的工作，千方百计构建和谐房产，让更多人"住有所居"。近期，本报记者选择具有代表性的全区政治经济文化中心铜仁市，县城人口较多、长期房价居高不下的乌江之滨城市思南县，以及近年城镇发展迅速、人口适中的石阡县，深入采访了有关干部群众及相关部门领导，不妨让我们听听他们的真实声音。

住有所居：我们一直在努力

●镜头一：双职工家庭购房压力不小

李先生是石阡县某机关公务员，已上班8年。爱人毕业后通过招考方式进入乡镇某中心完小教书，已有5年时间。夫妇结婚5年来，两人月工资保持在3000元左右，始终坚持省吃俭用，直到去年底，在双方父母的支持下，终于积累近6万元首付资金，在县城购买了一套110余平方米商品房。近日，夫妇在通过住房公积金贷款方式支付了购房余款后，终于领到了房屋钥匙。李先生说，现在每月要还银行1000多元贷款，再加上装修房屋在亲戚朋友处8万元借款，感觉压力不小。

●镜头二：单职工家庭购房困难大

思南县田先生有固定工作，月薪1800元左右，但爱人没有固定工作，一直在家照看娃娃。尽管结婚了13年，但田先生始终没有购房的念头，至今仍靠租借他人房屋栖身。支付不了购房首期款的田先生说，以后孩子读高中大学也要用钱，看来这辈子只能将租房进行到底了！

其实，像田先生这种长期靠租房居住的干部在我区为数不少，在很大程度上缓解了经济压力，不失为一种好方法。其实，这与其他许多发达国家，以及我国许多经济条件较好的地方推行的公共租赁住房方法不谋而合，政府很有必要在这方面加强规范和指导，以缓解当前住房紧张的局面。

●镜头三：呼唤增加廉租房源

现有 2 个小孩读书，家住思南县城安化社区河东街的杨昌维，在城区做小本生意，2006 年丈夫敖以虎自广东打工回来后受雇于人开出租车。几年来，由于收入甚微只够家用，无力购房，一直靠租房居住。2009 年 5 月向思唐镇政府申请购买 50 平方米的廉租房。经过 1 年多时间的建设，目前廉租房已建成，近期即可入住。杨昌维逢人便说，是政府帮助她家圆了住房梦。

据调查数据显示，目前该县共有人均住房建筑面积 15 平方米以下的城镇低收入居民家庭 4224 户，而目前该县廉租房和经济适用住房只可解决 2000 余户，供需矛盾仍然突出。

●镜头四：普通商品房抢手，高层电梯房销售艰难

前不久，当得知地处铜仁市东太大道一家楼盘开盘，供职开发区某事业单位的杨先生于上午 9 点钟赶到售楼部。可现场火暴场面却令杨先生十分震惊：不但门外购房人早已排成长龙，屋内更是被围得水泄不通，在排了一个多小时队后，杨先生被告知，第一期房屋已卖完，等下期再来！

随后，杨先生步行到火车站办事，途中遇一散发传单中年妇女，本不想购买电梯房的杨先生经不起中年妇女的苦苦"纠缠"，最终来到售楼部，却发现已上市销售一年多的高层电梯房，至今仍有不少现房，虽然售价比环境较好的普通住宅稍高，但最终还是没有吸引住杨先生。

记者调查发现，今年上半年铜仁市商品房销售面积达 11 万平方米，与去年同期相比上升 41%，而空置的 1.2 万平方米，主要是面积较大的电梯房和营业房。

记者在思南、石阡两县采访时，当地建设、房产部门的领导也反映，由于群众担心地方电力不保障，加之物业管理费用高，高层电梯楼房屋很难销售；但普通商品房是开盘一处则销售一处，几乎没有现房，市场需求相对比较旺盛。

在调查中，几乎所有调查人员都表示，目前我区许多地方房价每平方米均超过 1500 元，几乎等同一名普通干部的月工资，大大超过当地居民的承受能力。

职能部门：无缝链接，让更多人"住有所居"

几家欢喜几家愁。在当前广大干部普遍反映房价偏高的情况下，地方各级

党委、政府高度重视干部群众住房难问题，千方百计提供房源，确保住房保障，多方面遏制房价，加强源头管理，多方缓解干部群众购房压力，可以说，我区在住房建设成效方面是十分显著的。

●举措一：千方百计提供房源

在思南、石阡等县，记者看到最多的是修葺一新的新房和群众脸上露出的灿烂笑容，听到最多的是他们那朗朗的笑声，而感受最多的是他们发自内心的喜悦，掩饰不住的是他们实实在在的满足、幸福和希望。因为他们梦寐以求的"居者有其屋"的朴素愿望，今天在党和国家的高度重视和各级部门、社会各界的齐心协力下终于实现了。

思南县高度重视城镇低收入家庭的住房保障工作，连续两年将廉租房建设列作为民办的"十件实事"之一，并且从机构、政策、资金上给予大力支持。自2007年以来，逐步形成了"廉租房租赁补贴和实物配租相结合"的住房保障体系，部分城市低收入家庭住房困难得到一定程度解决。截至目前，全县累计争取到廉租住房租赁补贴资金和建设资金共计6213万元，目前已发放廉租住房租赁补贴612.7万元，对人均住房面积15平方米以下的3817户低保家庭实现了应保尽保。同时，开工建设廉租房建设项目2个，总建筑面积11.25万平方米，预计今年底即可全面竣工。另外，该县还积极拓展方式，探索在商品房中配建部分廉租住房，腾退直管公房提供一批廉租房等方式，多渠道筹集廉租房房源。

在农村危房改造方面，思南县推行部门联动机制，17个相关部门累计整合资金500多万元，加强危改区域基础设施建设，推动了全县整体危房改造工程。

2008年，铜仁市被列为全省农村危房改造试点县，当年有460户危房户得到改造。2009年又有1274户农户危房得到改造。今年铜仁市被列为全省农村危房"整市推进"点，将对8880户危房户进行全面改造，全市将彻底告别"危房"二字。

据悉，2009年我区各地在加强农村危房改造的同时，一手抓廉租房建设，一手抓房地产开发市场，全年累计投入资金38.94亿元，分别实施农村危房改造15333户，廉租房22297套，房地产竣工面积100.93万平方米，确保了一批困难群众及干部"住有所居"。在危房改造方面，在上级的支持下，我区积极发动农户自主投工投劳投资，共计投入资金5.91亿元，分别实施了一、二、三期工程，包括地质灾害点的治理和危房搬迁，非地质灾害部分农村危房改造工程，实现100%开工。同时，全区总投资9.73亿元，开工建设廉租房项目22个，开工套数17340套，完成实际投资3.63亿元。2007年至2008年开工建设项目已基本建成，2009 年新增中央投资项目全部实质性开工，并有部分建成。截至目前，全区已完成 4600 套廉租房，缓解了部分群众住房难。

自 2008 年以来，受国际金融危机影响，我区房地产市场影响严重。2009 年开始逐步好转，尤其是去年下半年以来，房地产开发市场有了较大的回升，有 165 家房地产开发企业参与开发建设，完成开发投资 33 亿余元，在建项目和施工面积明显增加，投资幅度大幅增长。

●举措二：多拳出击遏制房价

在调查中，许多干部都反映房价偏高，招架不住，尤以思南县城在全区相比相对较高。记者以购房者的身份在思南一房开企业售楼部得知，一套没有安装窗户和室内门、环境一般的普通商住房，经记者一再讨价还价，其售价也要每平方米 2578 元，比周边德江、石阡两县普通商品房均价 1600 元左右要高出 900 元！比全区政治经济文化中心的铜仁市普通住宅均价 1900 元高出 700 余元！

思南房价高的原因何在？该县一名领导直言不讳地告诉记者，思南属于山城，特殊的地理位置，注定了思南与其他县基地造价的不具可比性。如周边县城地势相对平坦，建设基础部分，如需造价 1 万元，而在思南县却因需要实施加固工程，则需要 10 万元以上；再加之该县属人口大县和历史悠久的文化名城，县城居住人口密集，发展空间受限，土地价格、拆迁补偿价格过高，以及小区功能，建材价格上涨，商品房屋开发进程缓慢，求大于供，等等，均是造成房价偏高的主要因素。

"铜仁地区有无炒房现象？"针对记者的疑问，地区建设局领导负责地说，相对全国同类市场来说，铜仁市场房价相对偏低，一套环境较好的普通商品房目前单价每平方米 2500 元左右，就算是有人来炒作，顶多每平方米炒高 500 元，但除去有关手续税费外，炒房人根本赚不到钱。也就是说，铜仁房产市场根本不值得炒作。

总体来说，我区目前城镇房价基本保持平稳态势，为防止出现房价过快上涨，我区在加快保障住房建设进度，增加实物供应量的同时，加大对房地产市场行为的检查力度，打击捂盘惜售，哄抬房价等行为，市场秩序相对比较规范。

●举措三：从源头强化市场监管

为加强对房开企业的监督管理，石阡县在全区率先推出主管单位、房开企业和贷款银行三方监管协议，有效避免了烂尾楼，一房多卖等不良形象的发生，避免人为炒作抬高房价。

为确保有效制止房开发布虚假信息蒙蔽消费者，思南县、石阡县、铜仁市及地区主管部门均加强商品房的预售管理，定期深入房开项目现场检查有无违纪行为，发现问题及时制止。

为确保廉租房政策执行到位，思南县制定了"三级审核，两次公示，15%抽样调查"的操作方式，先后对20多户弄虚作假者取消资格，确保公平公正，做到阳光操作，真正让廉租房惠及弱势群体。

针对目前廉租房数量不多的情况，使现有廉租房发挥最大的社会救助作用，采访中，各县有关领导均表示，今后，将探索建立廉租房"进门审核"和"常态复核"的动态退出机制。"进门审核"机制即在社会监督上下功夫，让社区居民进行评议，确定最终的享受政策住户。"常态复核"则是建立起一套定期审核享受廉租住房家庭的收入情况，按照标准，能进能出，使廉租房政策真正成为解决群众住房困难的过渡性救助手段，唯有这样，才能使更多真正有困难的家庭居有定所，更大程度地实现社会公平。

●举措四：多措缓解购房压力

近年来，我区紧紧抓住西部大开发和新阶段扶贫开发机遇，主动应对国际金融危机影响，充分利用中央积极的财政政策和适度宽松的货币政策机遇，全面推进住房公积金制度，使住房公积金事业从无到有、从小到大，为筹集城市住房资金，加快住房建设，解决城镇居民住房问题等方面发挥了巨大作用。仅2009年，我区累计发放公积金贷款1万余户8亿余元，有效解决了广大工薪阶层的住房问题。

由国家住房和城乡建设部等7部门联合制定的《关于加快发展公共租赁住房的指导意见》于6月12日正式对外发布，其供给对象主要就是城市中等偏低收入家庭，也就是被人们称为"夹心层"的人们，这部分人将通过公租住房来解决住房难。相信不久，这一惠民政策必将普照黔东大地。

同时，各县市还积极搞好住房租赁市场，引导租赁需求，缓解强大的购房需求压力。铜仁市已建立了住房网上交易平台，着力打造数据全面、透明、及时的住房租赁信息平台，为完善保障性住房租赁体系奠定了坚实的基础。

在采访中，各地的建设局、房产局领导和房开企业都一再表示，近年来，我区加大廉租房、经济适用房建设，在很大程度上缓解了房屋供求关系，对抑制商品房过快增长起到了一定的积极作用。

●相关链接：房地产市场全面调整，房价可能会下降

"目前房地产市场呈现出量跌价滞的态势，再过一个季度左右房地产市场可能会面临全面调整，房价会有所下降，但下降到什么程度不好说。"国土资源部部长徐绍史7月4日在大连举行的全国国土资源厅局长座谈会后接受记者采访时表示。

为遏制部分城市房价过快上涨，4月中旬以来，中央接连重拳出手调控楼市，掀起新一轮楼市调控风暴。新政出台两个多月，中国主要城市住房成交量锐减。

房价同比仍呈现快速上涨态势，但房价涨幅环比已经有所回落。国家统计局发布的数据显示，5月份，全国70个大中城市房屋销售价格同比上涨12.4%，环比上涨0.2%。其中，新建住宅销售价格同比上涨15.1%，环比上涨0.4%。

徐绍史说，截至目前，在房地产调控政策的作用下，内地主要城市房地产市场呈现出量跌价滞的态势，预期再过一个季度左右，部分地区房地产市场将面临全面调整，房价会有所下降，但不同城市表现不一，下降到什么程度不好预测。

徐绍史表示，今年上半年国土资源管理各项工作进展顺利，总体局面呈现向好态势。下半年积极参与房地产调控。根据年初供地计划，要保障房地产特别是保障性住房建设土地供应，及时向社会披露供地情况；开展房地产企业土地专项治理，系统清理房地产闲置土地；完善土地出让合同，加强批后监管；进一步完善土地招拍挂制度。

徐绍史日前公开表示，当前，土地房地产市场逐步回归理性，调控效果初步显现。要研究进一步加强房地产用地管理和调控。各级国土资源部门，按照调控要求加大房地产用地供应，有力有序推进房地产用地管理和调控各项工作。

徐绍史强调，房地产用地管理调控是国土资源部门当前及今后一个时期的一项重要任务。要进一步坚定全系统主动参与房地产用地调控的决心，及时调整完善以保障性住房用地为主的房地产用地供应计划。

同时，加快推进房地产用地专项整治，确保取得较好的社会效果，开展坚持和完善招拍挂试点，加快建立房地产开发企业用地诚信制度，做好房地产用地开发利用监管。

采访后记：

住有所居：重大的民生工程

"住有所居"是重大的民生工程。当前，随着城市房价像天文数字一样的飙升，这个问题对于广大中低收入群体来说确实是望而生畏。可喜的是党和国家高度关注这个问题，采取了系列抑制方价过快上涨的硬措施，住有所居问题正在得到积极有效的解决。

胡锦涛总书记在党的"十七大"报告提出了"住有所居"的社会建设目标，温家宝总理在 2008 年的《政府工作报告》里勾勒出一个"让人民安居乐业"的住房愿景，并首次将住房问题放在大民生的范畴表达。今年，温总理又在《政府工作报告》里指出："国家将继续大规模实施保障性安居工程，中央财政拟安排保障性住房专项补助资金 632 亿元，比上年增加 81 亿元。建设保障性住房 300 万套，各类棚户区改造住房 280 万套。扩大农村危房改造试点范围。"将改善民生放在更突出的位置，破解困难群众"住房难"的实际行动和取得的实际成效，让百姓安心、群众开心。

"群众利益无小事"，保障绝大多数群众的基本居住条件是政府的基本责任，能否解决这个问题检验党和政府的公信力和执政能力。"有房即有家"，"安居才能乐业"。解决"住有所居"问题是一个十分复杂的系统工程，需要在坚持"以人为本"和"全面协调可持续"的前提下，统筹兼顾，多管齐下，才能奏效。让不同人群共享住有所居是家之大事、国之大事，需要社会的广泛参与，只要你我身边的人住有所居、乐得其所，和谐房产的目标方能实现，和谐社会建设和步伐才能更加从容不迫。

住有所居，我们一直在努力。

四、特别策划

（一）【记者看德江】系列报道

　　在去年底召开的全省经济工作会议上，德江城镇化经营做法得到省委、省政府的高度肯定，被称为"德江经验"并向全省推广。同时，这一做法入选"全国新型城镇化范例征集"十大案例，成为"四化同步"发展的一面旗帜，吸引了全国各地领导专家前来取经，反响强烈。

　　为充分展示德江在发展区域性中心城市进程中所取得的成就，本报特开设《记者看德江》栏目，围绕德江城镇化经营这一主题，从德江之问、德江之略、德江之计、德江之路、德江之美、德江之梦 6 个方面进行全方位、多视角观察，深度解读德江城镇化经营运作模式。

德江之问——打造区域性中心城市底气何来？

　　2010 年，省委、省政府 9 号文件把德江县定位为黔东北区域性交通枢纽城市；省"十二五"规划明确把德江作为全省 5 个区域性重要中等城市之一；《贵州省城镇体系规划（2011－2030 年）》将德江纳入全省 9 个区域性中心城市建设之一。

　　英国历史学家托·富勒有句名言：一个明智的人总是抓住机遇，把它变成美好的未来。历史，从来不是记忆的负担。德江，一个典型的山区农业县，在机遇面前，拿什么来打造黔东北铁路交通枢纽和区域性中心城市？

历史文化内涵之答

　　定位一个城市的发展走向，这个城市的文化内涵，必然有着举足轻重的影响。德江，自被定位为区域性中心城市后，曾一段时间，在网上引发热议。其中，争论的焦点，在于德江的历史文化厚重与否。

　　"庸州古遗址、扶阳古城、土家炸龙、中国天麻之乡、中国奇石之乡、傩文化、红色文化……"5月10日，该县县委书记张珍强接受记者采访时说，德江历史文化不仅丰厚，其底蕴亦深。

　　拿德江炸龙为例，该项传统活动，每年吸引数十万人参观。历史记载，德江炸龙已有600多年历史，经过近年来的精心打造，德江炸龙可以说已享誉全国。为传承、发扬历史文化，今年，该县将举办天麻节和乌江奇石展。

　　"两项活动，都是全国性的。"张珍强说。

　　此前的5月9日，德江进行了一次万人誓师大会，县几家班子在家领导全部参加。大会的主题只有一个：打一场整脏治乱的战争。将治理"脏乱差"贴上"战争"的标签，由此可见，该县在城市经营中，已意识到，快速发展之下的德江，需要时代赋予它的文化内涵。

　　"最近，我们安排活动很丰富，电影《黔东烽火》已进入后期制作，准备编写一首关于德江的歌曲，举办一次高规格的论坛。"张珍强说，"建设黔东北铁路交通枢纽和区域性中心城市已经成为我们的文化自信，实干、诚信、宽厚、包容已成为我们的文化自觉。"文化自信告诉德江：历史文化和城市内涵，可以传承，亦能培育！

"德江速度"气场之傲

　　翻开贵州省地图，先来看看德江县位于贵州的位置：地处武陵山、大娄山汇接处。东与印江相邻，南与思南接壤，西与凤冈交界，北接沿河、务川之间。再以省会贵阳为中心，放眼黔东北一带，德江，处于上述几县的中心点。

　　独特的区位优势，让国家、省相关规划日趋清晰：2010年，省委、省政府9号文件把德江定位为黔东北区域性交通枢纽城市；省"十二五"规划明确把德江作为全省5个区域性重要中等城市之一；《贵州省城镇体系规划（2011-2030年)》将德江纳入全省9个区域性中心城市建设之一。

　　"三高五铁一港口一机场"，这是德江建设区域性中心城市所需的最基本的构成部分。"三高"，即杭瑞（已建成通车）、德江至沿河、德江至务川高速公路；"五铁"，即昭通至恩施、郑州至河口、都匀至黔江、重庆至广州、遵义至吉首铁路；"一港口"，即乌江800万吨级港口；"一机场"，即德江机场，目前正在积极争取。

　　依托交通规划优势，德江各族干部群众只争分秒，开足马力超前建设区域性中心城市。

　　15天，完成乌江沙沱电站德江库区1万余移民搬迁工作；45天，挖平占地

300 亩的人工湖；65 天，打造高家湾现代农业观光园……这还不是最快的"德江速度"。城南大道建设正酣之际，有 3 座 20 多米高的山丘挡在前面，县领导下"军令状"要求 3 天拿下。60 台挖机、8 台推土车、200 多台运输车，3 天内，3 座山丘，60 多万方的土石被挖平。

一个个"德江速度"随之而来：从 2011 年起，世纪明珠、多维国际、云海、惠田等一大批房开拿地开建，不足 3 年，一幢幢高楼拔地而起。

德江用"速度"证明：发展中心城市，我们能！

正能量凝聚团结之力

"我们的干部，不仅要转变作风苦干实干，还要把执行力放在第一位。"张珍强这样认为，广大干部要敢想、敢干、敢争、敢让、敢抵，要大力弘扬求真、务实、干事之风。"只有营造好的政治生态环境，才能谈发展。"打造区域性中心城市，德江交出的答卷上，还有一个重要的亮点，即团队力量的建设。

"政府除了制度建设不断完善外，特别注重团队力量的建设。"5 月 11 日，该县县长李云德接受记者采访时说，德江在发展过程中，领导干部在处理事件的能力上，发挥到极致，其敬业精神令人感动。

去年，刚上任的副县长何茂，接到处理一起事件的任务。"很担心他能否把事情圆满处理好，接连发了数十条短信和他交流，结果事情处理得相当成功，既保障了群众的利益，又使工程得以顺利开展。"李云德说，德江的发展，离不开凝聚的团结之力。

"一问三治五心"活动，是德江自去年 7 月起开展的一项教育活动。活动的内容，主要是"问自己干了什么，下步怎么干；治'冷热病'、治'软骨症'、治'近视眼'；忠心献给祖国、孝心献给父母、爱心献给社会、诚心献给他人、信心留给自己。"通过活动的开展，促进干部职工进一步解放思想，转变作风，为建设黔东北铁路交通枢纽和区域性中心城市凝聚正能量、激发大合力。

团队精神彰显德江力量：精诚团结之下，我们战无不胜！

德江之略——以人为本建设区域性中心城市

把德江建设成为黔东北交通枢纽和区域性中心城市，这是省委、省政府对德江发展做出的定位，同时也是德江县委、县政府多方努力争取的结果！蓝图绘就，梦想起航。在发展基础较为薄弱、交通并不具备优势的情况下，如何将蓝图变成现实？德江回答掷地有声。

描绘蓝图："三高五铁一机场一港口"

根据国家、省级层面规划，德江境内将有三条高速和五条铁路交会，即杭瑞、德江至沿河、德江至习水高速公路，昭通至恩施、郑州至河口、都匀至黔江、重庆至广州、遵义至吉首铁路，此外，还将兴建德江飞机场和乌江800万吨级港口。

数年苦干实干，德江交通枢纽逐步变成现实。目前，除已通车的杭瑞高速，德江至沿河高速正在建设，德江至务川高速有望年内开工；乌江航运800万吨级德江港一期工程完工通航；委托中国民航集团西南分公司完成德江机场规划选址。

可以预见，德江在未来几年即将形成高速、铁路、航空、水运立体大交通格局，成为黔中经济区、黔北经济协作区、成渝经济圈、武陵山经济协作区的重要节点。

同时，该县在内部构架战略性通道。

除了总投资5.6亿元的县城至共和港口二级公路正加快建设，县城至煎茶城际大道也在如火如荼推进中，同城化迈出铿锵步伐。

德江，全速扬帆起航。

让利于民：赢民心聚合力

大德如水，气势如江！在大通道即将形成之际，用什么来承载大交通？2010年，该县拉开建设城南新区序幕。但该片区内的334户房屋拆迁成为摆在该县面前的一块"硬骨头",稍有不慎,就会引发群体纠纷事件。

如何平稳有序地开展城南片区房屋拆迁,推动新区建设顺利进行?经过深思熟虑,德江县提出八字方针——"和谐拆迁,让利于民"。

在具体实施中,该县结合广西、福建及省内部分县标准,确定了产权交换、货币补偿、划地安置等多种安置方式,给被拆迁户充裕的选择空间,最大限度让利于民,让民满意。

为了实现和谐拆迁目标,德江县在全省范围内率先制定了《全县重大事项社会稳定风险评估细则》。在实践中,这一决策成了全县重大决策、重大工程项目的长效工作机制、人民群众利益的保护机制,经市委、市政府逐步完善规范,演绎成"铜仁经验",全国推广。

在"和谐拆迁,让利于民"思想指导下,334 户在短短两个月拆迁完毕,顺利征地 4000 余亩,没有发生一起暴力抗拆,没有一起到市赴省进京上访,没有突发性、群体性事件发生,为打造区域性中心城市赢得了民心,聚集了力量。

以民为本:建设惠民"大客厅"

清晨,雨后的德江人民公园,空气清新扑鼻。在绿树成荫的健身场,一群群来自乡下、头挽白帕的土家妇女们,正与穿着时尚光鲜的城里人,欢快地跳着土家摆手舞。在公园的对面,多味龙虾馆、零度音乐吧、四季欢歌动漫城、多彩扎啤城、老朋友咖啡厅……这些大城市独具的元素符号,如今正呈"S"字形镶嵌在风景秀丽的玉溪河畔,足以让你感受到大都市的繁华。

时光倒回 2010 年。当初,有开发商愿意出 5 亿元竞买人民公园这块黄金地用作楼盘开发,但财政并不富裕的德江不仅没有接受这一"蛋糕",相反还拿出 2 亿元资金,将这块黄金地用来建人民公园,建惠民"大客厅"。

在各地增比进位、提速发展的态势下,7 亿元是个什么概念?在经济增长与改善民生的相互博弈的情况下,德江县毫不犹豫选择了后者,赢得了市民广泛的赞誉。

"让全德江人充分享受到经济社会的发展成果,既是党委、政府的职责,也是德江发展的出发点和落脚点。"德江县委书记张珍强表示。过去 5 年,德江累计投资 30 亿元以上,新建了县人民医院、县中医院住院大楼,分别创建成三甲、二甲医院;实现了一中和职校向新区整体搬迁,县一中成功创建省级示范性高中;引进重庆西凯教育集团投资 15 亿元,建设可容纳 1 万学生的贵州信息工程学院,创造了一年新建一所学校的奇迹。

大德如水,气势如江!德江以关注民生赢得了民心。全县各族干部群众心往一处想，劲往一处使，为建设区域性中心城市凝聚了强大动力。

"三化"同步：谱写精彩乐章

事实上，近年德江靠经营城市，收储土地尚余1万余亩，市值120亿元以上。

"按每年出售500亩土地给开发商，每年就可以收入6亿元以上。换句话说，今后20年德江什么也不做，也够全县支出了。"该县一名干部说。

但也有少数人认为，德江的发展就是土地财政，不可持续。

德江决策层没有沾沾自喜，十分清晰地认识到了这一点。该县抱着对历史负责、对人民负责的态度，以人为本，大力推进可持续发展：在城南打造宜居宜游新城，在城北打造工业园区，产城互动，弹奏区域性中心城市的精彩乐章。

战略决定高度，思路决定出路。

借助"市场"之手，2010年，德江启动了总投资达50亿元的城南新区建设，奏响了城市发展最强音。随着世纪明珠、多维国际等一批开发商进驻，刷新了城建"德江速度"；刚刚建成投用的温州商贸城，是黔东北大型建材家居市场之一；新建的贵州信息工程学院今年9月份将迎来第一批大学生，将为德江区域性中心城市提供有力的人才资源和智力支持；具有黔东北地标性的配套设施德江体育馆目前正在加快推进中……随着一栋栋高楼拔地而起，一个个门面不但成为市民的生财之道，也为该县提供了源源不断的税源。

在城市公共服务经营方面，该县将凡是市场能够经营的项目全部推向市场，如通过出让公交车站台20年广告经营权的方法，不但成功融资3200万元，而且带来了新的税源，有效增强了城市发展内动力。

经营定位、经营城市、经营资源……在交谈中，德江县委书记张珍强、县长李云德不时提及"经营"二字。事实如此，该县在这方面，可以说是做到了极致。

同步推进工业园区建设。德江按照"一园三区"进行规划建设，工业布局为城北工业园、煎茶循环经济产业园、共和重化工产业园。其中，城北工业园区从规划到建设仅仅用了一年时间，就完成固定资产投资50亿元，组建起200亿元的实体工业产能。

"生态农业资源优势是德江当前最大的资源优势。"德江县县长李云德认为。近年，德江始终坚持把解决好农民增收，作为推进县域经济快速发展、实现全面建成小康社会目标的重点和难点，大力推进。

"引进或扶持一个企业，激活一个支柱产业。"目前，德江50万亩草地生态畜牧示范园、20 万亩生态茶叶、20 万担烤烟、100 万平方米天麻、40 万亩核桃等特色产业，在亿源生态畜牧、黔东油脂集团、洋山河生物科技、兴农米业公司等系列龙头企业的带动下，全面"开花结果"，快速做大做强。

创新经营城市催生产城"质变"。短短 3 年多时间，8 平方公里的德江县城，如今已拓展至 15 平方公里，吸引了湖南、重庆、遵义等地人口移居至此，县城人口从不到 10 万人增加到 17 万人。各项经济指标迅速攀升，实现增比进位。

黔东北区域性中心城市——德江，正如同一艘开足马力的"航母"，承载着傩乡转型发展之梦，快速驶向美好灿烂的明天！

德江之计——决策背后的大智慧

每个人，对自己的人生，都有一个规划，都会为自己定一个目标。有了规划和目标，人生之路才能走得清晰，走得明白。尽管路途坎坷，但只要有思路，有气魄，有气场，就能为自己创造辉煌灿烂的人生。

经营一个城市，亦如此。德江，以一种独特的思维理念，谋划一个地方的经济发展：借力土地杠杆撬动城市发展；农村金融改革搅和数百亿沉睡资本……一系列创新，得益于县决策层规划先行，思路清晰，彰显了决策背后的大智慧。

从一个山区小县城到区域性中心城市的蜕变，德江如何谋划发展之计？

宏图初现——问计规划前瞻性

翻开贵州区域版图，在黔东大地东至铜仁的印江、西至遵义的正安这一版块中，没有一座区域性中心城市。这种"无"，为德江建设区域性中心城市，创造了地理和区位上"有"的优势。

倒回 2010 年前的时光，因交通区位和自然条件先天不足，经济发展基础薄弱，思想观念落后，资本不愿来、人才留不住，德江仍处在工业无力、发展无望、致富无门的迷茫徘徊中。

穷则思变。怎么变呢？环视周边相邻县市，思南、沿河有乌江，曾因车船码头盛极一时，为经济社会发展垫实了基础；印江、江口有国家级旅游景区梵净山，湄潭、凤冈有规模宏大久负盛名的茶产业……德江，靠什么来推动发展？2010 年，在国家、省的"十二五"路网规划中，有 3 条高速多条铁路经过德江地域版图，为德江发展迎来一线曙光。

能不能依托交通枢纽建设把德江培育成黔东北区域性中心城市？随后而来的省县领导对话、资源调查、干群民意，从正面回答了想法的可行性。2010 年 9 月，省委、省政府（黔党发〔2010〕9 号）文件明确"依托我省东北部重要交通干线和枢纽建设，把德江培育成贵州东北部区域性交通枢纽城市"。

要把理论上的可行性变成行动上的实效性，仅凭领导干部一厢情愿，还是水中月镜中花。怎样才能让广大干部群众积极支持和参与呢？为此，在德江城南新区开发建设中，县委、县政府把沿玉溪河最好的地段用来建设河滨公园，为市民提供休闲娱乐场所。而这片地有开发商开价 4 个亿，政府没为其心动，反而投资 2.7 亿元来建设公园。

把最好的留给百姓，为德江大刀阔斧建设黔东北铁路交通枢纽和区域性中心城市赢得了民心。

2013 年，贵州新一轮城镇体系规划中，进一步明确将德江作为贵州省 9 大区域性中心城市之一来建设，定位了德江在黔东北版块的重要性，实现了从"无"到"有"的格局破题。

创新发展——问计新型城镇化

德江新一轮大规模城市建设始于 2010 年 4 月。

当年，该县财政整合上级相关项目资金 1.8 亿元，对城南 344 户村（居）民房屋进行拆迁，收储土地 3000 亩，年底出让 300 亩收回 1.8 亿元，余存 2700 亩，以此破题开局，打破了"有多少钱办多少事"的传统发展思维。

县决策层凭借 2700 亩的余存土地，以"想办多少事再筹多少钱"的发展理念，在先后挂牌出让国有土地 60 宗 2045.8 亩获得土地收益 14.3 亿元的基础上，成立园区建设、城市建设、土地开发、水利建设、农业产业开发、交通旅游和医疗、教育 8 大融资公司，继续向社会融资 36.7 亿元，用于市政设施、民生工程建设，加快老城区改造，实现"腾笼换鸟"，吸引外资 29.8 亿元、带动社会资金上百亿元参与城市建设，拉开了城市发展序幕。

2012 年，该县按照产城一体化发展理念，在建成 7.8 平方公里城南新区的同时，规划建设了城北工业园区、煎茶农特产深加工园区和乌江黄金水道物流园区，从土地收益中拿出 9 亿元，用于产业园区水、电、路等基础设施建设。

同时，该县围绕"隋唐古邑·神韵傩乡"民族地区旅游城市定位，对千年扶阳古城进行修复，加快推进城市公园二期工程、洋山河峡谷风光、乌江百里画廊等旅游景点景区建设，引进汽贸、建材、机电等物流企业，不断增强城市发展后劲，促进经济社会持续快速健康发展。

现在建成的 32 米扶阳大道、46 米乌江大道、70 米武陵大道、500 亩人民公园、7.8 平方公里的城南新区、20 平方公里的城北工业园区，无不是加班加点、拼抢争快"赶"出来的成果。

正如县委书记张珍强所说，为了尽快建成黔东北铁路交通枢纽和区域性中心城市，就要全力"赶"、努力"追"、奋力"超"，就要把党员干部逼得"蹦蹦跳、呱呱叫"，才能跨越赶超。

破题困局——问计农村金融改革

"摸着石头过河"，不仅需要魄力，更需要智慧。这是改革开放中央赋予基层先行一步、先试一步的权利。

落后地区要发展，"钱"是关键问题。怎样才能打破发展瓶颈，转变"有多少钱办多少事"的传统发展理念，为德江发展走出困境？

利用农民土地承包经营权、林权、宅基地和房产权，向金融部门抵押贷款是德江"先行先试"的成功探索。

2012年，县财政用土地收益8000万元作风险担保金，搭建融资平台，大力推进"三权"抵押贷款业务，激活了300个亿的农村沉睡资本。这8000万元犹如一团"酵母"揉入德江"三化一业"发展中，催化300亿沉睡资本带动30多亿房开资金、40多亿工业创业金、60多亿民间资金参与德江经济社会发展，催生出巨大的内生发展动力。因此，德江被贵州省作为唯一一个农村金融改革试点县上报国务院。

东方欲晓，莫道君行早。在万船竞发、百舸争流的当下，谁领先一步，谁就能抢占发展优势。

3年时间，德江今非昔比。城区面积从9.8平方公里扩展到20平方公里，人口从10万增至17万，农民人均纯收入从2588元增长到4980元，财政总收入从1.8亿元增长到6.2亿元，城镇化率达36%，发展的"势"头十足。

县人民医院、中医院、一中、职校相继扩容增量升格，在高薪报酬和当政者人性化关怀下，博士生、研究生、高尖技术人才纷纷加入建设美丽德江队伍。

随着杭瑞高速通车、乌江航运通航、昭黔铁路纳入省"铁路会战"重点申报项目、民航机场规划选址完工，德江"三高五铁一机场一港口"的大交通格局凸显，凭借抢先一步规划收储的2万亩建设用地、高品位建成的城南新区、高标准建设的城北省级经济开发区和17万人口的城市规模，展现出引领黔东北城市"群英"的大气场，占尽了天时、地利、人和的发展先天优势。

德江之路——大视野下看大发展

　　将一种定位，转换为一种资源来利用，植入经营城市的创新理念，德江无疑是一个成功的样本。德江城镇化经营做法，得到省委省政府的高度肯定，"德江经验"向全省推广。同时，该县又被列为"全国新型城镇化范例征集"十大案例，吸引了省内外专家前来取经。如今的德江，不论是城市，还是农村，各种产业发展如火如荼。

　　沉寂的德江，在短短 4 年时间沸腾了！大视野下，德江如何迈开发展之路？

从背包干部看亲民情怀

　　一个背包，一份责任，一种情怀。

　　一个干部，一份信念，一种精神。

　　2013 年之前，德江县荆角乡干部陈江一直在尖山村驻村。他常年挎着一个雷锋包，服务村民不言苦累。

　　三年帮扶，陈江为尖山村办了三件实事。第一件事是修通了通村公路；第二件事是让尖山村村民吃上了自来水；第三件事是修建了村办公楼。三年来，尖山村每一户人家，都成为了他的朋友。他不仅是村民的办事员，还是村民的主心骨。如今走进尖山村，打听陈江，村民们都会伸出大拇指，夸他是老百姓最贴心的好干部。

　　5 月 10 日，已提升为副乡长的陈江告诉记者，虽然离开了尖山村，但他的心仍在那儿，"就像是亲人一样，隔几天不去村上走一走，心里就有种牵挂。"

　　陈江只是德江万名背包干部中的其中一员。德江在城镇建设中，充分发挥背包干部的"雷锋精神"，在开展拆迁工作中，仅用 50 天的时间就完成 334 户的拆迁。小小的雷锋包，背出了大和谐。

　　"当前，德江正在构建黔东北交通枢纽和区域性中心城市，我们需要构筑一个地方的'精神高地'，只有坚定理想信念，释放强大的精神力量，区域性中心城市之梦才能变成现实。"结束采访时，陈江说。

从产业发展看经典创意

在推进城镇化发展进程中，德江有两个创意，堪称"经典"。

一个经典是打造城市农业公园，公园建在离城仅 10 余公里的堰塘乡高家湾村。5 月 10 日，堰塘乡党委书记冉茂邦接受本报记者采访时，自豪地说："高家湾城市农业公园投资 6 亿元，政府仅出资 200 万，其余全由客商投资。"

吸引客商前往投资，固然跟德江的发展定位有关，但一个事实不得不承认：当地党委政府经营的理念，异常超前。一个有力的佐证是：高家湾的村民，集体洗脚上田，与外地客商参股，在公园内经营各种产业，当上股东。

"拿分红，拿租金，拿工资。三金入手，想不富，都不可能。"采访中，高家湾村民喜形于色。

以鲜果种植、观光旅游为主的德江城市农业公园，成功开建并取得效益，吸引省内外专家前往取经。

再有一个经典，是德江的微型企业创业园。在这条不足一公里的街上，充满民族特色的楼房排列整齐，风格统一。5 月 11 日，本报记者慕名驱车探访，发现有服装业、加工业等微企上百家。

随行的县委宣传部同志告诉记者，创业一条街上的老板们，基本是由城镇建设中，配合政府开展拆迁的拆迁户组成。采访中记者了解到，100 余户作坊式工厂，还有福建等外地人创业。

去年 6 月 10 日开业，8 天后就交出了第一批货。如今，服装加工生意红火。这是微企园中何英的厂子，6 台平车，5 个工人。"主要是为一个服装厂负责几道工序，有了这个小企业，比在外打工强多了。"

原本一条安置街，变为创业园，德江将产城一体化经营得有声有色。放眼全市，唯德江有此骄傲。

从求贤如渴看人才建设

抢占发展的制高点，人才是关键。

今年 4 月中旬的一天，已成功跻身于三级综合医院的德江县人民医院，在获知之前在贵阳举行的招聘会上，签下意向性协议的一个学生，想前往德江参加面试后，一把手杨定光立即放下手头其他工作，前往贵阳接机。

这名应聘者名叫黄金锐，是武汉某大学一名本科生，是麻醉专业的。当天返回德江，已是凌晨。经过面试和体检等一系列程序，黄金锐顺利应聘成功，期间的一切费用，全由医院买单。

"医院要发展，我们太需要人才了！" 5 月 11 日，杨定光接受本报记者采访时说："这几年德江发展很快，医院也要跟上发展的步伐，才能为德江打造区域性中心城市提供坚实的医疗卫生保障。"

以德江县人民医院为例，该院今年出台的人才引进办法（暂行）中规定，引进的人才，不受编制、岗位设置、结构比例等限制，除正常的工资、福利待遇外，还可享受安家补助、特殊津贴、成果奖励、学习深造、配偶工作、子女入学等相应的优惠政策。省部级专家、教授可享受 30 万—50 万元安家补助；博士研究生或具有正高职称人才可享受 20 万—30 万元安家补助等。

高薪之下，必有贤才。该院引进省医退休专家周英，为医院的发展注入力量。

这是该县近年来，求贤如渴的一个缩影。在德江的各行各业，对人才的渴求，达到前所未有的高度。今年 3 月，该县在第二届中国贵州人才博览会上，重点在教育、卫生系统中引进高层次和急需紧缺人才 118 名。

德江之美——大美德江尽展风韵

近年来，德江的城市味越来越浓，这是一个看得见的事实。这个城市，有全市规划最漂亮的公园，有气势磅礴的人工湖，有全市经营得最好的农业公园。大润发超市、合力超市、德克士等这些商业巨头纷纷进驻德江，为德江营造了城市韵味。

衡量一个城市有无都市味道的标准，高楼大厦只是客观存在的因素。更多的，体现在人文、道德等细节方面。

采访中，受访者们都有一个共同的感受：德江，越来越美了。德江之美，美在哪？

渐行渐近的都市美

"是大上海？还是牛重庆？"日前，一组德江城市夜景的相片在网上流传，引起网友热议。其中，一张由高楼、人工湖、彩虹桥组构的图片，让网友发出以上疑问。

5月的德江之夜，凉风习习。记者走进人民公园闲逛，仿佛置身于大都市。正值傍晚时分，公园内有不少市民在散步。闻着园内盛开的鲜花之香，记者不禁感叹，公园虽在城中，却宁静不喧嚣，生活在德江的市民，实在太幸福了。

沿着人工湖畔漫步，德江的夜景，给记者一份别样的感受：湖面波光闪闪，呈现出楼在湖中、湖在楼中的景象，美轮美奂。难怪，有网友问德江，是大上海，还是牛重庆。

今年4月，该县更换一批公交车，并新开通了公交线路。新投入运行的公交车，配备了刷卡上车的智能系统，增加了城市品位。从去年到今年，知名连锁超市大润发、合力进驻德江，知名餐饮业德克士抢滩德江……德江，建区域性中心城市的进程中，必备的城市元素正在增加。

和谐幸福的乡村美

把土地当成一个产业来经营，既有产权，又有租金，还能守住自家土地劳作，让收入多渠道，德江县高家湾的村民，无疑是最幸福的。

走进高家湾，映入眼帘的是白晃晃的一片钢架大棚，步入大棚，里面种满了黄瓜、西红柿等蔬菜。瞧那碧绿粗壮的黄瓜秧，一排排，一垄垄被整整齐齐地用红色线绳悬吊在棚顶的铁丝上，郁郁葱葱，果实累累，显示出勃勃生机。转出大棚，抬眼远眺，只见前方工人们正井然有序地忙碌着。径直向前，便到了食用菌生产基地，基地内错落有致地摆满了黑木耳、香菇和金针菇等菌棒。

据了解，2013 年，该村人均纯收入突破 8000 元，比 2012 年净增 2243 元。村民的"钱袋子"逐渐鼓了起来。同时，随着该村现代高效农业的发展，村里涌现出了大批青年创业者，截至目前，已有 30 名创业青年走上了创业致富之路。

走进充满土家风情的民居，巷道院落干净整洁。院墙上，充满温馨的标语，或是展示道德风尚，或是寓意发展方向，每一条，每个字，都饱含文化内涵。

交谈中，村民脸上洋溢着的笑容，发自内心。这样的一幅画卷，展示乡村之美。

"我在尖山村驻了 3 年，村里没有发生过一起打架斗殴事件。"该县荆角乡副乡长陈江告诉记者，驻村干部最大的作用，就是发挥了带动村民守村规民约的效应。"党的群众路线教育活动开展，真正做到了干群心连心。"陈江说，政府开展工作，得到老百姓的理解，老百姓有诉求，政府及时倾听并解决。"大家心往一处想，劲往一处使，有党的好政策支持，不愁农村的生活过不好。"

煎茶、长堡、合兴……行走在德江乡镇，小城镇建设正如火如荼。

温情四溢的道德美

大德江自有大胸怀，大德江自有大仁义。

近年来，该县公民道德建设从弱变强。扎实开展"公民道德宣传月"系列活动，大力加强社会公德、职业道德、家庭美德、个人品德的"四德"建设，建设道德讲堂 12 个；开展了学习雷锋、"讲文明·树新风"公益广告宣传活动及"我推荐、我评议身边好人"等活动。推荐各级道德模范和身边好人 36 人，涌现了中国好人杜典娥，张永春等 4 人获"贵州最美好人"，杨国秀等 4 人获"感动铜仁十大教育人物"称号，陆治强等 6 人获"最美铜仁人"称号。并号召广大干部群众向先进典型人物学习，营造了全民学先进，争当模范的氛围。

志愿服务队伍从无到有。该县始终把志愿服务队伍建设作为提升市民素质和文明行动的主力军和先遣队。成立 15 个专业志愿服务分会和 20 个乡镇志愿服务分会,招募新会员 2652 名,建立健全志愿服务工作体制机制,各分会广泛开展"关爱他人、关爱社会、关爱自然"为主题的志愿服务活动,实现了志愿服务组织从无到有的突破。

　　为扎实推动第二批党的群众路线教育实践活动深入开展,该县充分运用远程教育网络加强道德讲堂建设,围绕培育践行社会主义核心价值观,以社会公德、职业道德、家庭美德和个人品德为重点,结合"明礼知耻·崇德向善"主题活动的开展,大力倡导仁、义、诚、敬、孝等传统美德和时代新风。

德江之梦——紧盯目标实干兴县

德江人的"中国梦"很明晰：建设黔东北铁路交通枢纽和区域性中心城市，惠及更多的人。

2010 年到 2014 年，城区面积从 7 平方公里增加到 18 平方公里，人口从 8 万人增加到 17 万人，德江的变化有目共睹。该县 53 万各族群众心往一处想，劲往一处使，为了早日实现德江"中国梦"砥砺前行。

铁路梦：正在照进现实

去年 8 月 9 日，贵州省铁路建设大会明确将过境德江县的昭恩铁路提前列入省铁路重点项目，预计 2014 年底前开工建设，为德江铁路建设工作掀开新的一页。

"规划的项目，如不主动出击争取，就容易被改变。"德江铁路枢纽办主任谢应豪对项目争取的残酷性深有体会。

机遇，从来都是为有准备的人降临。

谢应豪说，为了该条铁路能够早日立项，县四家班子多次到上级相关部门进行工作对接汇报，做了大量工作。"我们充分挖掘和利用各种人脉资源优势，争取一切有助于推动昭恩铁路争取工作的社会各界朋友，尽可能给予项目鼓与呼。"

同城梦：架构已然凸显

"南连、北拓、中改、西扩"是未来都市德江空间发展的主体思路。在县城第四轮总体规划修编中，近期按 40 平方公里 30 万人建设、中期按 50 平方公里 50 万人规划、远期按 100 平方公里 100 万人控制。

去年，古镇煎茶被列为全省 100 个示范小城镇建设点之一，并成为全市小城镇建设发展暨城市建设现场观摩会的观摩点之一。

煎茶受到关注，在于其与德江县城仅 10 余公里的距离，同城化的梦想让这里充盈着变革的热望。

作为产业层面支撑，煎茶镇依托杭瑞高速，以物流批发中心、商贸中心为重点，围绕农产品加工与冷链、生产性物资集散、生活商品流通、物资仓储的现代物流园区已经上马，金三角敬老院至 326 国道线与杭瑞高速公路出口连接处、杭瑞高速公路出口连接路至洗沙塘两条道路建设和 326 国道提级改造已次第展开，城镇污水处理、垃圾填埋场等基础设施建设已在确址。

按照工期，今年底，煎茶新建的文化广场将投入使用。

产业梦：助推"实力德江"腾飞

稳坪镇喻家桥村村民杨正远，去年之前还是一个扛着锄头日出而作、日落而息的农民。看着全村 400 多户村民房屋改造成漂亮的民居，家家户户都通了连户路，用上了自来水，村邻们有的种果树，有的发展旅游业，日子过得红红火火，他也坐不住了，去年通过"三权"抵押，贷款 10 余万元，开起了"农家乐"。

同样的故事，在堰塘、长堡等乡镇纷纷上演，该县通过"三权"抵押盘活了农民资本，农村经济扶摇直上。

此外，按照"产城"共进发展理念，该县投资 50 亿元，规划建设了城北工业园区、煎茶农产品特色加工园区和乌江黄金水道物流园区，完成了城北 5 平方公里核心产业园的"七通一平"，入驻的迪蒙、三诺机电、昊诚服饰等 45 家企业，有 34 家已开工投产，5000 多农民工实现就近就业。

大学城、商贸城、花鸟奇石市场等 33 个省、市重大工程和重大项目建设如火如荼。依托城北工业园区，微型企业创业园同样生机盎然。

德江，随着昭恩铁路的立项开建，黔东北铁路交通枢纽和区域性中心城市呼之欲出。

(二) 【绿色发展的铜仁实践】系列报道

"污染"产业不排污

松桃水晶产业园攻下"全省示范"

为实现"工业强县"目标，2013 年松桃自治县主动承接东部产业转移，从中国水晶之乡浙江浦江，大规模引进水晶玻璃加工企业，建立水晶产业园。

然而有报载，水晶玻璃加工过程中会产生严重的污染，工业废水往往呈乳白色。在中国东部一些地方，老百姓闻水晶而色变："喝进去的是清水，放出来的是'奶水'，装进口袋的是钞票，留给百姓的是废土。"

此举引发松桃人担忧和不安，发展水晶产业，究竟会不会造成污染？

废水废渣融入循环经济

初冬时节，记者走进松桃水晶产业园。只见工人们正在紧张有序地操作机器，清清的自来水，经冲洗水晶球后，瞬间变成了乳白色的"奶水"。

记者坚持沿着管道沟渠，看看这些"奶水"最终流向何方。

沿着废水收集管沟，"奶水"流到了第一道沉降池，经过沉积后，流向第二道沉降池，接着流向第三道沉降池。经过三道"关卡"后，导入压滤机房。

经过压滤机房后，废水和废渣开始分离。

先看废水——原先乳白色的"奶水"变了！此时的水与普通自来水并无两样，看不出有什么区别。接下来，清清的水被导入一个高位水池，沿着循环水管流向各个生产车间。整个过程，记者没看到园区向外排一滴水。

再看废渣——废渣一出来，就被工人们用铁铲，一铲一铲"请"上了正在等候的松桃高力水泥厂的大货车。司机用手指着废渣说："这是生产水泥的上好原料，有多少要多少。"

企业集聚生产，废水循环利用，废渣"变废为宝"！看到此情此景，此时记者一颗悬着的心方才落了下来。

"一天用多少循环水？还需要补充多少自来水？"

"园区一天大约有 600 至 700 吨水是用循环水，最多补充 100 余吨自来水就可以了。"马田龙社区支书陈光银对整个园区用水情况了如指掌。他说，生产用水几乎都是循环利用，从不外排，所以谈不上污染。

坚决向污染说"不"

"在加快发展的同时，我们要坚决守住生态保护这条底线，以对人民、对历史高度负责的态度，全力保护好贵州这片蓝天白云、青山绿水。多彩贵州拒绝污染项目！"这是今年省长陈敏尔在政府工作报告中特别强调的一句话，而松桃自治县正是本着这样的辩证思维和发展理念，大胆引进水晶产业。

新建的松桃水晶产业园，地处洼地，四面环山，附近没有人家。

在建园初期，市长夏庆丰到园区调研时要求，要认真吸取一些发达地方重发展轻环保的惨痛教训，努力做到安全第一、环保先行、循环利用，坚决遏制水晶污染，走出一条生态文明的发展之路。

"松桃水晶产业园严格按照省、市要求，采取统一规划、统一建设、集中入园、制治分离、统一管理的模式，采用目前国内最先进的污水废渣处理工艺，经打磨、浸泡的污水废渣采取集中收集，四级过滤，陶瓷压滤处理，真正做到废水废渣循环利用。"水晶产业园项目负责人陈长春表示，园区修建了污水处理系统，能够确保水晶工业园区内的污水处理率达到 100%，污水循环利用率达到 98% 以上。

如今，漫步园区，花香四溢，鸟鸣声不绝于耳，整个园区就是一座花园。

正是因为松桃吸取了浙江浦江县水晶加工污染等经验教训，将治污问题放在首位，坚守发展和生态两条底线，确保了水晶产业健康发展。

建成全省水晶产业示范园

松桃水晶产业园项目，集水晶生产加工、仓储物流于一体，总投资 8.6 亿元，项目分三期实施。全部项目建成达产后，年产值将达 70 亿元以上，创造税收约 1.5 亿元，解决就业人口 3 万余人。如今，聚集效应逐渐释放。

"招聘工人 10 个，月基本工资 2200 元……"

在园区内，各种广告和招牌随处可见，厂房内机器轰鸣，人声鼎沸，园区里不断有原材料下车、成品装车外运，很难想象，几年前这里还是一片寸草不生的荒坡地，如今却是一派繁忙的生产景象。

据了解，水晶产业属于劳动密集型产业，其中 80% 以上的工人都需要在本地招收。

"过去，我们给工人的平均工资一个月只有 1500 元左右。"正在从事水晶生产的业主吴江伟高兴地说，县委县政府对水晶产业非常重视，给企业和业主作后盾，生产出来的水晶产品销路很好，现水晶行业工人的月薪普遍涨到了 2200元以上。

目前，水晶产业园已建成投产的水晶企业和业主户有 178 家，吸纳 2000 余人就业。

随着外来务工人员的不断增加，不但激活了当地经济，还助推了城镇化建设，演绎了产城融合发展的精彩华章。

"松桃水晶产业园没有走浦江老路，采取集中建设、集中管理、集中处理的生产加工模式，真正做到零排放、零污染。"松桃自治县环保局副局长龙金昌告诉记者，松桃水晶产业园已于今年 3 月份顺利通过省环保部门评估验收，被省人民政府明确为贵州省水晶产业示范园，向全省推广。

舞阳河发源于贵州瓮安县，经贵州大龙流入湖南汇入长江，被大龙、新晃等地群众视为"母亲河"。但在20世纪90年代，由于上游贵州境内的大龙开发区工业发展迅猛，部分企业"三废"处理不力，致舞阳河汞、锰指标超标，下游湖南新晃等地上百万人饮水受到影响。一时间，两地官方和民间颇为紧张。然而，贵州大龙经济开发区作为铜仁市重化工业"主战场"，黔东工业聚集区核心区，随着近年招商引资力度不断加大，落户开发区企业越来越多，会不会造成更大的污染？

寒冬时节，记者走进贵州大龙和湖南新晃等地一探究竟，切身感受舞阳河畔的变化。

大龙：绝不让一滴污水流入湖南

12月25日正午，记者来到湖南省新晃县鱼市镇新桥村。只见村民黄恩毛正在舞阳河撒网捕鱼，一会儿工夫，就收获了七八公斤重的鱼。黄恩毛乐哈哈地说："这几年你们贵州没得污水下来，我们这里鱼儿长得快得很，每天捕鱼都不放空。"

年近古稀的黄恩毛回想起20世纪90年代，舞阳河遭受污染的可怕场面，至今心有余悸。他说，万万没想到，现在上游工业企业多了，反而河水不泛黄了，干净的舞阳河又回来了！

清清的舞阳河，生动再现了大龙科学发展、绿色发展的完美答卷。

资源接龙　废料"吃干榨净"

走进贵州红星发展大龙锰业有限公司厂区，四周一排排树木把厂区包裹得严严实实，鸟雀之声不绝于耳，一沟清水在厂内循环流动。初入这里，对这家身居工业重地的重化工企业，难免让人疑惑重重。

在该公司，钡盐项目生产线所产生的废气，经过简单处理得到硫黄，成为生产硫酸制品的主要原料；而生产硫酸所产生的蒸汽，又可以用来发电，为钡盐项目生产线提供源源不断的动力……通过一系列的工艺流程，厂内部形成完整产业链，最终生产出硫酸系列产品。

同样，一墙之隔的西南能矿集团，也在干着类似的事情：公司以锰渣为基础原料，利用附近大龙火电厂抛弃的余热、废水、二氧化硫尾气，通过热电联产，经烟气脱硫、电解金属锰等一系列工序，生产出高纯硫酸锰、轻质碳酸钙。每年，不仅可回收处理被人们视为"生态定时炸弹"锰渣200万吨，还为大龙发电厂节省了上亿元的环保费。

无独有偶，去年落户大龙开发区的贵州重力科技环保有限公司，是一家专"吃喝"废料的企业，但它的"口味"很特别，只要是重金属废料，一律"通吃"。

"贵州重力科技公司进驻开发区后，为大龙彻底解决了重金属化工企业多年未解的环保难题。"据大龙经济开发区环境保护局局长田景玉介绍，该公司不仅吃"大龙"，还吃"亚洲"。换言之，也就是说，目前这家公司除了吃掉大龙开发区内的固废重金属，还需向亚洲各国"觅食"，每年仅"吃"进"主食"含汞固废就高达2.8万吨，综合回收利用价值高达10亿元。

据悉，目前该公司是亚洲最大的含汞固废回收处理中心。

正是因为像贵州重力环保科技有限公司这类企业的到来，大龙经济开发区内企业之间的"三废"资源相互"接龙"，昔日经营废料处置场的企业生意日渐萧条，就连由政府主导的污水处理厂也到了"吃不饱"的状态。

前不久，贵州省大龙经济开发区被国家发改委、财政部联合认定为国家级循环化改造试点示范园区，由此奠定大龙在国家循环经济发展先行区的战略地位。

跨界联动　共护母亲河

"园内企业都不够吃，哪还有外排的？"贵州省大龙经济开发区环境保护局执法支队队长张超说，"三废"在其他地方是负担，而在大龙它就是原料，就是"宝贝"。

张超介绍，通过循环利用，走循环经济发展之路，"三废"基本上吃干榨净。与此同时，凡不符合国家产业政策和环保不达标的企业，即便创造再多的利税，也毫不商量，一律关停，真正从源头上扼制住了污染物的排放。

长期从事环境监管执法的湖南省新晃县环境保护局副局长黄伯林印证了张超的说法。黄伯林介绍，就在几年前，当地环保部门邀请我们随同见证，当面炸掉了一批落后产能和重污染企业，现在贵州大龙开发区不排污了，舞阳河变清了。作为环保干部，现在走路腰杆也直了，再不像十年前那样，躲着老百姓走路了。

　　怀化新晃、铜仁大龙两地一衣带水，同属后发赶超区域，都面临着发展经济和保护环境的双重压力。处于下游的湖南怀化市新晃县，既希望搭乘邻居贵州省铜仁市大龙经济开发区工业发展的快车，进一步分享工业发展辐射效应，又心存顾虑，担心工业发展所带来的环保压力，对此，急切盼望与邻居大龙协作，联防共治，共护一方青山绿水。

　　其实，贵州大龙经济开发区早有此想法。双方一拍即合，于 2011 年 9 月，由贵州铜仁市与湖南怀化市签订了联防共治战略协议，联合出台了《铜仁市、怀化市两地环保部门跨流域环境应急工作联动方案》，成立了舞阳河流域应急工作联动领导小组，统筹环境应急联动现场处置工作，畅通联络渠道，确保快速反应。

　　业内人士称，贵州铜仁市和湖南怀化市成功探索出了一条工业生态循环发展武陵山模式，对共同建好长江上游水源屏障具有十分重大的政治意义和现实意义。

　　"绝不让一滴污水流入湖南！"这是贵州省大龙开发区书写在 320 国道线旁的一道宣传标语，更是贵州大龙经济开发区对社会做出的庄严承诺。

　　贵州大龙做到了！

铜仁：绿色发展释放"生态红利"

贵州最好的山在铜仁！贵州最美的水在铜仁！贵州空气中负氧离子含量最高的地方在铜仁！近年来，伴随着"四化同步·一业振兴"发展战略，以及"两区一走廊"产业空间布局的深入实施，铜仁好山好水好空气开始释放"生态红利"，人民享受"绿色福利"。

旅游业振兴

贵州最好的山在铜仁，武陵主峰梵净山兼具五岳之雄奇险峻，不仅是地球同纬度唯一保存完好原始绿洲、世界人与自然生物圈保护网成员，拥有世界级的优质生态资源，而且是著名的弥勒菩萨道场，自古就有"众名岳之宗"之美誉。

2012 年，市委、市政府提出"四化同步·一业振兴"发展战略，其中的"一业振兴"即指旅游业，足显铜仁决策层对旅游业的重视程度。

"以创新引领铜仁文化旅游资源开发资源开发理念创新。"在环梵净山"金三角"文化旅游创新区挂牌成立大会上，市委书记刘奇凡说，必须树立全局视野、战略眼光，系统思维、高位起步，按照"国内一流、世界知名"的旅游目的要求，通过环梵净山"金三角"文化旅游创新区建设，把最好的山、最美的水、最优质的旅游资源开发成最好的旅游产品，发展成最优质的产业，转化为全市最大的财富。

两年来，全市上下围绕建设"国内一流、世界知名"旅游目的地战略定位和打造环梵净山"金三角"文化旅游创新区的战略目标，成功举办 2013 中国梵净山生态文明与佛教文化论坛、铜仁市旅发大会等 40 多项活动，高端宣传"梵天净土·桃源铜仁"文化品牌。

快速兴起的德江高家湾、玉屏茶花泉等 25 个省级现代高效农业示范园区中，有 9 个进入全省重点园区、5 个进入全省前 15 强，4 个达到 3A 级景区水平。"农旅融合"发展成为铜仁绿色发展新亮点，成为"贵州模式"。

今年，全市实现旅游总收入 196 亿元，增长 25%，成为贵州省旅游业快速发展的重要增长极。同时，这也意味着环梵净山"金三角"文化旅游创新区已经开启铜仁大旅游时代。

水资源被"激活"

贵州最美的水在铜仁，境内蕴藏着两百多里绝壁叠嶂、景象万千的乌江山峡画廊和风光旖旎的百里锦江画廊，新近在乌江上又形成思林、沙沱、彭水三大电站壮美的库区风光。石阡、思南温泉储量丰富，是世界级的温泉富矿。

好山好水好生态，科学的发展方式，必然造福当地广大群众！

资料记载，铜仁市是中国大鲵四大原产地之一，梵净山—佛顶山麓更是中国大鲵最佳适生区和优生区。

近年，江口、松桃、印江等地农民，依靠梵净山的水资源"养"出了一条生态水产致富路。按照规划，"十二五"末，全市发展大鲵将突破 10 万尾，实现综合总产值 1 亿元以上，初步形成大鲵特色产业体系。

"水产养殖是铜仁新的经济增长点。"在日前召开的全市水产渔业发展大会上，市主要领导表示，要充分依托生态环境优势，尽快做大水产养殖，带动群众增收致富。

2012 年，有矿泉水"搬运工"之称的农夫山泉，看上了铜仁市优质的水资源，果断在铜仁投资建厂，总投资 10 亿，年产能达 33 万吨（6 亿瓶），年产值可达 5 亿元，贡献税收上亿元，产品覆盖贵州、云南、重庆等六省市。

无疑，清洁的铜仁水资源，已成为铜仁新的经济增长极。

"空气罐头"登场

贵州梵净山森林覆盖率超过 95%，空气中每立方厘米负氧离子含量达 12 万个至 16 万个，是地球同纬度上唯一的绿洲，繁衍着有"中国的鸽子树"、"世界独生子"之称的珙桐、黔金丝猴等 5000 多种生物物种，素有"生态王国"之称。

在今年全国两会期间，中共中央总书记、国家主席、中央军委主席习近平在参加十二届全国人大二次会议贵州代表团审议《政府工作报告》时表示，PM2.5 空气质量直接关系百姓的幸福感，将来贵州可以卖"空气罐头"。

今年 3 月 20 日，贵州省旅游局召开开发"贵州空气罐头"媒体见面会。贵州省旅游局局长傅迎春宣布正式启动开发"贵州空气罐头"。当谈及贵州第一个"空气罐头"的空气源将来自哪里，傅迎春说：我想肯定是来自贵州省最好的生态旅游景区，梵净山当仁不让。

几千年来，梵净山的名字一直在久久流传。虽然朝代有更替，人世有变迁，但梵净山的魅力依然历久不衰。时至今日，梵净山的钟灵毓秀，清新空气，成为不可多得的生态资源，也造就了梵净山的无穷魅力。

铜仁人坚信，贵州"空气罐头"的闪亮登场，铜仁经济优势必将再次爆发。

共享"绿色福利"

一个地方要快速发展，必然离不开工业。对于"两欠"程度最深的铜仁，更是如此。

为加快新型工业发展，2012 年成立的黔东工业聚集区基础设施加快完善，产业体系逐步建立，聚集效应开始凸显。

2013 年 11 月，省委、省政府出台了《关于深入实施工业强省战略加快推进工业转型升级的意见》，明确支持铜仁黔东工业聚集区建设，重点发展以煤电锰一体化为核心的新能源、新材料等产业，打造循环经济产业示范基地。

碧江、万山、德江、沿河、思南等 8 区县创办的工业园区升格为省级经济开发区，加上大龙开发区、铜仁高新区，全市省级经济开发区、高新区已达 10 个，成为引领全市新型工业快速发展、铜仁加速崛起的强大"引擎"。

今年，全市实现全部工业增加值 140 亿元，增长 14.3%，名列全省第二；规模以上企业达 630 户，是历年新增规模企业最多的一年。这意味着，长期在全省滞后的铜仁工业，已正式驶入发展"快车道"。

乌江经济走廊上的思南、德江、沿河、印江等县，按照"生态发展产业化，产业发展生态化"的思路，大力实施"三个万元"工程，发展生态茶叶、核桃、中药材等达 300 余万亩；植树造林 1100 多亩，全市森林覆盖率达到 54.94%，初步实现"既要金山银山，又要绿水青山"目标。

如今，生活在"天然大氧吧"的 420 多万铜仁人，既发生态财，又享生态福：全市全年生产总值、人均生产总值、工业增加值、旅游总收入和城乡人民实际收入等多项指标增长速度位居全省前列，创历史最好水平，持续领跑武陵山区六市州；石阡、印江、玉屏、江口等获得了"贵州省长寿之乡"或"中国长寿之乡"荣誉称号，全市人民生活幸福指数越来越高。

绿色发展，引领铜仁疾步前行。绿色发展，铜仁步伐更加铿锵豪迈！

（三）【抗灾救灾】特别报道

凝冻穿越煎铜线

2008 年 1 月 13 日，一场大雪将铜仁人带入了"瑞雪兆丰年"的憧憬之中。就在人们沉浸在这种喜悦中尚未醒来时，一场史无前例的凝冻灾害开始肆虐铜仁。

面临大灾，全区 400 万各族人民团结一心，众志成城，发扬特别能吃苦、特别能战斗、特别能奉献的精神，打响了一场抗凝救灾的人民战争。1 月 15 日，正在德江、思南采访的记者接到社领导的通知：两地记者迅速会合，结伴而行，穿越煎（茶）铜（仁）线，深入一线，搞好这次抗凝救灾报道。

凝冻穿越煎铜线，我们有幸目睹了全区干部群众群策群力抗御凝魔，灾难中人与人之间互相关心、互相帮助的感人场景，体会到了党和政府对人民群众的关切度以及干群鱼水情深的关系，但也领略了个别投机经营者趁火打劫、哄抬物价和极少数干部对受灾群众熟视无睹给社会带来的阵阵寒流。

交警筑起生命防线

1 月 15 日，记者驾着桑塔纳，在冰天雪地中，小心翼翼地开始了这次特殊的"旅行"。一路上时时遇到结伴而行的人群和停靠在路边不能行驶的车辆。

来到链盘丫山脚，数十大型车辆连绵不断，排成一条长龙，停靠在路边。车旁的人们一个个满脸愁容，双手紧抱，在雪地里不停地跳动，还不时抬头仰望天空，焦急地期盼着天气早日放晴。我们的桑塔纳在陡峭弯曲的山路上缓缓爬行。到达山顶，只见数名交警正站在刺骨的寒风中指挥着勉强通行的轿车。

干警殷修江告诉我们，链盘丫是煎铜线德江段的最高点，每年冬季雪凝来临之前，县交警大队都得派人两边把守，交通管制稍一松懈就会发生车祸。今年的凝冻来得很突然，1 月 14 日他们来到这里时，车辆就基本不能通行了，很多大型车辆都停靠在山脚，但为了防止山那边的车辆冒险翻山，他们不得不顶着生命危险穿越这道"死亡谷"，去防止更多的伤亡。

　　我们继续在雪地中慢慢前行，走过东华后，不时发现有货车滑倒在公路旁。为翻越眼前的大坡，记者集中了所有的注意力。这段路是煎铜线思南段最险要的，弯多、坡陡、路窄。正要到达山顶时，一辆滑倒在路边的大型货车，将我们的路线全占了，而对方有两台轿车正在越过出事车辆，我们不得不靠边让行。对方车顺利通过，而我们的桑塔纳在坚硬的冰上已经不能起步。

　　必须采取措施，否则车子会后滑。经验让我们下车找石头垫车，可石头尚未找到，车子就开始向山坡下滑，茫然无计的我们，慌忙去拉车，可我们的力气怎能阻止上吨重的汽车下滑，所幸的是我们微小的力气改变了下滑的方向，汽车下滑30多米后，在路中停下了。此间正在路边烧火取暖和过往的行人，有的找石头，有的拾木棍，想帮助我们阻止汽车下滑，一位手抱巨石的年轻人摔倒后仍抱着巨石，并迅速爬起来向我们奔跑。

　　看着这种一人有难，众人支援的场景，我们的心里又平添了几分感动。在众人的推动下我们的车终于在雪地中起步。翻过大山后，没走多远，看见一辆警车停放在路中，警车的那一面是数十辆大型车辆排成的长龙阵。执勤的干警告诉我们，思南境内所有公路都实行了交通管制，境内有数千车辆被滞留。他还说我们可以走到思南县城，但到了思南后千万不再往前行。

　　17日晚6时，天气稍有好转，我们连夜赶往印江县城。刚住下酒店，手机上便传来江口至印江交通中断的短信，之后连续数日均收到类似消息。

　　为探个究竟，22日，我们驱车前往缠溪，只见数十辆大货车停留在公路旁边，20多名公安、交警一同站在公路上，不停地向过往行人和车辆车主宣传交通安全，制止车辆强行冲关上路。

　　在我们的一再要求下，缠溪服务站的负责同志同意第二天用工作车载我们上苗王坡采访。23日我们一大清早就来到缠溪，坐上印江公路段的工作车，前面有交警的车为我们开道。车子才爬上第二个拐弯处，路面上就全是厚厚的积冰。我们感到自己乘坐的车在不停摇晃的同时，看到前面的警车也在左右摆动，心一下子提到了嗓门儿。

　　据同行的印江公路段党支部书记叶顺利介绍，就是在这种情形下，交警的车每天至少得上下两次。

　　在煎铜线上，交警共设置执勤点和险要路段指挥点13处，他们都实行24小时值班，有条件的地方，就在农家搭伙，没条件的就自带干粮。设在苗王坡一急弯处的指挥点，两名执勤的干警，每天上来之前就买几盒饼干和几瓶矿泉水，所带的矿泉水一天到晚都得放在贴身处，否则就会凝结成冰。

　　自14日以来，煎铜线已成功拦截车辆数千台次。看着一处处排成长龙的滞留车辆，想着在思南那惊险一幕，我们不敢想象，如果不及时采取交通管制，煎铜线上是一个什么样的景况？望着在风雪中打着颤抖，仍坚持执勤的干警，我们心中不由生出几分敬意，是他们为过往的旅客筑起了一道坚实的生命防线。

患难见真情

患难见真情。在这场灾难中，不管是记者，还是翻越苗王坡的旅客，都深深体会到了这种来自患难时刻的真挚情感。

"要不是他们及时援救我，我昨晚就冻死在山坡上了！"原来，22日傍晚时分，思南县60多岁的万庆强从江口德旺步行至印江苗王坡路段时，由于体力不支摔倒在山坡上，1个小时后被缠溪救助站发现并得到援救。记者来到缠溪卫生院采访万庆强，当躺在病床上的万庆强了解记者的来意后，顿时泪水犹如泉涌，"是印江人民给了我第二次生命！"

白雪皑皑的苗王坡顶上，尽管是深夜时分，但仍然有不少急于回家的旅客在艰难地滑行。

24日凌晨2时许，驻守在缠溪救助服务站的交警大队民警张金松接到报警，在打杵坳路段有一位老妪带着3个小孩滑倒在雪地里，请求援救！

时间就是生命，张金松不顾连日值勤的疲劳，立即组织人员前往施救。但就在张金松前往施救过程中，不幸摔倒扭伤腿踝关节。在场的同事立即找车准备送他去医院，可他却拒绝了，只作简单处理后又继续坚守岗位，直至下午5点钟下班时才到医院接受治疗。

德江县大兴的孙美涛等3人，由于在中山打工时已将款全部汇回家中，身上带的现金全部花光，生活陷入困境。当他们到达缠溪时，印江自治县缠溪镇党委书记柳斌获悉后立即向他们捐助100元现金，正在现场了解情况的县委宣传部的梁跃军还为他们端来了滚烫的饭菜。

"这么冷的天，这些旅客太可怜了，我绝对不会多收他们一分钱！"位于缠溪救助站旁的银河大酒店老板，自1月13日发生凝冻天气以来，夫妻二人一直坚持24小时昼夜值班，义务烧起5盆火，每天烧数十壶开水供旅客无偿使用。同时为值勤人员提供优惠的食宿服务，深受广大干部和旅客的好评。

在零下6度的凝冻天气下，苗王坡路上处处充满了温情。在途中，凡是翻越苗王坡的旅客不管是认识还是不认识，双方都主动打招呼，关心和鼓励对方，不少还成为患难之交。印江天堂镇的覃华明与李国轩本来素不相识，但在翻越苗王坡的路途中，李国轩却无偿帮助他担运行李20多公里……年轻人搀扶老年人一起滑过雪地冰山，成为苗王坡上一道道亮丽的风景线。

　　1月19日是缠溪镇民政办主任陈荣光结婚的日子。然而就在他结婚当天接到命令后，立即组织2名镇干部和几名村干部赶赴苗王坡顶上的湄坨救助服务站。由于连日的寒冻造成停水停电多日，他便发动村干部和村民到很远的地方去人工挑水，整夜点燃蜡烛向旅客提供服务，为过境旅客喝上稀饭鞠躬尽瘁。当遇到老、弱、病、残、孕不能继续步行者，陈荣光主动为他们协调工作车及时输送到缠溪，或将其协调安排在湄坨村农户家中住宿。此外，细心的陈荣光还将冰雪挂落的树枝制成拐杖简易货架，免费提供给过境旅客，力所能及为旅客服务，深受广大旅客赞叹。

　　"我太冷太饿了，我做梦也没想到能在这里免费喝上热稀饭！"从浙江打工回来的50多岁的一位中年妇女，当听说能免费喝粥时，连勺子也来不及拿，直接用双手将两个碗伸到锅里装满粥并喝了起来。缠溪镇领导告诉记者，就湄坨救助服务站，仅一个星期就接待上万名旅客免费用餐，同时向千余受困旅客提供了医疗救助等服务。

　　1月24日，我们乘工作车向德旺出发。途中，不时有旅客招手拦车，司机见有老、弱、病、残、孕者，就让其上车，只能容纳4个旅客的车硬是塞了8名旅客。"我们每天都是能带就带，多带一个人，就少有一个人受困。"缠溪镇镇长告诉记者。

启动应急预案　展示协作精神

　　灾情发生后，煎铜线上的各地党委、政府高度重视，把防灾救灾工作作为当前的头等大事来抓，迅速启动应急预案，各部门通力合作，紧密配合，握紧拳头，众志成城，以强劲的力量共同打好这场抗灾救灾攻坚战。

　　印江县委、县政府于1月20日成立凝冻气象灾害应急指挥部，下设了道路交通安全检查组、医疗救治组、救灾工作组、维稳工作组、后勤保障组、宣传信息通讯组。县委书记陈康亲自担任指挥长，三次召开全县紧急电视电话会议。全县启动了凝冻气象应急处置三级预案，1月25日，县委常委扩大会议决定县财政安排100万元救灾专项经费，明确提出了"不准饿死人、冻死人，不准乱涨价，不准车辆乱营运"，确保人民群众的生命财产安全。

　　公安交警、安监、交通、运管、公路等部门进行了具体分工，各司其职。安监和交通部门在缠溪镇双龙村坚持24小时路面值班守护，制止车辆强行上路营运，同时加强道路交通安全管理和司乘人员的疏导工作，杜绝安全事故发生。驻守在缠溪镇双龙村的公安干警、安监、交通等部门值班人员每天还冒着生命危险驱车前往苗王坡道路巡查，成功解救了10多名孕妇及近100名生病患者。

此外，全县还组织民兵应急分队，对全县重点位置实行拉网式巡查，城区坚持24小时巡逻，认真做好防火、防盗、防抢工作，维护了社会稳定。

为便于及时将步行到缠溪的旅客及时输送到县城，运管和建设等部门组织人员，克服重重困难，对道路多次危险处采取铺粗沙增大摩擦力的办法，同时选择车况好、驾驶技术过硬的旅客，不分白昼，及时将上万名旅客输送到安全的地方。

针对苗王坡路程长、步行艰难的特点，县民政局在32公里的道路上设置了湄坨、打杵坳、双龙三个临时救援站，免费向过境旅客提供免费稀饭服务，现场发放棉衣、棉被和提供开水、取暖等服务，有效解决了旅客饥寒问题。同时对输送到县城的老、弱、病、残人员进行了临时性安置，解决了基本的吃住问题。

由于路途漫长，道路凝冻难行，特别是一些老人、妇女和小孩行走困难，摔伤的，患病的时有发生，县人民医院、中医院和缠溪镇卫生院还组织人力在上述三个地方设立了医疗救助点，免费为生病人员提供医疗卫生服务。

为确保灾害期间物价稳定，县物价部门组织人力，加大各对餐饮、运输等服务行业的价格监管力度。在采访中，记者没有发现恶意哄抬物价现象。"物价局天天都来人查，就是想涨也不敢涨啊，再说在这灾难时刻，我们怎能丧失良心去发灾难财呢？"贵D4175、贵D3740的中巴车主在接受记者采访时一再表示，严格遵守物价部门政策规定，绝不乱涨价，维护物价稳定。

县粮食、工商、物价、质监等部门加强市场监管，实行价格干预，严禁借机哄抬物价，确保市场粮食、食油、肉类、供气等生活用品供应和价格稳定。供电、供水、通信部门坚守岗位，克服千难万险，夜以继日加快抢修进度，确保了全县人民生产生活安全。

截至1月27日，从缠溪镇双龙村输送乘客到县城达2万余人，绝大多数旅客都得到了生活、医疗和交通方面的救助服务。在此期间，全县没有发生饿死人、冻死人现象，没有发生一起重特大安全事故，物价市场稳定，电力、金融、餐饮业基本正常运转，各项工作井井有条。

就在灾害到来同一时刻，江口县委、县政府迅速召集人武部、公安、交警、安监、物价、卫生、民政等部门召开紧急会议，并成立了以分管副县长为抗雪抢险救灾指挥长的应急工作指挥部，迅速启动应急预案。正在省里参加省人代会的该县县长杨彪，每天起床和散会后的第一件事就是打电话询问灾情和救灾抗灾情况，并对相关工作作出具体指示和安排部署。

灾害期间，江口县组织各职能部门深入全县9个乡镇走访慰问，公安、交通、运管、交警、公路段等部门巡视了全县 160 公里省道和 220 公里乡村公路，对 2000 多辆机动车辆全面核查，保证不出安全事故，交通部门对 20 处公路塌方进行了抢修。物价、质监、工商、安监、卫生等部门通力合作，组织人员深入各集镇对物价、食品、安全进行监察，确保物价稳定，安全有序，卫生部门组织了上万元的药品对受伤生病乘客和灾民进行治疗。民政部门为灾民和乘客送去衣物 2000 余件，食品 2000 余套，拨出救灾资金 7 万余元，为 2000 多灾民和 500 多名滞留乘客解决了生活之忧。

真情与寒流的交锋

走在煎铜线上，我们还亲历了被投机钻营者肆意宰割，目睹了极少数干部对受灾群众熟视无睹的行为。同时也看到各地政府都在采取价格干预、打击非法营运、政府买单接送受困旅客、严惩见死不救麻木不仁者。

"我才不吃你们的稀饭哦，怕被你们敲诈！"在湄坨救助服务站，当几名热心的干部诚恳邀请旅客免费喝粥时，家住德江县平原乡的陈宏飞却如是说："我们 3 个人 18 号从浙江出发，经过 2 天 2 夜的乘车到达江口德旺。在那里买一瓶矿泉水要 15 元，吃一顿 20 块钱的饭居然没有一点肉星星，烤火还要收 20 块钱烤火费，简直是趁火打劫，发灾难财啊！"

1 月 24 日，记者带着疑问来到江口县德旺乡了解到，江口县委、县政府已于 1 月 16 日在德旺设立了救助站，每天中午免费向旅客发放方便面，下午免费供应盒饭。与此同时，该县已组织物价、工商等部门加大物价宣传和查处力度，旅客陈宏飞说的类似情况已不复存在。

1 月 27 日，为便于深入了解步行旅客情况，我们决定步行赶回铜仁。途中，记者遇一车牌尾号牌为 5099 的路政车往铜仁方向开去，于是我们招手盼望能载上一程，但该车不但没理会我们，反而拉响警报呼啸而去。之后不久，我们又碰上一尾号为 268 号的警车，当我们招停并表明身份后，司机却告知他急于去接被困在坝黄的孩子，拒绝我们搭车。

更让人纳闷的是，在江口至坝黄的途中，记者亲眼目睹了一些私车高价载客的现象，平时只要 20 元左右车费的，司机却向 3 名旅客分别收取了 100 元车费。

当我们步行到一地名为高墙的地方时，终于乘坐上一辆长安面包车，大约行驶了二十几分钟，车子顺利到达坝黄，车主向我们每人收取 50 元车费。记者向车主索要车票，但车主却说没有车票。下车后我们才发现该车前后都没有车牌号。

　　下午6时许，我们终于抵达铜仁，正是的士交替班时间。当我们在报社门口拦下一辆出租车，要司机打表从西门桥过上岛咖啡吧再去金滩时，司机却要送下交班的司机到供电局方向，坚决不同意我们要走的路线，于是我们要他连程式计费，司机仍不同意，坚持要收两趟的车费。本只需7元的车费，我们却花了11元才回到家中。

　　回到铜仁的第二天，我们看到了行署应急办发出的将予以严厉打击个别经营户乘机哄抬物价、制造紧张气氛的提醒通知。并得知铜仁市天龙、红星、青青等6家米粉厂因要求提价未得到物价部门批准，而联合停产罢市，经物价、工商、质检等部门宣传解释相关法律法规知识后，几家米粉厂均恢复正常生产，保持原有物价水平。

　　但愿凝冻灾害之后，瑞雪能将我们带入丰收和希望之年。

风雨兼程一路歌

（后记）

　　编辑出版此书是我从事新闻工作以来的强烈愿望。

　　我本来是水泥行业的人。但中专职校毕业后，感觉口味不对，又重新走进考场，顺利考入贵州大学经济系财会与审计专业。1998年大学毕业，应聘到贵阳一家中外合资医药公司从事会计工作，可不到一年，这家公司便关门停业了。无奈之下，我回到大学，请求重新分配到老家德江县，后如愿安排在共和乡计生站。

　　父亲是一名"民转公"教师，同时供弟兄三人读书，加上我是吃"二道饭"，每月微薄的工资收入都是入不敷出，时常靠亲朋好友接济。为减轻家里负担，大学期间，我到校图书馆勤工俭学，确保了每月有80元的固定生活收入来源，自然而然也方便读了不少书和报。久而久之，得到一些启发，便开始尝试给贵州都市报、贵州经济报等等投点"豆腐块"文章，不时混点稿费，感觉精神生活和物质生活"双丰收"。尽管如此，在我大学毕业时，家中已欠下好几万元债务。分配到德江后，时值县委、县政府鼓励大中专毕业生外出打工锻炼，于是我赴贵阳、广东、北京等十多个城市打工。先后在财务会计、审计、市场助理、医药代表等岗位工作，积累了不少经验。由于怕丢掉"铁饭碗"，2004年春节后，我回到德江县共和乡计生站，负责计生包村工作。工作之余，又开始弄点"豆腐块"，不时见诸报端。这一爱好，被酷爱读书看报的时任乡党委书记史天龙发现，把我调到乡党政办，重点负责外宣工作。由于领导重视宣传，经常出点子，我如鱼得水，逐渐热爱上了新闻宣传工作。

　　热爱是最好的老师。但说实话，我从来没想过，今后会以文字为生。或许是上苍的特意安排，2007年铜仁日报社内部招聘记者，我毫不犹豫报名参加了考试，踏上了这条"无冕之王"的新闻道路。不是新闻科班出身的我，进入报社后，虚心请教身边的领导同事，潜心钻研业务书籍，坚持用脚板写新闻，很快成为单位业务骨干。在时任社党组书记、社长田维伟的帮助下，顺利调入铜仁日报社，逐渐成长为经济部、周刊部、广告部"掌门人"。2012年9月又被社党组委以重任，明确为市长的专职记者。为了不辜负重托，半路出家的我，如履薄冰，用心写好每一件作品。干一行，爱一行，干好一行。几年下来，粗略算了一下，竟有近2000篇300多万字见报，体裁不仅有消息、通讯、人物专访，还有深度报道和评论等；不少作品还在《贵州日报》《当代贵州》等党报党刊亮相，在社会上产生了一定反响。有30多篇获得贵州省新闻奖、中国地市报新闻奖等，这100篇新闻作品差不多涵盖了所有优秀作品。

这部新闻作品集，紧紧围绕近年中共铜仁市委、铜仁市人民政府提出的"四化同步·一业振兴"发展战略，市领导关注点、兴奋点、社会热点，精心谋篇布局和选材，算是对铜仁近年经济社会发展的历史记载，对农村基层工作具有一定的指导性；同时，对广大新闻爱好者，特别是初入新闻行业的采编人员，能够起到抛砖引玉的作用，对年轻人的成长有一点益处。这是我出版这部新闻作品集的重要原因。

这部新闻集作品，得到了铜仁日报社党组书记、社长侯长青，党组成员、总编辑度颖的鼓励和支持；铜仁日报社高级编辑罗福强于百忙中挤时间为该书写了序；铜仁市文学艺术界联合会党组书记张春阳、贵州日报社铜仁记者站站长成嘉廷、当代贵州铜仁记者站站长文叶飞、劳动时报社负责人杨勇、铜仁日报社编委张勇和社会部主任杨树洁，以及余佑彪、陈刚、戴金松、龙蓉、刘文军、张峰等同事和朋友们为出版本书做出了贡献。借此，我一并表示真诚感谢！

风雨兼程一路歌，我热爱记者这一光荣而又神圣的职业！在今后的工作中，我将认真贯彻党的路线方针政策，认真践行新闻战线"走基层、转作风、改文风"活动要求，努力做一名政治坚定、引领时代、业务精湛和作风优良的新闻工作者，创造出更多的精品新闻，奉献给读者。

能翻开这本书，说明我们有缘。我期待着您的指点！

张著昶

2016年12月28日于贵州铜仁